LES FILLES D'ENNISMORE

PATRICIA FALVEY

LES FILLES D'ENNISMORE

*Traduit de l'anglais (Irlande)
par Julia Taylor*

belfond

Titre original :
THE GIRLS OF ENNISMORE
publié par Kensington Books

Ce livre est une œuvre de fiction. Les noms, les personnages, les lieux et les événements sont le fruit de l'imagination de l'auteur ou sont utilisés fictivement. Toute ressemblance avec des personnes réelles, vivantes ou mortes, des événements ou des lieux serait pure coïncidence.

Pocket, une marque d'Univers Poche,
est un éditeur qui s'engage pour la préservation
de l'environnement et qui utilise du papier fabriqué
à partir de bois provenant de forêts gérées
de manière responsable.

Le Code de la propriété intellectuelle interdit les copies ou reproductions destinées à une utilisation collective. Toute représentation ou reproduction intégrale ou partielle faite par quelque procédé que ce soit, sans le consentement de l'auteur ou de ses ayants cause, est illicite et constitue une contrefaçon sanctionnée par les articles L. 335-2 et suivants du Code de la propriété intellectuelle.
Cette représentation ou reproduction, par quelque procédé que ce soit, constituerait donc une contrefaçon, sanctionnée par les articles L. 335-2 et suivants du Code de la propriété intellectuelle.

© Patricia Falvey, 2017. Tous droits réservés
© Belfond, un département de Place des Éditeurs, 2019,
pour la traduction française
ISBN : 978-2-266-30022-3
Dépôt légal : avril 2020

À tante Nah

PREMIÈRE PARTIE

Les années d'école
1900-1910

1

Le soleil n'était pas encore levé quand la jeune Rosie Killeen, alors âgée de huit ans, ferma derrière elle la porte du cottage familial et resta un moment immobile, tremblante, dans le froid. En général, elle aimait bien sortir seule à la première heure, mais ce matin-là, c'était différent. Inquiète, elle chercha son ami, un collie noir et blanc avec une oreille pliée. Elle attendit qu'il arrive et renifle sa main pour se mettre en route.

Après une profonde inspiration, elle partit à travers champs dans l'obscurité, pieds nus, ses bottes neuves à lacets sous le bras. Les vaches l'observaient par-dessus les murets de pierre, leurs grands yeux liquides pleins de curiosité. Les poules couveuses caquetaient, assises sur leurs œufs, et un coq contrarié que l'on ait devancé son chant matinal la suivit un moment, picorant à ses pieds.

Elle ralentit à l'approche de l'étroit sentier plein d'ornières qui séparait la ferme des Killeen de la propriété des Ennis. Le courage qui lui avait permis d'assurer à sa mère, avec bravade, qu'elle pouvait faire le trajet toute seule s'était envolé. Elle n'avait plus qu'une envie à présent, faire demi-tour, rentrer au cottage en courant et s'agenouiller auprès de sa mère qui préparerait le *soda bread* dans une poêle, au-dessus du grand feu de tourbe. L'envie passa et elle traversa la route pour gagner la grande grille en fer forgé qui délimitait le domaine des Ennis. Elle resta un moment à la regarder, pressant plus fort ses bottines contre elle et se mordant la lèvre. Puis elle redressa les épaules et la poussa de toutes ses forces. La grille s'ouvrit en grinçant et Rosie se tourna vers son chien.

— Rentre à la maison, Rory, bon chien.

L'animal leva de grands yeux tristes et se mit à gémir.

— Tu ne peux pas venir avec moi, Rory. Ce n'est pas un endroit pour toi.

Une longue allée sombre, bordée d'arbres, serpentait vers un monde étrange et terrifiant. Les fantômes des histoires qu'elle avait entendues au coin du feu chez ses parents l'épiaient, tapis dans l'ombre des hêtres noueux : les cavaliers sans tête, les chiens de chasse hurlants, les âmes damnées qui sortaient de leurs tombeaux. Elle regarda droit devant elle et pressa le pas, le cœur battant.

Elle ralentit lorsque l'allée fit place à des pâturages, mais sans oser lever la tête. Elle entendait le bruit de succion de ses pas dans l'herbe mouillée, les premières notes des chants d'oiseaux se préparant pour la chorale de l'aube, et les petits cris des canards sauvages en provenance du lac. Ces sons familiers l'apaisèrent et elle s'autorisa enfin à lever les yeux. Là-devant, perchée au sommet d'une petite colline et entourée de pelouses lisses et vertes, se tenait la grande maison, ses murs en pierre blanchis à la chaux baignaient dans le rose pâle de l'aube.

Elle s'arrêta. Toutes les histoires sur la « grande maison » racontées par ses parents et les voisins ne l'avaient pas préparée à tant de beauté. Trois étages d'élégantes lignes carrées, de grandes fenêtres régulièrement disposées de chaque côté de l'immense porte d'entrée en chêne blanc. Elle semblait sortie tout droit d'un conte de fées. Rosie oublia sa peur et se prit à imaginer les princesses à l'intérieur, leurs chants romantiques et le thé servi dans de jolies tasses en porcelaine. De petites vagues de plaisir la parcoururent tandis qu'elle se tenait là, perdue dans ses rêves.

Des cris distants la firent sursauter et elle se souvint pourquoi elle était venue. À contrecœur, elle s'arracha au spectacle de la maison et à son imagination, enfila ses bottines et noua soigneusement les lacets. Puis elle se redressa, arrangea ses boucles brunes derrière ses oreilles et lissa les plis de sa jupe à smocks rayée, avec l'espoir que personne ne remarquerait les endroits où on l'avait raccommodée. Elle prit une profonde inspiration et, se remémorant les indications de sa mère, elle hâta le pas et passa sous le porche voûté qui menait à l'écurie et à la cour. Quand elle entra dans la cuisine, située à l'arrière de la maison, les douces illusions dont elle s'était bercée s'envolèrent.

La chaleur de la cuisine la frappa de plein fouet et elle recula de quelques pas. Le feu rugissait dans un énorme four noir, sur lequel frémissaient des casseroles fumantes. La cuisinière se tenait devant une table en bois au centre de la pièce et aboyait des consignes à une jeune bonne. Un garçon pelletait du charbon dans le four pour entretenir le feu. Des femmes de chambre et des valets de pied entraient et sortaient de la cuisine au pas de course, chargés de seaux et de balais, de vaisselle et de linge. Les jardiniers apportaient des paniers de légumes et un garde-chasse venait de lancer deux pintades mortes sur la table. La fillette les observait, fascinée.

— T'es qui ? lui cria la cuisinière.

Rosie leva la tête, intimidée par la géante aux cheveux noirs et aux joues rouges qui la regardait d'un air mauvais.

— Rosie Killeen, miss.

— Ah, t'es la sœur de Bridie qu'est venue aider. T'as quel âge ?

— Huit ans le mois dernier, miss.

— En âge de travailler, alors. Eh ben, reste pas là à bayer aux corneilles. Rends-toi utile. Commence à éplucher des patates.

— Oui, miss, répondit Rosie, la gorge nouée.

Elle se mit au travail et, à dix heures, le majordome entra dans la cuisine en frappant dans ses mains.

— Tout le monde sur les marches devant la maison ! cria-t-il. Sa Majesté la reine Victoria est sur le point d'arriver. Allez, vite ! Vous connaissez vos places.

Les femmes arrangèrent leur uniforme, le frottant de leurs mains rouges, et fourrèrent les mèches de cheveux rebelles sous leur bonnet ; les hommes s'époussetèrent et bombèrent le torse, droits comme des I. Un par un, ils marchèrent jusqu'à l'escalier à l'arrière de la grande maison. Rosie leur emboîta le pas, mais la main du majordome sur son épaule l'arrêta.

— Tu restes ici.

Déçue, Rosie observa la cuisine désertée. Il n'y avait pas de fenêtres dans cette pièce ni dans la salle à manger attenante réservée aux domestiques. Comment allait-elle voir la reine ? pensa-t-elle, contrariée. Après tout, c'était une des raisons pour lesquelles elle avait accepté de venir travailler dans la grande maison – ça, et la pièce de quatre pence que sa sœur Bridie lui avait promise pour sa journée de travail. Elle explora la cuisine sur la pointe des pieds. Quelques minutes plus tard, elle pressait son visage contre un soupirail, dans les quartiers privés du majordome. La vitre était sale et elle passa le doigt sur un trou laissé par un impact de balle.

De là, si elle tendait bien le cou, elle pouvait voir les personnes rassemblées sur les marches devant la grande porte d'entrée. Un couple élégant, sûrement lord et lady Ennis, le maître et la maîtresse de la grande maison, se tenait tout en bas. Réunis derrière eux, leurs invités arboraient des tenues bariolées, comme des paons. Au bas des marches, du côté de leurs employeurs, les domestiques s'étaient alignés strictement par ordre d'importance : le majordome au plus près du maître, la fille de cuisine à l'opposé.

Lorsqu'elle entendit le fracas des calèches à l'approche, Rosie se hissa sur la pointe des pieds. Tirée par quatre chevaux noirs lustrés et conduite par un cocher en haut-de-forme, la première calèche s'arrêta devant la maison en faisant voler les gravillons sous ses roues. Rosie observa le cocher qui descendait de son siège, ouvrait la portière et tendait la main pour aider la passagère à descendre. C'était donc elle, la reine Victoria. Rosie se détourna, déçue. Dans son imagination, la reine était une belle femme élégante, vêtue d'une cape rouge et d'une couronne dorée. Mais celle qui descendait de la calèche était une vieille dame corpulente à l'air sévère, dans une robe en taffetas noir et raide et, au lieu d'une couronne, elle portait un affreux bonnet en dentelle. La dame de compagnie qui la suivait paraissait tout aussi austère. Appuyée sur une canne, la vieille dame boitilla jusqu'au bas des marches, où lord et lady Ennis, leurs invités et leurs domestiques attendaient pour l'accueillir.

Rosie n'en revenait pas. *Tout ce remue-ménage pour cette vieille bonne femme ?* pensa-t-elle. *On croirait que c'est le pape en personne.* D'après Bridie, qui était bonne dans la grande maison, cette visite avait provoqué un véritable branle-bas de combat : il avait fallu tout récurer et cirer, et les uniformes des domestiques devaient être impeccables. C'était à n'y rien comprendre. Rosie repensa aux quatre pence que Bridie lui avait promis pour sa journée et elle sourit.

C'était le mois de juin 1900. La reine Victoria effectuait une visite exceptionnelle en Irlande et avait accepté de s'arrêter en chemin à Ennismore, le véritable nom de la grande maison. Elle ne restait que le temps d'un déjeuner. Rosie compta au moins six plats, chacun servi sur des assiettes différentes, envoyés dans la salle à manger grâce à une machine que les serviteurs appelaient « monte-plats ». Quelqu'un pouvait-il vraiment manger autant en un seul repas ? Toute cette nourriture aurait pu nourrir sa famille pendant un mois. Après le départ de la reine, à trois heures de l'après-midi, la cuisinière se laissa tomber sur une chaise et se pencha pour masser ses pieds douloureux.

— Eh ben, Sa Majesté ne pourra pas se plaindre qu'on ne l'a pas nourrie, soupira-t-elle. D'après les valets de pied, elle n'en a pas laissé une miette.

— Tant mieux ! Au moins, elle ne s'inquiète pas de sa silhouette, contrairement à d'autres dans cette maison ! répliqua Anthony Walshe.

Très petit et d'un âge indéterminé, Anthony Walshe était responsable de la maintenance. Un titre pompeux qui recouvrait une réalité moins glorieuse : il était l'homme à tout faire.

Sadie Canavan, une des bonnes, réarrangea ses boucles cuivrées sous son bonnet et essuya son visage transpirant dans son tablier.

— Tu parles d'une reine, dit-elle. Cette vieille bique n'a aucune manière. Vous auriez dû voir comme elle enfournait la nourriture.

Quand elle eut jeté le dernier seau d'épluchures de pommes de terre dans la porcherie, Rosie revint dans la cuisine. Depuis qu'elle était enfant, elle avait toujours su qu'elle devrait un jour aller travailler dans la grande maison, tout comme sa sœur Bridie quelques années plus tôt. C'était le lot de la plupart des jeunes filles de la campagne irlandaise d'entrer au service de la grande maison la plus proche, et on pouvait s'estimer heureuse d'avoir cette chance. À part entrer au couvent ou obtenir une bourse d'études, très rare, pour l'école secondaire, il n'y avait pas vraiment d'autre choix. La mère de Rosie avait travaillé à Ennismore avant son mariage, et sa mère avant elle. Rosie eut un haut-le-cœur en songeant à cette horrible perspective et elle dut s'asseoir. Mieux vaudrait encore entrer au couvent, tout plutôt que ça.

— Tu peux y aller, dit la cuisinière. Pas la peine de rester assise là à ne rien faire.

Enhardie par sa décision de ne plus jamais remettre les pieds dans cet endroit, Rosie lui tendit la main.

— Et mes sous ? demanda-t-elle en la regardant droit dans les yeux. Bridie m'a dit que j'aurais quatre pence.

Les joues rouges de la cuisinière virèrent à l'écarlate.

— Non mais vous entendez cette effrontée ? rugit-elle. Dégage d'ici avant que je te botte le derrière. Tu t'arrangeras avec ta sœur.

Dehors, Rosie inspira plusieurs bouffées d'air frais et décida de rentrer sans se presser, en longeant le lac. Lough Conn était le plus grand lac du comté de Mayo et bordait la propriété des Ennis. Quand elle était petite, son grand-père l'emmenait pêcher dans une minuscule barque en bois appelée un *currach*. Il était mort à présent, et son père, un des métayers de lord Ennis, n'avait pas le temps pour ce genre de choses. Debout au bord du lac, perdue dans ses pensées, elle observa l'eau bleue calme et, au loin, le mont Nephin qui s'élevait sur la rive la plus éloignée.

Un léger mouvement derrière elle la fit sursauter. À quelques mètres se tenait une petite fille d'à peu près le même âge qu'elle. Elle avait de longs cheveux blonds, retenus par un ruban bleu pâle assorti à sa belle robe. Rosie s'aperçut qu'elle pleurait.

— Qu'est-ce qui va pas ? demanda-t-elle.

— Mon bateau, gémit la fillette. J'ai lâché la ficelle et il est parti. Je ne peux plus le rattraper.

Elle montra un petit objet qui flottait vers la rive.

— Va le chercher, répondit Rosie. Je le vois d'ici.

— J'ai peur de l'eau, murmura la fille.

Rosie l'observa, étonnée. Elle n'avait jamais rencontré personne qui ait peur de l'eau. Elle-même, ses frères et sa sœur adoraient se baigner dans les rivières du coin.

— Personne t'a appris à nager ?

— Oh, qu'est-ce que je vais faire ? sanglota la fille. C'était un cadeau d'anniversaire de la part de la reine. Maman sera très en colère.

— Pour l'amour du ciel ! soupira Rosie, employant ainsi l'expression préférée de sa mère.

Rapidement, elle retira sa robe et ses bottes et, vêtue seulement de son jupon, entra dans l'eau et fit quelques brasses. Elle attrapa le bateau et regagna la rive.

— Tiens ! dit-elle.

La fillette récupéra son jouet et ouvrit de grands yeux.

— Comment tu t'appelles ?
— Rosie Killeen. Et toi ?
— Victoria Bell. On m'a donné le même nom que la reine. Elle me l'a offert pour mon anniversaire. C'est aujourd'hui.
— T'as quel âge ? demanda Rosie.
— Sept ans.
— Moi, huit.

Rosie observa le bateau bleu et blanc, réplique parfaite d'un paquebot transatlantique, le genre de jouet que seul un enfant riche pouvait posséder. Elle comprit soudain que Victoria devait habiter dans la grande maison.

Les deux fillettes restèrent un moment à se regarder.

— Il faut que j'y aille, finit par dire Rosie.

Elle ramassa sa robe et ses bottes et s'enfuit en traversant les pelouses vertes, puis descendit le chemin tortueux jusqu'à la grille de la grande propriété pour retrouver la sécurité de sa ferme.

Victoria Bell regarda Rosie Killeen disparaître au loin. Elle serrait le bateau contre elle, sans prêter attention à la tache humide qui se formait sur sa robe. Pendant un moment, elle se demanda si la fille était une fée comme celles de ses livres d'histoires, mais elle espérait qu'elle était bien réelle. Victoria avait rencontré très peu de filles de son âge, et Rosie Killeen ne leur ressemblait pas du tout. Elle doutait même qu'il y en eût une autre comme elle dans le monde entier. Qui d'autre aurait le cran de se déshabiller et de plonger tranquillement dans le lac ? Victoria était fascinée. À cet instant, elle décida que Rosie devait devenir son amie.

Le lendemain, alors qu'ils se promenaient dans le jardin, elle supplia son père.

— S'il te plaît, papa ! S'il te plaît ! Pourquoi ne peut-elle pas être mon amie ? Je n'ai personne avec qui jouer. Je me sens si seule, papa.

Victoria leva ses grands yeux bleus vers lord Ennis, une technique qui donnait souvent de bons résultats. Elle savait que son père lui vouait une tendresse particulière, qui ne s'appliquait pas à ses deux frères. Dès son plus jeune âge, elle avait appris à s'en servir pour obtenir ce qu'elle voulait.

— As-tu demandé à ta mère ?

Victoria se raidit. La simple pensée de parler d'une telle chose à sa mère l'emplissait de terreur.

— Non, papa, murmura-t-elle en hochant la tête.

— C'est ce que je pensais.

Victoria glissa sa main dans celle de son père et ils continuèrent de marcher en silence vers la maison. Sans comprendre pourquoi, d'instinct, elle savait que sa demande était risquée. C'était tout autre chose que de réclamer un nouveau jouet, d'obtenir la permission de monter un des pur-sang de son père avec lui ou de veiller plus tard pour regarder les invités danser au bal de Noël d'Ennismore. Elle aimait tendrement son papa et s'inquiétait soudain que cette sollicitation puisse lui attirer des ennuis.

Lorsqu'ils arrivèrent devant le perron, elle serra sa main plus fort.

— Ne t'inquiète pas, papa. Ce n'est pas grave si tu dis non.

Il lui sourit, le regard débordant d'amour.

Le lendemain soir, Victoria se cacha dans la bibliothèque pour observer la salle à manger, l'œil collé au trou de la serrure. En temps normal, elle n'aurait jamais osé, mais sa rencontre avec Rosie Killeen l'avait enhardie. Si Rosie était assez courageuse pour plonger dans le lac, alors elle pouvait bien espionner sa famille. Le cœur battant, elle vit son père guider dans la pièce sa mère, suivie de sa tante et gouvernante, lady Louisa. Elle espérait encore qu'il allait présenter sa demande et qu'il obtiendrait gain de cause. Après tout, la visite de la reine Victoria avait mis lady Ennis d'excellente humeur, elle qui était d'habitude si sévère. Papa allait peut-être réussir à profiter de cette occasion rare.

— Un véritable triomphe, annonça lady Althea Ennis en s'attablant, tout sourire. Réussir à convaincre Sa Majesté, qui ne vient presque jamais en Irlande, de faire le trajet de Dublin à Ennismore ! Je crois bien que nulle autre hôtesse en Irlande n'a réussi un si beau coup.

Lady Louisa lança un regard furieux à sa sœur.

— Tu penses peut-être que c'est un triomphe, Thea, mais je n'arrive toujours pas à croire que tu aies pu ainsi humilier la famille. Toutes ces lettres que tu as envoyées, non seulement à la reine, mais aussi à ses plus proches conseillers, des gens que tu ne connaissais même pas pour la plupart ! Comment as-tu pu te rabaisser ainsi ? Nous devons être la risée de toute la bonne société londonienne.

— Peut-être, mais nous suscitons l'envie de toute l'aristocratie anglo-irlandaise.

— Un triomphe peut-être, Thea, grogna lord Ennis, mais certainement très onéreux.

Sa femme agita une main exaspérée.

— Edward, faut-il que vous rameniez tout à des questions d'argent ? C'est d'un vulgaire !

— Vulgaire ou non, on ne peut ignorer la réalité. Vous savez aussi bien que moi que les domaines ne rapportent plus les revenus d'autrefois et…

— Par pitié, Edward, pas pendant le dîner, l'interrompit lady Ennis. Ces sujets me donnent des maux de tête.

Victoria se sentit plus nerveuse. Burke, le majordome, et un valet servaient la soupe, qui fut suivie par les plats de poisson et de viande. Sa famille mangea en silence. Papa avait-il contrarié maman en parlant de questions d'argent ? Elle poussa un soupir et fixa son père, comme si le simple fait de ne regarder que lui allait le faire parler. *S'il te plaît, papa*, l'implora-t-elle en silence, *dis quelque chose*.

Lord Ennis avait été un bel homme, bien bâti, barbu, amateur de grand air, de chevaux et de chasse. Cela lui avait valu l'affection de tous ceux qui venaient à Ennismore le week-end pour faire un peu d'exercice. À cinquante ans, il avait perdu de son allure, sa silhouette élancée s'était arrondie. Ses cheveux bruns et épais s'étaient clairsemés et une petite bedaine écartait les boutons de sa chemise. Il avait néanmoins conservé le charme d'un homme satisfait de sa place dans la société.

Il repoussa son assiette vide, fit signe au valet de pied qu'il pouvait débarrasser et se tourna vers sa femme.

— Alors, ma chère, avez-vous réfléchi à ma proposition ?

Victoria retint son souffle tandis que sa mère posait sa fourchette.

— C'est absolument hors de question, Edward. Je n'arrive pas à croire que vous envisagiez une telle chose.

— Enfin, Thea. Notre Victoria m'a convaincu que c'était une excellente idée. Elle m'en parle sans cesse depuis qu'elle a rencontré cette fille.

Lord Ennis leva la tête en souriant. Le soupir agacé de sa femme souleva sa poitrine ronde et fit chanceler son pendentif en grenat.

— Comment pouvez-vous autoriser une fille de paysans à suivre des leçons avec notre fille ?

Victoria étouffa un cri d'excitation. Que Rosie partage ses leçons ? Elle n'en espérait pas tant. Elle plissa les yeux pour tenter de lire l'expression de sa mère.

— C'est ce qu'elle veut, répondit lord Ennis.

— Et depuis quand Victoria peut-elle avoir tout ce qu'elle veut ? Devons-nous céder à tous ses caprices, peu importe le coût, alors que vous me houspillez dès que je dépense le moindre penny ?

— Cela ne nous coûtera pas un sou. Lady Louisa peut tout aussi bien instruire deux petites filles.

L'intéressée lança un regard noir à son beau-frère.

— De plus, poursuivit-il, cette fillette n'est pas une simple petite paysanne. Je me suis renseigné et son père est l'un de mes métayers les plus fiables. John Killeen est un type formidable.

Un petit cri de surprise échappa à lady Ennis.

— Killeen ? N'avons-nous pas une bonne nommée Killeen ?

— La sœur, précisa lady Louisa avec une moue méprisante.

Lady Ennis lâcha la fourchette qu'elle s'apprêtait à planter dans sa tarte à la rhubarbe.

— Avez-vous perdu l'esprit, Edward ? Et Louisa ? Vous n'allez quand même pas lui demander de donner des leçons à la sœur de l'une de nos bonnes.

Lord Ennis versa de la crème fraîche sur sa tartelette et sourit à sa belle-sœur.

— Je ne doute pas que Louisa s'impliquera avec joie dans tout projet conforme à l'intérêt de notre famille, n'est-ce pas, chère sœur ?

Cette dernière grimaça mais ne dit rien.

— Mais enfin, Edward…, commença lady Ennis.

— Ça suffit, Thea, ma décision est prise, dit-il de sa voix grave et profonde, sur le même ton qu'il employait pour ses discours à la Chambre des lords. Notre fille a besoin de la compagnie d'enfants de son âge maintenant que ses frères sont pensionnaires.

Il se pencha vers sa femme et ajouta plus bas :

— J'espérais que nous pourrions lui donner une petite sœur, mais cela semble peu probable désormais. N'est-ce pas, ma chère ?

Lady Ennis rougit.

— Edward, vous savez parfaitement que la naissance de Victoria a failli me tuer, répondit-elle, visiblement blessée.

— Sans parler de ce que cela a fait à ta silhouette, marmonna lady Louisa.

— Étant donné qu'elle n'a pas de frère ou de sœur de son âge, poursuivit lord Ennis comme si de rien n'était, et qu'il n'y a pas d'enfants de son âge et de son milieu à des kilomètres à la ronde, alors cette fillette – euh, Rose, je crois – devra bien faire l'affaire.

Il se renversa sur son siège et fit signe au majordome de lui apporter son brandy.

— Notre Victoria est comme un pur-sang à fort tempérament, lança-t-il, ignorant les protestations des deux femmes. Elle est rêveuse et n'en fait qu'à sa tête. Je fais dormir mes pur-sang avec de bons chevaux d'écurie, cette compagnie les calme et cela les aide à réaliser leur meilleur potentiel.

— Victoria n'est pas un cheval, rétorqua sèchement lady Louisa.

Lord Ennis se leva, signe que le dîner était terminé.

— J'irai parler à John Killeen. Je suis certain qu'il considérera cela comme un grand honneur. La fillette se joindra à Victoria dès que les garçons retourneront à l'école à l'automne.

Victoria ne put se retenir d'applaudir.

— Oh merci, cher papa, s'écria-t-elle en grimpant vers sa chambre à l'étage.

Elle était impatiente que l'été se termine.

Lady Ennis quitta la salle à manger majestueusement, suivie de sa sœur. De dix ans plus jeune que son mari, elle avait toujours une silhouette ravissante. Ses kilos supplémentaires étaient habilement gainés dans des corsets et des baleines, tandis que les décolletés mettaient joliment en valeur sa poitrine blanche. Bien que passées de mode, ses robes étaient bien coupées et ses cheveux blond foncé, toujours impeccablement coiffés.

Elle s'installa au salon sur un petit divan de velours rose, grimaçant au contact de l'assise tapissée bien trop ferme – elle avait choisi le nouveau mobilier pour son style et non pour son confort. Elle lissa ses jupes et sonna la cloche pour appeler le majordome.

Comme elle attendait son thé, elle parcourut la pièce d'un œil satisfait. Malgré les protestations de son mari, elle avait insisté pour la mettre au goût du jour, chassant au moins ici l'image de sobriété désuète qui se dégageait du reste de la maison. C'était dans le salon que l'on recevrait Sa Majesté et les premières impressions étaient d'une importance cruciale. On avait donc fait poser un nouveau papier peint au motif de treillis vert pâle et blanc, repeindre les moulures dans un blanc éclatant et acheté au cours des dernières semaines des fauteuils en rotin et velours bleu. Elle ne pouvait s'empêcher d'être déçue par le manteau de la cheminée. Le prix exorbitant du marbre l'avait obligée à se contenter d'un bois peint qui en reproduisait l'effet, à une certaine distance. Elle avait fait de son mieux pour détourner l'attention des regards curieux en exposant sa précieuse collection de porcelaines de Saxe sur la tablette de la cheminée.

Sa sœur continua de faire les cent pas dans la pièce tandis que Burke apportait une théière en argent, suivi par une bonne rousse chargée d'un plateau de tasses et soucoupes en porcelaine.

— Assieds-toi, Louisa, lança sèchement lady Ennis. Tu me donnes le tournis.

Sans cesser de marmonner, lady Louisa percha sa silhouette osseuse sur le bord d'un nouveau fauteuil, à bonne distance de sa sœur. Avec ses cheveux bruns attachés en chignon serré, sa robe en soie gris foncé à col montant et son air strict, lady Louisa Comstock était la personnification même du rôle qu'elle haïssait tant, celui de gouvernante. Elle était venue vivre ici après plusieurs saisons à Londres qui ne lui avaient pas rapporté la moindre demande en mariage. Certes, elle ne possédait pas la beauté de sa sœur et n'avait aucun sens de l'humour, mais son plus grand défaut était sans nul doute son incapacité totale à flatter les hommes. La personnalité irritable de Louisa, désormais reléguée à la place de membre du personnel non rémunéré, s'exprimait souvent sous une forme ouvertement hostile.

Après le départ des domestiques, lady Ennis but quelques gorgées de thé et se tourna vers sa sœur.

— Je ne sais plus par où commencer. J'ai déjà tant sacrifié à Edward au cours de toutes ces années, et maintenant cela ! C'est la goutte d'eau qui fait déborder le vase.

— Crois-moi, Thea, tu ne sais pas ce qu'est le sacrifice. Tu as un mari, un toit, un statut social et la sécurité. Je n'ai rien de tout cela.

— Oh, ne commence pas, Louisa. Tu ne peux t'en prendre qu'à toi-même. Si seulement tu avais essayé de te montrer plus agréable envers tes prétendants, tu ne serais pas dans cette situation aujourd'hui.

Lady Louisa posa sa tasse d'un geste brusque.

— Refuser de me rabaisser avec des ivrognes idiots ? Oui, je plaide coupable.

— N'exagère pas, Louisa. Un sourire par-ci, un petit compliment par-là, je n'appelle pas cela se rabaisser. C'est vraiment dommage que tu ne m'aies pas écoutée.

Un sourire méprisant se dessina sur le visage maigre de lady Louisa.

— Je pense que tu ne t'es pas contentée de sourire et flatter, très chère sœur. Si je me souviens bien, tu t'es employée à dénigrer toutes les autres filles qui éveillaient l'intérêt d'Edward afin de le garder rien que pour toi. Cette pauvre Charlotte Dowling a même dû fuir sur le continent pour veiller sur sa sœur soi-disant malade, le temps de faire oublier une rumeur que tu avais inventée de toutes pièces.

— Je n'ai rien inventé, répondit lady Ennis d'un air dédaigneux. Un malentendu, rien de plus. Je ne suis tout de même pas responsable de la crédulité de cette idiote de Charlotte.

Une ombre passa dans ses yeux gris.

— Et puis, de toute façon, regarde ce que cela m'a apporté. Coincée ici, dans un trou perdu de l'ouest de l'Irlande, avec un mari qui tient les cordons de la bourse d'une main de fer. Si j'avais su alors ce que je sais maintenant... J'avais tant d'autres prétendants à l'époque...

— Mais tu as choisi Edward, pour le meilleur et pour le pire.

Lady Ennis regardait par la fenêtre d'un air rêveur.

— Il était tellement charmant, Louisa. Et il m'a donné une vision si romantique de l'Irlande. Tu imagines ma surprise quand je suis arrivée dans cette vieille maison démodée entourée de boue et de marécages !

— Comme on fait son lit..., dit Louisa en se levant.

— Oui, et j'ai accepté les conséquences stoïquement. Mais cette fois, ma patience a vraiment atteint ses limites, renchérit-elle, les lèvres pincées en une ligne fine. Depuis la naissance de Victoria, je me suis attachée à tout faire pour qu'elle ait une meilleure vie que la mienne. Elle recevra une éducation stricte, si bien que lorsqu'elle atteindra l'âge d'entrer dans le monde, ses manières et sa conduite seront parfaites. Si sa beauté remplit ses promesses, elle aura tout pour elle et une foule de prétendants, et je n'accepterai rien de moins que le premier-né d'un riche comte.

Elle se retourna pour dévisager sa sœur.

— Ce qu'Edward a suggéré ce soir mettra à mal tous mes projets pour Victoria, je ne peux simplement pas le permettre.

— Je ne pense pas que tu aies le choix.

— Je ne peux peut-être pas empêcher cette sale petite paysanne de venir suivre des leçons dans cette maison, mais Victoria n'aura pas le droit de la fréquenter en dehors de cela. Sa mauvaise influence se limitera à ta salle de classe et je te demande de lui rendre ces moments assez désagréables pour qu'elle ait rapidement envie d'y mettre un terme. M'as-tu bien comprise ?

Lady Louisa pinça les lèvres, comme si elle s'apprêtait à lui assener une réponse bien sentie. Au lieu de cela, elle porta une main à son front.

— Je vais m'allonger. J'ai une terrible migraine. Dis à la bonne de m'apporter de l'eau.

Là-dessus, lady Louisa se retira, laissant lady Ennis en état de choc. C'était la première fois qu'elle osait donner un ordre à sa sœur.

Bridie entra comme une flèche dans le cottage des Killeen.

— Sale petite garce ! cria-t-elle à Rosie, ses mains rouges et abîmées posées sur ses hanches fines.

— Bridie ! lança leur mère. Comment oses-tu parler ainsi à ta sœur ?

— Mais j'te jure, Ma, protesta Bridie, des larmes de colère brillant dans ses yeux bleu clair, c'est elle qui a mis cette idée dans la tête de la fille, et juste pour me faire enrager.

Ma fit asseoir Bridie à la table de la cuisine.

— Maintenant, tu me dis tout, ordonna-t-elle.

Bridie répéta tout ce que la bonne rousse, Sadie Canavan, venait d'annoncer aux domestiques concernant la décision de lord Ennis.

— Sadie dit que c'était l'idée de Victoria, mais je pense que c'est Rosie qui lui a fourré ça dans la tête.

— Et pourquoi j'aurais fait ça ? s'écria celle-ci. J'ai aucune envie d'aller là-bas. J'aime bien mon école et mes amis.

Elle leva de grands yeux implorants vers sa mère.

— Je suis pas obligée d'y aller, hein, Ma ? Je suis pas obligée d'y aller si j'ai pas envie ?

Mrs. Killeen observa tour à tour ses deux filles en larmes et son mari, assis sur un vieux lit-divan à côté de l'immense cheminée où brûlait un feu de tourbe.

— John ?

Rosie retint son souffle. Sûr que son Pa n'accepterait jamais une telle chose. Du plus loin qu'elle s'en souvienne, il avait toujours été de son côté, la protégeant des moqueries de ses frères et des colères de sa mère. Elle se revit pleurer sur ses genoux tandis qu'il cachait sous sa chaise les débris d'une assiette qu'elle avait fait tomber.

« Voilà, ils ont disparu, avait-il murmuré. Ta Ma ne les trouvera pas. Ce sera notre petit secret. »

À présent, elle attendait qu'il vienne de nouveau à son secours. Il croisa son regard un instant, à travers la fumée blanche de sa pipe. Puis il baissa la tête.

— Si c'est ce que veut sa Seigneurie, murmura-t-il, je ne crois pas que nous ayons le choix, Róisín Dubh.

Son Pa l'appelait toujours par son véritable prénom, Róisín, et ajoutait « Dubh ». Avec sa prononciation, cela donnait « Ro-sheen Dove », « Rosaleen la Noire » en irlandais, comme il le lui avait expliqué, et aussi qu'on appelait également l'Irlande ainsi. Elle avait toujours aimé qu'il l'appelle comme cela. Avec ses cheveux noirs et ses yeux noisette, si foncés qu'ils paraissaient parfois marron, ce nom lui allait bien. Mais ce soir-là, il ne lui procurerait aucun plaisir. Ses larmes redoublèrent.

— Ah, pour l'amour du ciel, t'as aucune raison de pleurer, dit Bridie. Qu'est-ce que tu crois que ça va me faire quand tu seras là-bas et que je devrai te servir ?

Elle se tourna vers sa mère, l'air désespérée.

— Et le personnel essaiera de me soutirer des commérages ! On ne me laissera jamais en paix. Et si elle me fait honte ? Elle pourrait me faire perdre mon poste.

Ma lui caressa les cheveux.

— Oh, ça va aller, ma chérie, tu verras. Rosie ne te laissera pas tomber.

Pendant le reste de l'été, Rosie tenta de ne pas penser à ce qui l'attendait. Chaque matin, elle allait chercher les œufs dans le poulailler et aidait sa Ma à préparer le petit déjeuner. Quand elle avait terminé son travail, elle passait les longues journées ensoleillées à chasser des lapins avec ses frères, ou à nager dans les rivières avec les enfants des fermes voisines. Ils s'aventuraient souvent loin dans les bois, à la recherche de grottes ou de forteresses de fées. Mais la nuit, lorsqu'elle n'avait plus aucune distraction et que sa famille était couchée, elle restait souvent un long moment à observer son petit cottage, comme pour en mémoriser le moindre détail. Quand elle regardait les braises du feu de tourbe, la certitude l'envahissait que sa vie ne serait plus jamais la même.

L'été s'acheva trop vite. Le cottage des Killeen connut bientôt une soudaine effervescence, entre les cheveux à couper, les bottes et les cahiers à remplacer et tous les préparatifs de l'année scolaire à venir. Rosie observa en silence ses trois frères se disputer les cartables neufs rapportés par Ma, espérant encore un miracle. Mais il n'arriva jamais. Ma insista pour l'emmener dans la petite ville de Crossmolina afin de choisir du tissu dans lequel elle taillerait de nouvelles robes à porter dans la grande maison. En temps normal, Rosie aurait été ravie d'aller faire les boutiques avec sa mère, mais cette fois, elle suivit sa Ma comme un prisonnier en marche vers l'échafaud.

Chez Hopkins, le marchand de tissus, Ma acheta plusieurs mètres d'un coton doux, même si Rosie savait bien qu'ils ne pouvaient pas se le permettre, ainsi que du ruban de dentelle et des boutons assortis. Les deux soirées suivantes, Ma passa de longues heures à lui coudre deux nouvelles robes, une bleue et une grise, chacune avec un col en dentelle, une grande ceinture à nouer dans le dos et de gros boutons blancs sur le devant.

— Voilà, annonça Ma d'un air satisfait, elles devraient te durer un bon moment si tu en prends bien soin. Si tu ne cours pas et que tu ne te roules pas dans l'herbe ou que tu n'escalades pas de barrières.

Elle fit les gros yeux à Rosie, qui baissa la tête.

La nuit précédant son premier jour dans la grande maison, Rosie passa des heures à sangloter silencieusement dans son lit. Comment son Pa avait-il pu la trahir ainsi ? Prendre le parti d'inconnus plutôt que de sa propre fille ? Et pourquoi sa mère était-elle si heureuse à l'idée qu'elle reçoive une éducation aux côtés de la petite fille de la grande maison ? Qu'avait-elle fait pour mériter que sa vie soit ainsi chamboulée ? Pourquoi la punissait-on ? Comme elle sombrait dans le sommeil, la même pensée revint : si seulement elle n'avait jamais croisé le chemin de Victoria Bell, rien de tout cela ne serait arrivé.

2

Cette nuit-là, Victoria Bell était bien trop excitée pour réussir à s'endormir. Rosie viendrait suivre les leçons avec elle le lendemain matin. Comme ça allait être amusant d'avoir sa nouvelle amie avec elle dans la salle de classe ! Elle avait remercié son papa encore et encore pour cette permission, elle l'avait noyé sous les baisers et les câlins à chaque fois qu'elle le voyait.

« Allons, allons, Victoria, avait dit lord Ennis en la repoussant doucement, cela ne veut pas dire que vous avez le droit de jouer toute la journée. Toi et la jeune Rose devrez vous appliquer pendant vos leçons. Lady Louisa me tiendra informé de votre conduite et si vous lui désobéissez, je serais contraint de renvoyer Rose à sa ferme.

— Oh non, papa, s'était alarmée Victoria. Je me tiendrai bien, je te le promets. »

Malheureusement, lady Ennis ne semblait pas voir les choses du même œil et elle avait transmis un message différent à sa fille, plus alarmant encore.

« J'ai accepté cet arrangement parce que ton père a insisté, mais il ne s'applique qu'à la salle de classe. Il t'est défendu de voir cette fille ou de lui parler en dehors de tes leçons. Je refuse que son influence paysanne vienne corrompre ma fille. Est-ce bien compris, Victoria ? »

Victoria avait hoché la tête, mais elle n'avait pas compris du tout. Elle ne savait même pas ce que signifiait le mot « corrompre ». Juste que sa maman n'aimait pas Rosie, même si elle ne l'avait jamais rencontrée.

Le lendemain matin, l'excitation l'emporta sur les menaces et les interdictions. Victoria dévora son petit déjeuner à la hâte et se précipita dans la grande pièce qui sentait le renfermé. Rosie se tenait debout à côté de la porte opposée.

— Viens t'asseoir à côté de moi, Rosie, dit-elle en courant pour l'attraper par la main.

Dans son exubérance, elle ne remarqua pas le visage pâle et la tête baissée de la fillette. Pas une seconde elle n'avait imaginé que sa nouvelle amie pourrait ne pas partager son excitation. Elle s'installa sur sa chaise, arrangea bien sa robe en batiste rose et son tablier blanc, tapota la chaise vide à côté d'elle. Hésitante, Rosie se glissa sur le siège, le rapprocha du bureau et attendit.

— Victoria, calme-toi, s'il te plaît.

Lady Louisa, vêtue d'une robe en serge bleu marine, se tenait droite comme un I à côté du tableau noir et du chevalet, le visage sombre. Une fois Victoria assagie, elle se mit à faire les cent pas devant les fillettes.

— Tu m'appelleras « maîtresse », dit-elle à Rosie avec un regard noir.

Rosie baissa les yeux.

— Oui, maîtresse.

— Tu ne parleras que quand on t'adressera la parole. Si tu as une question, tu peux lever la main, mais si je t'ignore, alors tu la baisseras.

— Oui, murmura Rosie.

— Oui quoi ?
— Oui, maîtresse.
— En ce qui concerne ta robe, poursuivit lady Louisa en plissant son long nez fin, celle-ci devra bien faire l'affaire, je suppose, mais pour l'amour du ciel, demande à ta mère de t'enlever cette affreuse ceinture. Et de te donner un tablier pour éviter les taches d'encre.

Rosie rougit jusqu'aux oreilles.

— Oui, maîtresse.

Lady Louisa les considéra tour à tour.

— Il n'y aura pas de ricanements et pas de bêtises. Vous êtes ici pour apprendre, et c'est malheureusement à moi que revient le devoir de vous inculquer un peu de savoir. Toi, dit-elle en hochant la tête en direction de Rosie, tu n'as pas dû apprendre grand-chose à l'école des gamins du village. Tu vas me montrer l'étendue de ton ignorance.

Le reste de la matinée s'écoula entre exercices de dictée et d'arithmétique, lady Louisa serrant dans ses mains osseuses une longue règle avec laquelle elle frappait sans cesse le tableau noir. Elle donna ensuite un livre à chacune et leur demanda de lire à haute voix. Le ventre de Victoria se serra, parce qu'elle n'aimait pas cela et était gênée que Rosie entende sa lecture hésitante. Sa nervosité la fit se tromper encore plus souvent que d'habitude. Puis elle écouta, béate d'admiration, Rosie lire son paragraphe à toute vitesse sans une seule erreur. Elle ne put s'empêcher d'applaudir.

— Oh, bravo Rosie ! s'exclama-t-elle.

— Silence, Victoria, ordonna lady Louisa.

Sadie servit le déjeuner à onze heures. Rosie, qui n'avait rien pu avaler au petit déjeuner, dévora les petits sandwichs au jambon tandis que Victoria mordait délicatement dans le sien. Puis elle avala son lait en trois gorgées et reposa son verre avec un soupir satisfait.

— Silence, s'il vous plaît, lança lady Louisa en quittant la pièce. J'ai mal à la tête.

— Pardon, m'dame, euh, maîtresse, dit Rosie.

Aussitôt qu'elles furent seules, Victoria se leva d'un bond et attrapa la main de son amie.

— Viens, allons voir mes jouets.

Elles étaient toujours dans la salle de classe, se raisonna-t-elle, elle ne désobéissait donc pas à sa mère.

— Veux-tu voir mes poupées ? demanda-t-elle devant le grand placard situé dans le coin de la pièce.

Pendant la demi-heure suivante, Victoria lui présenta chacune de ses poupées, en précisant quand on les lui avait offertes. Dans une boîte, elle conservait toutes sortes de vêtements miniatures, des robes et des chapeaux et des écharpes dans des tissus soyeux.

— Allez, on les habille. Oh, c'est si amusant d'avoir quelqu'un avec qui jouer, Rosie !

Celle-ci sourit pour la première fois de la matinée.

L'horloge de la nursery sonna les douze coups de midi et lady Louisa revint.

Rosie murmura :

— On ne peut pas sortir une minute ? Il fait si chaud à l'intérieur.

Victoria secoua la tête.

— On n'a pas le droit.

Lady Louisa, visiblement remise de sa migraine, frappa le tableau noir pour obtenir l'attention des filles.

— Nous allons faire un peu de conversation française, maintenant, annonça-t-elle. Tu peux participer, si tu le souhaites, ajouta-t-elle en regardant Rosie.

La fillette rougit et s'enfonça sur sa chaise. Victoria applaudit d'un air ravi. C'était maintenant son tour de se faire valoir. Elle se mit donc à jacasser avec lady Louisa, souriant à Rosie quand elle eut terminé. Mais celle-ci avait une mine soucieuse.

— Ne t'inquiète pas, Rosie, je vais t'apprendre le français. Et tu pourras m'aider avec la lecture.

Suivit une heure de leçon de maintien et d'étiquette. Les fillettes ricanaient en arpentant la salle de classe, un livre en équilibre sur la tête.

Quand trois heures sonnèrent, Rosie se leva et commença à s'en aller, aussitôt imitée par Victoria. Lady Louisa tapa brusquement dans ses mains pour les arrêter.

— Je n'ai jamais vu une conduite aussi épouvantable. Revenez à votre bureau immédiatement et attendez que je vous donne l'autorisation de vous lever. Victoria, je ne devrais pas avoir besoin de te le dire. Attends un peu que je raconte cela à ton père.

— Oh non, pitié, tante Louisa, sinon il renverra Rosie.

— Eh bien, tu ferais mieux de te souvenir de tes manières la prochaine fois. Vous pourrez partir quand je vous le dirai, et en silence, s'il vous plaît. Sans courir.

Ignorant ces consignes, Rosie partit en courant vers la porte du fond, en direction des escaliers des domestiques. Victoria, qui n'osait pas bouger, l'appela mais elle ne se retourna pas. Pourquoi Rosie était-elle si pressée ? Elle ne lui avait même pas dit au revoir. Est-ce qu'elle ne l'aimait pas ? Cette idée ne lui était jamais venue à l'esprit. Lady Louisa finit enfin par lui permettre de quitter son bureau et elle dut faire un effort pour retenir ses larmes en s'approchant du placard à jouets. Ignorant la pile de poupées par terre, elle attrapa le bateau bleu et blanc que Rosie était allée repêcher pour elle et le serra contre sa poitrine.

Plus tard dans la soirée, une fois la vaisselle du dîner de la famille lavée et la cuisine rangée, les domestiques se rassemblèrent dans l'office pour leur repas du soir. Ils s'asseyaient à une longue table en bois usé, les hommes d'un côté, les femmes de l'autre, alignés en fonction de leur rang. Mr. Burke, le majordome, en occupait le bout. Ce soir-là, il y avait plus de restes que d'habitude, parce que lord Ennis était parti pour Londres et que lady Ennis et lady Louisa avaient peu mangé. Le parfum du rôti de bœuf, des sauces et du pain chaud se mêlait aux relents d'eau de Javel et autres produits d'entretien. Une jeune fille de cuisine servait l'eau tandis que Mr. Burke versait le vin dans de gros verres pour lui-même, la gouvernante et la cuisinière.

— Où est miss Canavan ? demanda-t-il en remarquant la chaise vide à côté d'Immelda Fox, la femme de chambre de lady Ennis.

— Lady Louisa l'a appelée au moment où nous allions passer à table, répondit Mrs. Murphy, la gouvernante. Apparemment, elle ne se sentait pas bien et voulait de l'eau fraîche.

— Pas étonnant. Elle a dû se coltiner Rosie Killeen aujourd'hui, en plus de miss Victoria. Sadie a dit que la Rosie s'était déjà couverte de honte en dévorant son déjeuner comme une chèvre affamée, répondit Mrs. O'Leary en regardant Bridie, assise à côté d'elle. Votre mère vous a pas appris les bonnes manières ?

Bridie resta silencieuse.

Il faisait chaud pour un soir de septembre. Mrs. O'Leary ouvrit les premiers boutons de son chemisier et s'éventa de la main.

— Cette chaleur est étouffante ! Seaneen, ajouta-t-elle en se tournant vers le plus jeune des deux valets de pied, veux-tu aller ouvrir la porte pour faire entrer de l'air ?

— Oui, maman, mais c'est le crottin de cheval que tu sentiras si je le fais.

Mrs. O'Leary, grande et bien charpentée, dominait tout le personnel, à l'exception de Mr. Burke. Son volume considérable était cependant soutenu par de minuscules pieds délicats qu'elle pointait et tortillait coquettement, assise de côté sur sa chaise, les jambes étendues devant elle.

— Oh, chut, dit-elle. Fais ce que je dis ou je vais devoir enlever ma blouse et vous offrir un spectacle que vous n'oublierez pas de sitôt.

Attenant à la cuisine, l'office était une pièce longue et étroite avec un sol en pierre et un plafond bas, sans aucune fenêtre sur l'extérieur. L'unique ouverture était percée dans le mur intérieur qui le séparait des quartiers de Mr. Burke, permettant au majordome de garder un œil sur son personnel même dans les moments de détente. La fumée d'années de repas préparés dans la cuisine adjacente avait grisé les murs en pierre blanchis à la chaux. La chaleur de la cuisinière et la vapeur des casseroles bouillantes rendaient la température quasiment insupportable, particulièrement quand il faisait déjà chaud dehors.

Sean avait raison à propos de l'odeur de crottin. Dès qu'il ouvrit la porte, les effluves de l'écurie entrèrent dans la cuisine et l'office. Mrs. O'Leary leva les yeux au ciel et but une longue gorgée de vin.

— Récitons le bénédicité, dit Mr. Burke en baissant la tête.

Mr. Burke appartenait à l'Église d'Irlande, tout comme la famille Bell. Le reste des domestiques était catholique. Sa voix forte récitait donc les prières de l'Église d'Irlande, tandis que les autres murmuraient en chœur, les yeux fermés, à l'exception de la bonne de lady Ennis, Immelda Fox, qui se frappait théâtralement la poitrine dans une grande démonstration de piété.

Mr. Burke venait de commencer quand Sadie Canavan déboula, ses boucles cuivrées bondissant autour de son bonnet blanc.

— Pardon, je suis en retard, dit-elle. Elle était d'une humeur massacrante.

Mr. Burke la fit taire d'un geste. Elle baissa immédiatement la tête et marmonna la prière. Puis elle alla s'asseoir entre Immelda Fox et Bridie Killeen.

Quand il eut terminé, Mr. Burke s'éclaircit la gorge et lui fit sévèrement remarquer :

— Un peu de respect, miss Canavan. Ne dites pas « elle », mais lady Louisa.

Très grand, la mine sinistre d'un croque-mort, Mr. Burke prenait très au sérieux la responsabilité qui lui incombait de civiliser les domestiques souvent turbulents.

— Oui, Mr. Burke, mais attendez un peu que je vous dise…

— Pas de commérages, miss Canavan. Vous connaissez les règles.

Sadie ne se laissa pas démonter.

— Elle, euh, lady Louisa dit que la Rosie est aussi bête qu'un navet et que ses manières sont révoltantes. Vous auriez dû voir sa tête. Rouge comme un coq, qu'elle était. Alors, hein, Bridie, qu'est-ce que t'en dis ?

Bridie lui lança un regard noir et haussa les épaules.

Un silence gêné s'ensuivit, jusqu'à ce qu'Anthony Walshe, le minuscule gardien, se frappe la cuisse en souriant.

— Eh bien, tant mieux pour la petite Rosie, dit-il. Je le jure, j'aimerais pas être à sa place face à cette fouine de gouvernante tous les matins, j'vous le dis.

Brendan Lynch, le plus âgé des deux valets de pied, un brun à l'air maussade, fit la grimace.

— Ils se servent d'elle, c'est tout, comme ils se servent de nous tous. Quand ils en auront fini, ils la jetteront dehors comme une vieille chaussette, et qu'est-ce qu'elle fera ensuite ? Putains d'aristocrates. Ils méritent tous de brûler en enfer.

Immelda Fox fit le signe de croix.

— Brendan, ne blasphème pas !

Mr. Burke se leva.

— Ça suffit, cria-t-il. Je ne veux plus rien entendre là-dessus.

Au cours des mois qui suivirent, Rosie se traîna tous les matins jusqu'à la grande maison en redoutant les nouvelles humiliations que la journée ne manquerait pas d'apporter. Lady Louisa s'efforçait de la prendre en faute, elle ne ratait jamais la moindre occasion de critiquer son accent, ou ses mauvaises manières, ou son ignorance. Tout le monde avait toujours loué l'intelligence de Rosie jusque-là, mais sa confiance en elle s'effritait peu à peu.

Victoria ne semblait pas avoir conscience de ce qui se passait et Rosie ne lui en voulait pas. Comment aurait-elle pu comprendre ? Elle avait grandi dans le luxe, dans un monde parfaitement sûr. Rosie aurait voulu la détester, mais Victoria était si gentille et douce que c'était impossible. Et puis, elle était si heureuse de leur amitié qu'elle se précipitait toujours dans ses bras et la serrait à l'étouffer.

À la maison, Ma ne cessait de lui répéter quelle chance c'était de recevoir la même éducation qu'une aristocrate.

« Je me mets à genoux tous les soirs, Rosie, et je remercie Dieu pour tous les bienfaits qu'Il nous accorde. C'est un miracle, tout autant que les malades qui guérissent à Lourdes. C'est sûr qu'il n'y a pas une seule fille dans le comté de Mayo qui ne sauterait pas sur une occasion pareille. J'ai pas raison, John ? »

John Killeen, les yeux fixés sur les flammes, évitait le regard de sa femme et hochait la tête.

Ma devait bien avoir raison. Mais cela ne changeait rien à la solitude que Rosie ressentait au plus profond d'elle-même. Tous les jours, quand elle traversait la route qui séparait sa ferme du domaine des Ennis, elle avait toujours un peu plus l'impression d'entrer en territoire étranger. Comment cela se faisait-il ? L'herbe n'était-elle pas la même de chaque côté de la route ? Le même soleil ne brillait-il pas dans le ciel, la même pluie ne mouillait-elle pas la terre, et les mêmes fleurs ne poussaient-elles pas ? Pourtant, elle avait l'impression de franchir un gouffre jusqu'à un autre monde où, malgré une nature luxuriante, tout lui paraissait artificiel et forcé, comme un enfant trop sage – un lieu où pas un brin d'herbe ni une fleur ne poussaient de manière spontanée, où pas un lapin ni un renard ne couraient, ne creusaient une tanière ni n'élevaient leurs bébés, où jamais un gentil chien ne courait vers vous.

Finalement, Rosie finit par comprendre que si elle voulait s'épanouir dans ce monde étrange, elle devrait se forcer à s'y adapter, et pour cela, elle devait tenter de le comprendre, et pour le comprendre, elle devait devenir comme les gens qui vivaient là. C'est ainsi qu'elle décida d'endurer les moqueries et les méchancetés de lady Louisa, afin d'apprendre tout ce qu'elle pouvait – non seulement dans les livres, mais aussi comment les aristocrates marchaient et parlaient et mangeaient et s'habillaient.

Elle continua d'exceller à la lecture, fascinée par les nouveaux livres que lady Louisa lui faisait découvrir. Son niveau de français s'améliora un peu, grâce au soutien de Victoria. On l'autorisa à prendre des cours de piano avec celle-ci et elles jouèrent en duo. Elle apprit à bien se tenir à table, ce qui lui valut des moqueries de ses frères à chaque repas. Elle faisait plus attention à son apparence, insistant pour attacher ses boucles brunes avec des rubans et porter un tablier propre chaque jour, qu'elle lavait et repassait elle-même. Même sa diction se modifia. Elle prit peu à peu l'accent et les expressions de Victoria.

Bien sûr, Rosie n'avait pas conscience de ces changements, mais sa mère et sa sœur les remarquaient et y réagissaient très différemment.

— Notre Rosie devient une vraie petite lady, dit Ma un soir.

— Je sais pas pour qui elle se prend, répondit Bridie, méprisante. Je t'avais dit qu'elle se sentirait plus. Tu vas voir, bientôt, elle aura honte de nous. Elle sera trop bien pour remettre les pieds dans cette maison.

— Notre Rosie n'oublierait jamais sa famille.

Soudain, Bridie explosa.

— Et pourquoi est-ce que notre Rosie a des chances que je n'ai jamais eues ? demanda-t-elle. Je me suis bien comportée toute ma vie. Est-ce que je t'ai pas écoutée et j'ai pas travaillé dur à Ennismore ? Mais je reste une simple bonne, obligée de nettoyer les cendres dans les cheminées tous les matins, de vider les pots et frotter les sols. Et ça ne finira jamais. À moins qu'Immelda et Sadie ne se marient ou soient renvoyées, je n'aurai aucune chance de faire autre chose. Je resterai boniche toute ma vie !

Bridie reprit son souffle. Ses yeux étaient pleins de larmes.

— Mais tu t'en fiches, hein ? Tu ne penses qu'à Rosie. Rosie ceci, Rosie cela, et comme c'est formidable que Rosie devienne si jolie, quel bel avenir elle aura… Ça me donne envie de vomir.

Ma observa le visage creusé et cireux de sa fille, ses épaules fines et ses mains abîmées. Elle la prit dans ses bras et la serra contre elle.

— Je suis désolée, ma chérie. Je sais que c'est dur pour toi. Ton Pa et moi te sommes reconnaissants d'être une si bonne fille. On ne pourrait pas demander mieux. Allez, va te coucher. Je t'apporte une tasse de lait chaud. Tu te sentiras mieux demain matin.

L'amitié de Rosie avait également un effet profond sur Victoria, même s'il était peut-être moins évident de prime abord. Elle continuait de se conformer aux ordres de sa mère, afin que Rosie ne soit pas renvoyée. Victoria avait toujours été obéissante, même si c'était plus par peur de déplaire que par prédisposition naturelle. Chaque jour, elle tentait d'arracher à lady Ennis un minuscule sourire ou le moindre signe d'approbation, mais elle y parvenait rarement. Sans la gentillesse de son papa, elle aurait été très seule.

Mais ce vide était désormais comblé par sa nouvelle amitié. Son inquiétude du premier jour à l'idée que Rosie pourrait refuser d'être son amie s'était totalement évaporée. Pendant leur déjeuner, quand tante Louisa quittait la salle de classe pour aller se reposer, Victoria mitraillait Rosie de questions.

— Comment c'est de vivre à la ferme ? As-tu déjà trait une vache ? Combien de serviteurs avez-vous ? Comment c'est de partager les repas avec ta famille ? Quel genre de nourriture mangez-vous – la même chose que nous ? Est-ce que ta maman t'aime ?

Rosie répondait patiemment et Victoria se fit une meilleure idée du monde de son amie, très différent du sien. Elle brûlait d'envie de vivre dans le cottage que Rosie décrivait, avec une famille bruyante et aimante, une mère qui ne la grondait presque jamais quand elle oubliait de bien se tenir et qui l'embrassait tous les soirs pour lui souhaiter bonne nuit.

— Maman, pourquoi dois-je me comporter en lady tout le temps ? Rosie n'est pas obligée.

Lady Ennis lança à sa fille un regard réprobateur. Elles étaient assises bien droites dans la nursery, lors d'une de ses rares visites de l'après-midi.

— Parce que tu es une lady, Victoria, ou du moins tu le seras lorsque tu entreras dans le monde.

— Mais si je n'ai pas envie d'entrer dans le monde, maman ?

— Ne dis pas de bêtises, tu n'as pas le choix. Tu es la fille d'un comte. C'est ton devoir.

— Je n'aime pas le devoir, répondit la fillette, boudeuse.

— Cesse de grimacer, Victoria, cela abîmera ta beauté. Et que tu aimes cela ou non n'a aucune importance, tu feras ce que l'on attend de toi, c'est tout.

— Mais…

— Assez, Victoria !

Lady Ennis se leva.

— C'est cette horrible fille qui te met ces idées en tête, n'est-ce pas ? J'avais prévenu ton père que cela arriverait.

Victoria bondit, paniquée.

— Oh non, maman, Rosie n'a rien fait. Je te le jure. Ce sont mes idées à moi, dans ma tête.

— Eh bien, débarrasse-t'en !

Sa mère la quitta, laissant derrière elle un courant d'air froid. Victoria se mit à trembler. Elle était allée trop loin. Et si maman ordonnait à papa de chasser Rosie ? Elle sentait que son amie serait retournée à son propre monde avec plaisir, mais elle-même ne pourrait plus supporter la vie à Ennismore sans elle. Pourquoi avait-elle dit cela à maman ? Elle aurait dû se douter que cela lui déplairait. À l'avenir, il faudrait faire plus attention. Elle ne pouvait pas prendre le risque que Rosie soit renvoyée. Elle décida donc de garder ce genre d'idées pour elle. À partir de ce moment, elle serait la fille parfaite que sa maman voulait qu'elle soit.

Plus tard dans la soirée, lady Ennis rêvassait devant son miroir tandis que sa femme de chambre, Immelda Fox, lui brossait les cheveux.

— Fox, je veux que vous gardiez un œil sur ma fille, dit-elle sans lever les yeux.

Immelda Fox était arrivée à Ennismore plusieurs années auparavant. Elle venait de quitter un couvent, sans être parvenue à devenir nonne. Le reste du personnel s'était tout de suite méfié d'elle. Ses cheveux noirs, ses yeux gris perçants, sa peau blanche comme neige qui n'avait jamais vu le soleil et sa manière de circuler sans faire le moindre bruit, comme une ombre, tout en elle produisait un air de mystère. Sa façon de faire étalage de sa piété, en se frappant constamment la poitrine, était vite devenue un sujet de moquerie pour tous les autres. Aussi avaient-ils été très surpris quand lady Ennis l'avait choisie comme femme de chambre. À l'exception de leur maîtresse, personne n'avait compris qu'elle serait la moins susceptible de répandre des rumeurs à son sujet. Lady Ennis lui accordait implicitement sa confiance.

La femme de chambre ouvrit de grands yeux curieux.

— Madame ?

— J'ai eu une conversation très troublante avec elle cet après-midi. Elle a fait preuve d'une défiance que je n'avais jamais vue auparavant. Je suis certaine que c'est l'influence de cette... cette fille !

— Vous voulez dire Rosie Killeen, Madame ? Mais lady Louisa serait sûrement mieux placée que moi pour la surveiller.

— Non, Fox. Je pense que ma sœur n'est pas toujours sincère avec moi. Elle considère la salle de classe comme son domaine. J'espérais qu'elle lui rendrait la vie si désagréable que cette fille partirait d'elle-même. Mais à l'évidence, ce n'est pas le cas.

— Ces filles de la campagne peuvent vous surprendre parfois, Madame, répondit Fox en haussant les épaules. Elles sont souvent plus fortes qu'on ne le croit.

— Vous allez surveiller Victoria en dehors de la classe. Je veux savoir si elle me désobéit en passant du temps avec cette fille.

— Je ferai de mon mieux, Madame.

Immelda Fox termina de brosser les cheveux de sa maîtresse et l'aida à enfiler sa chemise de nuit. Son visage ne trahissait aucune émotion. Ce n'est que quand elle ferma la porte de la chambre derrière elle et descendit l'escalier qu'un sourire se dessina sur son fin visage pâle.

3

Le 1er juin 1906, six ans jour pour jour après la visite de la reine Victoria à Ennismore, Victoria Bell prit place dans la salle à manger avec sa famille et des invités pour la première fois. C'était son treizième anniversaire. Ils étaient sur le point de commencer à dîner quand une calèche s'arrêta devant le perron. Victoria se leva d'un bond et courut à la fenêtre.

— C'est tante Marianne ! s'écria-t-elle.

Lady Marianne Bellefleur, la sœur de lord Ennis, avait une fâcheuse tendance à deviner exactement quand la famille Bell organisait un dîner auquel elle n'avait pas été invitée. Elle aimait alors, en ces occasions, arriver sans prévenir, sachant pertinemment que cela ferait paniquer sa belle-sœur, l'obligeant à soudain modifier le plan de table et ce genre de choses, et à craindre que sa conduite excentrique ne choque ses invités.

Elle entra dans la salle à manger accompagnée de Mr. Shane Kearney, le jeune dandy qu'elle avait pris sous son aile et qui l'escortait partout. Grande et brune, avec une ligne parfaite et des tenues à la dernière mode, lady Marianne attirait toujours l'attention. Victoria adressa un clin d'œil à son frère Valentin quand leur mère se força à sourire. Valentin, qui avait deux ans de plus que Victoria et partageait sa beauté et sa blondeur, le lui rendit.

— Ça alors, très chère Marianne ! s'exclama lady Ennis en se levant pour accueillir ses nouveaux invités. Quelle surprise !

Lady Marianne inclina la tête tandis que Mr. Kearney prenait la main de leur hôtesse et y déposait un baiser théâtral, avant que celle-ci ne s'empresse de la lui retirer.

— Comment pouvais-je manquer une aussi belle occasion que le treizième anniversaire de ma chère nièce ? répondit lady Marianne avec un signe de tête à Victoria. Oh, mais regardez-la, une vraie jeune femme. N'est-elle pas divine, Mr. Kearney ?

— Digne d'un portrait d'Ingres, dit-il en rejetant ses boucles brunes en arrière d'une main pâle et ornée de lourdes bagues. Il faut que je la dessine.

C'était une belle soirée d'été. Le soleil filtrait par une fenêtre orientée à l'ouest, dessinant les ombres dansantes des feuilles sur la petite table de jeu. Des buissons en fleurs effleuraient les fenêtres de tous les côtés et on entendait au loin les cris des oiseaux qui s'ébattaient autour du lac. Mr. Burke et les deux valets de pied se tenaient au garde-à-vous à côté du buffet sur lequel différents plats attendaient sur des plateaux de service en argent.

Victoria parcourut la pièce du regard. Sa mère observait avec un dégoût visible sir Humphrey Higgins, corpulent marchand et camarade de chasse de lord Ennis, dont la bouche épaisse engloutissait d'énormes bouchées, alors que lady Louisa, elle, ne quittait pas des yeux le révérend Watson, le pasteur du coin et veuf depuis peu, sur lequel elle avait des vues – Louisa commençait à s'inquiéter de ce qu'elle deviendrait lorsque Victoria quitterait sa salle de classe.

Lord Ennis bavardait avec les hommes en gesticulant.

— Ces bêtises de Home Rule n'en finissent pas, déclara-t-il gravement. Le texte de loi doit être de nouveau présenté devant les lords, même si personne ne va voter pour. Cela devient vraiment pénible.

— Je ne comprends pas pourquoi la Chambre des lords y est si opposée, papa. Cette loi va bien finir par passer, de toute façon, intervint son fils aîné, Thomas, tout le portrait de son père au même âge.

Lord Ennis s'agita de plus belle.

— Pas si j'ai mon mot à dire. Pourquoi donnerait-on à l'Irlande son propre parlement ?

— Son pouvoir serait limité.

— Pour l'instant, peut-être, mais quand ils voudront plus ? Et si cela menait à des réformes agraires ? Ou pire, s'ils poussaient vers une indépendance totale ? Qu'adviendrait-il de nous ? En tant qu'héritier, ce sera à toi de mener ce combat, Thomas. L'aristocratie terrienne irlandaise est déjà assiégée.

Valentin, qui n'avait cessé de gigoter au cours du repas comme s'il avait quelque chose en tête, parla enfin.

— Thomas a raison, papa. Si c'est retardé plus longtemps, cela pourrait conduire à la violence. Les Irlandais de souche pourraient prendre les armes pour obtenir leur indépendance.

— Ça suffit, Valentin, je ne veux plus rien entendre à ce sujet ! déclara lady Ennis.

— Le garçon a raison. Il y a en effet des signes de montée du nationalisme irlandais, même parmi les gens de notre classe, ajouta lady Marianne, apparemment amusée par l'embarras de sa belle-sœur. Cette chère lady Gregory de Galway et Mr. Yeats, les fondateurs du théâtre de l'Abbaye et tous deux d'ascendance protestante, soutiennent ce mouvement. Et les jeunes sœurs Butler, des filles d'une famille protestante très bien vue, font jaser tout Dublin avec leurs sympathies nationalistes.

Lady Marianne se tourna vers Victoria.

— Je suis ravie de voir des jeunes femmes comme les Butler tracer leur propre voie. Tu dois faire de même, ma chère. Les jeunes femmes comme toi vont entrer dans ce nouveau siècle pour nous apporter la modernité et nous conduire courageusement vers l'avenir. C'est ce que les Français ont toujours fait.

Lady Marianne était une fervente partisane de tout ce qui touchait à la France. Elle ne pardonnait pas à ses ancêtres d'avoir changé leur nom de Bellefleur pour Bell pendant la Réforme, lorsqu'ils avaient renoncé au catholicisme et juré allégeance à l'Église d'Irlande afin de conserver leurs terres. Elle avait donc repris son nom de Bellefleur en devenant jeune femme, ce dont elle n'était pas peu fière.

— Et bien sûr, n'oublions pas la famine, renchérit sir Humphrey en engloutissant une énorme cuillère de pudding, sans quitter des yeux la remarquable poitrine de lady Marianne. Vous, les propriétaires terriens, avez créé beaucoup de ressentiment à l'époque, et les Irlandais ont la mémoire longue.

Victoria était ravie. Rosie lui avait beaucoup parlé de l'histoire de l'Irlande et elle était heureuse de pouvoir participer à la conversation des adultes.

— Rosie dit que ses frères parlent tout le temps d'une Irlande unie. Ils pensent que le projet d'autonomie ne va pas assez loin. Et de toute façon, Rosie dit que nous leur avons volé leurs terres. Je pense qu'ils méritent qu'on les leur rende.

Victoria se rencogna dans sa chaise, contente d'elle, mais sa mère laissa échapper un petit cri d'horreur. Lady Louisa pinça les lèvres et Valentin éclata de rire. Lady Marianne, qui tripotait un petit trou dans la vieille nappe en lin, leva la tête et lança un sourire triomphant.

— Vous voyez, Edward, dit lady Ennis, les joues rouges de colère, vous voyez ce qui arrive ? Je vous avais dit de ne pas laisser cette horrible fille s'approcher de Victoria. Voilà le résultat !

Elle se tourna brusquement vers sa sœur.

— Louisa ?

— Elle n'a pas appris cela dans ma classe, je t'assure.

La tension retomba quand Burke entra avec un gâteau d'anniversaire au glaçage rose, surmonté de bougies allumées. Victoria ferma les yeux et formula un vœu secret avant de souffler ses bougies, tandis que tous les convives chantaient « Joyeux anniversaire » à pleins poumons.

— Quel bonheur d'avoir treize ans et de devenir une jeune femme, dit le révérend Watson.

Il observait tour à tour Victoria et lady Louisa, qui lançait des regards furieux à sa nièce.

Une averse soudaine obligea les valets de pied à se précipiter pour fermer toutes les fenêtres. Lord Ennis se leva.

— Messieurs, retirons-nous à la bibliothèque.

À l'exception de Mr. Kearney, tous le suivirent.

— Joyeux anniversaire, murmura Valentin en déposant un baiser sur la joue de Victoria. J'aimerais mieux venir avec vous au salon. Ça va être ennuyeux mais au moins, avec son obsession pour cette affaire d'autonomie, papa ne va pas me réprimander pour mes résultats scolaires.

— Ils sont mauvais ? chuchota Victoria.

— Vraiment nuls. Ça m'étonnerait que je retourne à Eton.

— Victoria ? Par ici, appela lady Ennis.

Elle se dirigeait vers le salon avec lady Louisa, lady Marianne et Mr. Kearney.

Quand ils furent installés et que Mr. Burke leur eut servi un petit verre de sherry à chacun, Victoria comprise, lady Ennis se tourna vers sa fille.

— Ma chère, il n'est pas trop tôt pour commencer à planifier ton avenir. Dans trois ans, tu seras prête pour ta première saison. N'est-ce pas excitant, Louisa ? Je ne pensais pas que ce jour arriverait.

— Moi non plus, marmonna Louisa.

— Et nous devons absolument t'éloigner de cette fille de paysans. Le plus tôt sera le mieux, continua lady Ennis.

— S'il vous plaît, maman, arrêtez d'appeler Rosie « cette fille de paysans ». Rosie est ma meilleure amie. Nous irons forcément faire la saison ensemble.

— Victoria ! s'exclama lady Ennis, horrifiée. C'est hors de question. Cette fille n'est pas de notre monde et ne le sera jamais. Elle pouvait être ta camarade de classe, mais rien de plus. Et elle devrait nous remercier de tout ce que nous avons fait pour elle. Quand viendra le moment de te présenter en société, il faudra la renvoyer.

— Mais où ira-t-elle ? s'écria Victoria.

Lady Ennis haussa les épaules.

— Dans sa cabane de paysans, d'où elle vient. Franchement, Victoria, je te croyais plus intelligente. Comment as-tu pu penser qu'elle serait ta camarade pour la vie ?

Victoria regarda sa mère comme si elle la voyait pour la première fois. Comment pouvait-elle être si méchante ? Ne comprenait-elle donc pas à quel point elle aimait son amie – et avait besoin d'elle ? Et qu'elle se sentait coupable à chaque fois qu'elle devait entendre ces critiques sans oser intervenir ? Un mélange de défiance et de colère montait en elle. Elle se leva et lui fit face, ravalant ses larmes.

— Je n'irai à la saison que si Rosie m'accompagne !

Lady Ennis éclata de rire.

— Pour te servir de femme de chambre, peut-être.

Ce mépris attisa la colère de Victoria.

— Non, maman. Comme mon égale. Et je verrai Rosie quand bon me semblera, même en dehors de la classe. À partir de maintenant, je l'inviterai ici quand j'en aurai envie, alors vous pourrez dire à votre servante qu'elle arrête de m'espionner !

— Bravo ! s'exclama lady Marianne, ignorant l'expression choquée des autres femmes. N'est-ce pas une guerrière, Mr. Kearney ? N'est-ce pas la digne héritière de nos ancêtres français ?

Victoria, soudain épuisée par son élan de colère, se dirigea vers la porte, hésita puis se retourna.

— Bonne nuit, maman, dit-elle à voix basse. Merci pour ce superbe anniversaire. Bonne nuit, tante Louisa, tante Marianne.

Lady Marianne la rejoignit pour lui prendre le bras.

— J'étais sincère, murmura-t-elle. Si un jour tu décides de t'enfuir pour tracer ta propre route, viens me voir à Dublin. Et dis à ta jeune amie Rose qu'elle est aussi la bienvenue.

C'était l'été 1908. Rosie et Victoria marchaient bras dessus bras dessous dans le jardin clos qui se trouvait derrière la maison, parcourant les allées de gravier entre les haies de buis bien taillées et les parterres de fleurs débordant de dahlias rouges et jaunes. Depuis que Victoria avait tenu tête à sa mère pour retrouver Rosie ailleurs que dans leur salle de classe, le jardin était devenu leur sanctuaire. Lorsqu'elles arrivèrent à la grotte en pierre, elles s'installèrent sur un banc, pour parler et rire au soleil.

— Qu'êtes-vous en train de vous raconter ?

Valentin Bell marchait vers elles d'un pas nonchalant, en souriant. Ses prédictions du jour de la fête du treizième anniversaire de Victoria s'étaient réalisées et il avait été renvoyé d'Eton. Son père s'était donc arrangé pour l'envoyer comme apprenti chez un avocat de Dublin, mais il en était revenu un an plus tard avec un mot de son mentor concluant qu'il n'était pas fait pour le droit. À la fin de l'été, son père avait prévu de l'envoyer apprendre le métier de banquier.

Rosie rougit jusqu'aux oreilles. Elle l'avait souvent aperçu de loin, pendant ses promenades avec Victoria, mais à chaque fois qu'il avait croisé son regard, elle s'était empressée de tourner la tête et de s'éloigner, prise d'une timidité soudaine. À présent qu'il se tenait devant elle, elle n'avait d'autre choix que de lever les yeux vers lui. Valentin et Victoria auraient pu être jumeaux, pensa-t-elle. Il venait d'avoir dix-sept ans. Troublée, Rosie se leva d'un bond.

— Il faut que j'y aille, dit-elle. Ma va se demander où je suis passée.

— Alors, je te raccompagne, annonça Valentin.

Rosie n'eut d'autre choix que de le laisser marcher à côté d'elle. Quand il ferma le portail du jardin derrière eux, il lui prit le coude. Elle tentait de ne pas trembler, mais échouait à lutter contre le feu qui brûlait ses joues. À seize ans, Rosie était grande, bien plus que Victoria ; elle atteignait presque la taille de Valentin. Sa peau blanche se piquetait de taches de rousseur claires, car elle aimait s'exposer au soleil, et sa minceur contrastait avec une force exceptionnelle. Tous les rubans et bonnets au monde n'auraient pu dompter ses boucles brunes. Elle n'avait aucune idée de sa beauté, elle qui se sentait si empotée à côté de la gracieuse et délicate Victoria.

— Ta sœur dit que tu vas devenir banquier, lança-t-elle enfin, pour briser le silence tendu.

— C'est qu'elle est optimiste, répondit Valentin en riant. Je ne crois pas être plus doué pour la banque que je l'étais pour le droit. Mais papa est prêt à tout pour faire de moi un homme respectable.

— Tu n'es donc pas respectable ?

— Pas aux yeux de papa. C'est Thomas, le fils respectable. Il a excellé à Eton et obtient de très bonnes notes à Oxford : le fils aîné parfait. Thomas n'est pas du genre à faire des vagues.

— Et toi oui ?

— Oh que oui ! C'est un miracle d'être resté à Eton si longtemps. J'étais suspendu la plupart du temps. Si papa n'avait pas été membre de la Chambre des lords, ils m'auraient renvoyé bien plus tôt.

Ils passèrent devant la façade d'Ennismore et traversèrent l'immense pelouse, un petit bosquet de hêtres, puis une allée boisée qui menait aux limites de la propriété. Sans réfléchir, Rosie se baissa pour cueillir un bouton-d'or qu'elle fit tourner dans ses doigts en marchant. En réalité, il lui était très facile de parler à Valentin, et elle se demanda pourquoi elle l'avait si souvent évité. Se promener en compagnie de ce beau jeune homme lui donnait l'impression d'être adulte.

— Alors, que se passera-t-il si tu ne réussis pas dans la banque ? demanda-t-elle.

Ils étaient arrivés à l'allée qui conduisait vers l'entrée principale du domaine, au-dessus de laquelle les arbres formaient une voûte, masquant le soleil de l'après-midi. Rosie avait l'impression délicieuse qu'ils étaient seuls au monde. Valentin ralentit en atteignant le muret de clôture et grimpa s'y asseoir tandis que Rosie s'y adossait nonchalamment.

— Dieu seul le sait, répondit-il, l'air pensif. Tu vois, Rosie, je suis le deuxième fils. Sais-tu ce que cela signifie ? Quand ton père est comte, je veux dire.

Rosie fit non de la tête.

— Cela veut dire que je n'hériterai pas d'Ennismore ni du titre de comte d'Ennis. Cela revient de droit à Thomas. Je suis donc censé faire carrière dans le droit ou la finance, ou bien entrer dans les ordres.

Il éclata de rire, comme si c'était la chose la plus saugrenue qu'il ait entendue.

— J'ai déjà échoué à devenir avocat et je doute fort qu'il en aille différemment dans la finance. Il ne reste donc plus que l'Église, conclut-il en souriant. Est-ce que tu me verrais recteur comme ce bon vieux révérend Watson ?

Victoria avait décrit l'austère pasteur à Rosie, en lui confiant ses soupçons quant aux intentions de lady Louisa.

— Non, répondit-elle. D'après ce que Victoria m'en a dit, je ne pense pas.

— Dans ce cas, je n'ai plus qu'à m'engager dans l'armée ou épouser une riche héritière et contribuer à la fortune de la famille Bell.

— J'imagine qu'une femme riche ferait l'affaire, rétorqua Rosie en ricanant, tant qu'elle n'est pas trop repoussante.

— Je crois que je préférerais le peloton d'exécution.

Ils restèrent silencieux un moment. Les oiseaux bavardaient dans les arbres et les feuilles voletaient dans la brise légère.

— Que c'est beau ici, murmura Valentin, perdu dans ses pensées. Et dire qu'il me faudra un jour quitter cet endroit. Je préfère ne pas y penser.

— Je te comprends parfaitement, répondit Rosie, exprimant pour la première fois ses propres peurs à haute voix. J'imagine que je devrai aussi partir un jour, quand Victoria ira vivre à Dublin et trouvera un mari.

Valentin hocha la tête.

— Nous sommes pareils, Rosie. Aucun de nous n'aura le droit de rester à Ennismore.

Après lui avoir dit au revoir, Rosie rentra chez elle dans un état proche de la transe. Elle avait parlé à Valentin. Il lui avait pris le coude et l'avait raccompagnée. Il avait dit qu'ils étaient pareils. Elle tenta de se remémorer tous les détails de leur promenade, tous ses mouvements, toutes ses expressions, chacun de ses mots.

En approchant de son cottage, elle rangea ces doux souvenirs bien en sécurité dans son cœur de jeune fille. Sa famille décèlerait-elle un changement en elle ? Comprendraient-ils qu'elle n'était plus une enfant, mais une jeune femme sur le point de tomber amoureuse pour la première fois ? Probablement pas. Elle resterait pour eux la même Rosie. Mais elle sentait qu'elle avait franchi un cap sans aucun retour possible.

Au début du printemps 1910, l'esprit de Victoria était rempli des préparatifs de sa première saison. Dans quelques mois seulement, elle aurait dix-sept ans et serait prête à gagner Dublin afin d'être convenablement présentée à la bonne société. Deux mois durant, elle serait prise dans un tourbillon de sorties et de bals, en compagnie d'autres jeunes gens – tous accompagnés de chaperons, espérant tous faire un mariage avantageux.

Sa mère avait voulu l'y envoyer un an plus tôt, mais son père avait insisté pour attendre encore et elle lui en était reconnaissante. Elle brûlait d'impatience mais l'idée de partir la terrifiait tout autant. Profondément, elle en était triste. Ce départ marquerait un tournant décisif, sa vie changerait pour toujours. Elle voulait s'accrocher à son monde présent, ici à Ennismore, avec Rosie, aussi longtemps qu'elle le pouvait. Elle se revit former lors de son treizième anniversaire le vœu secret de rester avec Rosie pour toujours. Ce qu'elle avait pu être bête…

Elle tournoyait dans sa chambre, dans sa robe bleue ornée de perles argentées qui semblait flotter autour de sa silhouette mince. Rosie, assise sur son lit, caressait du bout des doigts la pile de robes des essayages. Elles étaient toutes magnifiques, couleurs et étoffes d'une beauté qu'aucune des deux jeunes femmes n'aurait pu imaginer.

— N'est-elle pas divine, Rosie ? As-tu déjà rien vu de tel ?

— Tu seras la plus belle de toutes les filles là-bas. Les garçons vont se précipiter pour avoir une danse avec toi.

— Tu le penses vraiment ? demanda Victoria en rougissant.

Elle se retourna pour étudier son reflet et aperçut Rosie qui, derrière elle, baissait la tête et semblait essuyer des larmes. Elle se sentit soudain honteuse. Comment n'avait-elle pas remarqué sa détresse ? Elle alla rejoindre son amie et passa un bras autour de son épaule.

— Pardonne-moi, Rosie. Je me suis laissé emporter.

— Et qui peut t'en vouloir ?

— J'aimerais tant que tu puisses m'accompagner, soupira Victoria. Tu te souviens de toutes les fois où j'ai insisté pour que tu viennes ? J'aurais tant voulu que ce soit possible...

Rosie leva les yeux.

— On était naïves toutes les deux, Victoria. Moi aussi, à un moment, j'ai voulu y croire. L'idée me plaisait tout autant qu'à toi. Quelle fille comme moi ne voudrait pas aller à des goûters chics, des sorties au bord de la mer et de grands bals ?

— Je sais. Mais j'ai compris que mon insistance te faisait encore plus de mal. J'étais égoïste. Je voulais que tu sois avec moi, avoua Victoria, hésitante. Depuis le jour de notre rencontre, quand tu as plongé dans le lac pour aller chercher mon petit bateau, j'ai toujours admiré ton courage et voulu te ressembler. La vérité, c'est que je ne me sens courageuse que quand je suis avec toi.

Rosie sourit.

— Oh, mais ce n'est pas vrai. Je n'étais pas là le jour où tu as tenu tête à ta mère et insisté pour que nous soyons amies en dehors des leçons. Tu lui as dit que tu n'irais pas à la saison sans moi, devant tes tantes, en plus. Je ne sais pas si j'aurais eu le même courage.

Victoria ne put s'empêcher de rire.

— Tu aurais dû voir leurs têtes ! Elles étaient complètement stupéfaites, sauf tante Marianne, qui m'a encouragée ! Mais bien sûr, maman savait que je finirais par aller à la saison – seule. Elle attendait simplement que je m'en rende compte par moi-même. Finalement, j'ai eu tort de prendre pour une concession la permission de passer plus de temps avec toi. C'était un bon calcul de sa part.

Les filles restèrent silencieuses un instant.

— Que feras-tu, Rosie ? finit par demander Victoria.

Cette question la travaillait depuis un certain temps. Son avenir à elle était déterminé : passer la saison, trouver un homme convenable et l'épouser. Elle tenta d'étouffer la petite pointe d'amertume qui s'éveillait en elle chaque fois qu'elle pensait à la véritable raison de son départ pour Dublin. Elle préférait se concentrer sur toutes les nouvelles aventures qui l'attendaient : les bals, les sorties, les dîners et sa garde-robe flambant neuve.

— Après mon départ, précisa-t-elle.

Rosie avait les yeux dans le vague.

— Je n'en sais franchement rien, Victoria. Ma pense que je n'aurai aucun mal à trouver une place d'institutrice ou de gouvernante. Elle ne comprend pas que, sans diplôme ou certificat adapté, je n'ai aucune chance d'enseigner. On me prendra peut-être comme gouvernante quelque part, mais seulement avec une excellente recommandation de lady Louisa. Et je doute fort qu'elle accepte de me la donner.

— Lui as-tu demandé ?

— Non, mais il va bien falloir. Je ne me fais pas trop d'illusions…

— Je pourrais t'aider à la convaincre.

Rosie secoua la tête.

— J'ai peur que cela ne fasse qu'empirer les choses. Mais ce dont je suis certaine, ajouta-t-elle en se levant, c'est que je ne serai jamais servante, à Ennismore ou nulle part ailleurs. N'importe quoi, mais pas ça.

Plus tard, de la fenêtre de sa chambre, Victoria regarda Rosie traverser les grandes pelouses en direction des grilles du domaine. Son amie n'avait pas son habituelle démarche assurée. Elle courbait les épaules et baissait la tête. Victoria essaya de se mettre à sa place, mais jamais elle ne pourrait comprendre ce que signifiait être la fille d'un paysan propulsée dans le monde de la noblesse, puis abandonnée. Ses yeux s'emplirent de larmes tandis que la silhouette de Rosie disparaissait et qu'elle prenait conscience de la responsabilité qu'elle portait dans son infortune.

4

Comme il l'avait prédit, Valentin ne devint pas banquier. Il rentra à Ennismore à la fin du mois d'avril 1910 et une distance polie s'installa entre le jeune homme et son père. Se trouvant désœuvré, il se mit à rechercher la compagnie de Rosie.

— Alors tu vois, j'ai échoué de nouveau. Je ne suis qu'un vaurien.

Rosie décelait l'ironie dans sa voix.

— Mais non, pas du tout, répondit-elle.

Il haussa les épaules.

— C'est l'avis de papa, et on dirait que je lui donne raison à chaque fois.

Rosie s'agenouilla dans le jardin, coupant des jonquilles pour Victoria qui ne se sentait pas bien. Elle était ravie de le retrouver.

— Nos leçons ont fini tôt aujourd'hui, lui apprit-elle en secouant la terre sur sa robe. Victoria a dit qu'elle avait mal à la tête, mais je pense qu'elle s'ennuyait et qu'elle était distraite. Elle et votre mère partent à Dublin dans un mois.

— Oui, et papa dit que si je n'ai rien de mieux à faire, je devrais les accompagner et lui servir d'escorte, répondit Valentin d'un ton amer.

Rosie était jalouse. Comme elle aurait aimé partir à Dublin dans une calèche aux côtés de Valentin ! Elle alla s'asseoir sur un banc tout près et posa le bouquet à côté d'elle. Valentin la rejoignit, posa le bras sur le dossier du banc et allongea les jambes. Il souriait.

— Et toi alors, Róisín Dove ? Aimerais-tu partir à Dublin pour assister à des bals et des dîners et rencontrer l'homme de tes rêves ?

Il l'appelait ainsi depuis qu'elle avait mentionné le surnom que lui donnait son père. « Cela veut dire "Rosaleen la Noire", avait-elle expliqué, c'est un nom qu'on donne à l'Irlande. »

— Oui, j'imagine, répondit-elle. Mais où trouverais-je des robes de soirée et des invitations à des bals ?

Elle n'ajouta pas qu'elle avait déjà rencontré l'homme de ses rêves. Qu'il était assis à côté d'elle. Valentin se tourna vers l'horizon et elle en profita pour l'observer à la dérobée, ses cheveux blonds, les lignes bien nettes de son nez et de sa mâchoire, ses mains pâles et délicates posées sur ses genoux. Il sentait le savon et la lavande. Il était si différent des autres garçons qu'elle connaissait. Ses frères frustes avec leurs joues rouges, qu'elle aimait beaucoup, étaient de bons gars au grand cœur, mais d'une tout autre espèce. Et les garçons de Crossmolina qui s'adossaient aux devantures des boutiques pour siffler les filles qui passaient et leur réclamer un baiser lui semblaient si lourdauds à côté des manières raffinées de Valentin. Mais est-ce qu'elle n'aurait pas été attirée par l'un d'entre eux si elle n'avait jamais mis les pieds à Ennismore ? Cette pensée la fit tressaillir.

Valentin devait bien avoir des défauts, mais elle avait beau se creuser la tête, elle n'en trouvait aucun.

À mesure qu'elle apprenait à le connaître, elle avait apprécié sa gentillesse, comme cette fois où il s'était démené pour libérer un veau apeuré à la tête coincée dans une clôture de barbelés, sans jamais cesser de lui murmurer des paroles rassurantes. Ses frères auraient peut-être fait la même chose, mais combien de jeunes nobles de la classe de Valentin ? Il avait une véritable passion pour le domaine d'Ennis, son moindre brin d'herbe ou caillou, et pourtant il n'enviait pas l'héritage de son frère. Elle admirait sa loyauté, il aurait risqué sa vie pour chacun des membres de sa famille. Sous son apparence polie, elle soupçonnait l'existence d'un rebelle, tout comme elle. Elle soupira. Ils étaient des âmes sœurs, pris entre le devoir et la liberté. Malgré tout, une petite voix lui murmurait souvent qu'il n'était pas fait pour elle, qu'il était hors de sa portée. Mais elle la faisait taire immédiatement, quitte à se boucher les oreilles. Ses rêves ne se réaliseraient jamais.

Valentin se tourna vers elle et lui prit la main.

— Je t'achèterais toutes les robes que tu veux si je le pouvais, Rosie. Hélas, je suis aussi pauvre que toi, à l'exception de ce que papa daigne m'accorder de mauvaise grâce.

Rosie rougit et s'obligea à penser à autre chose. Le nuage noir qui planait au-dessus d'elle depuis quelques semaines revint. Elle ne voulait pas penser à l'avenir. Dans un mois, Victoria serait partie et qu'adviendrait-il d'elle ? Même sa demande de recommandation avait été froidement refusée par lady Louisa.

« Je me suis déjà rabaissée à vous instruire pendant toutes ces années, sale petite ingrate. N'est-ce pas suffisant ? Comment osez-vous me réclamer plus ? »

Rosie avait enfin fini par s'avouer la vérité. Ce n'était pas rater la saison qui la hantait, mais quelque chose de bien plus profond : la certitude qu'elle ne pourrait jamais se satisfaire de la vie d'une fille de paysans. Elle avait goûté au monde de l'aristocratie et, Dieu lui vienne en aide, elle voulait maintenant en faire partie.

Elle retira sa main et scruta Valentin.

— Au moins, tu as le choix de faire ce que tu veux de ta vie, même si ce n'est pas devenir avocat ou banquier. Tu auras quand même de l'argent. Tu trouveras forcément quelque chose qui te conviendra. Et sinon, ce sera ta faute.

Elle avait parlé plus sèchement qu'elle ne le voulait et le regretta immédiatement. Mais il ne sembla pas s'en offusquer.

— Tu as raison, Rosie. Hélas, ce qui me conviendrait le mieux serait de rester ici pour gérer le domaine. J'aime cet endroit plus encore que je ne saurais l'exprimer. J'aime cette terre, ses animaux et la maison elle-même, dit-il en observant le jardin, le lac et le mont Nephin. J'aime l'hiver et l'été ici. Je me sens libre. Je dépérirais si je devais rester enfermé dans un bureau à Dublin, Londres ou ailleurs.

— Moi aussi, j'aime cet endroit.

Puis ils laissèrent le silence s'installer. Rosie était toujours surprise de constater qu'ils pouvaient sans difficulté passer du temps ensemble sans rien dire. Ils se comprenaient. Le plus surprenant dans tout ça, c'était que Valentin, fils privilégié d'un riche propriétaire de l'aristocratie terrienne, était tout aussi perdu qu'elle.

— Ah, vous voilà ! lança Victoria qui approchait en agitant la main. J'avais une horrible migraine, mais Dieu merci, elle est partie. De quoi parlez-vous ?

— De beaucoup de choses, ma chère sœur, de choux et de rois, tout comme le Morse et le Charpentier, répondit Valentin, citant le poème de Lewis Carroll.

— Et pourquoi la mer est brûlante et si les cochons ont des ailes, renchérit Victoria en riant. Cela fait des années que je n'avais pas pensé à ce poème.

— Mais ils n'avaient pas dupé ces pauvres huîtres ? demanda Rosie. Ils les ont attirées dans leur monde et puis les ont dévorées.

Le jour que Rosie redoutait tant arriva. C'était le 1er juin 1910, dix ans jour pour jour après sa première rencontre avec Victoria. Elle se réveilla tôt et envisagea un instant de ne pas aller à Ennismore, mais cela aurait blessé son amie. De plus, elle ne voulait pas lui montrer qu'elle était jalouse de la voir partir vers sa nouvelle vie en la laissant seule. Victoria n'était pas responsable, se dit-elle, elles n'avaient pas choisi leur naissance. Dieu seul en avait décidé.

Elle se leva pour enfiler une de ses vieilles robes d'école élimée par le temps, priant pour trouver la force de survivre à cette journée. En approchant d'Ennismore, elle vit la calèche qui attendait dehors. Brendan Lynch, le valet de pied, chargea deux malles à l'arrière, tandis que le cocher attendait plus loin, avec son manteau noir et son haut-de-forme. Elle vit aussi Immelda Fox descendre les marches du perron avec une petite valise. La femme de chambre et le valet échangèrent un regard. Elle devait forcément accompagner lady Ennis.

« Maman a loué une maison à Merrion Square, avait dit Victoria. Papa n'est pas content du tout qu'elle ait dépensé tant d'argent, au lieu de séjourner chez tante Marianne, mais maman dit qu'elle ne veut pas l'avoir dans les pattes. Dommage, je pense que ç'aurait été amusant d'habiter chez ma tante. »

Lorsque Rosie arriva devant elle, Immelda lui adressa un petit signe de tête.

— Il fait beau, Dieu merci, dit-elle en se signant. Une bonne journée pour voyager.

— Êtes-vous déjà allée à Dublin ? demanda Rosie, nerveuse.

— Moi ? Comment quelqu'un comme moi aurait pu un jour aller dans un endroit comme Dublin ?

— Eh bien… Je pensais simplement… Vous savez, lady Ennis y est allée souvent.

— Oui, mais sans moi. Elle avait pris une des bonnes de lady Marianne. Cette fois, elle veut que je vienne, vu qu'elle aura sa propre maison. Et il faudra que je m'occupe de miss Victoria aussi.

Rosie décela une note d'amertume dans sa voix.

— Ah, Rosie, te voilà ! J'avais tellement peur que tu ne viennes pas me dire au revoir.

Victoria descendit en courant les marches d'Ennismore, les bras tendus vers son amie. Elle était radieuse dans son tailleur de voyage gris tourterelle avec le chapeau assorti. Ses cheveux blonds attachés lui donnaient l'air plus adulte. *Ce n'est plus une enfant*, pensa Rosie. *Moi non plus, en fait.*

— Pourquoi je ne serais pas venue ? répondit-elle avec un enthousiasme forcé. Ma meilleure amie dans le monde entier part pour une grande aventure, je ne pouvais pas rater ça !

Victoria la serra contre elle.

— Je suis tellement excitée ! Je t'écrirai tous les jours, Rosie, je te raconterai tout. Oh, j'ai hâte !

La joie de Victoria était contagieuse. Rosie répondit en souriant à son étreinte.

— Amuse-toi bien, Victoria. Et je veux tout savoir, dit-elle, avant d'ajouter dans un murmure : Tu vas me manquer.

Victoria se détacha et un nuage passa dans son regard bleu.

— Toi aussi, tu vas me manquer. J'aimerais tant que tu puisses m'accompagner.

— Moi aussi, répondit Rosie.

Les filles restèrent là, à se regarder.

— Victoria ! Allez, dis au revoir à ton père et monte dans la voiture.

Lady Ennis descendait, suivie de son mari et de lady Louisa. Elle passa devant Rosie sans lui jeter un regard. Le valet l'aida à monter dans la calèche. Au bas des marches, Victoria étreignit sa tante, puis son père, qui essuya une larme. Immelda les observait fixement. Puis Victoria courut à la calèche et grimpa à l'intérieur, suivie par une Immelda à l'air maussade.

Valentin fut le dernier à arriver. Rosie le regarda descendre à son tour, ses longs pas gracieux et fluides. Il fit une révérence à son père, qui lui répondit par un léger fléchissement de la tête. En voyant Rosie, il s'arrêta en souriant.

— Souhaite-moi bonne chance. Papa attend juste que j'échoue de nouveau. Je reviens très vite.

Rosie rougit et, sans répondre, baissa la tête.

La calèche souleva poussière et gravier quand les chevaux partirent au trot dans l'allée, vers la grille principale. Victoria se pencha par la vitre pour faire de grands signes et Rosie, lord Ennis et lady Louisa lui répondirent en silence. Puis lord Ennis salua Rosie de la tête et prit le bras de lady Louisa. Ils tournèrent les talons, remontèrent les marches d'Ennismore, et la porte claqua derrière eux.

DEUXIÈME PARTIE

La séparation
1910-1912

5

La calèche fonçait en soulevant un nuage de poussière. Elle courait derrière, hors d'haleine, les mains tendues.

— Arrêtez ! criait-elle. Attendez-moi.

Les chevaux finirent par ralentir et elle la rattrapa. La lune apparut entre les nuages et la route et la calèche furent soudain baignées de lumière.

— Merci, souffla-t-elle. Merci.

— De rien, répondit le cocher. Où voulez-vous aller ?

Il se retourna vers elle et la terreur la figea. Il n'avait pas de tête sur les épaules. Son chapeau flottait au-dessus de l'anneau sanguinolent de son cou. Il tendit vers elle une main qui ressemblait à une griffe et lui agrippa le bras, mais elle réussit à se dégager.

— Non !

— Comme vous voulez, dit-il, et sa voix gargouillait depuis le cou tranché. C'est vous qui m'avez appelé.

— Non ! cria-t-elle de nouveau.

Il agita les rênes, faisant repartir les deux chevaux noirs, et la calèche disparut dans la nuit que la lune avait soudain désertée.

— Non ! cria encore Rosie, se réveillant en sursaut.
Sa mère accourut.

— Qu'est-ce qui va pas, fillette ? demanda-t-elle, une bougie à la main.

Elle posa la main sur le front de Rosie.

— Tu as de la fièvre. Es-tu tombée malade ?

Rosie tourna la tête pour regarder par la petite fenêtre à côté de son lit, puis de nouveau vers sa mère. Elle se frotta les yeux.

— Oh ! Ma, j'ai fait un horrible cauchemar. Je courais après la calèche de Victoria et, quand elle s'est arrêtée et que le cocher s'est retourné, il n'avait plus de tête, Ma, et il essayait de me faire venir avec lui, mais…

— Calme-toi, ma chérie. Ce n'était qu'un mauvais rêve.

— Mais qu'est-ce que ça veut dire, Ma ? Je vais mourir ?

— Pas du tout. On a tous entendu trop d'histoires sur des cavaliers sans tête, c'est tout. C'est un miracle qu'on ne soit pas tous morts de peur, répondit-elle en remontant la couverture en patchwork de Rosie. Rendors-toi, ma fille, je vais rester à côté de toi. Tu t'inquiètes pour la petite Victoria, c'est tout. Et tu es triste qu'elle soit partie. Il n'y a rien de plus.

— Oui, Ma. Bonne nuit.

Ce ne fut pas Rosie, mais Bridie qui tomba malade. Peu après le départ de Victoria pour Dublin, elle commença à tousser. Les symptômes n'étaient pas graves, au début, mais un jour, elle s'écroula sur le sol de la bibliothèque d'Ennismore. Les autres servantes la portèrent jusqu'à l'office et lui donnèrent du laudanum pour lui faire reprendre connaissance. Mrs. Murphy, la gouvernante, insista pour que Bridie aille se reposer au lit. Mais le lendemain, elle était si faible qu'elle ne tenait pas debout. Brendan, le valet, la raccompagna en charrette jusqu'au cottage des Killeen, où on fit appeler le médecin, qui diagnostiqua une pneumonie aiguë et ordonna un mois de repos total.

— Cette fille est épuisée, dit-il à sa mère. Elle a besoin de repos ou elle n'aura pas la force de lutter contre ça.

— Mais je ne peux pas perdre mon travail, protesta Bridie. La maison doit être nettoyée du sol au plafond pendant l'absence de lady Ennis pour l'été. Ils ont besoin de moi. Si je reste trop longtemps absente, toutes les filles du village vont se précipiter pour prendre ma place.

Elle tenta de se lever, mais le médecin et sa mère l'en empêchèrent.

— Écoute le docteur, Bridie, fais ce qu'il te dit.
— On a besoin de ma paye !
— Ne t'en fais pas pour ça, tout ira bien.

À la porte, Rosie écoutait. Malgré sa relation tendue avec sa sœur, elle ne pouvait s'empêcher d'avoir pitié. Ce serait un énorme coup dur si Bridie perdait son emploi. Elle ne pouvait rien faire d'autre. Elle n'avait même pas terminé sa scolarité à l'école du village au moment de son embauche à Ennismore. Sans compter qu'elle allait avoir vingt-cinq ans et n'était toujours pas mariée.

Rosie n'avait encore jamais mesuré à quel point sa famille dépendait de la paye de Bridie. L'inquiétude qui perçait chez sa mère annonçait une période difficile. Une petite voix lui murmurait que tout cela ne la concernait pas. Elle avait commencé à réfléchir à ce qu'elle allait faire, maintenant que Victoria était partie. Elle ne pouvait pas rester chez elle pour toujours sans faire sa part. Et elle n'avait pas l'intention de remettre les pieds à Ennismore. S'en aller, alors. Mais où ? Avec quel argent ? Certes, elle avait reçu une éducation, mais aucune formation, et sans cela, elle était coincée ici.

Rosie soupira. Elle espérait avoir plus de temps pour élaborer ses projets, en parler avec Valentin à son retour, mais la maladie de Bridie avait tout gâché. Malgré elle, Rosie se sentait irritée. Sa sœur ne l'avait peut-être pas fait exprès, mais c'était une sacrée vengeance, après toutes ces années à lui rendre la vie dure. Eh bien, ce n'était pas juste. Pas juste du tout.

Rosie sortit sur la pointe des pieds pour prendre l'air. Son chien, Rory, vint la rejoindre et ils partirent vers la pente des champs à l'arrière du cottage, couverts d'herbes hautes qui caressaient ses jambes nues au gré du vent. Elle se sentait pure et libre, les odeurs écœurantes de la chambre de malade de Bridie s'estompant à mesure qu'elle prenait de la hauteur. Quand elle arriva au grand rocher sur lequel elle jouait petite, elle s'assit sur l'herbe et s'adossa à la pierre, une main au-dessus des yeux pour se protéger du soleil. D'ici, elle voyait Ennismore, avec le lac Conn au loin et le mont Nephin enveloppé de petits nuages, puis la vaste étendue obscure et marécageuse qui allait jusqu'à la mer.

Son sentiment de culpabilité augmentait à mesure qu'elle mesurait les conséquences de la perte du salaire de Bridie. Malgré les efforts de Ma pour prétendre que tout était normal, de petits détails révélaient la vérité. Ses frères commenceraient une nouvelle année scolaire sans cartables ni vêtements neufs ; Pa avait une soudaine aversion pour le tabac ; les œufs avaient disparu de la table du petit déjeuner.

« Il va falloir se contenter de porridge, avait dit Ma. Je peux tirer un bon prix de nos œufs au village. »

La situation devenait de plus en plus préoccupante.

— Que dois-je faire, Rory ? demanda Rosie au chien qui haletait à côté d'elle. J'aimerais mieux mourir qu'aller prendre la place de Bridie là-bas. Il faudrait déjà qu'ils m'acceptent... Je ne pense pas être très appréciée du personnel. Et pas question de les supplier.

Elle ferma les yeux et huma les parfums de l'herbe fraîche et des fleurs sauvages qui l'entouraient.

— Pitié, mon Dieu, faites que Bridie aille mieux demain matin, murmura-t-elle en se signant.

Mais l'état de Bridie ne s'arrangea pas le lendemain, ni le jour suivant, ni celui d'après. Le médecin avait raison : il lui faudrait un très long repos pour se remettre de sa maladie. La fille aînée des Killeen, Nora, dont on parlait peu dans la famille, avait succombé à une pneumonie à l'âge de quinze ans. Ce spectre revint hanter le cottage, tout le monde marchait sur la pointe des pieds de peur de déranger Bridie. Même les frères de Rosie chuchotaient.

— Il est temps que j'aille demander le poste de Bridie à la grande maison, annonça Rosie quand elle ne supporta plus sa culpabilité.

Sa mère protesta vivement.

— Ah non, chérie ! Ta place n'est pas à genoux à frotter le sol.

— On a besoin de cet argent, maman. Et Bridie a besoin que je lui garde sa place.

Elle finit par réussir à la convaincre et, le lundi matin suivant, Rosie enfila ses vieilles bottes et l'uniforme de sa sœur, puis quitta le cottage. Elle avançait comme si elle allait à un enterrement, l'appréhension montait en elle à chaque pas. Elle se souvenait de son innocence du premier jour, la première fois qu'elle avait mis les pieds dans la grande maison, et le mélange de peur et d'excitation à l'idée de toutes les aventures à venir. À présent, elle savait qu'aucune aventure ne l'attendait ; au mieux des corvées, au pire l'humiliation. Elle contourna la maison pour gagner la porte de la cuisine. Mrs. O'Leary la fit entrer aussitôt.

— C'est Bridie ? demanda-t-elle avec inquiétude.

— Non, Mrs. O'Leary. Elle est toujours très faible, mais le docteur dit qu'avec beaucoup de repos, elle devrait se remettre.

Mrs. O'Leary se signa.

— Oh, merci mon Dieu !

— Mrs. O'Leary, je suis venue vous demander de prendre la place de Bridie jusqu'à sa guérison. Elle a peur de perdre son emploi si elle reste absente trop longtemps.

Les yeux bleus perçants de la cuisinière passèrent en revue l'uniforme, le tablier et les bottines usées. Elle secoua la tête.

— Que sais-tu du ménage, Róisín ? Tu ne t'es pas sali les mains depuis le jour où la reine est venue à Ennismore.

Mrs. O'Leary n'avait pas parlé méchamment, et Rosie en profita pour insister.

— S'il vous plaît, Mrs. O'Leary. Je sais que je n'ai aucune expérience, mais je suis moi aussi fille de fermier, après tout. Je nettoie le poulailler tous les matins et je trais les vaches chaque fois qu'il y a besoin. Maman dit que je suis une bonne boulangère. S'il vous plaît, donnez-moi une chance. Je vous montrerai que je peux travailler dur. Faites-le pour Bridie.

Mrs. O'Leary poussa un long soupir et se balança d'avant en arrière sur ses pieds minuscules.

— Si ça dépendait de moi, ma belle, je te donnerais la place. Mais c'est Mrs. Murphy que tu dois convaincre. C'est elle qui s'occupe des femmes de chambre. Je ne peux pas te promettre qu'elle dira oui, mais si tu es polie et que tu lui expliques que tu le fais pour Bridie, elle acceptera peut-être. Elle aime beaucoup ta sœur.

Mrs. Murphy se montra plus récalcitrante que Rosie ne l'avait pensé. D'après elle, il paraissait douteux que Mr. Burke approuve ; engager Rosie au poste de servante modifierait les limites bien claires entre le personnel et la noblesse.

— Mais Mrs. O'Leary dit que c'est vous qui prenez les décisions en matière de personnel, rétorqua Rosie qui plaidait sa cause avec passion, et tout le respect possible.

Un petit sourire passa sur les lèvres de Mrs. Murphy. Elle sembla hésiter avant de répondre. Cela ne dura que quelques secondes, mais, pour Rosie, cela aurait pu être une éternité.

— Je sais me montrer juste, miss Killeen, et je sais à quel point c'est important pour votre famille, et pour Bridie. Je vous mets à l'essai pour une semaine. Mais je ne tolérerai aucune paresse. Et vous ne vous placerez pas au-dessus des autres domestiques. Puisque vous êtes la nouvelle, vous ferez ce qu'ils vous disent. C'est bien compris ?

— Oui, Mrs. Murphy ! Merci, Mrs. Murphy !

Deux heures plus tard, Rosie était à genoux et frottait les marches du perron d'Ennismore, envahie par les émotions. Que ferait-elle si Valentin la découvrait ainsi ? Que penserait-il en la voyant en uniforme, tablier, bonnet et vieilles bottines ? Et si Victoria revenait avant le retour de Bridie et trouvait son amie transformée en domestique ? Rosie avait si souvent répété qu'elle ne deviendrait jamais servante à Ennismore, ni nulle part ailleurs... Elle ne pourrait pas en vouloir à Victoria de lui rire au nez. Chacune de ces pensées la faisait frotter plus fort, jusqu'à en avoir les mains rouges et boursouflées.

Il fut convenu que Rosie vivrait à Ennismore, avec deux demi-journées de congé par semaine, les mercredis et dimanches après-midi. Elle ne pourrait même pas passer voir sa famille au cottage quand il n'y avait pas grand-chose à faire, ou y dormir de temps en temps. Bridie avait gagné ce droit après plusieurs années de service dans la grande maison, mais Rosie ne se verrait pas accorder une telle clémence. Elle était déçue. Elle qui espérait pouvoir s'échapper et dormir parfois dans son lit... Mais elle devait se lever avant l'aube pour nettoyer les cheminées et allumer les feux. Même en été, la vieille maison restait froide. Le pire de tout, c'était de devoir partager une chambre avec la bonne rousse, Sadie Canavan.

— Quelle chance ! s'exclama Sadie, souriante, lorsqu'elle entra dans la chambre et trouva Rosie couchée dans le petit lit en fer. Si ce n'est pas l'arrogante et hautaine miss Rosie Killeen en personne qui me fait l'honneur de sa compagnie ? Je n'en crois pas mes yeux.

Rosie ne dit rien et Sadie continua de dévider ses sarcasmes, visiblement ravie de voir Rosie tombée si bas.

— Attends que j'en parle à lady Louisa. Je suis sûre qu'elle sera aussi choquée que nous tous par la tournure des événements. Mais elle a toujours dit que tu n'étais qu'une sale petite paysanne effrontée. Elle ne t'a jamais aimée.

Rosie tourna le dos et fit semblant de dormir. Elle ne lui donnerait pas satisfaction. Quand Sadie finit par laisser tomber et s'endormir, Rosie ouvrit les yeux et soupira. Comment réussirait-elle à supporter tout ça ? Une fois de plus, elle maudit Bridie, puis se signa pour ce péché. Elle maudit aussi Victoria pour l'avoir abandonnée, même si elle savait parfaitement que son amie n'avait pas eu le choix. Elle maudit toute la noblesse. Et enfin, elle maudit Dieu de l'avoir fait naître dans la pauvreté. Une fois sa colère passée, elle se leva sans bruit et s'agenouilla à côté de son lit pour prier Dieu de lui pardonner sa méchanceté.

6

L'humiliation que les autres domestiques faisaient vivre à Rosie n'était rien comparée à celle qu'elle s'infligeait elle-même. À chaque coup de balai ou de chiffon, chaque pelletée de cendres, elle se méprisait un peu plus. Le travail était difficile, mais elle aurait pu le supporter si elle avait été une fille de paysans ordinaire, obligée de quitter l'école pour aller travailler à la grande maison comme Bridie. Sauf qu'elle ne l'était pas, plus maintenant. Elle en avait trop vu. Elle avait tenu des tasses de porcelaine fine, appris à prononcer les voyelles françaises et humé le parfum des draps blancs et frais. Elle avait apprécié le calme des promenades dans le jardin clos, des pique-niques au bord du lac, et l'euphorie d'une course au galop dans la campagne sur les meilleurs chevaux.

Comment ne pas en vouloir à Dieu de lui avoir montré un aperçu de cette vie raffinée pour la renvoyer ensuite à la misère ? Elle était furieuse ! Mais elle s'en voulait encore plus d'avoir cru pouvoir un jour mener cette vie. Bridie avait raison : il fallait être une sacrée idiote pour croire que l'on pouvait traverser les frontières entre les classes.

Un soir au dîner, à l'office, Sadie l'informa que Valentin allait rentrer d'un jour à l'autre. Il avait passé plusieurs semaines à Dublin pour voir Thomas et escorter Victoria lors de ses sorties. Rosie tenta de dissimuler la réaction que ce prénom éveillait en elle, mais sans succès. À coup sûr, les autres l'avaient vue se promener avec Valentin et en avaient tiré leurs conclusions. Elle se sentit rougir jusqu'aux oreilles et baissa la tête, essayant d'ignorer les regards braqués sur elle.

— Je me demande ce qu'il va dire quand il te verra habillée comme une servante, dit Sadie.

— Je *suis* une servante, marmonna Rosie.

— Oui, c'est bien vrai.

Le valet de pied, Brendan, l'observait avec un sourire mauvais.

— On va bien voir de quel côté tu es, dit-il.

— Que voulez-vous dire ? Je ne suis du côté de personne.

— Tu es soit du côté de l'aristocratie, soit du nôtre, précisa Brendan.

Rosie ravala les larmes qui lui brûlaient les yeux et se leva.

— Je ne sais pas de quel maudit côté je suis ! s'écria-t-elle. Je ne sais pas où je dois être. Voilà, vous êtes satisfait ? Puis-je m'en aller, Mr. Burke ?

Le majordome hocha la tête.

— Je pense que cela vaudrait mieux, miss Killeen. Vous semblez fatiguée. Je ne vous ai jamais entendue parler ainsi, et je ne souhaite pas que cela se reproduise.

— Je croyais qu'ils lui avaient appris les bonnes manières, ricana Sadie derrière elle.

Rosie courut jusqu'à sa chambre et se mit au lit. Comme elle se tournait et se retournait, la question de Brendan l'obsédait. Les serviteurs d'un côté, les aristocrates de l'autre : y avait-il une division aussi nette – et aussi simple ? Elle y réfléchit toute la nuit et, quand elle finit par se lever pour aller allumer le feu dans la chambre de Valentin le lendemain matin, elle n'avait pas fermé l'œil. Agenouillée devant l'âtre, elle y pensait toujours. *Il a raison, je dois faire un choix.*

— Rosie ? C'est bien toi ? Que fais-tu ici ?

Elle se figea. À Ennismore, on allumait les feux dans toutes les chambres, même inoccupées, pour garder un maximum de chaleur dans la maison. Malgré ce qu'elle avait appris la veille, la présence de Valentin la prenait par surprise. Elle resta immobile, espérant qu'il se rendorme. Mais elle sentit sa main se poser sur son épaule.

— Rosie ?

Elle fit volte-face.

— Vas-y, rigole ! dit-elle. Tout le monde se moque déjà de moi. Oui, c'est bien moi, Rosie, servante, boniche, à genoux pour allumer ton feu.

Valentin recula.

— Je ne comprends pas. Pourquoi... pourquoi es-tu... ?

Rosie se leva pour lui faire face et s'essuya les mains sur son tablier.

— Bridie est tombée malade et j'ai pris sa place, expliqua-t-elle, la tête haute.

— Est-ce qu'elle va mieux ? demanda Valentin, visiblement troublé.

— Le docteur dit qu'elle va se remettre, mais cela prendra du temps.

— Mais… il n'y avait pas d'alternative ? Tu n'étais quand même pas obligée de faire *ça* ? Il doit bien y avoir un autre moyen.

Il baissa les yeux sur le seau de cendres que tenait Rosie, puis releva la tête, l'air perplexe. Son choc évident ne faisait qu'aggraver le malaise de Rosie.

— Il n'y a pas de honte à travailler dur. Et non, il n'y avait pas d'autre choix. Bridie avait besoin que je lui garde sa place, et ma famille a besoin de son salaire. Nous ne roulons pas sur l'or, contrairement à d'autres.

Toujours aussi confus, Valentin s'assit sur son lit et se frotta la tête. Il était en pyjama, ses cheveux blonds ébouriffés. Rosie trouva soudain qu'il paraissait très jeune.

— S'il te plaît, peux-tu venir te promener avec moi ?
— Non. J'ai du travail.
— Plus tard, alors ? Quand tu auras terminé ?
— Je n'ai pas de temps libre avant mercredi après-midi.
— Je vois. Alors je te retrouverai à côté de l'écurie mercredi. On pourrait monter à cheval.
— Et où trouverais-je un cheval ? Je ne suis pas noble.
— Je peux t'en trouver un, répondit-il doucement.
— Très bien.

Ils restèrent un moment de plus à se regarder, puis, serrant les dents, elle tendit la main sous son lit pour attraper son pot de chambre.

— S'il te plaît, Rosie, murmura-t-il. Ne fais pas ça.

À une heure de l'après-midi, le mercredi, Rosie attendait à côté de l'écurie. Elle avait passé les derniers jours à s'interroger : y aller ou pas ? D'un côté, elle avait très envie de revoir Valentin et retrouver leur amitié telle qu'ils l'avaient laissée avant le départ de Victoria. De l'autre, il y avait la voix de la raison et la question posée par Brendan : « De quel côté es-tu ? » Retrouver Valentin ne signifiait-il pas qu'elle se rangeait dans le camp de la noblesse ? Ce serait une terrible erreur. Les dernières semaines lui avaient clairement montré où était sa place. Tout au fond d'elle, elle savait qu'elle n'allait s'attirer que des problèmes. Il était encore temps de tourner les talons et courir jusqu'au cottage de ses parents, en sécurité.

— Te voilà.

Trop tard. Valentin arrivait. Il était si beau avec son sourire chaleureux et ses grands yeux bleus qu'elle sentit toute sa détermination disparaître. Il portait des vêtements sur le bras.

— Tiens, dit-il. J'ai pensé qu'il te faudrait une tenue d'équitation, alors je t'ai apporté une de celles de Victoria. J'espère qu'elle t'ira.

Rosie baissa les yeux sur sa robe grise de femme de chambre et son tablier blanc et rougit.

— Je suis sûre que oui, répondit-elle en attrapant les vêtements. Victoria m'en prêtait tout le temps.

— Bien. Je vais demander au garçon d'écurie de te préparer un cheval pendant que tu te changes.

Rosie courut dans un box vide, le cœur battant. Tout le monde désapprouverait, mais, à cet instant, elle s'en fichait. Elle allait monter à cheval avec Valentin, c'était tout ce qui comptait.

Le garçon d'écurie l'aida à enfourcher son cheval préféré et ajusta les étriers. Petite, elle montait à cru le vieux cheval de ferme de son père, les jambes de chaque côté de son large dos. Elle avait encouragé Victoria à faire de même, mais lord Ennis y avait mis un terme. Elle souriait en y repensant, sans répondre au regard étonné du garçon d'écurie quand elle passa la jambe au-dessus de la selle.

Valentin fit trotter son bel étalon jusqu'à elle.

— Allons-y ! Le premier arrivé aux bois a gagné.

Ils traversèrent le grand pâturage qui entourait la demeure et se dirigèrent vers les bois. Rosie n'avait aucun mal à chevaucher, cela l'emplissait de joie. Elle était libre. Elle guidait sa monture avec force, lui faisant sauter les barrières et les fossés, Valentin sur ses talons. Elle n'avait jamais galopé ainsi auparavant, mais plus elle prenait de la vitesse, plus elle sentait la distance se creuser entre elle et ses soucis. Elle les laissait tous derrière elle, et cette pensée la poussait à l'imprudence.

— Ralentis, Rosie ! cria Valentin derrière elle.

Son cheval était épuisé, Rosie savait bien qu'elle devait le brider, mais elle ne parvenait pas à se raisonner. Le cheval pila soudain devant un fossé, si brusquement que Rosie faillit s'envoler la tête la première. Valentin arriva, le souffle court et l'air furieux.

— On ne traite pas un cheval comme ça, Rosie, tu le sais très bien. Qu'est-ce qui ne va pas chez toi ?

Elle mit pied à terre.

— Tu as raison, dit-elle, penaude, mais je ne pouvais pas m'en empêcher. Pardon, Gideon, murmura-t-elle en caressant le cheval pantelant.

Valentin descendit lui aussi et attacha les deux chevaux à une clôture. Il tendit une main à Rosie, qu'elle accepta.

— Viens, dit-il, allons à ton endroit préféré.

L'endroit préféré de Rosie était la forteresse des fées, dans les bois où elle jouait enfant. Elle l'avait d'abord montrée à Victoria et lui avait parlé des petites créatures qui vivaient sous la terre et qu'il ne fallait surtout pas déranger. Plus tard, Valentin les y avait accompagnées, et c'était devenu la destination favorite de leurs promenades à cheval.

Ils s'installèrent sur une pierre plate, sous un chêne. Le soleil perçait à travers les branches, dessinant des motifs sur le sol. Pour un étranger, c'était un endroit silencieux, mais Rosie avait grandi à la campagne et appris à écouter tous les sons qui l'entouraient. Les oiseaux chantaient, une petite brise murmurait entre les feuilles et les lapins détalaient dans les fourrés. Au loin, les mouettes criaient au-dessus du lac. Elle était certaine d'entendre aussi les fées discuter en dessous, mais lorsqu'elle en avait parlé un jour à Valentin et Victoria, ils avaient secoué la tête et assuré qu'ils n'entendaient rien.

« Il faut peut-être être irlandais, avait-elle dit.

— Mais on est irlandais ! » s'étaient-ils indignés à l'unisson.

À présent qu'ils étaient assis tous les deux comme de vieux amis, Rosie appuya la tête sur l'épaule de Valentin. Elle n'avait jamais osé le faire auparavant, mais sa chevauchée l'avait épuisée et elle avait besoin d'être consolée. Tous les soucis qu'elle avait vainement tenté d'oublier la submergèrent de nouveau. Elle se laissa aller au désespoir.

— Que vais-je faire, Valentin ? Que va-t-il advenir de moi ?

Il lui tenait la main.

— Ça va aller, Rosie. Ta sœur sera bientôt guérie et Victoria va revenir, tout va rentrer dans l'ordre.

Rosie secoua la tête.

— Mais non, Valentin. Rien ne sera plus jamais pareil.

Il poussa un soupir et ne répondit pas.

— Victoria et moi ne serons plus amies comme avant, dit-elle, exprimant à haute voix une nouvelle peur qui grandissait en elle. Elle ne m'a écrit qu'une seule fois et, dans sa lettre, j'ai bien vu qu'elle commençait à changer.

— Elle est occupée, Rosie. Tu aurais dû voir à combien de goûters et de fêtes j'ai dû l'accompagner. Et nous ne sommes qu'à la moitié de l'été. Elle doit aller à des bals, en ville, et…

— Je le sais bien. C'est exactement ce que je veux dire. Avant, on partageait chaque nouvelle aventure. Mais elle fait partie d'un nouveau monde maintenant, auquel je ne connais rien. Nous n'avons plus rien en commun.

— N'importe quoi ! Vous êtes amies d'enfance.

— Mais nous ne sommes plus des enfants, dit Rosie.

Quand ils retournèrent à l'écurie, Brendan les attendait. Rosie s'en étonna. Était-il venu l'espionner ? L'air sombre, il l'aida à descendre de cheval.

— Mr. Burke veut te voir, annonça-t-il.

— Que veut-il ?

— Tu devrais le savoir, répondit Brendan en haussant les épaules.

Il avait raison, bien sûr. Elle savait parfaitement ce qui l'attendait. Elle et Valentin échangèrent un regard, mais ils ne dirent rien. Rosie suivit Brendan jusqu'aux quartiers de Mr. Burke.

— Ce n'est pas convenable, miss Killeen, pas convenable du tout, commença Mr. Burke d'un air sévère, assis à son bureau. Vous devez vous souvenir de votre place. Vous n'êtes plus la jeune camarade de miss Victoria, vous n'avez plus le droit d'aller où vous voulez dans le domaine et de fréquenter ses frères. Vous êtes une domestique dans cette maison et, à l'avenir, vous vous comporterez comme telle. Vous ne profiterez pas de la compagnie de Mr. Valentin, ou de son frère Thomas. Vous ne parlerez que si un membre de la famille Bell vous adresse la parole en premier, en gardant la tête baissée, et votre réponse devra être la plus brève possible. En dehors de cela, vous serez invisible. Est-ce clair ?

Rosie ne parvint pas à répondre. Au fond d'elle, la rancœur luttait avec la raison. Elle avait envie de se venger, de lui montrer l'injustice de ses mots, de lui faire comprendre. Mais à la place, elle serra les poings et hocha la tête.

7

Quand le mois d'août arriva, la santé de Bridie s'était considérablement améliorée. Elle pouvait sortir se promener sans s'essouffler et aider sa mère à entretenir le cottage. Elle était impatiente de reprendre son travail à Ennismore, mais le médecin insistait pour qu'elle reste à la maison quinze jours de plus.

— Rien ne presse, dit Ma. Rosie fait du bon travail là-bas et elle nous donne une partie de son salaire, comme tu le faisais. Elle peut y rester un peu plus longtemps.

— Et si elle s'y plaisait ? demanda Bridie, renfrognée. Qu'est-ce que je ferais ?

— Ne t'en fais pas pour ça, répondit Ma. Je pense qu'elle prendra ses jambes à son cou dès qu'elle en aura la possibilité. Elle est gentille d'avoir tenu si longtemps.

Bridie n'était pas prête à faire preuve de gratitude.

— Elle est payée, non ?

Son salaire était le seul rayon de soleil dans la vie de Rosie. Elle avait réussi à mettre un peu d'argent de côté depuis qu'elle avait commencé à travailler. Pas assez pour aller très loin, mais c'était un début. En dehors de cela, le dur labeur et l'humiliation faisaient désormais partie de son quotidien. Elle avait décidé d'obéir à Mr. Burke et de rester à distance de Valentin. Elle lui avait expliqué la situation le lendemain matin de leur chevauchée, quand elle allumait le feu dans sa chambre.

« Mais c'est ridicule, avait-il protesté. Comment peut-il te dire quoi faire durant ton temps libre ?

— C'est toi qui es ridicule. Tu sais parfaitement comment c'est entre vous autres et les domestiques.

— *Vous autres* ?

— Mais oui, *vous autres* ! On fait partie du décor pour vous, rien de plus. Il ne faut ni nous voir ni nous entendre. Pense à la façon dont tu traites les autres domestiques. Je parie que tu ne connais même pas leurs noms. »

Imperceptiblement, Rosie avait commencé à comprendre très clairement quel était le destin des serviteurs. Elle avait toujours fait la sourde oreille quand Bridie lui rapportait des histoires et se plaignait de son travail, mais maintenant, elle mesurait à quel point leur vie était malheureuse et limitée. Même si elle n'avait pas encore admis qu'elle faisait partie de ce monde, elle comprenait et compatissait.

« Ils n'ont aucune importance pour moi, lui avait répondu Valentin, mais toi, si. Au moins, on peut se voir ici tous les jours sans personne pour nous espionner.

— Tu ne comprends donc pas ? Mr. Burke a décidé que, à partir de demain, ce serait la jeune Thelma qui s'occuperait de ta chambre.

— Qui est-ce ? »

Rosie aurait éclaté de rire si elle n'avait pas été si énervée. Valentin venait de prouver qu'il ne connaissait pas les autres domestiques.

Elle s'était contentée de lui lancer un au revoir, puis avait tourné les talons. Mais alors, par surprise, il avait enlacé sa taille et l'avait plaquée contre lui pour l'embrasser à pleine bouche. Surprise, Rosie avait lâché son seau de cendres et reculé brusquement.

— Mais bon sang, Valentin, qu'est-ce que je viens de te dire ?

— Tu ne te débarrasseras pas de moi si facilement, Rosie.

Le baiser de Valentin l'avait laissée en proie à un mélange de sentiments confus, entre la joie et la gêne. Elle s'était bien souvent imaginé une scène de ce genre, mais c'était toujours dans le jardin, sous le clair de lune, ou dans les bois, près de la forteresse des fées. Jamais elle n'avait pensé que cela aurait lieu dans sa chambre, tandis qu'elle porterait un seau plein de cendres. Mais il l'avait embrassée.

Ah, Valentin, pensait-elle, *pourquoi dois-tu toujours compliquer les choses ?*

La semaine précédant le retour de Bridie à son poste, lady Ennis et Victoria rentrèrent à Ennismore à l'improviste. Cela ne ressemblait pas à lady Ennis. Pour les domestiques, c'était sa façon à elle de les garder sur le qui-vive. Leur arrivée fut si soudaine que Rosie n'eut pas le temps de se préparer à revoir Victoria. Elle se cacha derrière la courbe d'un escalier et regarda Mr. Burke et Mrs. Murphy se bousculer pour aller ouvrir la porte. Immelda Fox entra la première, apparemment guère plus heureuse que le jour de son départ. La saison ne semblait pas avoir amélioré son humeur. Puis vint lady Ennis, qui cria des ordres à toute personne à portée de voix.

Enfin, Victoria entra et Rosie prit une profonde inspiration. Elle ne reconnaissait plus son amie. Victoria semblait avoir grandi de dix centimètres, mais Rosie ne savait pas si c'était parce qu'elle se tenait très droite ou à cause des immenses plumes de son chapeau. Ce dont elle était certaine, même de loin, c'était que Victoria était devenue une élégante jeune femme. Rosie se sentit soudain maladroite et grossière. Elle s'aplatit contre le mur et attendit là que Victoria soit passée.

Le soir, à l'office, Sadie Canavan se fit un plaisir de rapporter les derniers ragots.

— Lady Louisa est folle de rage qu'elles soient rentrées si vite. Elle adorait avoir la maison pour elle toute seule. Ces deux sœurs se détestent, je peux vous le dire.

Mr. Burke s'éclaircit la gorge, mais Sadie l'ignora.

— Et elle dit que miss Victoria ne va pas rester longtemps. Apparemment, elle veut aller à Londres pour rendre visite à ses nouveaux amis, il lui faut un chaperon et c'est lady Louisa qui va devoir s'y coller. Ça me fait vraiment mal au cœur pour elle. Elle n'a pas de vie.

Mr. Burke se racla la gorge encore une fois, mais Sadie reprit, en regardant Rosie droit dans les yeux.

— Selon lady Louisa, les nouveaux amis de Victoria sont de sa classe, vous savez, l'aristocratie. Oh, et elle dit qu'elle doit avoir sa propre femme de chambre à présent, et on doit l'appeler lady Victoria. J'avais peur de devoir m'en occuper en plus du reste de mon travail, mais heureusement, elle insiste pour avoir une femme de chambre rien que pour elle. Ça pourrait être un bon poste pour toi, Rosie, puisque Bridie doit revenir.

Le silence régnait autour de la table. Mr. Burke baissa la tête pour dire le bénédicité. Les autres ne quittaient pas Rosie des yeux tout en murmurant la prière. Rosie avait les joues brûlantes, l'estomac noué. La femme de chambre de Victoria ? N'avait-elle donc pas été suffisamment humiliée ? Elle se força à sourire.

— Je suis sûre que miss Victoria préférerait une femme de chambre plus expérimentée. Je ne suis qu'une fille de paysans. Elle voudra quelqu'un qui connaisse toutes les coiffures à la mode et les tenues en vogue. Je suis sûre qu'elle en a déjà choisi une à Londres.

Il lui fallut tout son courage pour rester et dîner comme si de rien n'était. Elle vida son assiette sans montrer la moindre trace d'anxiété. Brendan la fixait sans cesse. Elle croyait détecter de l'amusement dans son regard, et cela éveilla en elle une colère qui l'aida à tenir jusqu'à la fin du repas. Contrairement à son habitude, elle ne monta pas tout de suite, pour les priver du plaisir de jaser sur elle dès qu'elle aurait le dos tourné.

Plus tard, au lit, elle repensa à tout ce qu'avait dit Sadie. Victoria pourrait-elle manquer de sensibilité au point de lui demander de devenir sa femme de chambre ? Comprendrait-elle à quel point ce serait blessant ? D'un autre côté, Bridie était sur le point de reprendre son poste, et Rosie allait se retrouver sans travail. *Non*, pensa-t-elle. *Non. Même si j'étais à la rue et affamée, je ne m'exposerais jamais à une telle humiliation.*

— Mais tu ne vois pas que ce serait parfait, Rosie ? On serait ensemble et on pourrait partager tous nos secrets, comme avant.

Rosie se tenait à côté de la cheminée dans le salon, avec cette nouvelle Victoria qu'elle ne connaissait pas. Elle était toujours aussi belle, sinon plus, avec ses cheveux blonds enroulés au sommet de sa tête comme des lacets de miel et ses yeux bleus aussi transparents que le lac qui scintillait de l'autre côté de la fenêtre. Mais Rosie sentait une distance inédite entre elles.

— Je suis ravie d'y avoir pensé, poursuivit Victoria. Mes amis et moi avons l'intention de partir à l'étranger. Imagine, aller à Paris et Rome ensemble et…

— Je suis désolée, dit Rosie, les yeux rivés sur ses bottines usées. Je ne peux pas. Je pensais que tu comprendrais.

— Alors explique-moi, répondit Victoria d'un ton impatient. Explique pourquoi tu es prête à renoncer à cette chance incroyable. Pourquoi te montres-tu si ingrate ?

Rosie détourna la tête et ravala ses larmes. Comment pouvait-elle expliquer à cette fille qui avait été sa meilleure amie à quel point elle était blessée ? Elle chercha les mots justes, mais toute la frustration réprimée sortit malgré elle. Elle se sentait comme un enfant réprimandé à tort.

— Je ne suis pas ingrate. Ne vois-tu pas ce que tu m'as fait ? Tu m'as volée à ma famille et tu m'as fait venir dans ton monde à toi, et quand je ne t'ai plus servi à rien, tu m'as jetée comme une vieille chaussette. Maintenant, je n'ai de place nulle part. Les domestiques me méprisent, ta famille aussi, et tes nouveaux amis feront la même chose.

— Mais ce n'était pas ça, protesta Victoria en se levant. Nous étions heureuses ensemble, Rosie. Nous étions amies.

— Nous n'avons jamais été vraiment amies. Toutes ces histoires qu'on se racontait : grandir ensemble, trouver des maris et habiter à côté l'une de l'autre pour le reste de notre vie... Ce n'étaient que des mensonges.

Victoria soupira.

— Oh Rosie, nous rêvions, murmura-t-elle. Et nous étions amies. Mais les choses auraient forcément fini par changer. Tu le vois bien. Nous venons de deux mondes différents et nous ne pouvons rien faire pour changer cela.

— Je sais. Mais c'est une torture.

Elle se mit à sangloter, frottant ses poings contre ses yeux comme elle le faisait quand elle était petite. Victoria vint lui prendre la main.

— Ne pleure pas, Rosie. Excuse-moi de t'avoir fait cette demande. Je vois maintenant que c'était humiliant pour toi. Comment ai-je pu être si insensible ? Je te demande pardon.

En fin de compte, Victoria choisit Bridie pour femme de chambre.

— Et dire que celle-là se croyait trop bien pour le faire, dit Bridie à sa mère.

— Ce n'est pas vrai, répondit Rosie.

— Mais si. Tu espérais que miss Victoria te demanderait de partir avec elle comme dame de compagnie.

— Je t'assure que non, mentit Rosie en rougissant.

C'était en effet exactement ce qu'elle avait espéré. Mais elle était condamnée à rester faire le ménage à Ennismore à la place de Bridie.

— Allons, Rosie, tout le monde sait que tu pensais mériter mieux que nous autres.

— Maman, dis-lui d'arrêter, supplia Rosie, les yeux brûlants.

Leur mère se leva de son tabouret à côté de la cheminée et vint passer un bras autour des épaules de Rosie.

— Allez, laisse-la tranquille, Bridie. Tu es sur le point d'avoir ce que tu as toujours voulu : devenir femme de chambre dans la grande maison.

Bridie sourit.

— Oui, c'est vrai. Et je n'ai pas l'intention de me retrouver de nouveau à genoux après ça. Je vais voir le monde. Paris et Rome et tous ces endroits. Qui sait quel genre de personnes je vais rencontrer !

Rosie n'avait jamais vu sa sœur si heureuse. Elle ravala sa rancune. Elle aurait dû se réjouir pour Bridie au lieu de jalouser sa bonne fortune. Elle monta l'échelle qui menait à sa chambre mansardée et se coucha dans le noir. Elle entendait les voix de sa sœur et de sa mère en bas et regarda par la petite fenêtre. Même la lune, cachée derrière les nuages, lui refusait sa compagnie. Elle était seule.

Durant tout l'automne de l'année 1910, un déluge impitoyable s'abattit sur la terre, comme pour laver les péchés de l'histoire qui avaient subsisté là. D'après les domestiques, c'était la pire inondation qu'on ait jamais vue. Mais Anthony Walshe, le concierge de la maison, fit le récit de terribles tempêtes qui avaient frappé l'Irlande bien avant la naissance de la plupart d'entre eux.

— Je vous assure qu'en comparaison de cette époque, ce temps n'a rien d'une calamité, jura-t-il en agitant ses petits bras.

Pour Rosie, c'en était bien une. Le brouillard humide l'oppressait comme les murs d'une prison. Après que Bridie fut partie en voyage avec Victoria, il fut convenu que Rosie resterait comme femme de chambre à la place de sa sœur. Que pouvait-elle faire d'autre ? Elle n'avait pas économisé assez pour aller plus loin que la petite ville la plus proche et, plus encore qu'auparavant, sa famille avait besoin de son salaire. Un renard avait tué plusieurs des meilleures poules couveuses de sa mère. Ses poules, elle les avait depuis aussi longtemps que Rosie pouvait s'en souvenir. Elle échangeait souvent les œufs dans les boutiques du village contre des produits dont sa famille avait besoin. Mais à présent qu'elle n'en avait quasiment plus, il leur fallait de l'argent, et il n'y en avait pas assez.

L'humeur s'était assombrie autour de la table à manger des domestiques. Les bavardages de Sadie Canavan manquaient à tout le monde. Lady Louisa avait refusé d'aller jouer les chaperons pour Victoria sans disposer de sa propre femme de chambre et lady Ennis avait dû accepter, à contrecœur. L'absence de Bridie ajoutait à la morosité ambiante. Anthony Walshe ne parvenait pas à égayer l'atmosphère avec ses blagues habituelles et Brendan Lynch se montrait encore plus boudeur, tandis qu'Immelda Fox était revenue de la saison avec un surcroît de piété. Elle ne parlait qu'à Brendan, et ces deux-là faisaient une drôle de paire. La nouvelle bonne, la plus jeune aussi, une grosse campagnarde nommée Thelma, rougissait à chaque fois que Sean, le plus jeune des valets de pied, la regardait. Seuls Mrs. O'Leary et le jeune Sean faisaient preuve d'une relative bonne humeur.

Rosie essayait de ne pas penser à Valentin. Cela la faisait trop souffrir. Plusieurs mois s'étaient écoulés depuis la dernière fois qu'elle l'avait vu, et la rumeur le disait parti en Angleterre pour étudier les pratiques agricoles dans d'autres domaines comme Ennis. Elle n'avait même pas pu lui dire au revoir. Cela n'avait aucune importance, de toute façon. Depuis sa dispute avec Victoria, Rosie avait fermement décidé d'éradiquer toutes ses illusions de jeunesse.

Elle se concentrait sur son travail. Chaque mois, elle épargnait un peu plus. Bientôt, elle aurait assez d'argent pour aller à Dublin. Elle préférait ne pas penser que cela signifierait abandonner sa famille. *Que mes frères jouent leur rôle*, se disait-elle, *au lieu de parler de partir en Amérique. Pourquoi est-ce à moi de rester ?*

Bridie écrivait souvent, des cartes postales colorées avec des timbres étrangers que maman exposait fièrement sur le buffet de la cuisine.

« Elle s'amuse bien ! disait Ma. Et miss Victoria la traite très bien. Cette fille est un ange. »

Rosie se demandait souvent pourquoi Victoria avait choisi Bridie. Il était évident pour tout le monde que sa sœur ne possédait pas les compétences nécessaires pour ce rôle, ce que Sadie Canavan s'était empressée de remarquer. Pour Mrs. O'Leary, miss Victoria avait agi par gentillesse : elle savait que Bridie avait été malade et voulait lui donner des vacances. La cuisinière avait peut-être raison. Quoi qu'il en soit, Rosie aurait dû être reconnaissante de cette absence qui lui donnait l'occasion de continuer à travailler et d'économiser plus d'argent. Elle n'avait avoué à personne que, certaines nuits, elle s'imaginait à la place de Bridie, dans tous les lieux exotiques dont elle parlait dans ses cartes. Mais elle ne pouvait s'en prendre qu'à elle-même. C'était sa propre fierté qui l'avait empêchée de partir.

Un jour, Bridie leur adressa une lettre qui fit scandale dans le cottage des Killeen. Elle avait rencontré un homme à Dublin et elle restait là-bas pour se marier. Elle ne rentrerait pas à la maison.

8

Un jour du début novembre 1911, lady Ennis fit irruption dans l'office – événement tout à fait inhabituel – au moment où le personnel s'apprêtait à prendre le petit déjeuner. Ils se levèrent tous d'un bond, leurs chaises raclant bruyamment le sol de pierre. Elle observa la pièce avec un air légèrement dégoûté et s'éventa vigoureusement, puis se tourna vers un Mr. Burke particulièrement bouleversé par l'irruption soudaine de Madame dans son royaume.

— J'ai des nouvelles très importantes, commença-t-elle. C'est précisément pour cela que je viens vous voir dans vos quartiers, pour que vous l'entendiez directement de ma bouche. Le mois prochain, Ennismore recevra deux invités d'une extrême importance et il est impératif que tout soit absolument parfait.

— Grand Dieu ! s'écria Mrs. O'Leary. Est-ce le roi en personne ?

Mr. Burke pâlit devant l'impertinence de la cuisinière.

— Lady Ennis, je vous en prie, pardonnez...

Mais celle-ci se contenta de lui adresser un sourire figé.

— Non, pas le roi, Burke, mais la royauté tout de même. La royauté américaine. Mr. Jules Hoffman, l'industriel américain et leader de la Société new-yorkaise, et sa fille, miss Sofia Hoffman, vont passer un mois ici. Je souhaite leur montrer ce que l'hospitalité anglaise a de meilleur. Rien ne doit être laissé au hasard. Chaque détail compte. J'attends que chacun d'entre vous se montre à la hauteur de cette occasion. Mrs. Murphy, ajouta-t-elle en se tournant vers la gouvernante, vous pouvez engager autant de personnel supplémentaire que vous le jugerez nécessaire. Nous dépenserons autant qu'il le faudra. C'est tout, bonne journée.

Mr. Burke faillit trébucher en courant derrière Madame pour l'escorter jusqu'à l'escalier en bois usé qui menait au rez-de-chaussée. Elle laissait derrière elle un léger parfum de gardénia. Le personnel échangea des regards interloqués.

— Eh bien ! Vous l'avez entendue, dit Mrs. O'Leary. Hospitalité anglaise, mon cul ! C'est de la bonne cuisine irlandaise qu'ils obtiendront de moi.

Thelma ouvrait de grands yeux bovins.

— Je n'ai jamais rencontré un Américain, Mrs. O. Sont-ils comme nous autres ?

— Oui, sauf qu'ils ont tous des cornes, répondit Anthony, et ils portent des fourches, et ils mangent des gamines comme toi au dîner.

Thelma poussa un cri de frayeur.

— Oh, arrête de la faire marcher, Anthony ! intervint Mrs. O'Leary.

— Je suis sûre que ce sont des gens très bien, ajouta Mrs. Murphy. Nous devons tout faire pour rendre leur visite aussi plaisante et confortable que possible.

Arrêtez donc de dire des sottises, nous avons du pain sur la planche.

La visite d'une riche héritière américaine constituait peut-être un événement inédit pour le personnel d'Ennismore, mais c'était devenu de plus en plus fréquent dans les grandes maisons d'Angleterre et d'Irlande. Comme la famille Bell, en ce début de XXe siècle, la plupart des familles aristocratiques de Grande-Bretagne traversaient des difficultés économiques sans précédent. Traditionnellement, les aristocrates se considéraient comme les gentils bienfaiteurs de tous ceux qui vivaient et travaillaient sur leurs vastes domaines. Les récoltes, le bétail et les loyers des métayers couvraient les dépenses domestiques.

Pour les dépenses personnelles de la famille, comme les vacances à l'étranger, les travaux de rénovation de la maison, les dettes de jeu, l'entretien d'une maîtresse et les dépenses destinées à rivaliser avec le reste de la bonne société, ils se tournaient vers des banquiers compréhensifs qui n'osaient pas trop insister pour se faire rembourser. Comme ses pairs, lord Ennis avait hérité des habitudes de ses prédécesseurs, et même s'il se montrait plus prudent que sa femme sur les questions financières, ces problèmes ne le tourmentaient pas bien longtemps.

Cependant, la concurrence des céréaliers et des éleveurs américains grignotait petit à petit les revenus des domaines et, avec l'augmentation des droits de succession, la ruine se profilait pour de nombreux propriétaires terriens fauchés. Il n'était donc plus si rare de les voir se tourner vers le Nouveau Monde et ses nombreuses riches héritières prêtes à échanger leur fortune contre un titre.

Lord et lady Ennis décidèrent que leur fils aîné, Thomas, devait faire un bon mariage pour qu'Ennismore et son domaine survivent et restent intacts. Lady Ennis dut accepter l'idée, aussi répugnante fût-elle, d'avoir une belle-fille américaine.

Miss Sofia Hoffman était une de ces riches héritières et lorsque le marquis et la marquise de Sligo avaient annoncé une visite des Hoffman dans leur domaine voisin à la fin de l'automne, lady Ennis avait sauté sur l'occasion.

Ils arrivèrent début décembre. Un bon observateur aurait pu comparer cela à l'arrivée de la reine à Ennismore dix ans plus tôt. Sinon qu'à la place des calèches, des valets de pied et des chapeaux haut-de-forme, cette royauté-là arriva dans une belle automobile aussi brillante que les chevaux de la calèche de la reine Victoria. La pluie s'était soudainement interrompue et un rayon de soleil émergea, comme pour leur souhaiter la bienvenue. Ce jour-là, au lieu d'observer la scène depuis le soupirail, Rosie était campée sur les marches du perron avec le reste du personnel de maison. Et ce qu'elle pensa devant la « reine » américaine était également à l'opposé de sa réaction quand elle avait vu la reine d'Angleterre.

Miss Sofia Hoffman n'avait rien de décevant. Elle était très grande. Ses cheveux bruns et épais, sa peau mate et ses grands yeux foncés lui donnaient l'air d'une étrangère venue d'une contrée exotique ; elle tenait ce physique de sa mère italienne et de son père juif. Elle portait une robe en laine rouge qui soulignait sa minceur et s'arrêtait scandaleusement bien plus haut que ses chevilles. Son père, Mr. Jules Hoffman, n'avait pas autant d'allure. Avec quinze bons centimètres de moins que sa fille, il était basané, ventripotent et moustachu ;

il marchait avec la confiance d'un pugiliste, inélégant mais puissant.

Lady Ennis dut mobiliser tous les principes de sa bonne éducation pour accueillir ses invités et elle se pencha, non sans raideur, pour laisser Mr. Hoffman planter un baiser sur sa joue, avant de serrer poliment la main de sa fille. Lord Ennis, au contraire, fit preuve d'un enthousiasme bruyant, un trait de sa personnalité qu'il avait peaufiné pour ses rôles de propriétaire terrien bienveillant et de politicien. Les domestiques firent la révérence, chacun gardant ses impressions pour en discuter plus tard au sous-sol.

Ce soir-là, la famille et les invités se réunirent dans la bibliothèque. C'était une pièce austère et formelle, avec ses fauteuils en cuir et en brocart aux teintes automnales, du rouge foncé à l'ambre clair. Un tapis oriental usé jusqu'à la corde couvrait le parquet et des rideaux en velours rouge délavé retenus par des embrasses à franges dorées flanquaient les hautes fenêtres. Des trophées de chasse et de pêche ornaient les murs, dont une tête de renard souriante et une truite argentée. Un feu brûlait dans la cheminée, les flammes adoucissant les ombres pâles de cette fin d'après-midi.

Miss Sofia Hoffman, tout juste rentrée de sa promenade dans les jardins, engloba tout cela d'un coup d'œil avant de se laisser tomber sans cérémonie sur le canapé en cuir. Elle se pencha en avant pour délacer ses bottines, puis les enleva et les poussa sur le côté. Elle leva les pieds en l'air et remua ses orteils avec un soupir de plaisir.

— Ça va mieux, lança-t-elle en souriant à la cantonade. Burke, pourrais-je avoir un verre de sherry ?

— Tout de suite, Madame.

Lady Ennis ne put cacher son étonnement. Les ladies bien élevées étaient censées attendre qu'on leur propose un rafraîchissement.

Comme le majordome tendait son verre à Sofia, Thomas et Valentin échangèrent un regard amusé. Ils venaient juste de rentrer d'une promenade à cheval et n'avaient pas pris le temps de monter enfiler leur tenue de soirée tant ils étaient impatients de rencontrer les invités, et particulièrement miss Sofia. Celle-ci tapota le canapé à côté d'elle.

— Vous devez être les garçons Bell, dit-elle en exposant deux parfaites rangées de dents blanches. Venez vous asseoir à côté de moi.

Elle sourit à son père, qui sirotait son brandy à côté de lord Ennis, devant la cheminée. Jules secoua la tête et poussa un soupir.

— Elle a tant de personnalité, Edward, je ne sais plus quoi faire d'elle. Elle a grandi à Chicago, où les bonnes manières sont, disons, moins formelles qu'à New York. J'ai toutes les peines du monde à la maîtriser pour qu'elle s'adapte à la bonne société new-yorkaise, et ma chère défunte femme n'est plus là pour adoucir ses manières. J'espérais qu'un peu de décorum britannique lui ferait du bien.

— À ta place, je n'y compterais pas trop, nota Sofia en riant.

— Elle me fait penser à mes pur-sang, dit lord Ennis. C'est leur forte personnalité qui les démarque des simples canassons. Il suffit de savoir leur parler. Je me souviens avoir pensé la même chose de Victoria quand elle était petite. J'ai fait en sorte qu'une jeune fille de ferme vienne suivre ses leçons avec elle et les choses se sont arrangées.

Lady Ennis, très droite dans son fauteuil, s'éclaircit la gorge en regardant son mari avec insistance et tapa du pied. Elle avait du mal à dissimuler l'aversion que lui inspirait la conversation animée entre Sofia et ses fils. Louisa, elle, les observait comme si elle examinait un spécimen extraterrestre au microscope.

Victoria, par contre, souriait d'un air ravi. Elle était fascinée par cette fille à peine plus âgée qu'elle, qui faisait l'effet d'une tornade d'air frais dans cette vieille maison repliée sur elle-même depuis des siècles. Sa voix était plus forte, son rire plus franc et ses mouvements plus libres que ceux de n'importe quelle femme ici. Elle ne prêtait aucune attention aux regards méprisants de lady Ennis et lady Louisa, ou à la curiosité de lord Ennis. En fait, elle semblait totalement ignorer les signes muets de désapprobation qui étaient le langage universel de l'aristocratie.

Jules Hoffman et lord Ennis, au grand dam de lady Ennis, se lancèrent dans un intense débat au sujet de la colère sociale qui grandissait à la fois en Irlande et en Amérique.

— Un type du nom de Larkin cause un grand émoi auprès des travailleurs à Dublin, dit lord Ennis en faisant signe à Burke de lui servir un autre verre. Il menace de bloquer complètement la ville avec ses satanées grèves. Ce n'est rien qu'un fauteur de troubles. Et voilà que sa maudite sœur, Delia Larkin, a créé un syndicat pour les femmes qui travaillent ! Comme si nous n'avions pas suffisamment de problèmes avec ces sottises d'autonomie.

Jules Hoffman leva les yeux car lord Ennis mesurait bien une tête de plus que lui.

— Nos problèmes avec les syndicalistes remontent à plus longtemps que les vôtres, déclara-t-il d'une voix très forte, assez incongrue par rapport à sa petite taille. Nous avons eu notre lot de grèves nationales, pendant que vous, les Anglais, preniez du bon temps sur les terrains de cricket. Vous n'avez aucune expérience pour gérer les problèmes du monde réel.

Jules, ignorant le rouge qui montait aux joues de son interlocuteur, poursuivit :

— Et si j'étais vous, je ne mépriserais pas les syndicats féminins. Je suis dans l'industrie textile, comme vous le savez, et nous employons majoritairement des femmes. La grève des chemisières de la Triangle Shirtwaist Company, à New York, en 1909, nous a mis à genoux. Près de vingt mille femmes ont quitté leur poste et il nous a fallu des mois pour trouver un accord, mais nous n'avions pas le choix. Personne ne peut entraver le progrès.

Valentin avait laissé Thomas seul avec Sofia pour se joindre à la conversation.

— Cela a permis aux femmes d'obtenir de meilleures conditions de travail et une augmentation de salaire, renchérit-il, ignorant le regard menaçant de son père. Mais ça n'est pas allé assez loin. Regardez l'incendie de l'atelier de Triangle Shirtwaist, cette année : plus de cent femmes et enfants sont morts dans des conditions abominables.

Jules secoua la tête.

— C'est une terrible tragédie, je vous l'accorde. Malheureusement, certains patrons d'usines textiles n'ont pas retenu les leçons de la grève de 1909. J'espère que ça a changé depuis... Il est futé, votre fiston, Edward. Contrairement à votre génération, il a l'air de comprendre ce qui se passe dans le monde. Et la nécessité de traiter les travailleurs avec justice.

Valentin sourit, sans se préoccuper de l'air furieux de son père.

— Merci, monsieur.

— Vous devriez envisager de nous rendre visite à New York bientôt, Valentin. On a bien besoin de progressistes comme vous.

— C'est une très gentille invitation, monsieur, mais je pense que votre fille préférerait une visite de mon grand frère.

Il se tourna vers le canapé où étaient installés Thomas et Sofia, leurs fronts se touchant presque, seuls au monde.

Burke vint se poster au centre de la pièce et s'éclaircit la gorge.

— Le dîner est servi, annonça-t-il.

— Enfin, soupira lady Ennis en se levant pour mener tout le monde dans la salle à manger.

Le séjour des Hoffman dura trois semaines, au cours desquelles l'indifférence évidente de Sofia pour les règles strictes du protocole aristocratique ne cessa d'alimenter les conversations des domestiques.

— Cette fille est un vrai courant d'air frais, dit Mrs. O'Leary en souriant.

Sadie Canavan hocha la tête.

— Lady Louisa ne sait pas du tout quoi penser d'elle. Mais il paraît que lady Ennis est folle de rage. Elle n'a qu'une hâte, c'est qu'ils s'en aillent.

La jeune Thelma souriait, l'air rêveur.

— Vous pensez qu'ils vont se marier ? Monsieur Thomas et miss Sofia ?

— Ha ! s'exclama Sadie. Vous imaginez la tête de Madame ? Elle ne s'en remettrait pas.

— Elle ne pourrait s'en prendre qu'à elle-même, dit Mrs. O'Leary. Et si vous voulez mon avis, elle devrait être ravie d'une union pareille. Une fille gentille et avec les pieds sur terre pour notre Monsieur Thomas serait la meilleure chose qui pourrait arriver à Madame.

— Sans parler de son argent, ajouta Sadie.

Rosie ne se joignit pas à la conversation. Elle aimait bien Sofia, du peu qu'elle l'avait vue, et elle était contente pour Thomas, mais en fin de compte, rien de cela n'aurait d'importance dans sa vie. Le seul qui l'intéressait, c'était Valentin. Sean, le valet, avait rapporté l'invitation à New York que Mr. Hoffman lui avait faite. Apparemment, Valentin avait refusé. Et s'il pensait qu'il n'y avait rien entre eux ? S'il décidait de partir ? Elle n'avait aucun droit sur lui, mais elle échouait à ignorer ses sentiments.

Le jour où les Hoffman partirent pour Londres, où ils devaient passer Noël avec des amis américains, Rosie regarda Valentin agiter la main en guise d'au revoir. Elle n'avait eu quasiment aucune occasion de le voir depuis qu'il était rentré avec Thomas pour accueillir leurs invités. Il avait été trop pris par les activités organisées par lord et lady Ennis : les promenades à cheval, les parties de chasse et de pêche et les visites aux notables voisins. Et c'était toujours Thelma qui s'occupait de nettoyer sa chambre. Comme la voiture s'éloignait, il se retourna si soudainement que Rosie n'eut pas le temps de se cacher. Leurs regards se croisèrent et il lui fit un signe de la main, mais elle ne parvint qu'à incliner légèrement la tête en réponse. Elle resta figée même après que Thomas eut passé un bras autour des épaules de son frère pour l'entraîner à l'intérieur de la maison. Comme ils passaient la porte d'entrée, Valentin tourna la tête et lui sourit.

Cela aurait dû lui suffire, mais son cœur se languissait de plus. Elle regagna la cuisine au bord des larmes. Si seulement elle avait quelqu'un à qui se confier… Sa mère se rongeait les sangs pour Bridie. Quelques années plus tôt, elle aurait naturellement parlé à Victoria, mais ce n'était plus possible. Depuis son retour, elles ne s'étaient croisées que rarement et, même si son amie s'était toujours montrée courtoise lors de ces échanges, il y avait maintenant une distance entre elles.

Le départ des Hoffman ne fut pas synonyme de repos pour les domestiques. Noël était presque là et, même s'ils n'attendaient pas d'autres invités, ils devaient commencer immédiatement les préparatifs habituels des fêtes de fin d'année. Lady Ennis insistait pour que tout soit fait comme d'habitude. On ne savait jamais, certains voisins pouvaient décider de passer à l'improviste.

Mais les seuls visiteurs furent lady Marianne Bellefleur et son compagnon, Mr. Kearney. Et arriver à l'improviste était leur spécialité. À la veille de Noël, tandis que la famille et le révérend Watson, invité à la dernière minute, s'apprêtaient à dîner, un vacarme soudain retentit dans le hall d'entrée. Lady Ennis bondit, d'abord ravie à l'idée d'avoir des invités, mais son sourire disparut quand elle vit sa belle-sœur et elle se laissa retomber dans son fauteuil.

— De très joyeuses fêtes de fin d'année à tous ! lança lady Marianne. Mr. Kearney et moi étions en route pour Galway, où lady Gregory nous attend, quand nous avons eu l'excellente idée de passer vous faire une visite surprise.

Elle observa les convives attablés.

— Oh, non, est-ce votre seul invité ? demanda-t-elle en voyant le révérend Watson. J'espérais rencontrer vos Américains.

— Ce ne sont pas *nos* Américains, répondit lady Ennis. Ils sont partis pour Londres la semaine dernière.

Lady Marianne et Mr. Kearney s'attablèrent tandis que les valets de pied se précipitaient pour ajouter deux couverts.

— J'ai entendu dire que la fille était un très joli exemple de la bonne société new-yorkaise, déclara lady Marianne. Le bruit court qu'elle monte à cheval comme un homme, se fiche des règles et des usages et qu'elle n'a pas la langue dans sa poche.

— Et elle ne porte pas de corset, ajouta Victoria en gloussant.

Lady Ennis lança à sa fille un regard furieux et Thomas adressa un clin d'œil à Valentin.

— Apparemment, il y a tout un mouvement dans la mode féminine qu'on appelle la « tenue rationnelle », poursuivit Victoria. L'objectif est de libérer les femmes emprisonnées dans des sous-vêtements trop serrés et leur permettre une vraie liberté de mouvement.

— Enfin, Victoria, dit sa mère, on ne parle pas de ce genre de choses dans la salle à manger, et surtout pas devant des invités. Pardonnez-lui, révérend Watson.

Le révérend, apparemment fasciné par ce qu'il venait d'entendre, rougit jusqu'aux oreilles.

— C'est parfaitement inutile, lady Ennis, bafouilla-t-il. Les jeunes filles sont enthousiastes, voilà tout. Charmant, vraiment.

Il détourna le regard, gêné, tandis que lady Louisa grimaçait.

Lady Marianne but une gorgée de vin et se tourna vers Thomas.

— Eh bien, jeune homme, qu'as-tu pensé de miss Hoffman ? Iriez-vous bien ensemble ?

— Vraiment, Marianne..., marmonna lady Ennis.

— C'est une fille formidable, tante Marianne. Tellement différente des autres filles que je connais ! J'espère aller la voir à Londres quand je retournerai à Oxford. Elle y sera jusqu'au mois d'avril. Puis elle et son père rentreront en Amérique sur le nouveau bateau, le *Titanic*.

— Tu devrais peut-être l'y accompagner et voir le Nouveau Monde, suggéra lady Marianne. Toi aussi, Valentin.

— Mr. Hoffman a eu la gentillesse d'inviter Valentin, répondit lord Ennis. Ce serait peut-être l'occasion pour lui de découvrir sa voie. Dieu sait qu'il ne l'a pas trouvée ici.

Le silence se prolongea un moment, puis lady Ennis le rompit.

— Enfin, Edward, nous ne pouvons quand même pas laisser nos deux fils voyager sur le même bateau pour l'Amérique. Et s'il se passait quelque chose d'horrible ?

— Le *Titanic* est tout à fait sûr, affirma Thomas. Il paraît que c'est le meilleur bateau jamais construit. Mais ne t'en fais pas, maman, ni Valentin ni moi ne nous sommes engagés à faire ce voyage. N'est-ce pas, frérot ?

Valentin secoua la tête, évitant le regard de son père.

Mais lady Marianne n'avait pas terminé.

— Oh, je parie qu'après avoir revu miss Hoffman, tu changeras d'avis, Thomas.

Elle se tourna vers son compagnon et posa la main sur son bras.

— L'amour est imprévisible, n'est-ce pas, Mr. Kearney ?

9

Le lendemain du jour de Noël 1911, il ne restait plus à Ennismore que Victoria et Valentin Bell et les domestiques. Lord Ennis, son épouse et lady Louisa étaient partis pour leur visite annuelle au marquis de Sligo dans sa grande demeure de Westport, et Thomas était à Londres pour revoir les Hoffman. Puisqu'ils ne s'absentaient que pour une courte durée et que le marquis disposait de très nombreux domestiques, lady Ennis avait excusé Immelda et Sadie.

Les domestiques soufflaient enfin. Il était rare qu'ils aient la maison pour eux seuls et peu de travail. La famille Bell quittait rarement le domaine, sauf l'été, où elle passait un mois à Dublin et un autre à Londres. Cette période était consacrée à un grand nettoyage, et tous s'activaient pour laver l'intégralité du linge, astiquer l'argenterie et faire briller les dizaines de fenêtres. À son retour, lady Ennis inspectait la maison de fond en comble de son œil de lynx, Mr. Burke sur ses talons.

Cette fois, les domestiques se trouvaient désœuvrés. Ceux qui souhaitaient rentrer voir leur famille reçurent l'autorisation de s'absenter, mais peu le firent. Ennismore était plus confortable que la plupart de leurs cottages et la nourriture qu'on y servait, bien meilleure. Sans compter que c'était l'occasion de célébrer les fêtes de fin d'année ensemble, et tous voulaient se prêter au jeu.

Le soir du réveillon du Nouvel An, Mrs. O'Leary servit un festin digne d'un palais royal. Pendant plusieurs jours, la cuisinière futée avait mis des provisions de côté, juste assez pour que lady Ennis n'y voie que du feu. L'office était décoré de couronnes de houx, de gui et de poinsettias pris dans les étages, et tous s'attablèrent dans une atmosphère joyeuse. Mr. Burke, comme toujours, menait la prière, mais au lieu des murmures habituels, les domestiques la récitèrent avec un enthousiasme réel. On versa le vin, puis on s'attaqua au gigot d'agneau rôti, accompagné de pommes de terre, de carottes, de légumes verts et d'une sauce riche et épaisse. Tout le monde parlait en même temps, à l'exception d'Immelda Fox qui, comme à son habitude, ne prenait pas part à la conversation.

— Il n'y a pas une seule famille de l'aristocratie irlandaise qui dîne mieux que nous ce soir, déclara Mrs. O'Leary en levant son verre.

Tout le monde hocha la tête.

— Et aucune meilleure compagnie, ajouta Anthony Walshe.

Rosie sourit et acquiesça de la tête avec les autres, mais elle ne prenait pas le même plaisir. Elle pensait à Valentin et aux changements que la nouvelle année apporterait.

Mrs. O'Leary, que le vin rendait mélancolique, se tourna vers le jeune Sean.

— Ah, Seaneen, je pense que ce sera le dernier Noël que nous passerons ensemble. Tu ne rentreras peut-être plus jamais en Irlande.

Sean lui tapota le bras.

— Oh ! Bien sûr que non, Mrs. O. Je vais tenter ma chance en Amérique, mais mon cœur restera toujours ici.

— J'ai entendu dire que personne n'en revient jamais, s'écria Thelma, les yeux écarquillés.

Sean sourit, révélant ses fossettes.

— Oh ! Je vais te manquer, Thelma ?

Elle rougit jusqu'aux oreilles et baissa la tête.

— Allons, Thelma, on dirait que tu parles d'une condamnation à mort, la raisonna Brendan.

— Elle n'a pas tort, répondit Anthony, qui étirait ses petits bras et prenait un ton solennel. Ceux qui reviennent ne sont pas nombreux. C'est ainsi depuis la période de la famine.

Le silence s'installa autour de la table, tandis que chacun se perdait dans ses pensées.

Il a raison, pensa Rosie. *Sean ne reviendra probablement jamais, et Valentin non plus s'il part.*

Une fois les assiettes et les plats débarrassés, on poussa la table contre le mur pour avoir la place de danser. Anthony souleva son accordéon, presque aussi grand que lui, tandis que Brendan ouvrait un vieil étui en cuir duquel il tira un violon. Sean prit son *bodhrán*, un tambour en peau, et joua à l'aide de deux bâtonnets. Mrs. Murphy surprit tout le monde en sortant une petite flûte de sa poche.

Anthony entraîna les musiciens dans une gigue rythmée, suivie d'airs traditionnels. Bientôt, tout le monde tapait des pieds et frappait dans ses mains. Les domestiques de la maison furent rejoints par une partie des garçons d'écurie et des jardiniers, et tous ensemble ils firent un boucan de tous les diables. Rosie observait la scène avec plaisir. C'était comme si la musique les libérait de toutes les contraintes d'une vie dans laquelle ils n'étaient ni vus ni entendus. Pour une fois, ils s'exprimaient, puissante déclaration de liberté.

Après les gigues et les quadrilles, Mrs. Murphy continua seule. Elle joua une complainte lente et hésitante, et tout le monde resta silencieux. C'était une femme grande et mince, dans la fleur de l'âge. On ne l'appelait « Mrs. » qu'en signe de respect, car elle n'avait jamais été mariée. Mr. Burke observait attentivement ses doigts pâles et délicats qui semblaient dessiner sur la flûte un motif ancien. Quand elle eut terminé, les applaudissements résonnèrent, assourdissants, et c'était Mr. Burke qui frappait le plus fort.

— Jouons une autre gigue ! lança Anthony.

Il reprit un air célèbre, ses doigts agiles courant sur les boutons, et les autres musiciens l'accompagnèrent. Mrs. O'Leary se leva d'un bond et força la jeune Thelma à danser avec elle. Pour une femme de sa corpulence, Mrs. O'Leary s'avérait étonnamment légère et gracieuse, soulevant sa jupe pour exposer les fossettes de ses genoux blancs. La jeune Thelma, elle, trébuchait maladroitement en agitant les bras et les jambes, le visage brûlant de honte. Sadie dansa avec l'un des jardiniers, et Rosie accepta l'invitation de Sean.

Puis Anthony ralentit le rythme pour enchaîner sur une valse intitulée *La Vengeance de Skibbereen*, que chacun écouta sans bouger, captivé. Rosie regardait Brendan caresser son violon avec amour, les traits durs de son visage semblant fondre sous ses yeux : elle ne le reconnaissait plus. Enfin, Mr. Burke alla s'incliner devant Mrs. Murphy. Visiblement troublée, elle se leva et prit sa main, puis se laissa entraîner au centre de la piste. Autour d'eux, tout le monde échangeait des regards en souriant. Personne n'avait jamais vu Mr. Burke danser.

Immelda Fox observait la scène depuis un coin de la pièce. Elle n'était pas du genre à danser. Dans la maison où elle avait grandi, il n'y avait jamais de musique, et encore moins au couvent où elle avait vécu avant Ennismore. En revanche, sa mère était une excellente chanteuse et Immelda avait hérité de ce talent. Elle qui avait grandi sans père, auprès d'une mère qui semblait passer sa vie à expier un péché inconnu, avait eu peu de raisons de chanter dans son enfance. Mais Sadie l'avait entendue fredonner un soir et, depuis, ne cessait d'insister pour qu'elle chante à la prochaine petite fête qu'on donnerait au sous-sol.

— Je pense qu'Immelda devrait nous chanter quelque chose, déclara-t-elle donc. Elle a une très belle voix, ça oui !

Les domestiques frappèrent dans leurs mains pour encourager Immelda à se lever. Elle commença par résister mais Sadie n'abandonnait pas facilement, aussi finit-elle par se lever. Elle refusa tout de même de se placer au milieu de la pièce et, dans son coin, entama une chanson d'amour, tout doucement d'abord, puis plus fort, accompagnée par le violon de Brendan, tout aussi passionné. Les domestiques la regardaient dans un silence ébahi. La voix d'Immelda était claire comme l'eau de source et portait une tristesse qui serrait le cœur. À la fin de la chanson, elle se rassit, impassible. Anthony s'exclama :

— Bien joué, Immelda ! Qui aurait pensé que tu avais une voix d'ange ? C'est une bénédiction de Dieu.

— Assurément, s'écria Mrs. O'Leary en applaudissant.

Et tout le monde l'imita, criant pour réclamer une autre chanson. Bien qu'une esquisse de sourire ait éclairé son visage, Immelda secoua la tête.

Il y eut encore de la musique et des danses et, quand toute la compagnie fut épuisée, on réclama une histoire de fantômes à Anthony. C'était un conteur hors pair, si doué qu'il faisait dresser les cheveux sur la tête de ses auditeurs et se cacher les petits enfants dans les jupes de leur mère.

— Allons ! Vous les avez toutes déjà entendues, dit-il pour se faire encore prier, comme toujours avant de se lancer.

Rosie en profita pour s'éclipser. Elle avait besoin d'air frais. Le son des festivités la suivit tandis qu'elle s'éloignait. Elle pressa le pas et tenta de mettre de l'ordre dans ses idées. Enfin, elle se laissa tomber sur la pelouse et s'adossa à un mur de la grande maison. C'était une nuit sans lune et sans étoiles. L'obscurité l'enveloppait comme du velours.

Un rai de lumière fendit soudain l'obscurité quand la porte d'entrée s'ouvrit, et elle entendit sur le perron les voix de Valentin et Victoria. Ils lui tournaient le dos et se dirigeaient vers le jardin. Elle retint son souffle et se colla au mur.

— Il fait un froid de canard, dit Victoria.
— Je sais, mais j'avais besoin de prendre l'air.
— Chut, écoute. Les domestiques doivent être en train de faire la fête. Oh, la musique est si joyeuse ! Nous devrions peut-être nous joindre à eux.

— Non, je ne pense pas que nous serions les bienvenus. Donne-leur au moins une nuit à eux, Dieu sait qu'ils méritent de passer un peu de temps sans nous.

— Je me demande si Rosie est avec eux.

Quelques secondes passèrent avant que Valentin ne réponde.

— J'imagine que oui. Elle doit être en train de danser.

— Elle me manque, Valentin. Notre amitié me manque.

Il ne répondit pas.

— Nous étions si proches, elle et moi. Nous partagions tous nos secrets. Mais elle ne veut même plus me parler. Elle m'évite. Je ne la comprends pas. Elle a tenté de me l'expliquer une fois, quand je lui ai demandé d'être ma femme de chambre.

— Tu as fait *quoi* ?

— Eh bien, cela me paraissait parfaitement logique, protesta Victoria. C'était le seul moyen pour que nous soyons ensemble, nous aurions pu explorer le continent et…

— Victoria, comment as-tu pu ? Enfin, tu ne te rends pas compte que cela aurait été humiliant pour elle ? Pauvre Rosie.

— Quand elle me l'a expliqué, je l'ai compris. C'est pour ça que j'ai pris sa sœur à sa place. Mais je ne vois toujours pas pourquoi elle refuse de m'adresser la parole.

Valentin poussa un profond soupir.

— Elle est prise dans une situation impossible. C'est une domestique maintenant, et les serviteurs n'ont pas le droit de nous fréquenter : cela troublerait tout l'ordre établi. Mr. Burke lui a même interdit de nettoyer ma chambre parce que nous étions allés faire du cheval ensemble, expliqua Valentin d'un ton amer. Je hais cette société et toutes ses règles.

Victoria se mit à claquer des dents.

— C'est comme ça. Nous ne pouvons rien y faire. Allez, viens, je suis gelée.

— Vas-y, toi. Je vais rester un peu plus longtemps.

La lumière disparut quand Victoria referma la porte derrière elle, replongeant Rosie dans l'obscurité. Elle resta parfaitement immobile, osant à peine respirer. Une petite flamme vacilla tandis que Valentin allumait une cigarette. Tout en elle lui criait de courir jusqu'à lui et de se jeter dans ses bras. De lui dire qu'elle l'aimait, de le supplier de ne pas partir pour l'Amérique. Mais elle ne parvenait pas à bouger. Il passa devant elle, si près qu'elle aurait pu tendre la main et le toucher. À la place, elle s'aplatit un peu plus. Si seulement ce mur avait pu l'avaler...

Valentin sifflait au rythme de la musique qui montait de la cuisine par les soupiraux. Immelda chantait un air mélancolique, il était question de la perte de l'être aimé et de cœurs brisés. Sa voix s'élevait comme une supplique d'une tristesse infinie et Rosie ne put retenir un sanglot étouffé.

— Qui est là ? lança aussitôt Valentin. Montrez-vous !

Rosie resta parfaitement immobile. Il penserait peut-être avoir entendu un petit animal. Mais il marcha droit vers elle.

— Montrez-vous, s'il vous plaît.

À contrecœur, elle saisit sa jupe et se leva. Il gratta une allumette et approcha.

— Rosie ? Mais que diable fais-tu ici ?

Elle se détourna. Il ne devait pas voir sa détresse.

— Je suis juste sortie prendre l'air. Il fait une chaleur dans cette cuisine !

Elle voulait avoir l'air naturel, mais les mots éraflaient sa gorge comme du verre brisé et elle ne pouvait contrôler ses tremblements.

Valentin l'attrapa par le bras et l'attira doucement vers lui.

— Rosie, qu'est-ce qui ne va pas ?
— Rien. J'avais juste besoin d'air.
— Viens te promener avec moi.
— Tu sais qu'on ne doit pas nous voir ensemble. Mr. Burke m'a déjà prévenue. Je serai renvoyée.

— Viens te promener, répéta-t-il, ignorant ses protestations.

Elle le laissa l'entraîner derrière la maison, traverser les grandes pelouses et franchir la grille qui menait au jardin. Elle trébuchait parfois et Valentin enlaça sa taille. Leurs pas faisaient crisser le gravier. Elle connaissait ce jardin comme sa poche, même dans la nuit noire. Valentin aussi.

— Asseyons-nous, dit-il en la guidant jusqu'au banc de pierre. Personne ne peut nous voir ici.

Il avait raison. Ils se trouvaient de l'autre côté de la maison, à l'opposé de la cuisine, avec entre eux et les autres toute l'étendue de la cour et l'écurie. Ils n'entendaient même plus la musique. Valentin prit la main de Rosie dans la sienne et ils restèrent assis ainsi, sans parler.

Rosie s'abandonna contre son épaule, laissant la tension des minutes précédentes la quitter. Elle ne ressentait ni joie ni bonheur, seulement de l'apaisement.

Valentin alluma une autre cigarette et en tira une longue bouffée.

— Je suis désolé, Rosie, dit-il enfin.
— Pour quoi ?
— De ne pas t'avoir cherchée plus tôt. De m'être convaincu que tu étais mieux sans moi, répondit-il avec un peu d'hésitation. De m'être convaincu que je ne t'aimais plus.

Il tourna la tête et tira une autre bouffée. Rosie posa la joue contre son dos. Elle entendait battre le cœur de Valentin. Ou était-ce le sien ? Elle attendit. L'avait-elle bien entendu ? Avait-il dit qu'il l'aimait ? Il finit par se retourner vers elle.

— Oh, mais je t'aime vraiment, Róisín Dove. Et je m'en veux de ne pas avoir eu le courage de te le dire avant. Si seulement je pouvais te prendre dans mes bras et t'emmener très loin, quelque part où personne ne nous connaîtrait et où les gens se ficheraient de notre classe sociale.

Le cœur de Rosie s'envola. Oui, il lui disait qu'il l'aimait. Combien de temps avait-elle attendu ces mots ? La joie la submergeait. Il lui demandait de s'enfuir avec lui. Elle en avait le vertige. Bien sûr, elle irait... Comment pouvait-il en douter ?

Elle se redressa, ravie.

— Oh ! Valentin, je t'ai aimé dès le premier jour. Je te suivrais n'importe où. Tu ne le sais donc pas ?

Il sembla hésiter.

— Mais je n'ai pas d'argent, pas d'héritage, et pas d'avenir...

— Chut ! murmura-t-elle en posant un doigt sur ses lèvres. Je me fiche bien de tout ça. Je veux simplement être avec toi.

Il soupira. Dans le noir, elle ne voyait pas son visage, mais sentait que quelque chose n'allait pas.

— Je sais, Rosie, dit-il enfin. La vérité, c'est que je suis un lâche. Certains hommes parviennent peut-être à ignorer les contraintes et les devoirs qui leur sont imposés, mais je les ai laissés m'emprisonner. C'est pour ça que j'ai décidé de partir en Amérique. Je rêve de tenter ma chance là-bas et que tu puisses me rejoindre, nous serions libres de vivre comme nous l'entendrions. Mais cela veut dire que tu devrais m'attendre, et je refuse de te demander une chose pareille. Je ne veux pas.

— Arrête, Valentin. Bien sûr que je t'attendrai.

— Tu ne comprends pas. Ces rêves que j'ai ne sont pas réalistes. Je ne suis pas fait pour les affaires. Je n'ai aucun talent pour ça et, comme papa aime me le rappeler à la moindre occasion, je n'ai pas le cran pour relever ce genre de défi. La seule option qu'il me reste est d'épouser une femme riche, comme tu l'as suggéré quand nous étions enfants.

Rosie soupira, frustrée. Comment pouvait-il entretenir cette opinion de lui-même ?

— Valentin, il faut juste que tu trouves ton chemin… ce qui fera chanter ton cœur. N'écoute pas ton père. Je crois en toi.

Valentin écrasa sa cigarette.

— Le problème, c'est que moi, non.

L'air était froid, figé. Les oiseaux dormaient encore, mais un trait de lumière pâle tombait sur la silhouette noire du mont Nephin au loin, annonçant l'arrivée de l'aube. Quelques instants plus tôt, Rosie nageait dans le bonheur et, à présent, Valentin tentait de le lui enlever. Il lui avait déclaré son amour, et voilà qu'il la repoussait.

Soudain, ils s'enlacèrent et échangèrent un baiser passionné. Rosie aurait voulu le garder pour elle pour toujours, dans ses bras. Valentin continua de la couvrir de baisers fougueux, au point qu'elle avait du mal à respirer. Elle se pressait contre lui, comme si elle essayait de fusionner et ne faire plus qu'un de leurs deux corps. Ils restèrent ainsi un long moment, puis il s'écarta avec un grognement. Elle plaça les deux mains autour de son visage et sentit ses larmes.

— Ne pars pas ! supplia-t-elle en pleurant aussi.

— Au revoir, Róisín Dove.

Il embrassa ses paumes, puis l'attrapa par les poignets et la repoussa avec plus de force. Sans un mot de plus, il se leva et partit sans se retourner.

Rosie murmura dans le noir :

— Je t'aurais attendu, Valentin.

Mais elle savait qu'il ne l'entendait plus.

Rosie ne retourna pas dans sa chambre cette nuit-là. À la place, elle prit le chemin du cottage des Killeen. Sa mère se signa en la trouvant devant la porte, dans le froid et le noir.

— Mon Dieu, que se passe-t-il ? Une mauvaise nouvelle ?

Rosie secoua la tête.

— Non, Ma. Veux-tu bien me laisser entrer ? Je suis transie.

Rosie alla s'asseoir à l'intérieur. Son père ronflait doucement sur le divan à côté de la cheminée, les garçons dormaient dans la chambre du fond. Sa mère fit réchauffer la théière sur la brique de tourbe, puis versa le thé dans une tasse, ajouta du lait et du sucre et la tendit à sa fille.

— As-tu été renvoyée ? Ah ! Rosie, je savais bien que tu finirais par te laisser emporter par ton caractère.

— Non, maman, ce n'est pas ça.

Rosie but un peu de thé chaud. Comment expliquer ce qu'il venait de se passer, alors qu'elle peinait elle-même à le comprendre ? Comment traduire en mots ce qu'elle ressentait après la trahison de Valentin ? Car c'était bien une trahison, même si lui ne le voyait peut-être pas ainsi. Il avait trahi ses rêves, détruit l'espoir qui lui avait permis de surmonter ces derniers mois passés à genoux, humiliée.

— Je suis exténuée, Ma. Pourrions-nous en parler demain matin ? J'ai besoin de dormir.

Ma avait vieilli. De profondes rides creusaient ses joues et ses yeux avaient perdu leur éclat. La tristesse de Rosie redoubla. Elle allait briser le cœur de sa mère, comme Bridie avant elle. Mais elle n'y pouvait rien, il fallait qu'elle s'en aille. Plus jamais elle ne pourrait retourner à Ennismore. Il était tout aussi exclu de rester au cottage. Il y avait trop de souvenirs ici. Si elle restait, elle en mourrait.

TROISIÈME PARTIE

Dublin
1912-1914

10

La nuit tombait quand Rosie descendit du train à la gare de Westland Row, à Dublin, le 1er janvier 1912. Elle était ankylosée après le long voyage qu'elle avait dû effectuer collée contre la vitre parce qu'une famille de paysans montée à Mullingar s'était étalée sur les sièges en bois, comme si elle avait été invisible. Elle posa son sac sur le quai, étira son dos et fit jouer ses épaules.

— À votre place, je ferais pas ça, miss ! cria un porteur en regardant son sac. Vous risquez de vous le faire piquer.

Surprise, Rosie reprit son bagage et se mit en route. La foule se pressait autour d'elle, des mères qui portaient leur bébé dans un châle, des hommes bourrus, certains titubant, et des jeunes filles de son âge dans des tenues bon marché et tape-à-l'œil. Elle s'empêchait de les dévisager pour ne pas montrer qu'elle n'était qu'une campagnarde, innocente et naïve. Sadie et les autres lui avaient raconté bien assez d'histoires sur les gens de Dublin qui lui voleraient jusqu'à ses yeux s'ils en avaient l'occasion. Elle serra son sac et hâta le pas, le menton bien haut.

La foule pressée des trottoirs la bousculait. Elle portait une longue jupe en laine, un chemisier au col montant sous une veste en tweed et elle avait noué ses cheveux en chignon sous son petit chapeau marron. Elle aurait pu passer pour une institutrice, une vendeuse, voire une femme de chambre. Sans qu'elle ait cherché à attirer l'attention, elle s'apercevait que les hommes la regardaient. Elle reprit dans sa main le morceau de papier où était notée l'adresse de Bridie. Elle l'avait griffonnée à la hâte avant de quitter le cottage comme une voleuse, laissant derrière elle sa famille endormie. Un mot sur la table les prévenait de son départ pour Dublin, afin de rendre visite à sa sœur. Ma serait peinée, mais Rosie n'avait pas su quoi dire d'autre. Elle ne s'avouait même pas en son for intérieur la raison véritable de sa fuite.

Elle s'arrêta plusieurs fois pour demander son chemin, en faisant bien attention de choisir quelqu'un à l'air gentil, ou du moins inoffensif, avant de repartir d'un pas vif. Les lampadaires s'allumaient à mesure que la nuit tombait, dessinant des ombres menaçantes dans les coins et les allées sombres. Elle quitta l'agitation de Sackville Street pour Montgomery Street et un dédale de ruelles étroites.

Plus la foule disparaissait, et la lumière avec, plus l'appréhension la gagnait. Enfin, elle trouva Foley Court et dut prendre une profonde inspiration pour se donner du courage. Elle s'était attendue à tout sauf à cela. Des immeubles de quatre étages se pressaient les uns contre les autres comme des soldats fatigués à la fin d'une bataille. Certains étaient noircis, suggérant un incendie, d'autres tout gris et délabrés, et tous semblaient sur le point de s'effondrer.

Trois petits garçons passèrent à côté d'elle en courant, à la poursuite d'un chien émacié. L'un d'eux tira sur sa jupe et dit quelque chose qu'elle ne comprit pas. Elle se força à avancer, en prenant garde d'éviter les détritus sur le trottoir, et s'arrêta devant le numéro 6, un immeuble aussi couvert de suie que les autres. Des femmes de tous âges étaient rassemblées sur les marches de l'immeuble. Elles se passaient une bouteille de gin.

— Excusez-moi, dit-elle d'une voix tremblante comme elles levaient des yeux curieux et durs vers elle. Je cherche Bridie Delaney.

Personne ne lui répondit.

— C'est ma sœur, poursuivit-elle. Elle est mariée à Mr. Michael Delaney.

L'une des femmes éclata de rire, exposant des dents abîmées.

— Vous entendez ça, les filles ? Mr. Michael Delaney, s'il vous plaît ! Il n'y a personne de ce nom ici, mais si c'est Micko Delaney que vous cherchez, vous pourrez le trouver au quatrième étage, s'il n'est pas encore au pub.

— Et Bridie… ?

Elles haussèrent les épaules et retournèrent à leur bouteille, s'écartant pour laisser Rosie gravir les marches. Avec hésitation, elle poussa la porte et pénétra dans un hall sombre. La puanteur était insoutenable : urine et excréments, vomi et bière, relents amers de chou bouilli. Puis, à mesure qu'elle grimpait l'escalier, ce furent des bruits de dispute, des injures, des chansons, des pleurs, des coups… Elle essayait de ne pas respirer, de ne pas tourner la tête. Enfin, elle atteignit le quatrième étage.

Dans la pénombre, elle frappa à la première porte, qui s'ouvrit toute seule. Elle resta paralysée devant l'intérieur de l'appartement, de peur et de dégoût. Une silhouette qui ressemblait à une vieille dame était agenouillée au-dessus d'un tas de chiffons, à calmer un bébé allongé là, sur le sol. Le reste de la pièce était vide, à l'exception d'une commode bancale, une chaise, quelques caisses en bois et un matelas usé placé sous une fenêtre sale.

— Excusez-moi, murmura-t-elle en reculant, avec l'intention d'aller frapper à une autre porte.

Mais la femme leva la tête et Rosie reconnut sa sœur, avec horreur. Bridie était d'une pâleur et d'une maigreur extrêmes, ses yeux rouges et globuleux, son visage émacié. Elle se leva, s'approcha et observa Rosie, qui était restée sur place, incapable d'ouvrir la bouche.

— Qu'est-ce que tu veux ? demanda-t-elle d'une voix rauque. T'as qu'à m'observer et retourner à Ennismore leur raconter dans quel luxe je vis à Dublin, sale fouineuse !

Bridie lui tourna le dos et retourna auprès du bébé. Rosie entra, posa son sac à ses pieds et chercha où s'asseoir, mais l'unique chaise disparaissait sous un tas de vêtements sales.

— Alors, c'est bien la première fois de ta vie que tu trouves rien à dire ! Je ne pensais pas voir ça un jour.

Rosie ravala ses larmes.

— Oh, Bridie, murmura-t-elle, que s'est-il passé ? Comment... ?

De nouveau, les mots lui manquaient. Bridie couvrit le nourrisson de guenilles puis alla s'appuyer contre la commode, le plus loin possible de sa sœur.

— Il vaut mieux que tu retournes d'où tu viens. Tu n'as rien à faire ici.

— Toi non plus.

Bridie haussa les épaules.

— Je suis à ma place ici. Avec ces gens.

— Dans cette saleté ? Avec des gens comme eux ? Comment peux-tu dire ça ?

— Ce n'est pas Ennismore, mais au moins, je ne suis plus à genoux, répondit Bridie avec un rire amer.

Le cœur de Rosie se serra.

— Dis-moi ce qui s'est passé. Où est ton mari ? Pour l'amour du ciel, je croyais qu'il avait un bon boulot à la boulangerie, et toi aussi. Sadie a dit…

— Ah oui, Sadie sait tout, pas vrai ?

Rosie fit un pas vers elle, mais Bridie se détourna.

— Ne reste pas ici.

Rosie voyait bien qu'elle aussi se retenait de pleurer.

— Bridie, tu es ma sœur. Je ne vais pas te laisser comme ça.

Un bruit à la porte la fit sursauter et elle se retourna vivement. Un jeune homme de petite taille entra dans la pièce en titubant. Il avait peut-être été beau un jour, mais son teint rougeaud et ses mauvaises dents l'avaient considérablement enlaidi. Rosie reconnaissait les signes de l'alcoolisme pour les avoir souvent observés au village et chez certains invités d'Ennismore. « La malédiction de la boisson », les mots de son père résonnaient dans son esprit.

— T'es qui, toi ? dit Micko. Encore une putain de bonne âme ?

— Elle n'est pas de la Ligue des femmes, Micko. C'est ma sœur.

Il s'approcha pour examiner Rosie et elle sentit son haleine fétide.

— Alors c'est elle qui a hérité de toute la beauté, hein ? Elle gagnerait bien sur Sackville Street. Surtout avec les soldats. Pas comme toi, chérie, dit-il en regardant Bridie. Personne ne se retourne sur ton passage.

Seule la peur dans les yeux de sa sœur empêcha Rosie de se jeter sur lui. Micko avait l'air d'une brute.

— J'ai quitté la maison pour de bon, annonça-t-elle. J'espérais pouvoir rester chez toi quelque temps, mais je vois bien maintenant que ce serait difficile.

Micko éclata de rire.

— Difficile ! s'exclama-t-il en imitant Rosie. T'entends ça, Bridie ? Elle voit bien que ce serait difficile de rester ici. T'as déjà entendu une saloperie pareille ?

Il alla ouvrir un tiroir de la commode et en sortit une poignée de pièces.

— Ne prends pas ça, protesta Bridie. J'ai mis cet argent de côté pour le loyer. On a plus de trois mois de retard et…

— C'est moi qui le gagne, ce putain d'argent, et je le dépenserai comme je veux, rétorqua-t-il, rouge de colère, en retournant vers la porte d'entrée. Je vous laisse. Je vois pas quel homme pourrait trouver du réconfort chez lui avec deux bonnes femmes comme vous.

Elles le regardèrent partir.

— Assieds-toi si tu veux, finit par lâcher Bridie en ôtant la pile de vêtements sales de la chaise pour les jeter dans un coin. Je vais faire du thé.

Elles parlèrent presque toute la nuit, Bridie juchée sur une caisse à côté de Rosie qui berçait le bébé, une petite fille que Bridie avait nommée Kate, comme leur mère. Pendant toutes les années qu'elles avaient passées sous le même toit, elles n'avaient jamais parlé si intensément et si sincèrement. Toutes les jalousies et toutes les disputes du passé s'étaient envolées comme les feuilles d'automne. Ainsi exposée, Bridie abandonna sa colère et son mépris pour laisser émerger la vérité, purifiée par sa honte. En réponse, Rosie retira le masque de sa fierté et avoua ses fantasmes au sujet de Valentin. Elles étaient tellement plongées dans leur conversation qu'elles ignorèrent Micko quand il rentra et se laissa tomber sur le matelas élimé.

Rosie dormit très mal. Bridie avait disposé une petite couverture par terre pour elle et roulé un torchon pour lui servir d'oreiller. Même épuisée par le long voyage jusqu'à Dublin et le choc de ce qu'elle y avait découvert, elle ne parvenait pas à faire taire le tumulte de ses pensées. Les adieux de Valentin dans le jardin d'Ennismore, les larmes de sa mère et l'image de Bridie agenouillée auprès de son bébé malade la hantaient. Les ronflements de Micko résonnaient dans la pièce, et des bruits menaçants de pas rapides et de frottements dans les murs l'effrayaient. Bientôt, elle n'y tint plus, se leva, s'habilla et sortit dans le froid.

La rue était déserte et obscure. Rosie marchait tête baissée, aussi vite qu'elle le pouvait pour s'éloigner de Foley Court. De nouvelles idées se bousculaient dans sa tête : elle devait trouver un travail et un lieu où vivre, le plus rapidement possible. La simple pensée de retourner chez Bridie lui faisait mal au ventre. Et il fallait trouver le moyen de sortir sa sœur et sa nièce de cette misère. Elle se rendit soudain compte que ces nouvelles urgences avaient totalement chassé le souvenir de Valentin. *C'est la réalité, Rosie. Tu ne vis plus dans tes rêves.*

Quand les premiers rayons de soleil apparurent, elle avait atteint Sackville Street, l'artère principale de la ville. De jeunes garçons portant des casquettes vendaient des journaux, criant les gros titres aux passants. Les grilles de fer s'entrechoquaient avec fracas quand les commerçants ouvraient leurs boutiques. Un tramway électrique passa à côté d'elle en sifflant, la faisant sursauter. Elle n'avait jamais vu autant de véhicules de sa vie et le spectacle lui inspirait autant de fascination que de frayeur. Le brouhaha la rendait nerveuse, les sons familiers du village lui manquaient.

Elle acheta un journal et s'installa dans un café sombre où elle commanda du thé. Elle était affamée, mais s'interdit d'acheter un petit pain ou une viennoiserie. Elle voulait conserver le peu d'argent qu'elle avait réussi à économiser. Elle passa les petites annonces au peigne fin, mais la colonne des postes à pourvoir pour les femmes était malheureusement très courte. Elle s'était attendue à trouver des pages et des pages d'annonces pour des postes de vendeuse, de couturière, d'employée de poste, d'institutrice ou de gouvernante. Si nécessaire, elle aurait même envisagé de travailler dans une usine, mais les offres restaient rares. Il y avait une ou deux annonces pour des emplois de dactylographe, mais Rosie n'avait jamais utilisé de machine à écrire. Elle ne savait même pas à quoi cela ressemblait. La plupart des annonces demandaient des femmes de chambre ou des nurses, et une dernière, une cuisinière. Elle soupira. Comment pouvait-elle reprendre le service ? Elle termina son thé et quitta le café.

Chaque journée commençait de la même façon : Rosie quittait le studio lugubre avant le réveil de Bridie et Micko, marchait jusqu'à Sackville Street et buvait un thé en parcourant le journal du matin. S'ensuivaient des heures et des heures à entrer un peu partout à la recherche d'un travail, pour sortir toujours déçue. Au début, elle se montrait sélective : des boutiques de vêtements, de chapeaux, des fleuristes, des marchands de tissu ou de tabac. Puis elle s'enhardit et alla frapper aux portes d'avocats, de médecins, de banquiers. Désespérée, elle essaya aussi des boucheries, des prêteurs sur gages et même des pubs. Tour à tour on la méprisait, on la reluquait, on l'ignorait ou on se moquait d'elle. Elle était soit pas assez qualifiée, soit trop, mais dans tous les cas, elle ne faisait pas l'affaire.

Après avoir sillonné la ville de long en large, elle rentrait épuisée au numéro 6 de Foley Court. Elle commençait à comprendre que la situation de Bridie était partagée par des milliers de personnes à Dublin. Cette ville était minée par la pauvreté. Il n'y avait pas de travail. La seule possibilité pour une fille comme elle, ainsi que Micko passait son temps à le lui rappeler, était la prostitution. Les filles travaillaient dans toute la ville, non seulement dans le quartier de Bridie, mais aussi dans le centre. Rosie s'aperçut vite que même les prostituées avaient leur hiérarchie : les plus pauvres dans Montgomery Street, et les mieux habillées dans Sackville Street. La majorité de leurs clients étaient des soldats britanniques.

Enfin, Rosie prit une décision. Un matin, deux mois après son arrivée chez Bridie, elle se leva avant l'aube et mit plus de soin que d'habitude à s'habiller. Elle choisit son plus beau chapeau et sa meilleure veste, et cira ses chaussures. Elle plaça un mouchoir parfumé dans sa poche et se brossa les cheveux. Les laver la veille au soir avait été compliqué. Il avait fallu aller prendre un seau d'eau au robinet collectif placé dans la cour à l'arrière de l'immeuble et le hisser jusqu'au quatrième étage. De l'eau froide. Bridie s'était mille fois excusée de ne pas pouvoir la chauffer, mais Rosie l'avait rassurée. Ce n'était pas sa faute. Et elle s'inquiétait plus pour le bébé que pour sa sœur. Depuis son arrivée, la petite avait eu de nouveaux accès de fièvre. Il n'y avait pas d'argent pour payer un médecin, et Bridie devait se contenter de la rafraîchir à l'aide d'une serviette mouillée. « Et si la fièvre me l'enlève ? » s'était-elle écriée un soir. Rosie n'avait pas su que lui répondre.

C'était le fait de vivre dans ce lieu sordide et désespéré qui avait poussé Rosie à trancher. Elle allait se présenter chez lady Marianne Bellefleur, la tante de Victoria et Valentin, la sœur de lord Ennis. Un jour, Victoria lui avait rapporté une invitation : lady Marianne les avait conviées chez elle à Dublin, l'une ou l'autre ou toutes les deux ; il s'agissait de les aider à suivre leur propre voie. La nuit précédente, Rosie n'avait pas dormi, en proie à une lutte interne. Pouvait-elle se mettre ainsi à la merci d'une femme qu'elle connaissait à peine ? Se tourner vers un membre de la famille Bell après s'être enfuie si brusquement ? Et sa fierté ? Les grattements des rats à l'intérieur des murs lui avaient rappelé que toute sa fierté avait été usée à arpenter les rues hostiles de Dublin. Elle n'avait plus le choix. L'orgueil ne comptait plus. Il fallait seulement sauver Bridie.

Il faisait particulièrement froid ce matin-là, Rosie serra sa veste autour d'elle en marchant. Elle alla prendre une tasse de thé et s'autorisa même un petit pain chaud. Elle avait du temps devant elle. Il ne serait pas correct d'arriver chez lady Marianne avant dix heures du matin. C'était Bridie qui lui avait indiqué l'adresse, un soir qu'elle l'interrogeait sans en avoir l'air, sur le ton de la conversation.

« Fitzwilliam Square, avait-elle répondu. Au numéro 6, comme ici ! »

Elle avait ri, mais Rosie savait très bien que Fitzwilliam Square n'aurait rien à voir avec Foley Court. L'adresse notée sur un bout de papier ne serait pas difficile à trouver. D'après Bridie, c'était au sud de la ville, de l'autre côté du fleuve. Rosie prit son temps pour manger et boire, installée dans un coin sombre du café.

À mesure que les clients se faisaient plus nombreux, la serveuse lui lançait des regards mauvais, tout comme les clients attendant une table libre. Elle finit par se lever en soupirant et ressortit dans la rue. La ville s'était animée. Les tramways et les voitures à cheval se disputaient la voie publique, tandis que les piétons et les cyclistes tentaient de se frayer un chemin entre les obstacles mouvants. Comme toujours, le bruit était assourdissant, entre les klaxons, les sifflements aigus, le souffle des tramways et le *clic-clac* des sabots des chevaux, les cris des garçons de courses. Elle eut soudain en tête l'image des bois et des pâturages autour d'Ennismore, où on n'entendait que les chants d'oiseaux, les cris du bétail et la brise légère venant du lac. Son cœur se serra.

Le froid gagna en intensité quand elle arriva près de la Liffey, le fleuve qui traversait la ville. Comme elle passait O'Connell Bridge, elle aperçut les dockers qui chargeaient et déchargeaient les bateaux. Au cœur de la foule, elle ne s'était jamais sentie aussi seule. Elle poursuivit vers le sud et longea Trinity College, où Valentin avait passé un trimestre avant d'être renvoyé. De jeunes hommes entraient par la grande grille, certains d'un pas pressé, comme s'ils étaient en retard pour un cours, d'autres plus nonchalants, s'arrêtant pour saluer leurs camarades. Rosie ralentit pour les observer et rougit quand plusieurs se retournèrent vers elle, après qu'un grand type l'eut pointée du doigt.

Elle reprit son chemin, les mains dans les poches de sa veste, et remarqua que les rues devenaient plus propres et plus calmes. Les immeubles et la misère de Montgomery Street et de Foley Court lui semblaient très loin, comme dans un autre monde. Ici, les maisons de quatre étages paraissaient solides et bien entretenues, et il n'y avait pas de mendiantes avec leur bébé dans les bras sur le trottoir. Pas de prostituées non plus, remarqua-t-elle, ou du moins pas visibles.

Elle arriva à une place carrée dotée d'un petit jardin en son milieu. La plaque en cuivre sur l'immeuble d'angle indiquait « Merrion Square ». Où avait-elle entendu ce nom ? Ah oui, c'était là que lady Ennis avait loué une maison pour la première saison de Victoria. Ce départ qui lui avait brisé le cœur. Elle resta un moment à se demander dans quelle maison ils avaient vécu, à tenter d'imaginer les fêtes qui avaient dû s'y dérouler. Puis elle repartit en écartant ces pensées.

Enfin, elle atteignit Fitzwilliam Square. De grandes et impeccables maisons mitoyennes formaient un carré autour d'un minuscule jardin enchanteur. Encore une fois, la nostalgie l'envahit au souvenir du jardin victorien où Victoria et elle avaient passé des heures à jouer enfants, où Valentin et elle s'étaient embrassés. Elle fit le tour de la place, à la recherche du numéro 6, dans un silence apaisant. Elle admira les façades de briques couvertes de vigne vierge et leurs portes aux couleurs vives, bleu, rouge, vert ou noir brillant. Des panneaux de verre encadraient chaque porte, surplombée par une élégante vitre en arc de cercle. Le printemps n'était pas encore là, mais les jardinières débordaient de plantes et de fleurs. Des grilles en fer forgé travaillé protégeaient les maisons et les fenêtres.

Elle s'arrêta au bas des marches qui menaient jusqu'à la porte du numéro 6 et sourit en découvrant le décrottoir, un souvenir d'Ennismore. Elle se surprit même à noter que les marches n'avaient pas été frottées comme Mrs. Murphy l'aurait voulu, et pas assez bien à son propre goût non plus, d'ailleurs. Était-ce impertinent de venir sans invitation ? Et si lady Marianne était absente ? Ou qu'elle s'indignait de cette effronterie ? Elle aurait fait tout ce chemin pour rien... Elle hésita au moment de saisir le heurtoir, un cercle de cuivre étincelant orné de trois lys stylisés. Le même motif figurait sur un des tapis d'Ennismore. La fleur de lys, lui avait appris Victoria, était un motif français.

Tout en elle lui criait de partir en courant. Mais le spectre de Bridie et son bébé dans leur chambre sordide de Foley Court l'en empêcha. Elle souleva le heurtoir et le laissa retomber dans un bruit sourd.

Une fille d'à peu près son âge, en uniforme gris avec un tablier et un bonnet à volants blancs, lui souriait.

— Puis-je vous aider, *Mademoiselle*[1] ? demanda-t-elle avec un fort accent français.

Rosie prit son courage à deux mains.

— Je suis venue voir lady Bellefleur. Je suis une amie de sa nièce, miss Victoria Bell.

La jeune fille la dévisagea d'un air intéressé.

— Et votre nom, s'il vous plaît ?

— Miss Róisín Killeen.

La servante s'écarta pour la laisser entrer.

— Venez dans le salon, s'il vous plaît. Je vais prévenir lady Marianne. Vous avez une carte ?

Rosie rougit. Elle savait que c'était l'usage de présenter une carte lors d'une visite à l'improviste.

— Je suis désolée, je n'en ai pas sur moi, mentit-elle.

— *D'accord**. Attendez ici, s'il vous plaît.

La servante disparut et Rosie regarda autour d'elle sans oser s'asseoir. Le salon était décoré dans un mélange délicat de pastels bleus et roses qui contrastaient joliment avec les miroirs dorés et les meubles en bois de citronnier. Le motif fleur de lys du heurtoir se répétait sur le tapis bleu pâle. La pièce était spacieuse et agréable, loin de la grandeur ternie et de la décoration chargée d'Ennismore. Rosie repensa aux cages à oiseaux ornées qu'elle avait vues dans les livres illustrés de Victoria sur la France et sourit. Le bruissement d'étoffe derrière elle interrompit soudain ses pensées et elle se retourna vivement.

Lady Marianne Bellefleur fit son entrée, vêtue d'une robe vert pâle. Rosie ne l'avait encore jamais vue de

---

1. En français dans le texte, de même que les mentions suivantes signalées par un astérisque. *(Toutes les notes sont de la traductrice.)*

près et elle lui semblait radieuse pour son âge, avec sa peau blanche et parfaite, et ses cheveux brillants – peut-être un peu foncés pour être sa teinte naturelle – qui encadraient un visage délicat.

— Bonjour, *mademoiselle**, dit-elle en tendant la main à Rosie. Vous êtes une amie de ma nièce Victoria ? Est-ce qu'elle va bien ?

Rosie serra sa main rapidement. Lady Marianne prit place sur une causeuse rose sous la fenêtre et désigna une chaise en velours bleu. Rosie s'assit et, agrippant son réticule, se pencha en avant.

— Très bien, madame, euh… milady, bredouilla-t-elle.

Puis elle parla très vite, de peur de s'enfuir à toutes jambes avant d'avoir pu tout expliquer.

— Je suis Rosie Killeen. J'étais la camarade de classe de Victoria à Ennismore, jusqu'à sa première saison. Cela fait quelque temps que je suis à Dublin, où j'espérais trouver ma propre voie. Je sais que vous encouragez les jeunes filles à le faire, Victoria me l'a dit. Elle m'a dit aussi que nous pouvions venir vous voir à Dublin, elle ou moi. Je n'aurais pas osé me présenter en temps normal, mais ma sœur Bridie vit dans des conditions terribles et je dois trouver le moyen de l'aider et…

Elle dut s'interrompre pour reprendre son souffle et sentit soudain la panique l'envahir.

— Lady Ennis sait-elle que vous êtes ici ?

— Quoi ? Euh, non, milady. Personne ne sait où je suis.

— Y a-t-il eu un scandale ?

Rosie sursauta. Sa fuite en plein milieu de la nuit pouvait-elle être considérée comme un scandale ?

— Non, non, pas du tout, répondit-elle d'une voix un peu trop forte. J'avais juste besoin de changer. Je voulais prendre mon avenir en main.

Lady Marianne agita une petite clochette posée sur la console à côté d'elle pour appeler la servante, à qui elle demanda du thé. Rosie attendit, le cœur battant.

— Et que pensez-vous au juste que je puisse faire pour vous, miss Killeen ?

La tristesse la reprit soudain. À quoi bon cacher la vérité de toute façon ?

— Je ne sais pas, milady, répondit-elle d'une voix tremblante. Vous êtes mon dernier espoir. Je ne peux pas retourner à Ennismore. Valentin a dit qu'il allait partir en Amérique et que je ne devais pas l'attendre et...

— Ah, la vérité éclate au grand jour ! sourit lady Marianne. L'amour, *toujours l'amour**. Oui, ce cher Thomas est venu me rendre visite il y a quelques semaines. Comme je l'avais prédit, il m'a annoncé son intention d'embarquer sur le *Titanic* avec miss Sofia Hoffman et son père, direction l'Amérique. Il a ajouté que Valentin les accompagnerait. C'est toujours une bonne chose de voir deux jeunes hommes partir pour une grande aventure... À moins, bien sûr, que l'on soit amoureuse de l'un d'entre eux.

Rosie rougit. Elle ne pouvait pas revenir en arrière. Elle dépendait désormais de cette femme, une presque inconnue. Elle tenta d'empêcher sa main de trembler tandis que lady Marianne la dévisageait.

— Vous parlez bien et vous êtes soignée. Vous pourriez même passer pour une lady.

Lady Marianne semblait se parler à elle-même autant qu'à Rosie.

— J'ai besoin d'aide pour trouver un emploi, milady. Juste de quoi gagner ma vie et aider ma sœur. Je pensais que vous pourriez peut-être me donner une lettre de références. Je ne demande pas plus.

Lady Marianne se renversa sur son siège.

— Sottises, ma chère. Une fille avec votre physique et votre maintien doit viser plus haut.

Elle termina son thé puis se leva, un sourire malicieux retroussant ses lèvres.

— Je vais parler de votre situation avec mon cher Mr. Kearney – il a toujours d'excellentes idées. Laissez-moi l'adresse de votre résidence, je vous enverrai un mot pour vous dire quand revenir. À ce moment-là, je vous informerai de ce que nous aurons prévu pour vous.

Rosie quitta la demeure de Fitzwilliam Square dans un état de grande confusion, peur et excitation mêlées. Elle fit le chemin en sens inverse, Trinity College, le pont sur la Liffey et Sackville Street, trop fébrile cette fois pour remarquer quoi que ce soit autour d'elle. Le temps d'arriver chez Bridie, elle était déterminée.

Peu importe ce que cette femme décide de faire de moi, j'accepterai tout. Je ne peux pas passer une nuit de plus dans cet endroit répugnant.

11

Le jour de la visite de Rosie à lady Marianne, Valentin avait quitté Londres, où il vivait depuis le début de l'année, pour accompagner son frère à Ennismore afin de dire au revoir à leur famille. Thomas et lui embarqueraient sur le *Titanic*, qui devait être à quai à Queenstown, comté de Cork, le 11 avril. Ils rejoindraient Sofia et son père, qui seraient montés à bord la veille à Southampton.

Les jeunes hommes bavardèrent durant tout le trajet depuis Dublin. Ce ne fut que quand Ennismore se dessina au loin qu'ils se firent silencieux.

— Ça ne va pas être facile, dit Thomas d'un air soucieux, comme s'il lisait dans les pensées de son frère.

— C'est peu de le dire.

— Il va falloir convaincre maman. Je sais qu'elle n'approuve pas Sofia, mais cela n'a aucune importance, poursuivit Thomas en redressant le menton. J'ai bien l'intention de l'épouser. C'est seulement que je n'aime pas voir maman souffrir.

— Tu es plus courageux que moi, Thomas. Tu ne laisses rien se mettre entre toi et l'amour.

— Qu'y a-t-il de plus important ?

Leur calèche s'arrêta devant la maison. Lady Ennis, lord Ennis et Victoria descendirent les marches du perron pour venir les accueillir.

— Je suis si contente de vous voir ! s'exclama Victoria en se précipitant pour les étreindre tour à tour. Que c'est excitant ! Oh ! Dites-moi tout. J'aimerais tellement aller avec vous, mais maman refuse catégoriquement. Elle dit que je suis trop jeune et…

— Victoria ! l'interrompit sèchement lady Ennis.

Elle fit un pas de côté pour laisser passer ses frères. Tous les deux ouvrirent les bras mais leur mère s'en tint à leur présenter froidement sa joue, le dos raide. Lord Ennis leur fit un accueil plus chaleureux, avec poignée de main et tape dans le dos. La famille entra tandis que Brendan et Sean allaient chercher leurs valises et qu'un garçon d'écurie guidait le cocher vers l'arrière de la maison pour faire boire les chevaux.

Dès que la famille fut réunie dans le salon, lady Ennis explosa d'une colère hystérique.

— Comment pouvez-vous faire une telle chose à votre mère ? s'exclama-t-elle en tapotant ses yeux avec un petit mouchoir. Je ne pensais pas voir le jour où mes fils m'abandonneraient de la sorte.

— Je ne t'abandonne pas, maman, répondirent ceux-ci en chœur.

— Bien sûr que si. Partir dans cet endroit barbare pour peut-être ne jamais en revenir, comment appelez-vous cela ? Qui sait quelles calamités vous attendent ? Il paraît que les sauvages courent toujours en liberté et coupent les têtes des gens.

— Ça, c'étaient les Français, maman, dit Valentin avec un sourire forcé. Les Indiens d'Amérique scalpent leurs victimes.

Lady Ennis se laissa aller à une nouvelle vague de sanglots.

— Allons ! Thea, vous laissez votre imagination vous envahir, dit lord Ennis. Calmez-vous, ma chère. Louisa, s'il vous plaît, faites quelque chose.

Lady Louisa, assise à observer la scène, eut un petit rire sec.

— Je ne vois pas ce que je peux y faire, Edward. Elle a complètement perdu la raison.

Victoria s'approcha du fauteuil de sa mère et passa le bras autour de ses épaules.

— Maman, allons ! Ne pleurez pas. Ceci devrait être une fête.

Lady Ennis écarquilla les yeux et regarda sa fille comme si elle était folle.

— Une fête ? Pour célébrer quoi ? Le fait qu'un de mes fils courtise une fille qui ne lui convient pas du tout, ou que l'autre nous abandonne dès que cet horrible petit homme juif lève le petit doigt ?

— Mr. Hoffman n'est pas un horrible petit homme, maman, et pourquoi vous souciez-vous du fait qu'il soit juif ? demanda Victoria. De plus, il offre à Valentin une chance de faire quelque chose de sa vie.

— Bien dit, Victoria, renchérit son père. L'Amérique fera peut-être de lui un homme, après tout.

Valentin baissa la tête et ne dit rien. Lady Ennis, elle, lançait des regards furieux à son mari.

— Et que pensez-vous du fait que nos fils fassent ce voyage ensemble ? Et si le bateau coulait ? S'ils se noyaient tous les deux ? Le domaine d'Ennis se retrouverait sans héritier. Je ne vois pas comment vous pouvez permettre une telle chose, Edward.

— Allons, Thea, ce sont des sottises. Le *Titanic* est le bateau le plus sûr et le plus moderne jamais construit. Il n'y a jamais eu un bateau comme celui-ci.

— Et puis, dit lady Louisa en réclamant d'un geste un autre verre de sherry à Burke, il paraît qu'il y a beaucoup de canots de sauvetage.

Le *Titanic* quitta Queenstown le jeudi 11 avril 1912 pour son voyage inaugural jusqu'à New York. Il faisait les gros titres de tous les journaux de Dublin. Dans le café de Sackville Street, Rosie lut chaque mot de chaque article. Elle imaginait Valentin sur le pont, les yeux tournés vers l'horizon et le large. Pensait-il à elle ? La douleur qu'elle avait ressentie le soir du Nouvel An, quand il lui avait demandé de ne pas l'attendre, revenait avec une force renouvelée. Malgré le monde qui s'affairait autour d'elle, elle se sentait plus seule que jamais.

À Ennismore, la famille Bell et le personnel se perdaient eux aussi en conjectures. Thomas et Valentin, accompagnés par le jeune valet de pied Sean Loftus, étaient dans toutes les pensées. Une certaine agitation s'était emparée de Victoria depuis que, jalouse de cette aventure, elle avait dit au revoir à ses frères. Ses deux premières saisons à Dublin avaient été un tourbillon d'excitation et ses voyages sur le continent, inoubliables. À l'époque, elle pensait que la vie ne pouvait rien lui réserver de mieux. Elle avait eu de nombreux prétendants et s'était beaucoup amusée à les mettre en compétition. Mais à son retour, l'année précédente, l'excitation était retombée. Rencontrer Sofia n'avait fait qu'empirer les choses. Devant l'esprit libre de la jeune femme et son irrespect envers les règles étouffantes de l'aristocratie, Victoria avait mesuré combien sa vie était limitée et ennuyeuse, et le resterait sûrement pour toujours.

Au sous-sol, Thelma boudait pendant qu'une Sadie morose réparait l'un des jupons de lady Louisa. Immelda tournait les fines pages de son livre de prières, la tête baissée. Mrs. O'Leary mit l'agneau à rôtir et se laissa tomber sur une chaise, agitant son tablier pour rafraîchir ses joues brûlantes.

— Tu fais une tête d'enterrement, dit-elle.

— Sean me manque, répondit Thelma.

— Ne perds pas ton temps à te morfondre pour lui, conseilla Mrs. O'Leary. Il doit s'amuser comme un petit fou avec toutes ces jolies filles.

Thelma fit la moue.

— Oui, j'imagine.

Sadie posa son ouvrage sur la table.

— J'aurais voulu partir avec mes cousins et les autres de Lahardane, dit-elle en faisant référence à plus d'une dizaine de jeunes qui avaient quitté son village. Juste pour s'amuser, c'est tout. Et je parie que j'aurais eu du succès avec tous les beaux gars à bord.

— Ce ne sont que des palefreniers et des garçons de ferme, comme notre Sean, répliqua Mrs. O'Leary. Je pensais que tu visais plus haut que ça, Sadie !

— Je ne parlais pas des gars de l'entrepont, protesta Sadie en rougissant. Ce genre ne m'intéresse pas du tout. Je serais montée directement sur le pont de la première classe. Qui sait, j'aurais peut-être rencontré un comte ou un prince ou un beau Yankee très riche !

Mrs. O'Leary leva les yeux au ciel.

— Tu rêves, Sadie Canavan. Ils ont des grilles et des gardes pour empêcher les gens comme toi d'approcher. Ils t'auraient renvoyée tout droit d'où tu venais.

Sadie lui lança un regard noir et reprit sa couture, piquant son aiguille avec énergie dans le délicat tissu. Mrs. O'Leary se leva et se signa.

— Pourquoi vous restez là avec des têtes de trois pieds de long ? Nous devrions être contents pour eux. Seaneen, et Messieurs Thomas et Valentin aussi, s'exclama-t-elle en se tournant vers Thelma. Allez, lève-toi, ma fille, et arrête de faire cette tête. On a du boulot.

Le lendemain, la torpeur qui avait envahi la maison s'était un peu dissipée. Les domestiques reprirent leur routine quotidienne et l'Amérique cessa d'être l'unique sujet de conversation. Seule Victoria continuait d'y penser sans cesse. Comme souvent, elle aurait aimé avoir quelqu'un à qui se confier. Elle avait tenté d'en parler à sa mère, mais lady Ennis restait prisonnière de sa colère : ses fils avaient osé aller à l'encontre de sa volonté. C'était dans ces moments que Victoria ressentait le plus vivement la douleur d'avoir perdu Rosie.

Que faisait-elle à cet instant ? Elle était partie si brusquement, sans donner d'explication à personne. Valentin avait erré dans la maison, hébété. Il était le dernier à l'avoir vue, mais jurait n'avoir rien dit qui aurait pu la bouleverser. Victoria était même allée au cottage des Killeen et avait trouvé la pauvre mère de Rosie folle d'inquiétude. Rosie n'avait laissé qu'un petit mot annonçant qu'elle partait voir sa sœur à Dublin. Victoria savait au fond d'elle que Bridie n'était pas l'unique raison de cette fuite. Elle espérait que la négligence dont elle avait fait preuve envers leur amitié n'en était pas une autre.

Le lundi suivant, des nouvelles inquiétantes commencèrent à tomber au sujet d'un bateau qui aurait fait naufrage quelque part dans l'océan Atlantique. À Dublin, les spéculations allaient bon train, mais les détails étaient rares. Pour l'instant, il n'avait pas été confirmé qu'il s'agissait du *Titanic*.

Abasourdie, Rosie se rendit aux bureaux de la White Star Line, qui possédait le *Titanic*. Elle y trouva une foule de parents hystériques, de proches au comble de l'inquiétude, et des journalistes venus réclamer des nouvelles. Elle voulait encore croire qu'il s'agissait d'un autre bateau, mais plus elle attendait, plus les conversations autour d'elle enflaient, plus ses espoirs s'amenuisaient.

Elle ne retourna pas chez Bridie ce soir-là. Elle resta assise sur un banc, en face des bureaux éteints de la White Star. Elle n'avait pas mangé de la journée, mais elle avait autre chose en tête. Valentin ! *Mon Dieu, faites qu'il soit toujours en vie !* Elle se répétait ces mots encore et encore, comme une prière. Elle marchandait avec Dieu. *S'il survit, je renoncerai à toute ma jalousie. Je ne le désirerai plus. Je ne penserai plus jamais à lui. Je ne lui parlerai plus jamais. Si seulement il survivait...*

Le lendemain, le *New York Times* confirmait la nouvelle. Le *Titanic* avait heurté un iceberg et coulé. Un autre bateau, le *Carpathia*, avait sauvé plus de sept cents survivants. Les bureaux de la White Star affichèrent des listes comportant les noms des rescapés, que Rosie éplucha, hissée sur la pointe des pieds, s'efforçant de déchiffrer les noms minuscules par-dessus les têtes. Enfin, elle le vit. Valentin Bell.

— Merci mon Dieu, murmura-t-elle.

À mesure que la réalité venait confirmer les rumeurs, que les faits gagnaient en consistance, l'horreur du désastre choqua le monde entier. Comment un navire aussi majestueux que le *Titanic* pouvait-il être à l'origine d'une telle atrocité ? Une prouesse de l'ingénierie avalée par les vagues aussi facilement qu'une barque ? Puis la stupeur s'atténua et on se mit à chercher les coupables : le bateau, pour battre le record transatlantique, allait trop vite ; le capitaine n'avait pas réagi tout de suite ; il n'y avait pas suffisamment de canots de sauvetage. Mais à Ennismore, rien de tout cela n'avait d'importance, les habitants de la maison étaient plongés dans leur chagrin intime.

Si Valentin et les Hoffman avaient survécu, Thomas faisait partie des disparus, tout comme Sean Loftus. Et les centaines d'autres dont on n'avait pas retrouvé les corps. La maison tout entière était en deuil. Les rideaux avaient été tirés. Des visiteurs venaient présenter leurs condoléances et les domestiques circulaient à pas de loup, un brassard noir au bras. L'hystérie de lady Ennis avait fait place à un silence de pierre. Le révérend Watson vint s'occuper des préparatifs pour les funérailles. Valentin avait annoncé par télégramme qu'il ne rentrerait pas pour y assister. Son devoir, avait-il écrit, était de rester avec l'inconsolable Sofia.

Mrs. O'Leary était tombée à genoux en hurlant lorsqu'elle avait appris la nouvelle du naufrage.

« Sainte Marie mère de Dieu ! Que sainte Brigide et saint Christopher aient pitié de leurs pauvres âmes.

— Faites que Sean ne soit pas mort », sanglotait Thelma.

Sadie pleurait ses deux jeunes cousins, tandis que Mrs. Murphy marmonnait ses prières et que Mr. Burke gardait la tête baissée.

« Eh bien, je suppose que nous avons tous été épargnés, avait dit Brendan en sirotant son thé. Je veux dire, si votre Valentin s'était noyé aussi, il n'y aurait eu personne pour hériter du domaine et nous nous serions tous retrouvés à la rue. »

Sans prévenir, Mrs. O'Leary avait bondi de sa chaise pour le gifler.

« Comment oses-tu ? N'as-tu donc aucune pitié ?

— Qu'est-ce que j'en ai à faire de l'aristocratie ? De toute façon, il y a bien trop de nobles en Irlande, ils n'ont rien à faire ici. Je préférerais qu'ils soient tous morts et enterrés. Ils n'ont aucun droit sur ce pays. »

Anthony s'était levé à son tour.

« Ça suffit, mon gars. Ce n'est ni le lieu ni le moment pour parler de rébellion. Tu feras ça au pub. Aie un peu de respect pour les morts.

— Il faut que j'aille à Lahardane, avait annoncé Sadie. Je dois voir ma famille. Ils ont forcément entendu les nouvelles. Oh ! Que vais-je leur dire ?

— Je t'accompagne, avait annoncé Brendan. J'ai un vélo à te prêter, allons-y ensemble. »

Puis, à l'intention de Mr. Burke, il avait ajouté :

« Je n'ai peut-être aucune sympathie pour la noblesse, mais j'ai de la compassion pour ces pauvres âmes de Lahardane qui n'ont jamais fait de mal à personne. Et Sadie a besoin que quelqu'un l'accompagne.

— Tant que vous êtes rentrés pour demain matin, avait seulement dit Mr. Burke, avant d'ajouter à l'adresse des autres : Je suppose que nous ne dînerons pas ce soir. »

Personne n'avait répondu. Anthony avait tiré sa chaise jusqu'à la cheminée et allumé sa pipe. Alors Mr. Burke avait demandé :

« Du brandy, je pense, Mrs. Murphy. Cela nous fera du bien à tous. »

Victoria insista pour accompagner les domestiques dans leur pèlerinage jusqu'au petit village de Lahardane afin d'assister à onze veillées funèbres pour tous les jeunes qui avaient péri – plus que dans tout autre village d'Irlande. Ce soir-là, presque chaque maison était en deuil. Victoria et les autres se rendirent de cottage en cottage, s'agenouillant à la lueur des bougies à côté de petits lits vides recouverts de draps blancs, tandis que les femmes se lamentaient, évoquant à Victoria les cris plaintifs du gibier sur le lac Conn.

En tout dernier, ils se rendirent au cottage des Loftus. L'atmosphère y était bien différente, remarqua Mrs. O'Leary, du soir où on célébrait le départ de Sean à la veille de l'embarquement. Victoria imaginait les échos des rires, la musique et les pas de danse. On parla de Sean et de la perte commune des familles du village, perte dont elles ne se remettraient jamais.

La messe des funérailles de Thomas se déroula dans une atmosphère formelle et contenue, loin de l'émotion brute des veillées de Lahardane. Pas de lamentations, pas de musique, pas de sanglots. La famille Bell et les visiteurs n'exprimèrent rien de ce qu'ils ressentaient en leur for intérieur. Seule Victoria laissa couler ses larmes librement, ainsi que Mrs. O'Leary. Sadie,

Thelma et Mrs. Murphy pleurèrent en silence, sous l'œil froid de Brendan. Un petit sourire furtif passa sur le visage d'Immelda. Le reste du personnel resta silencieux, stoïque.

12

À la fin du mois d'avril, Rosie reçut enfin un mot de lady Marianne qui la réclamait à Fitzwilliam Square. La nouvelle fut accueillie avec un immense soulagement, car elle avait presque abandonné tout espoir. Mais la proposition que lui fit lady Marianne la replongea dans l'angoisse.

— Ce sera une expérience formidable ! Je vais vous présenter à la saison 1913. Il est trop tard pour la saison actuelle, sans compter que beaucoup de gens sont toujours en deuil après la catastrophe du *Titanic*. Je vous ferai connaître tout le monde. Je dirai que vous êtes ma pauvre cousine de la campagne, une orpheline que j'ai adoptée. Je suis certaine qu'avec mon aide, nous vous trouverons quelqu'un de bien.

Elle se frotta les mains d'un air satisfait.

— C'est la suggestion de ce cher Mr. Kearney, poursuivit-elle. Je vous ai dit qu'il avait toujours d'excellentes idées. Et encore mieux, miss Killeen, ce sera une délicieuse supercherie à mener juste sous le nez de ma chère belle-sœur, lady Ennis. La meilleure entourloupe de tous les temps !

Rosie, sous le choc, s'affala dans un fauteuil en velours pour essayer de digérer l'information. Son premier réflexe fut de protester. Comment lady Marianne osait-elle se servir d'elle pour se moquer de sa belle-sœur ? Non, elle garderait le peu de dignité qu'il lui restait. Mais comme elle ouvrait la bouche, elle se découvrit muette. À quoi bon refuser ? Quelle alternative avait-elle ? Valentin était parti. D'après lady Marianne, il avait décidé de rester à New York pour réconforter Sofia. Elle n'avait pas d'argent et pas d'avenir. Elle pensa à Bridie et son bébé à Foley Court. Allait-elle laisser sa fierté faire obstacle à la seule chose qui pourrait les sauver ?

— Merci, milady, dit-elle, la tête basse. Je vous suis très reconnaissante de votre gentillesse.

Elle ne raconta pas tout le projet à Bridie, seulement que lady Marianne l'avait invitée à s'installer chez elle en attendant de lui trouver un emploi. Les yeux de Bridie s'emplirent de larmes, et Rosie la serra dans ses bras.

— Ah ! Ne pleure pas. C'est la meilleure chose pour nous tous. Et dès que j'aurai assez d'argent, je pourrai nous louer une chambre. Kate et toi viendrez me rejoindre. Je nous trouverai quelque chose de propre et respectable. Nous pourrons payer le médecin et...

La culpabilité l'envahissait tandis qu'elle parlait. Et si le plan de lady Marianne ne fonctionnait pas ? Ce serait donner de faux espoirs à Bridie... Mais elle insista :

— Cela prendra peut-être du temps, mais je ne t'oublierai pas. Je viendrai te rendre visite aussi souvent que je le pourrai.

En quittant Foley Court plus tard ce jour-là, cependant, elle décida de ne plus penser à ces faux espoirs et s'octroya le droit à un peu d'optimisme.

C'est ainsi qu'au début du mois de mai 1912, Rosie Killeen emménagea dans la chambre d'amis du 6, Fitzwilliam Square, et remit son avenir entre les mains de lady Marianne Bellefleur.

Ses premiers mois à Fitzwilliam Square passèrent dans un tourbillon de visites dans les plus belles boutiques de Dublin, de leçons d'étiquette avec Mrs. Townsend, une matrone farouche dont le métier était de préparer les jeunes filles à leur première saison, et d'invitations pour le thé chez les connaissances de lady Bellefleur.

« Nous devons procéder prudemment, avait dit cette dernière. Nous allons commencer par vous présenter des jeunes femmes peu influentes, juste pour voir comment vous vous en sortez. Puis nous pourrons passer aux maisons plus importantes. »

Elle avait insisté pour que Rosie se fasse appeler Rosalind.

« Rosie ou Róisín sont très jolis, mais ils ne conviennent pas du tout, ma chère, cela fait beaucoup trop irlandais. Nous devons faire bien attention à ce genre de détails. »

Rosie avait voulu protester, mais la situation de Bridie lui fit tenir sa langue.

Elle s'autorisa donc à apprécier sa soudaine bonne fortune. Elle se souvenait de tous ses rêves de petite fille imaginant vivre un jour comme une grande dame. À présent qu'elle était à deux doigts de cette réalité, elle avait encore du mal à y croire. Mr. Sean Kearney passait toutes les soirées à lui raconter les travers de la bonne société dublinoise. Rosie riait au récit des liaisons illicites, des scandales étouffés, des enfants « imprévus », des jeux d'argent, des soirées arrosées et des excès en tous genres de l'aristocratie de la ville.

« N'y a-t-il donc ici personne de respectable ? » avait-elle demandé.

Mr. Kearney avait rejeté ses cheveux en arrière avec un sourire.

« Oh, je suis sûr que si, ma chère, mais il n'y aurait rien de drôle à raconter sur eux. Je préfère les libertins et les fripouilles. Tellement plus intéressants, et généralement beaucoup mieux habillés ! »

Rosie progressait rapidement. Ses manières et sa diction étaient déjà assez raffinées, grâce aux années passées avec Victoria et, il fallait bien l'admettre, aux leçons de lady Louisa. Pas une fois elle ne trahit ses origines paysannes. Elle parlait français correctement et jouait assez bien du piano – deux attributs nécessaires à toute jeune femme qui entrait dans le monde. Avec l'aide de Mrs. Townsend, elle apprit rapidement à maîtriser les comportements appropriés lors des thés ou des dîners. Lady Marianne était très satisfaite.

Mais lors des soirées calmes à Fitzwilliam Square, quand lady Marianne et Mr. Kearney sortaient au théâtre ou dîner chez des amis et que Rosie restait seule dans la petite bibliothèque, le doute envahissait son esprit. Elle avait toujours connu l'emploi du temps strict de la famille Bell à Ennismore. Leurs journées étaient toutes organisées de la même façon : petit déjeuner à huit heures, déjeuner à midi, dîner à sept heures pile, puis couture ou lecture jusqu'à onze heures, l'heure de se coucher. À présent que cette routine était devenue la sienne, Rosie comprenait à quel point cette vie était limitée.

Plus le temps passait et plus elle avait l'impression de jouer une étrange pièce de théâtre. Elle devait changer de robe plusieurs fois par jour, toujours suivre l'exemple des hommes, et surtout ne jamais exprimer d'opinion personnelle. Elle ne pouvait même pas sortir se promener sans chaperon. Était-ce vraiment cela, la vie d'une dame dans une grande maison ? La vie de Victoria ? Aurait-elle connu le même sort si elle avait épousé Valentin ? Elle chassa aussitôt cette idée.

La plupart des gens qu'elle rencontrait aux thés et aux dîners lui paraissaient ennuyeux. Sans les histoires scandaleuses de Mr. Kearney, elle aurait eu du mal à tenir toute une soirée. Elle se débrouillait plutôt bien dans les conversations où il était question de promenades à cheval, de vastes demeures à la campagne et des dernières tenues à la mode, et elle restait attentive à ne pas glisser vers un point de vue de domestique. Les filles de son âge possédaient encore moins d'humour que lady Louisa, et leurs mères, bien que polies, considéraient visiblement Rosie comme une concurrente pour leurs filles. Elle n'avait jamais imaginé que trouver un mari pouvait être une telle compétition.

Les seules exceptions dans cette succession de soirées ennuyeuses étaient les visites à la famille Butler, à Temple Villas. Les trois filles, entre quinze et vingt et un ans, vivaient avec leurs parents, un médecin et une artiste, et affichaient une vivacité et une gaieté qui n'avaient d'égales que leur insatiable curiosité. Au grand dam de leur mère, aucune n'avait très envie d'être « présentée » dans le monde. Plutôt que de promenades à cheval, de mode et de maisons de campagne, elles préféraient parler du sort des pauvres de Dublin, des tensions sociales grandissantes et de la vague de nationalisme.

Rosie avait écouté très attentivement dès leur première rencontre. La pauvreté à Dublin, elle pouvait certainement l'attester, mais impossible d'évoquer sa sœur Bridie ou Foley Court. Valentin avait parfois parlé des tensions sociales et de la montée des syndicats. D'après Victoria, il avait même impressionné Jules Hoffman avec ses connaissances, tant et si bien que celui-ci l'avait invité en Amérique. Mais elle était vraiment surprise que ces filles issues d'une respectable famille protestante de Dublin se montrent si enthousiastes à propos du nationalisme irlandais. Rosie avait toujours cru que ces sentiments étaient réservés à des hommes comme Brendan, le valet d'Ennismore, ou à d'autres comme lui dans l'ouest de l'Irlande.

— Oui, nos amis lady Gregory et Mr. Yeats, du théâtre de l'Abbaye, sont d'ardents défenseurs du mouvement nationaliste, n'est-ce pas, Mr. Kearney ? dit lady Marianne avec un grand sourire pour son compagnon.

— Absolument. Et ils se servent du théâtre pour promouvoir leurs idées.

— Oh, j'adore le théâtre de l'Abbaye, s'exclama Kathleen, la plus jeune des trois sœurs. J'aimerais tant être actrice, mais papa dit que ce ne serait pas correct.

— L'an dernier, tu voulais être exploratrice, rétorqua sa sœur aînée, Geraldine. L'année prochaine, je parie que tu voudras devenir acrobate dans un cirque !

— Ne te moque pas, Geraldine, intervint Mrs. Butler. Cette enfant est dotée d'une grande imagination.

— Eh bien, moi, je serai journaliste, affirma Nora, la cadette et la moins jolie des trois sœurs Butler. Et je ne changerai pas d'avis. J'écrirai des articles sur la révolution prochaine. J'ai déjà montré mon travail à Mr. Griffith, qui publie le journal du Sinn Féin. Il m'en a fait des compliments.

— Le Sinn Féin ? demanda lady Marianne.

Le docteur Butler poussa un soupir et regarda Nora.

— Cela veut dire « nous-mêmes ». Ce terme est devenu populaire au sein des mouvements nationalistes qui veulent une Irlande libre du joug britannique. Apparemment, Griffith est un révolutionnaire passionné. Je pense qu'il deviendra l'un des leaders du mouvement.

Sur le chemin du retour vers Fitzwilliam Square, Rosie déclara :

— Quelle charmante famille ! Ils sont si différents des autres personnes que j'ai rencontrées.

— Oui, répondit lady Marianne. J'admire ces jeunes filles pour leur indépendance, et leurs parents de les laisser vivre leur propre vie. J'aimerais que Victoria leur ressemble plus. Mais bien sûr, avec lady Ennis pour mère...

Le silence se prolongea un peu puis lady Marianne reprit :

— J'espère que vous n'avez pas prévu de suivre leur exemple, Rosalind, du moins pas pour l'instant. Nous devons d'abord vous propulser dans le monde. Quand vous aurez fait un bon mariage, vous pourrez user de votre influence, et de l'argent de votre mari, pour faire avancer toutes les causes qui vous tiendront à cœur. Mais dans votre situation actuelle, une telle voie serait une grave erreur. Et après tout ce que j'ai fait pour vous, ce serait extrêmement ingrat, n'est-ce pas ?

— Bien sûr, lady Marianne, s'empressa de répondre Rosie. Je n'en ai pas l'intention. Je vous suis extrêmement reconnaissante. Je ne vous décevrai pas.

— Je l'espère.

Tandis que Rosie se préparait pour la saison à Dublin, le spectre de Thomas Bell continuait de planer sur Ennismore. La plupart des domestiques étaient convaincus que son fantôme hantait la maison, de même qu'un ancêtre suicidaire des DeBurcas – les anciens propriétaires – hantait le grenier. Thelma refusait d'y monter, même accompagnée. Elle insistait pour dormir plutôt dans l'arrière-cuisine. Même Sadie faisait le signe de croix quand elle passait au pas de course, tête baissée, dans le couloir de la chambre qu'elle avait un jour partagée avec Rosie.

Lord Ennis passait autant de temps que possible à Londres et lady Ennis cessa de recevoir à Ennismore. Le révérend Watson en profitait pour multiplier les visites, au prétexte d'apporter « du réconfort à ses paroissiens dans le malheur ». Lady Louisa, dont les avances s'étaient avérées totalement vaines, ne lui vouait plus qu'une franche hostilité. Lady Ennis refusait également d'émerger de son isolement. C'était donc à Victoria qu'il revenait de le recevoir, aussi poliment qu'elle le pouvait.

La perspective de vivre dans une maison éternellement en deuil ne laissait pas d'inquiéter la jeune femme. D'abord, elle s'était efforcée d'apaiser la tension manifeste entre ses parents en plaisantant pendant les dîners, en évoquant le souvenir de temps plus heureux ou en formant des prédictions pleines d'espoir pour l'avenir. Mais rien n'avait pu faire fondre la glace qui s'était formée entre eux. Elle avait fini par renoncer, mais la froideur muette qui régnait dans la maison lui pesait de plus en plus, et avec elle l'absence de confident. Où était Rosie ? Pourquoi l'avait-elle laissée seule dans cette demeure du chagrin où elle étouffait, où elle ne se sentait plus à sa place ? De toute façon, elle se sentait mal partout, même dans ses vêtements, comme s'ils étaient faits pour quelqu'un d'autre.

En désespoir de cause, Victoria s'aventura de plus en plus fréquemment au sous-sol, dans les quartiers des domestiques. Au début, elle inventait des excuses : Mrs. O'Leary pouvait-elle préparer un thé spécial pour sa mère ? Immelda ou Sadie auraient-elles un moment pour raccommoder une robe déchirée ? Thelma pouvait-elle s'assurer que le feu reste bien allumé toute la nuit dans la chambre de sa mère ? Puis elle cessa d'invoquer des prétextes et vint s'asseoir à la table de la cuisine pour observer les travaux des domestiques.

Mr. Burke et Mrs. Murphy en étaient furieux. Puisqu'ils ne pouvaient pas la chasser, il ne leur restait qu'à demander au personnel de l'ignorer, à moins qu'elle ne leur adresse directement la parole.

— En temps normal, j'en aurais parlé à Madame, confia Mr. Burke à Mrs. Murphy, mais dans ces circonstances, je ne voudrais pas l'accabler.

Cette année-là, Noël fut une période morose. Il n'y avait que dans la bibliothèque que des couronnes de houx et quelques bouquets de poinsettias dans des pots de cuivre signalaient l'approche de la fin de l'année. Mais pas de sapin scintillant, ni de gui, ni de chants de Noël joués au piano, et pas de fête le soir du 24, comme c'était la tradition. Les Bell n'effectuèrent pas leur visite annuelle à Westport pour le Nouvel An, et les domestiques renoncèrent eux aussi à leur célébration habituelle.

— C'est un Noël bien triste, dit Mrs. O'Leary, assise dans l'office, observant les murs nus et la table vide.

— Mon Dieu, faites que tout revienne à la normale l'année prochaine, dit Anthony.

— Oui, si seulement elle ne nous apporte pas plus de malchance, marmonna Immelda.

— J'aimerais tant pouvoir revenir en arrière, dit Sadie, à cette même période l'année dernière, quand la plupart d'entre nous n'avaient encore jamais entendu parler de ce maudit *Titanic*.

Le silence s'installa. Mr. Burke sortit deux bouteilles de vin. Ce n'était pas la cuvée qu'il réservait pour les grandes occasions, mais tout le monde s'en réjouit.

— Eh bien, je crois que nous avons besoin d'un toast, dit Anthony en levant son verre.

— Tant qu'il n'est pas trop long, rétorqua Mrs. O'Leary.

— C'est de prières qu'on a besoin, renchérit Mrs. Murphy.

Anthony posa son verre.

— Ah, vous êtes tous si aigris, le diable en personne ne voudrait pas vous approcher.

Victoria apparut à la porte et tout le monde se tut. Mr. Burke se leva.

— Puis-je vous aider, lady Victoria ?

Elle secoua la tête, l'air confus.

— J'espérais que vous seriez en train de jouer de la musique, expliqua-t-elle. La maison est tellement silencieuse et…

Mr. Burke sourit.

— Allez, venez, on boit un verre de vin et je pense qu'Anthony se fera un plaisir de vous jouer un petit quelque chose si vous le lui demandez.

Il prit le bras de Victoria et l'entraîna dans la pièce. Tout le monde se leva.

— Lady Victoria aimerait se joindre à nous quelques minutes, annonça-t-il. Elle veut nous souhaiter de bonnes fêtes de fin d'année.

— Oui, murmura-t-elle. Ma famille aimerait vous remercier pour votre service dévoué au cours de cette année. Et… ils espèrent que vous ne laisserez pas leur tristesse contrarier vos propres célébrations. S'il vous plaît, jouez de la musique, et asseyez-vous.

Mr. Burke tira une chaise pour elle et Anthony applaudit.

— Félicitations, lady Victoria. Évidemment que nous allons vous jouer un petit air, pas vrai, les gars ?

— Bien sûr, renchérit Mr. Burke. Bienvenue, milady. Brendan ? Allez chercher votre instrument. Vous aussi, Mrs. Murphy.

Bientôt, la musique résonnait dans la pièce. Victoria était en transe. Brendan l'observait fixement tout en faisant glisser son archet. Au début, elle baissa les yeux, mais elle finit par trouver le courage de soutenir son regard. Elle crut y détecter un soupçon d'insolence, mais écarta rapidement cette idée. Ce devait être sa passion pour la musique qui lui donnait ce regard sombre. Elle resta une heure. Quand elle partit, tout le monde poussa un soupir de soulagement.

— Je n'en reviens pas ! s'exclama Mrs. O'Leary. Miss Victoria préfère notre compagnie à celle de sa propre famille le soir de Noël.

— Ça m'étonne pas, répondit Sadie. Ils ont tous un balai dans le cul.

— Sadie ! Un peu de respect !

— C'est vrai, renchérit Thelma, enhardie par l'alcool. Monsieur et Madame ne dorment plus dans le même lit. Monsieur est toujours sur la chaise longue dans le bureau quand je vais allumer le feu le matin.

— Peut-être qu'il se glisse dans la chambre au milieu de la nuit, suggéra Brendan.

Mr. Burke tapa du poing sur la table.

— Ça suffit ! Ne parlez pas de vos supérieurs de cette manière !

— Ils ne sont pas *mes* supérieurs, répondit Brendan.

— Pas les miens non plus, dit Sadie.

— Pas les miens non plus, ricana Thelma. Mon père dit que les Irlandais ne sont inférieurs à personne, surtout pas aux Anglais.

Mrs. O'Leary, choquée, se fâcha.

— Assez parlé, ma fille. Et assez bu aussi. Monte te coucher tout de suite.

Mr. Burke était rouge de colère.

— Je vais mettre cette conversation sur le compte de l'ivresse, mais si j'entends encore l'un d'entre vous, il y aura des conséquences. Croyez-moi. Allez, tout le monde au lit.

Plus tard dans la nuit, Immelda bavardait avec Brendan, appuyée contre un mur de la cour. Elle débordait encore de rancœur parce que lady Ennis lui avait demandé de devenir la femme de chambre de Victoria.

« Vous aurez le temps maintenant, Fox, avait dit lady Ennis. Je n'ai plus tellement besoin de vos services, ces temps-ci. De plus, lady Victoria a besoin d'une femme de chambre. Je sais qu'elle pense que je ne m'occupe plus d'elle, mais je me soucie encore de son bien-être. J'ai remarqué qu'elle ne prenait plus autant soin de son apparence. Nous ne pouvons pas laisser ces mauvaises habitudes persister. Je compte sur vous pour vous assurer qu'elle ne se laisse pas trop aller. »

Immelda avait fait oui de la tête et une révérence.

— Quel culot ! tempêtait-elle à présent. Me demander de servir cette petite traînée ! « Je compte sur vous pour vous assurer qu'elle ne se laisse pas trop aller », comme si c'était ma faute... Non mais, c'est la meilleure ! Ils sont tous fous à lier !

Brendan tira sur sa cigarette.

— J'espère que le Valentin va rester en Amérique. Quand le vieux cassera sa pipe, il n'y aura plus personne pour hériter de cette maison. Madame et sa sœur partiront en Angleterre avec la fille, et c'en sera terminé d'eux.

Immelda lui lança un regard furieux.

— Et de nous ! Eh bien, moi, je n'ai pas hâte. Je préférerais les voir souffrir, surtout le vieux.

— Qu'est-ce que t'as contre eux ? C'est pas le nationalisme. Je le vois bien.

— T'occupe !

13

L'espoir de Brendan que Valentin reste en Amérique fut brisé au mois de février de la nouvelle année. Un télégramme arriva, et les nouvelles qu'il apportait se répercutèrent partout dans Ennismore comme l'écho d'un coup de fusil. Dans la bibliothèque, lady Ennis poussa un cri et laissa tomber le télégramme comme s'il l'avait brûlée.

— Que diable se passe-t-il, Thea ? demanda lord Ennis, qui était arrivé en courant. Quelle mouche vous a piquée ? Dois-je demander à Louisa de faire venir le médecin ?

Il tenta de faire asseoir sa femme sur le divan, mais elle était raide comme un cadavre, et d'une pâleur extrême. Lady Louisa ramassa le télégramme, le lut rapidement et le tendit à son beau-frère.

— Peut-être que ceci l'expliquera.

Lord Ennis prit le télégramme, daté du 14 février 1913, et le lut en écarquillant les yeux.

— Quelles excellentes nouvelles ! Quel formidable résultat ! Dieu a finalement béni la famille Bell.

Sa femme laissa échapper un autre cri.

— Edward, vous ne pouvez pas le penser ! Ce sont les pires nouvelles que j'aie jamais lues.

— Quoi ? Que nous avons un nouveau petit-fils ? Que Valentin et Sofia sont mariés ? Qu'ils vont revenir à Ennismore ? Thea, je n'y comprends rien.

Lady Ennis se laissa tomber sur le sofa, agitant furieusement son éventail.

— Edward, comment pouvez-vous être aussi aveugle ? Un mariage entre notre fils et cette vulgaire Américaine, et nous n'en savions rien jusqu'à aujourd'hui ? Quelle humiliation ! Mais comment allons-nous bien pouvoir l'expliquer ?

Lord Ennis semblait très énervé.

— Notre fils a fait un très bon mariage. Un enfant est né – un garçon, pour assurer notre descendance. Le domaine Ennis a probablement été sauvé du marteau d'un commissaire-priseur et l'avenir de la famille Bell est sauf. Bon sang, Thea, que pourrions-nous rêver de mieux ? Je n'ai que faire du qu'en-dira-t-on. Notre héritage est sauvé, c'est tout ce qui compte. Jules prévoyait de donner cinq mille livres par an à Sofia, et c'est sans compter la dot elle-même – une somme fort généreuse, à n'en pas douter, étant donné qu'elle est fille unique.

— Vous ne pensez qu'à l'argent, se lamenta lady Ennis en s'essuyant les yeux.

— Et vous, vous feriez mieux d'y penser un peu plus, ma chère, rétorqua lord Ennis, furieux. Vos extravagances nous ont presque menés à la ruine. Vous devriez accueillir Sofia à bras ouverts. Elle est votre sauveuse tout autant que la mienne.

Il traversa la pièce et alla sonner la petite clochette pour appeler Mr. Burke.

— Cessons donc ces sottises, conclut-il, et buvons à la santé de Valentin et Sofia, et de notre nouveau petit-fils !

Pour la première et dernière fois, Rosie Killeen et lady Althea Ennis étaient d'accord. Même si leurs réactions à cette nouvelle avaient des motifs très différents, elles étaient aussi effondrées l'une que l'autre. Lady Marianne exultait quand elle annonça la nouvelle à Rosie.

— N'est-ce pas formidable, Rosalind ? Évidemment, je suis sûre qu'Althea est furieuse que ces jeunes gens aient eu l'audace d'agir sans sa permission. Cette Sofia m'a impressionnée dès la seconde où je l'ai rencontrée – une fille indépendante et pleine de vie ! Elle devrait donner du fil à retordre à Althea. Mon frère est aux anges, surtout pour son argent. Et je suis impatiente de rencontrer mon petit-neveu. Ils l'ont appelé Julian et...

Rosie n'entendit pas le reste. Elle voyait les lèvres de lady Marianne bouger, mais un sifflement aigu résonnait dans ses oreilles, assourdissant. Un courant de douleur la brûlait, depuis le bas-ventre jusqu'à la gorge, et son cœur était pris dans un étau. Elle se laissa tomber sur un fauteuil, agrippant les accoudoirs pour tenter de ne pas perdre connaissance.

— Oh ! ma chère, s'exclama lady Marianne, alarmée. Quel manque de délicatesse de ma part... Je n'avais pas compris que vous l'aimiez toujours. Renoncez à lui, ma chère, faites votre deuil, mais pas trop longtemps. Il vous faut passer à autre chose. Montez vous reposer. Je vais dire à Céline de vous apporter du thé.

Rosie baissa la tête. Elle avait les joues brûlantes et les yeux pleins de larmes. Elle n'était pas sûre de pouvoir bouger, mais il fallait absolument qu'elle s'éloigne de lady Marianne. Elle se leva lentement et quitta la pièce. Agrippée à la rampe, elle gravit l'escalier et gagna sa chambre. Elle s'allongea sur le lit tout habillée, les poings serrés. Comme elle fixait le plafond, respirant à peine, elle s'imagina dans un cercueil. Si elle réussissait à rester suffisamment immobile, elle pourrait tenir la douleur à distance.

La nuit tomba. Dans les minutes irréelles du crépuscule, elle autorisa ses pensées à se former, une par une : elle en voulait à Valentin de l'avoir trahie, elle s'en voulait à elle-même pour sa naïveté, elle en voulait à la famille Bell et, enfin, elle en voulait à Dieu. Quand la colère se dissipa, elle finit par s'avouer que, malgré tout, elle avait nourri l'espoir qu'un jour Valentin reviendrait la chercher. Comment allait-elle faire à présent ?

Le lendemain matin, après s'être lavée et avoir enfilé des vêtements propres, elle se sentit purgée. Elle percevait tout de même un changement intérieur mais ne savait pas le nommer. La tendresse qu'elle avait portée en son cœur, nourrie de son amour pour Valentin, s'était transformée en quelque chose de dur, teinté de déception. L'amour avait tout simplement disparu, laissant derrière lui la ferme détermination d'accepter ce que le destin lui réservait. Elle n'avait plus qu'à espérer que la saison serait un succès et qu'elle y nouerait une alliance convenable avec un riche prétendant. Jeune ou vieux, ordinaire ou beau, cela lui était égal, tant qu'il lui offrait la sécurité. Une petite voix au fond d'elle lui dit qu'elle méritait mieux.

Juillet arriva et, avec lui, l'événement majeur de la saison 1913 : un bal à l'hôtel Métropole de Dublin. Lady Marianne fit la surprise à Rosie de lui offrir une superbe robe de la maison Worth, à Paris.

— Il est français, ma chère, dit lady Marianne, ignorant que Charles Worth était né en Angleterre. Je veux le meilleur, rien de moins, pour votre entrée officielle dans le monde.

La robe de bal était belle à couper le souffle, si bien que Rosie osait à peine la toucher. Elle la suspendit dans sa chambre et l'admira. Le tissu vert pâle se couvrait par endroits de tulle de soie beige, et les cristaux de diamant brodés étincelaient comme des étoiles. Sa taille haute soulignait le décolleté et faisait cascader une longue jupe étroite en vagues douces, jusqu'au sol. Rosie se remémora le jour où, dans la chambre de Victoria à Ennismore, elle avait admiré les robes, toutes plus belles les unes que les autres, que son amie lui montrait. Elle n'aurait jamais imaginé en posséder une un jour. Mais tout avait changé. Aujourd'hui, elle avait une robe encore plus belle que toutes celles de Victoria. Elle s'autorisa un petit frisson de plaisir.

Le soir du bal, Céline, la femme de chambre de lady Marianne, habilla Rosie et arrangea ses boucles brunes en une torsade brillante ramenée sur le sommet de sa tête, dans laquelle elle piqua des plumes vert pâle, assorties à sa robe. Quand elle se vit dans le miroir, Rosie n'en crut pas ses yeux. La robe avait été dessinée pour mettre en valeur sa silhouette longue et fine, et faisait ressortir les reflets verts de ses yeux noisette. Son teint était pâle, ses taches de rousseur invisibles depuis qu'elle ne pouvait plus sortir au soleil sans une ombrelle, et ses lèvres rouges et pleines. Elle examina la fille exceptionnellement jolie qui la dévisageait. Était-ce bien elle ? Une peur soudaine la saisit et, un moment, le souffle lui manqua. Ce reflet était forcément celui d'une étrangère, un imposteur. Rosie la servante devait être à genoux pour frotter le sol, et non debout dans une robe de bal.

— *Magnifique !* s'exclama Céline, interrompant ses pensées. Vous êtes très belle, *Mademoiselle*. Votre carnet de bal sera rempli en un rien de temps.

Lady Marianne applaudit à tout rompre quand Rosie descendit l'escalier.

— Ma chère, vous êtes sublime. N'est-ce pas, Mr. Kearney ?

Celui-ci, élégant dans sa veste bleu nuit en soie, avec gilet gris et nœud papillon blanc, lui fit la révérence.

— Sublime, en effet, ma chère. Et la preuve de votre flair et de votre bon goût. Je parie que nous pourrions la faire passer pour une cousine éloignée de la famille royale.

Rosie frissonna.

— Montons dans la calèche ! lança lady Marianne. Nous ne voudrions pas arriver en retard.

Elle passa devant Rosie, vêtue d'une robe magnifique en satin blanc semée de cristaux brillants.

Les abords de l'hôtel Métropole, dans Sackville Street, étaient bondés de calèches à cheval. Rosie descendit de voiture et leva les yeux vers la façade du grand édifice georgien, avec ses balcons aux balustrades ornées en fer forgé, et elle trembla d'excitation et de peur. Autour d'elle se pressaient beaucoup d'autres jeunes femmes, certaines en modestes robes blanches, d'autres couvertes de soie, de satin et de plumes aux couleurs vives qui les faisaient ressembler à des oiseaux tropicaux. Elles jacassaient, se saluaient en riant. La plupart étaient plus jeunes que Rosie qui, du haut de ses vingt et un ans, se sentait vieille en comparaison. Il y avait néanmoins quelques filles plus âgées, discrètes et sérieuses, certaines avec un air un peu désespéré, d'autres plus déterminées, comme prêtes à en découdre. Pour beaucoup, ce serait la dernière saison ; si elles ne trouvaient pas un bon parti, elles devraient se résoudre à une vie de vieille fille, comme lady Louisa. Rosie eut soudain pitié pour elles, et pour son ancienne institutrice.

Lady Marianne et Mr. Kearney la prirent chacun par un coude et l'entraînèrent dans l'escalier recouvert d'un tapis rouge qui menait à la salle de bal. En apparence, Rosie était calme et sereine, mais à l'intérieur, elle bataillait fermement pour dissimuler les violentes émotions que provoquait tout ce qu'elle voyait. Il y avait des fleurs partout : des plantes vertes entortillées sur les rampes de l'escalier, des rhododendrons roses et rouges dans des urnes en cuivre et d'élégants lys blancs dans de très hauts vases. Accrochés au plafond haut de la salle de bal, des globes lumineux diffusaient une lumière dorée sur les murs jaune pâle et le sol en érable brillant. Tout autour, des arches ouvraient sur de petites salles où des tables nappées de blanc portaient d'énormes plats de nourriture et des bols à punch en cristal. Tout au fond de la pièce, sur une scène couverte de fleurs, l'orchestre jouait une mélodie lente et douce.

Une pression soudaine sur son coude la rappela à la réalité.

— Préparez-vous, Rosalind, ordonna lady Marianne.

Le bal était donné par lord et lady Mountnorris, en l'honneur de leur fille aînée, Caroline. Lady Mountnorris était l'hôtesse la plus respectée de toute la bonne société dublinoise, et lady Marianne avait été ravie de son invitation. Elle avait immédiatement renforcé l'éducation de Rosie, payant pour des leçons supplémentaires avec Mrs. Townsend.

— Puis-je vous présenter ma pupille, miss Rosalind Killeen, dit lady Marianne en tendant la main à ses hôtes.

En écho, Rosie sourit modestement et exécuta une révérence parfaite.

— Charmante, répondit la voix rauque de lady Mountnorris.

Puis elle se tourna vers Mr. Kearney, qui se lançait dans une courbette plus compliquée, un pied en avant, à la manière d'un courtisan.

Rosie dut retenir un éclat de rire. Elle aimait beaucoup Mr. Kearney, dont les manières extravagantes ne cessaient de l'amuser. Elle adressa un sourire à lady Caroline, qui l'observa un instant avant de se détourner avec un mépris évident. Lady Marianne et Mr. Kearney entraînèrent leur protégée vers l'une des causeuses qui bordaient tout un pan de la salle de bal. Lady Marianne resta debout derrière elle, tandis que Mr. Kearney reçut pour mission d'aller leur chercher du champagne. Troublée par la réaction de lady Caroline, Rosie restait assise très droite, agrippant son carnet de bal dans ses mains moites. Deux noms y étaient notés, selon l'arrangement conclu au préalable par lady Marianne afin qu'elle ne reste pas trop longtemps assise, « non réclamée ».

Mr. Kearney revint avec deux petites coupes. Rosie but la sienne lentement, de peur que l'alcool ne l'étourdisse trop vite. Elle devait garder la tête froide.

L'arrivée de deux jeunes femmes, qu'elle reconnut immédiatement comme deux des sœurs Butler, la rasséréna. Geraldine, la plus âgée, portait un pantalon de soie bleu pâle, brodé de cristaux. Sa sœur Nora n'avait même pas fait l'effort de s'habiller pour l'occasion. Elle était venue dans sa longue jupe noire, avec un chemisier blanc au col montant et un ruban noir noué à sa gorge. Toutes deux saluèrent Rosie avec un plaisir évident.

— Vous êtes très belle, Rosalind, dit Geraldine. J'ai l'impression que je fais scandale avec mon pantalon, mais qu'est-ce que c'est amusant !

— Nous sommes venues uniquement pour faire plaisir à maman, ajouta Nora, mais j'ai refusé de m'habiller comme un ridicule oiseau de paradis – sans vouloir vous vexer, Rosalind.

— Je comprends parfaitement, répondit Rosie en souriant.

Au même moment, un petit jeune homme enrobé s'approcha.

— Je viens réclamer ma danse, annonça-t-il.

Son expression disait assez nettement que cette danse arrangée par avance ne l'enchantait pas. Rosie se leva et se laissa entraîner sur la piste, tandis que les musiciens entamaient une valse lente. Lord Gillespie faisait un partenaire maussade et maladroit. Il n'avait pas le sens du rythme et lui écrasa les pieds à plusieurs reprises. Rosie souriait aussi gracieusement que possible et tentait d'entretenir une conversation, mais n'obtenait que des grognements en réponse. Elle n'avait qu'une hâte, que la danse se termine.

Son second cavalier « arrangé » s'avéra encore pire que le premier. C'était un homme âgé avec des cheveux gris clairsemés, qui la serrait trop fort et lui souriait en montrant des dents jaunes. À sa décharge, il était très bon danseur et Rosie glissait sur la piste dans ses bras. Elle ferma les yeux pour ne pas avoir à le regarder, tentant de se perdre dans la musique. Quand elle lui sourit à la fin du morceau, il prit cela pour un encouragement.

— J'espère que vous me réserverez une autre danse plus tard, dit-il. J'adore les mazurkas.

Rosie hocha la tête et s'empressa de retourner s'asseoir. Si tous ses partenaires ressemblaient à ces deux-là, elle aimait autant passer la soirée assise dans son coin. Mais sans s'en apercevoir, elle avait éveillé l'intérêt. Un à un, de beaux jeunes hommes vinrent se présenter. Beaucoup étudiaient à Trinity College, d'autres à Cambridge et Oxford, tous venaient d'éminentes familles anglo-irlandaises. Lady Marianne insista pour l'aider à remplir son carnet de bal, lui conseillant les jeunes hommes les plus convenables. Très vite, le carnet fut plein.

— J'en étais sûre, déclara lady Marianne à Mr. Kearney, ravie. Je savais que cette soirée serait un succès.

Pendant l'heure qui suivit, Rosie enchaîna les danses, valses, polkas et mazurkas. Elle finit par s'excuser, le souffle court, pour se reposer un peu. Lady Marianne lui avait recommandé de laisser quelques intervalles libres entre les danses pour éviter de paraître désespérée. Rosie revint s'asseoir en s'éventant, euphorique. Ses cavaliers l'avaient couverte de compliments, et beaucoup avaient laissé entendre qu'ils aimeraient venir lui rendre visite. Elle avait souri, sans s'engager, comme on le lui avait appris. Après un bal, il revenait au jeune homme d'envoyer sa carte à la résidence de la jeune fille pour demander la permission de venir la voir. Rosie était certaine que quelques-uns le feraient et se demandait déjà lesquels l'intéressaient le plus. Elle passait en revue les noms dans son carnet quand une voix l'interrompit.

— Puis-je avoir cette danse ?

Cette voix, elle l'aurait reconnue n'importe où. Le cœur serré, la nuque moite, elle sentit que ses mains tremblaient. Avec un effort suprême, elle reprit son sang-froid et leva la tête. Il était encore plus beau que dans son souvenir, sa minceur adolescente s'étant transformée en une carrure musclée. Ses cheveux blonds avaient un peu foncé, mais ses yeux bleus étaient aussi clairs qu'avant. Rosie résista à l'envie soudaine de lui sauter au cou. Au lieu de cela, elle se composa une expression neutre et sereine.

— Excusez-moi, mais j'ai déjà promis cette danse, répondit-elle comme si elle s'adressait à un inconnu, et mon carnet est rempli.

— Mais ma chère, ce n'est pas vrai, intervint lady Marianne en lui arrachant le carnet des mains. Voyez, nous avons laissé cette danse libre pour que vous puissiez vous reposer. Et puis, c'est ce cher Valentin qui vous la réclame. Vous ne pouvez tout de même pas la lui refuser.

Rosie aurait voulu crier que si, elle le pouvait et le ferait. Mais elle se refusait à provoquer une scène. Son regard furieux se porta sur lady Marianne, puis sur Valentin.

— Non, bien sûr, conclut-elle.

Valentin l'entraîna au centre de la piste. Rosie espérait une danse rapide, une polka ou une mazurka, peut-être même la nouvelle danse à la mode, le tango, car ainsi elle ne serait pas obligée de lui parler. Mais l'orchestre joua une valse lente et Valentin la prit dans ses bras.

— Tu es sublime, Rosie, dit-il en la dévisageant. Je ne t'ai jamais vue aussi belle.

Elle ne répondit pas, le regard fixé par-dessus son épaule, déterminée à ne pas trahir ses émotions. Ils dansèrent en silence. Rosie avait l'impression de flotter. C'était sa première danse avec Valentin, même si elle en avait souvent rêvé. À présent, il était là… Pourquoi ? Qui l'accompagnait ? Était-il venu avec Sofia ? Pire encore, avec lady Ennis, ou lady Louisa, ou Victoria ? Sa tête commença à lui tourner et elle trébucha. Valentin la serra un peu plus fermement et murmura à son oreille :

— Tu m'as tant manqué, Rosie.

— Un homme marié ne devrait pas parler comme ça.

— Oh ! Rosie, laisse-moi t'expliquer, soupira-t-il.

— Il n'y a rien à expliquer. Tu es parti en Amérique et tu t'es marié. Maintenant, tu as un fils. Cela me semble parfaitement clair.

— Détrompe-toi. Il y a tant de choses que tu ignores.

Rosie le regarda pour la première fois depuis qu'ils avaient commencé à danser.

— Je n'ai pas besoin d'en savoir plus.

Elle s'arrêta soudain, ignorant les regards qui se tournaient vers eux.

— Va danser avec ta femme, Valentin, et laisse-moi tranquille.

— Sofia n'est pas là, répondit-il, la tête basse.

Tant que Rosie ne l'avait pas entendu dire tout haut que Sofia était bien sa femme, elle s'était accrochée à l'espoir infime que tout cela ait été une erreur.

Mais entendre ce prénom dans sa bouche lui fit l'effet d'un coup de poing. Elle tituba et serait tombée s'il ne l'avait pas rattrapée. Elle le repoussa vivement et courut jusqu'à lady Marianne.

— Je dois partir, dit-elle. Je ne me sens pas bien.

— Non, Rosalind, vous ne pouvez pas partir, répondit lady Marianne, l'air sombre. Ce serait très mal vu. Vous devez rester et tenir vos engagements pour les prochaines danses.

— J'en ai rien à fiche que ce soit mal vu ! s'écria Rosie, furieuse. Et je ne m'appelle pas Rosalind.

— Ah non, certainement pas !

Cette voix derrière elle la figea. Lady Ennis.

— Tournez-vous, jeune fille, et expliquez-vous.

Lentement, Rosie fit face à son accusatrice. Lady Ennis était manifestement furieuse, et méprisante. À côté d'elle, Victoria restait bouche bée, et derrière elle, Valentin gardait la tête basse.

— Comment osez-vous vous faire passer pour une jeune fille respectable, sale petite traînée ? Quelle impertinence ! Pour qui vous prenez-vous ?

Victoria, rapidement revenue de sa surprise, vint se placer entre sa mère et son amie.

— Arrêtez, maman. Laissez-la tranquille. Pas besoin de faire une scène.

— Écarte-toi, Victoria. Tout le monde nous regarde. Veux-tu mettre en péril ta réputation en prenant le parti d'une servante plutôt que celui de ta mère ?

Victoria rougit de colère. Elle passa le bras autour des épaules de Rosie.

— Vous n'avez jamais rien compris, maman. Ce n'est pas une domestique, mais mon amie.

Avant que lady Marianne, scandalisée, ait pu intervenir, lady Ennis se tourna vers elle et Mr. Kearney.

— Et vous ! Comment osez-vous, vous et ce... ce *gentleman*, nous humilier de la sorte ! Vous allez faire de nous la risée de tout Dublin ! Faire passer une domestique pour une jeune femme de qualité ? Cela défie toute compréhension. Je suis prête à parier que vous n'avez fait cela que pour m'humilier. Vous avez toujours tout mis en œuvre pour m'embarrasser et maintenant...

Malgré l'orchestre qui continuait de jouer, de nombreux danseurs avaient déserté la piste pour se rassembler autour d'eux, les femmes murmurant et ricanant avec des expressions choquées derrière leurs éventails. La pièce se mit à tanguer autour de Rosie et elle agrippa le dossier de la causeuse pour ne pas s'effondrer. Enfermée. Le souffle court. Fuir. Elle devait fuir. Elle se dégagea de l'étreinte de Victoria et fendit la foule, ignorant les cris derrière elle. Elle descendit l'escalier en chancelant et sortit de l'hôtel. Une fois sur le trottoir, elle s'arrêta, confuse. Où devait-elle aller ?

Une main sur son coude la fit sursauter. Elle fit volte-face, comme un animal prêt à bondir. C'était Valentin.

— Allez, viens, Rosie. Je te raccompagne chez toi.

— Chez moi ? répéta-t-elle en le repoussant. Grâce à toi et à ta famille, je n'ai pas de chez-moi. Je ne peux pas retourner chez lady Marianne après ça.

— Mais il le faut. Où pourrais-tu aller sinon ?

Rosie baissa les yeux sur sa magnifique robe. Elle ne pouvait pas retourner chez Bridie habillée comme ça.

— Mon Dieu, murmura-t-elle.

Valentin héla une calèche et Victoria apparut.

— Laisse, Valentin, je vais avec elle.

Il hésita, les regarda tour à tour.

— C'est mieux ainsi, insista Victoria. Il faut que tu ramènes maman tout de suite. C'est ton devoir.

Il acquiesça et, après un dernier regard à Rosie, tourna les talons.

— Très bien.

Une calèche s'arrêta. Rosie accepta l'aide de Victoria pour y monter, mais l'empêcha de la rejoindre.

— Non, Victoria. Laisse-moi. Pitié.

L'expression de tristesse de son amie faillit la faire changer d'avis. Comment lui faire comprendre que le simple fait de la voir la blessait comme un coup de poignard en plein cœur ? Victoria était peut-être innocente, mais elle n'en restait pas moins une Bell, et de ce fait elle représentait tous les malheurs que Rosie avait endurés à cause de cette famille. Elle ferma la porte de la calèche et regarda droit devant pour ne plus voir sa vieille amie.

14

Rosie s'éveilla en sursaut le lendemain matin. Elle ne s'était même pas complètement déshabillée. Sa robe, si belle la veille, gisait en tas par terre et elle portait toujours son jupon. Le souvenir des événements de la veille commença à filtrer dans sa conscience, mais une grande part restait brumeuse. En particulier sa conversation avec Valentin. Elle se rappelait la colère de lady Ennis, mais pas exactement les paroles qui avaient été prononcées. Comment était-elle rentrée à Fitzwilliam Square ? Ah oui, Valentin avait appelé une calèche.

Elle se rallongea. Il n'y avait pas un bruit dans la maison, ni dans la rue dehors. Elle devait réfléchir. La première chose à faire était d'enfiler ses anciens vêtements et d'emballer les quelques affaires qu'elle avait emportées. Le reste – toutes les robes et tous les bijoux que lady Marianne lui avait offerts – demeurerait là. Ils ne lui appartenaient pas. Rien de tout cela n'avait été à elle. Une fois de plus, on lui avait fait une promesse de bonheur pour la lui arracher à la dernière minute.

Elle s'autorisa à s'apitoyer sur son sort quelques instants. Lady Marianne s'était montrée bien cruelle en l'impliquant dans une telle comédie. Savait-elle dès le début que lady Ennis, Valentin et Victoria assisteraient au bal ? Non, ce n'était pas possible – le triomphe suprême de lady Marianne consistait à lui dénicher un mari. Néanmoins, il fallait bien trouver quelqu'un contre qui diriger sa colère. Rosie savait pourtant que la personne qui lui inspirait le plus de colère n'était autre qu'elle-même.

Elle commençait à s'assoupir quand on frappa à la porte.

— *Mademoiselle ?* appela Céline.
— Allez-vous-en.
— Mais, *Mademoiselle*, on vous demande en bas.
— Non, dites-leur que je ne me sens pas bien.
— D'accord.

Rosie se leva d'un bond. Elle n'avait pas la force de faire face à qui que ce soit. Elle emprunterait l'escalier de service et sortirait par le jardin à l'arrière de la maison. Vite, elle enfila ses vieux vêtements et jeta ses affaires dans un sac. Elle préférait ne pas penser au logement de Bridie à Foley Court, mais c'était bel et bien la seule solution. Une fois prête, elle alla ouvrir la porte de sa chambre sur la pointe des pieds et tomba nez à nez avec Victoria.

— Rosie ?

Elle tenta de l'écarter de son chemin.

— Il faut que j'y aille avant que quelqu'un me voie.
— S'il te plaît, Rosie, la supplia Victoria en l'attrapant par le bras. S'il te plaît, parle-moi. Ensuite, si tu veux t'enfuir, je t'aiderai. Mais s'il te plaît, parle-moi avant.

La jeune femme semblait sincère. Après tout, quel mal y avait-il à lui parler maintenant ? Cela ne changerait rien. Rosie haussa les épaules et fit demi-tour.

Elle laissa tomber son sac par terre et s'assit sur son lit. Victoria ferma la porte sans bruit et tourna le verrou. Elle prit une chaise et s'installa en face de son amie.

— Rosie, je suis vraiment désolée…
— Tu n'as aucune raison de t'excuser, l'interrompit celle-ci. Ce n'est pas toi qui m'as ridiculisée. Je l'ai fait toute seule.
— Non, c'était tante Marianne et maman et…
— Oui, et Valentin.
— Oui, c'était nous tous, je suppose, soupira Victoria. Mais ce n'était pas prévu, Rosie, vraiment pas. Maman et moi n'avions aucune idée de tout cela, nous ne savions pas que tu serais au bal. Quand tu dansais avec Valentin, nous ne t'avons même pas reconnue. Nous pensions que tu étais une de ses amies de Dublin. Une très belle amie, d'ailleurs.

Victoria se pencha pour ramasser la robe de bal de Rosie, toute froissée.

— Elle est si belle ! Elle t'allait tellement bien. Pourquoi l'as-tu laissée par terre ?

Rosie haussa les épaules et ne dit rien. Victoria plaça précautionneusement la robe sur ses genoux pour la lisser du plat de la main.

— Comme je le disais, nous ignorions tous les trois que tu serais au bal. C'était l'idée de maman de venir à Dublin et de reprendre la maison de Merrion Square. C'était le premier signe de vie qu'elle montrait depuis la mort de Thomas et je ne voulais pas la décevoir. Valentin a proposé de nous accompagner.

En prononçant le prénom de son frère, Victoria eut l'air troublée.

— C'est drôle, il semblait vraiment content de nous accompagner et de quitter Ennismore. Je ne comprends pas cet empressement à laisser sa femme et son enfant pour jouer les escortes. Avant, il fallait le traîner pour qu'il accepte.

— Comment vont Sofia et le bébé ? demanda Rosie, cédant à sa curiosité.

— Quoi ? Oh, je crois qu'ils vont bien. En réalité, Sofia n'est plus la jeune fille joyeuse que nous avions rencontrée. Elle semble éteinte, mais n'a pas l'air malheureuse. Et bébé Julian est adorable. Il a charmé tout le monde dans la maison avec ses éclats de rire.

Elles restèrent silencieuses un petit moment.

— Rosie, pourquoi nous as-tu fuis ? demanda soudain Victoria.

— Je n'ai pas fui, répondit Rosie en se raidissant. Je suis venue voir ma sœur. Je m'inquiétais pour elle. Toute ma famille était inquiète.

— Mais tu aurais pu nous prévenir, nous dire où tu allais. Nous nous sommes fait tant de souci pour toi.

— J'en doute fort.

— Mais si, je t'assure, et Valentin aussi. Et le personnel nous demandait sans cesse si nous avions de tes nouvelles.

— Oui, je ne doute pas que Sadie Canavan cherche encore des rumeurs à répandre.

— J'ai fini par aller voir tes parents. Ta pauvre mère était bouleversée. Apparemment, tu ne lui as rien expliqué non plus. Elle a parlé d'un simple petit mot qui annonçait ton départ pour Dublin, pour voir Bridie, mais elle n'a reçu aucune nouvelle depuis.

Pauvre maman. Rosie se sentait tellement coupable.

— Rosie, que t'avons-nous fait ? Si tu avais expliqué ce qui n'allait pas, nous aurions pu essayer d'arranger les choses. Tu n'avais pas besoin de t'enfuir.

— Personne n'aurait rien pu arranger ! s'écria Rosie. Immédiatement, elle regretta ses paroles, mais poursuivit, en espérant que Victoria ne relèverait pas.

— Et je t'ai dit que je ne me suis pas enfuie. Je sentais que Bridie avait des ennuis et j'avais raison, c'est le cas. Elle vit dans la misère ici, avec un mari ivrogne et un bébé malade. J'ai essayé de chercher du travail pour l'aider, mais je n'ai rien trouvé. Alors, quand ta tante a proposé de m'aider, j'ai sauté sur l'occasion. J'avais l'impression de ne pas avoir le choix.

— C'est terrible, Rosie, murmura Victoria. Pauvre Bridie. Ne pouvais-tu pas la ramener chez toi avec son bébé ?

— Non, la pauvre ne supporterait pas cette honte. De plus, sa brute ivrogne de mari ne la laisserait pas partir.

Victoria se renversa sur sa chaise.

— Valentin et moi espérions te voir à Dublin. Il est même allé demander l'adresse de Bridie à ta mère.

— Mon Dieu ! s'exclama Rosie, choquée. Il n'est quand même pas allé là-bas ?

— Pas encore, nous sommes arrivés il y a quelques jours seulement. Mais je sais qu'il en avait l'intention. Et puis tu étais là, au bal de l'hôtel Métropole. Je suis sûre qu'il était ravi de te voir. Vous étiez si bons amis, lui et toi. Il est en bas, ajouta Victoria d'une voix hésitante. Tu ne veux pas le voir ?

Rosie secoua vivement la tête.

— Non !

Elles retombèrent dans le silence. Des voix leur parvinrent du rez-de-chaussée.

— Il faut que j'y aille, annonça Rosie en se levant.

— Pitié, Rosie, pitié. Rentre avec moi à Ennismore. Il n'y a rien pour toi ici, tu as dit toi-même que tu ne pouvais pas aider ta sœur et qu'il n'y avait pas de travail. Tu n'as nulle part où aller. Reviens avec moi à la maison, là où il y a des gens qui t'aiment.

Rosie ravala ses larmes. Le mot « maison » l'avait émue. Elle savait que Victoria pensait sincèrement tout ce qu'elle venait de dire. Chère Victoria.

— Non, je ne peux pas. Je ne peux pas les affronter.

— Alors viens pour moi, insista Victoria. Tu n'imagines pas à quel point je me sens seule. Je n'ai personne à qui parler, personne à qui me confier. Sofia est occupée avec le bébé, et tu sais très bien qu'il est impossible de parler à maman ou tante Louisa. Et puis, Valentin a changé. Avant, on riait ensemble, mais ça fait des lustres que je ne l'ai pas vu sourire.

Soudain, Rosie fut prise de colère et elle s'écarta vivement.

— Revenir juste pour te tenir compagnie ? s'exclamat-elle avec un rire amer. Rien ne change jamais, hein ? C'est ce que tu as toujours voulu de moi. Et quand tu es partie à Dublin et que tu as rencontré de nouveaux amis, tu m'as abandonnée. Maintenant que tu es coincée à Ennismore, que tu t'ennuies et que tu te sens seule, tu penses que tu peux claquer des doigts et me faire revenir en courant. Alors, non ! Je ne le ferai pas ! Je ne te laisserai plus m'utiliser !

Victoria baissa la tête.

— Tu as raison, Rosie. Je me suis servie de toi. Je suppose qu'on l'a tous fait.

— Ça n'a plus d'importance de toute façon, répondit Rosie en haussant les épaules. Je dois y aller.

Victoria acquiesça, les yeux pleins de larmes.

— Je vais les distraire pour que tu puisses descendre sans être vue. Au revoir, Rosie.

Sur ces mots, Victoria quitta la chambre. Rosie attendit de l'entendre entrer dans le salon et puis, sur la pointe des pieds, elle descendit l'escalier et sortit par la petite grille du jardin à l'arrière de la maison. Elle quitta Fitzwilliam Square sans un regard en arrière.

Pendant que Rosie et Victoria parlaient à l'étage, lady Ennis faisait les cent pas dans le salon de lady Marianne. Ni Valentin ni Victoria n'avaient réussi à la dissuader de venir à Fitzwilliam Square pour affronter de nouveau sa belle-sœur.

« Vous avez dit tout ce qu'il y avait à dire hier soir, maman, avait souligné Valentin. S'il vous plaît, n'empirez pas la situation.

— Il a raison, maman, avait insisté Victoria. Vous en avez assez fait. »

Mais lady Ennis ne décolérait pas. Comment ses enfants osaient-ils se retourner contre elle de cette façon ?

« Cette paysanne a une emprise sur vous que je ne comprends pas. Si j'étais assez bête pour croire à toutes les sottises que les Irlandais natifs racontent à longueur de journée, je parierais qu'elle vous a jeté un sort. Je ne vois que cela pour détourner des enfants de leur propre famille et de leur classe !

— Maman, vous exagérez, avait protesté Victoria. Mais si c'est le cas, c'est à cause de la manière horrible dont vous l'avez traitée. »

Les traits durs, lady Ennis s'était refusée à argumenter plus longtemps. Elle avait envoyé Valentin chercher la calèche.

En route pour Fitzwilliam Square, elle s'était délectée à l'idée de déverser enfin sa colère sur cette belle-sœur qui avait multiplié les humiliations, les petits affronts, les critiques mesquines et voilées. Jusqu'ici, elle s'était retenue pour préserver l'harmonie, et pour éviter d'énerver Edward, qui pouvait être irascible. Si elle était honnête, elle aurait admis que la véritable cause de son exaspération, plus que de voir une servante usurper une position supérieure, était le fait que lady Marianne ait tout orchestré. Mais, ce faisant, sa belle-sœur lui avait enfin donné l'occasion parfaite de répandre tout le venin accumulé au cours de ses années de mariage.

Lorsqu'ils arrivèrent, Victoria fila à l'étage et Valentin se laissa tomber dans un fauteuil en boudant. Lady Ennis avait décliné la proposition de lady Marianne de s'asseoir et prendre le thé. Elle était prête à se battre et ne voulait pas perdre son élan. Elle ne remarqua pas que lady Marianne arborait la même expression qu'elle.

— Comme je l'ai dit hier soir, Marianne, je suis furieuse que vous ayez concocté une telle ruse. Vous avez irrévocablement terni votre réputation et compromis également celle de la famille Bell.

— Vous voulez dire que j'ai terni *votre* réputation, espèce de sale snob !

L'explosion de colère surprit lady Ennis. De quel droit cette femme lui parlait-elle ainsi ? Du regard, elle chercha un allié, mais son fils restait prostré dans le silence tandis que l'insupportable Mr. Kearney riait à gorge déployée. Ah non, ça n'allait pas se passer comme ça !

— Je vais choisir d'ignorer cette remarque, Marianne. Il n'y a pas d'excuse pour ce que vous avez fait à cette famille. Et votre but ne pouvait être que de m'humilier.

Je suis certaine que ce n'était pas pour aider cette fille. Vous ne la connaissiez même pas.

— Non, je ne la connaissais pas, mais elle avait quelque chose. Ce sont peut-être sa sincérité et son absence totale de duplicité qui m'ont attirée chez elle. J'ai tout de suite mesuré son potentiel, mais avec sa modestie, elle-même ne s'en était jamais rendu compte, répondit lady Marianne avec un soupir. Toutefois, je doute que vous puissiez comprendre l'envie d'aider quelqu'un de moins chanceux.

— Ne changez pas de sujet ! Si ce n'était pas votre idée de m'humilier, alors elle a dû venir de cet odieux petit bonhomme qui vous suit à la trace comme un caniche.

Lady Ennis toisait Mr. Kearney qui, au lieu de se cacher dans un coin ou de se fâcher, se leva et lui fit la révérence en agitant son mouchoir de soie coloré.

Elle prit une profonde inspiration. Son visage s'empourprait, des gouttes de sueur coulaient le long de sa nuque. Les choses ne se passaient pas comme prévu. Si seulement Edward ou Louisa étaient là pour la soutenir. Mais en y pensant, elle comprit qu'aucun des deux ne se serait rangé de son côté. Tous des mauviettes. Sa colère était sur le point d'exploser. Tout était la faute de cette paysanne. Elle avait causé le malheur de la famille depuis son arrivée à Ennismore.

— Où est cette petite traînée ?

Valentin se leva d'un bond et se précipita vers la porte.

— Je ne peux pas rester assis là à écouter ça. Je sors faire un tour.

— Elle est en haut, répondit lady Marianne en s'asseyant à côté de Mr. Kearney. Et dès que vous partirez, j'ai l'intention de monter m'excuser.

Lady Ennis se sentit faiblir, comme si tout l'air avait soudain déserté ses poumons. Elle agrippa une console et s'assit. Qu'est-ce qui n'allait pas chez eux ? S'excuser ? Auprès d'une servante ? Le monde marchait sur la tête.

Lady Marianne poursuivait, comme pour elle-même.

— Au début, c'est vrai, cette idée était une sorte de plaisanterie. Je trouvais amusant de berner ces vieilles guindées de la bonne société dublinoise. Et Rosalind – Rosie – était parfaite pour le rôle. Belle, bien élevée, avec des manières impeccables : n'importe qui l'aurait prise pour une lady.

Lady Ennis renifla avec mépris.

— Grâce à l'éducation que cette ingrate a reçue à Ennismore ! Elle a refusé de devenir la femme de chambre de Victoria, puis elle s'est enfuie parce que la vie de domestique ne lui convenait pas.

Lady Marianne l'ignora.

— Comme je l'ai dit, le coup était facile avec une fille comme elle, et nous étions vraiment bien parties avant que vous n'interveniez, Thea. Tant de jeunes hommes semblaient intéressés, dit-elle en prenant la main de Mr. Kearney. Mais ce que nous n'avions pas envisagé, malgré nos bonnes intentions, c'était l'injustice que nous faisions subir à Rosie.

— Elle se serait fait prendre, un jour ou l'autre, ajouta-t-il.

— Oui, reprit lady Marianne, mais j'espérais que son prétendant serait déjà assez amoureux pour faire fi de sa position réelle. Oui, Thea, j'ai agi inconsidérément, mais il n'est pas question de votre réputation ou de la mienne ! Je me fiche bien de ce que ces femmes peuvent penser de moi. Non, ce que j'ai fait a dévasté une jeune femme innocente qui m'avait accordé sa confiance. Je suis déterminée à me faire pardonner par tous les moyens possibles. D'ailleurs, si vous voulez bien m'excuser, Thea, je vais monter lui parler.

Elle se leva, mais Victoria entra dans le salon au même moment.

— Trop tard, tante Marianne. Rosie est partie.
— *Quel dommage* !* soupira lady Marianne.

Lady Ennis décida qu'elle en avait assez entendu.

— Victoria, ton frère nous a grossièrement abandonnées. Va prévenir le cocher qu'il avance la calèche. Nous rentrons à Merrion Square. Et dis à Fox de faire nos valises. Nous allons repartir immédiatement pour Ennismore. J'ai eu assez de Dublin. Bonne journée, Marianne.

15

Elle le vit dès qu'elle tourna le coin de la rue menant à Foley Court. Il était assis sur les marches du numéro 6, appuyé contre la rambarde, tournant le dos aux femmes en haillons qui s'étaient installées à côté de lui. Elle imaginait sans peine les remarques vulgaires qu'elles devaient faire à son sujet. Quelques heures auparavant, elle aurait ri devant son évident malaise, persuadée qu'il méritait amplement de souffrir. Mais à présent que sa colère était retombée, elle avait pitié. Il endurait cette humiliation parce qu'il désirait la voir, le moins qu'elle pouvait faire était de venir à son secours. Prenant son courage à deux mains, elle gravit donc les marches et, ignorant les moqueries des voisines de Bridie, le prit par le bras et l'aida à se lever.

— Tu n'as rien à faire ici.

— Je suis venu pour te voir, Rosie. Je t'aurais attendue toute la journée s'il l'avait fallu.

— Ton attente est terminée, tu peux t'en réjouir. Allez, viens, avant qu'elles te mangent tout cru, ajouta-t-elle en ignorant les gestes déplacés des femmes. Allons boire une tasse de thé.

Valentin prit son sac et redescendit les marches avec elle pour prendre la direction de Sackville Street. Ils devaient former un drôle de couple, pensa Rosie, marchant bras dessus, bras dessous – lui, un gentleman à l'évidence, elle, une servante ou une marchande, au mieux. Ce n'étaient pas seulement leurs tenues qui trahissaient leur différence de classe, le costume gris taillé sur mesure, la chemise blanche amidonnée et la cravate en soie à côté de sa jupe en laine élimée et sa veste en tweed – mais plutôt leur allure. Valentin se tenait très droit, avec l'assurance de l'aristocratie, tandis que Rosie marchait tête baissée. Un peu de sa colère remonta à la surface. Elle releva la tête et le menton, défiant silencieusement quiconque la regardait.

Ils allèrent au café où Rosie avait passé tant de matinées à parcourir les offres d'emploi. Elle était contente d'échapper au vacarme de la circulation et à l'humidité de cet après-midi de juillet, mais l'intérieur ne ressemblait pas vraiment à un refuge. La chaleur des bouilloires fumantes et des fours était pire encore que la rue. Elle rêvait d'ôter sa veste, mais savait que ce serait mal vu. Envieuse, elle voyait les autres jeunes femmes s'éventer, les manches de leurs chemisiers retournées et les cols déboutonnés. Valentin commanda du thé à la serveuse qui regardait Rosie d'un air méfiant.

Ils restèrent là, dans un silence seulement ponctué par les voix des autres clients et la clochette de la porte qui s'ouvrait et se refermait. Rosie se sentait rougir sous son regard insistant. La colère, qu'elle aurait forcément ressentie s'il n'avait pas été assis face à elle, avec ses yeux bleus rivés sur son visage, lui aurait été bien utile à cet instant. *Ne baisse pas la garde*, se dit-elle. *Ne le laisse pas te faire du mal*. Elle ne le supporterait pas. Elle devait être forte.

— Que veux-tu, Valentin ? Nous n'avons plus rien à nous dire.

Il voulut lui prendre la main, mais elle le repoussa.

— Je veux que tu me pardonnes.

— Je n'ai rien à te pardonner. Tu m'as demandé de ne pas t'attendre, Valentin. Tu étais très clair.

La serveuse posa doucement une tasse de thé devant Valentin, puis une autre devant Rosie, avec tant de brusquerie que le liquide déborda dans la soucoupe. Rosie ignora cet affront et poursuivit.

— C'est moi qui ne t'ai pas cru. C'est moi qui ai continué à espérer que tu me reviennes.

Elle en avait révélé plus qu'elle ne le souhaitait, mais tant pis. Cela n'avait plus aucune importance. Elle prit sa tasse d'une main tremblante, renversant encore plus de thé dans la soucoupe, mais Valentin ne bougea pas.

— Je t'aimais vraiment, Rosie. Je t'aime toujours.

Elle aurait voulu lui dire qu'elle l'aimait aussi, qu'elle n'aimerait jamais personne d'autre, mais les mots refusaient de sortir de sa bouche. Elle avait été suffisamment humiliée. Sa vieille amie la colère vint à sa rescousse. Elle repoussa sa tasse et se leva.

— Arrête ! s'écria-t-elle, au mépris des curieux. Que veux-tu, au juste ? Avoir une maîtresse comme les autres de ton milieu ? Eh bien, je refuse. Si tu m'aimais comme tu le dis, tu ne me demanderais pas de m'abaisser ainsi.

Valentin tendit les mains vers elle, suppliant.

— Tu te trompes, Róisín Dove. Je te dis seulement ce que mon cœur ressent. Dieu sait que je n'y peux rien.

— Et ta femme ? Et Sofia ? L'aimes-tu ?

— Oui, bien sûr, répondit-il, tête baissée. Sofia est ma femme. Mais ce n'est pas pareil.

— Me prends-tu pour une idiote ? s'écria Rosie, incrédule. Me dire que tu aimes deux femmes en même temps…

— Mais c'est le cas, murmura-t-il.

Rosie se leva, exaspérée. Elle tenta de parler fermement, malgré le tremblement dans sa voix :

— Tu as fait ton choix, c'est tout. Quelles que soient tes raisons, je ne veux pas les connaître. Si ce n'avait pas été elle, tu aurais pris une autre aristocrate. Tu as décidé de remplir ton devoir et d'épouser une femme riche après la mort de Thomas. J'ai beaucoup appris depuis mon arrivée à Dublin, et je comprends mieux les choses maintenant. Tu ne m'aurais jamais épousée, aucun des hommes du bal ne m'aurait épousée non plus, pas en sachant qui je suis vraiment.

Exprimer cette réalité à haute voix l'avait épuisée. Elle se rassit.

— Je sais bien que tu penses sincèrement m'aimer, Valentin, murmura-t-elle. Mais ces sentiments ne m'apportent rien.

Il leva vers elle des yeux remplis de larmes.

— Je suis désolé.

Elle ravala la pitié qui enflait dans son cœur. Ce n'était pas envers lui qu'elle devait compatir, mais envers elle-même.

— Je ne te hais pas, Valentin. Je ne te haïrai jamais. Mais si tu m'aimes vraiment, tu dois renoncer à moi.

Elle se releva et attrapa son sac.

— Ne me suis pas.

— Un jour, je t'expliquerai tout…

Elle lui posa un doigt sur les lèvres.

— Au revoir, Valentin. Prends soin de toi.

Elle tourna les talons et se dirigea vers la porte. Tout le monde la suivait des yeux mais elle ne sentait que ceux de Valentin dans son dos. Elle redressa les épaules, ouvrit la porte et sortit dans la rue, déterminée.

En marchant, Rosie tentait de repousser l'idée que Bridie pourrait ne pas se réjouir de son retour. Un an s'était écoulé depuis qu'elle avait quitté Foley Court et elle n'avait pas tenu sa promesse de lui rendre visite. Limitée dans ses déplacements, au désespoir, elle avait demandé à Céline de lui transmettre quelques petits mots, mais n'avait jamais reçu de réponse. Elle craignait que sa sœur ait perdu confiance en elle. Elle imaginait Bridie avec la petite Kate dans cette misérable chambre à Foley Court, à se demander comment elle avait pu un jour croire aux promesses de Rosie.

Quand Bridie ouvrit la porte, elle la toisa.

— Alors, t'en as eu marre de vivre chez les riches ? Ils t'ont jetée dehors ou est-ce que le luxe de Foley Court te manquait ?

Rosie ignora le sarcasme. Elle ne pouvait franchement pas lui en vouloir. Elle l'avait laissée tomber et n'avait même pas d'argent à lui donner. Au lieu de cela, elle venait réclamer la charité.

— Il paraît que tu avais un visiteur qui t'attendait en bas, dit Bridie, rouge d'indignation. Apparemment, il était pas venu pour te sauver. Remarque, quand il a vu de quel milieu tu venais, il a dû repartir en courant.

Ces paroles acerbes touchèrent Rosie en plein cœur, mais elle ne releva pas. Sa sœur ne disait rien d'autre que la vérité.

L'accueil de Micko s'avéra plus amer encore.

— Mais regardez un peu qui c'est qui revient ? Miss Je-suis-mieux-que-vous. Oh, j'ai des amis haut placés, qu'elle disait. Tu verras, en un rien de temps ils vont me trouver une situation et je reviendrai avec des sacs d'or, qu'elle disait... Tire-toi de là et reviens pas nous emmerder.

Là-dessus, il cracha aux pieds de Rosie.

Micko avait raison. Rosie n'avait rien à faire là. Elle ne savait pas où aller, mais elle savait qu'elle n'était plus la bienvenue ici. Comme elle tournait les talons, Bridie lui lança :

— Tu peux rester un peu, jusqu'à ce que tu trouves autre chose. Je ne veux pas te voir à la rue.

— Moi, ça me dérangerait pas, renchérit Micko en crachant de nouveau.

Ignorant ses remarques, Rosie se décida à entrer dans la chambre sordide et posa son sac. L'odeur fétide de la pauvreté emplissait ses narines, lui donnant la nausée. Lorsqu'elle vit la petite Kate qui gisait mollement sur une paillasse sale posée à même le sol, Rosie eut envie de hurler. La situation avait-elle toujours été aussi dramatique, ou cette année passée dans la maison propre et confortable de lady Marianne avait-elle effacé cette horrible réalité de sa mémoire ? Elle tentait de cacher l'horreur qu'elle ressentait. Allait-elle pouvoir endurer cela ?

Les jours suivants, Rosie reprit ses vieilles habitudes : partir tôt le matin, passer la journée à chercher un emploi, rentrer le soir, bredouille et fatiguée. Elle était prête à accepter n'importe quel travail, même bonne à tout faire, mais il n'y avait aucune annonce pour ce genre de poste. Les gens qui cherchaient un travail à Dublin étaient de plus en plus inquiets, même désespérés.

Une certaine tension imprégnait la ville. On parlait de troubles et de possibles grèves. Les journaux en étaient remplis. James Larkin, le leader du principal syndicat, était à Dublin pour réunir les travailleurs non qualifiés. Beaucoup d'employeurs pensaient que Larkin essayait de provoquer une révolution sociale, en appelant ceux-ci à rejoindre son syndicat pour lancer une grève générale et revendiquer de meilleurs salaires et conditions de travail. Beaucoup ordonnèrent donc à leurs employés de ne pas se syndiquer et renvoyèrent ceux qui l'avaient déjà fait.

La poudrière finit par exploser à la fin août 1913. Pour protester contre l'interdiction des syndicats, les conducteurs de tramway arrêtèrent leurs véhicules en plein milieu de Sackville Street et abandonnèrent leur poste. Ils furent suivis par des milliers de travailleurs dans tout Dublin, hommes et femmes qui déclarèrent la grève, dont Micko.

— Mais nous avons déjà si peu à manger, sanglota Bridie. Comment allons-nous survivre sans ton salaire ?

— Je ne casserai pas le piquet de grève. Je vais rester aux côtés de mes camarades, les hommes d'Irlande, déclara Micko. Je préfère mourir de faim plutôt que briser la grève.

— Et laisser ta femme et ta fille mourir de faim avec toi ?

Micko ne répondit pas.

— Ah ! Rosie, qu'allons-nous faire ? demanda Bridie, désespérée.

Rosie non plus n'avait pas de réponse à donner à sa sœur. Elle pensa à toutes les autres conversations du même acabit qui devaient se tenir dans tous les quartiers pauvres de la ville. Les travailleurs, qui n'avaient déjà pas grand-chose, étaient forcés de choisir entre la possibilité de nourrir leur famille et la grève qui, peut-être, leur apporterait de meilleures conditions de travail et de vie. Ils risquaient aussi de perdre le peu qu'ils avaient et, pour la première fois, Rosie eut de la compassion pour Micko.

Dans sa propre conscience, c'était aussi la lutte permanente. Elle pourrait sûrement trouver du travail en traversant les piquets de grève. Ceux qui s'y risquaient étaient souvent attaqués par les grévistes, mais ce n'était pas cela qui la faisait hésiter. Elle était plutôt arrêtée par un sentiment inconnu qui montait en elle et finit par ne plus la quitter. Pour la première fois, elle voyait clairement comment les pauvres comme elle étaient traités en Irlande.

À l'apogée de ce qu'on appelait le *lockout*, plus de vingt mille hommes et femmes étaient en grève. Des émeutes éclataient. Il y avait des blessés et des morts. La pauvreté terrible devint mortelle. Le peu d'argent que les syndicats versaient aux grévistes s'avérait extrêmement insuffisant. Les Dublinois affamés envahissaient les docks et se battaient pour les colis de nourriture envoyés par les syndicats anglais.

En fin de compte, Rosie comprit que la nourriture était plus importante que les principes. Un matin, elle se rendit à la boulangerie Boland's, où Micko avait travaillé, et traversa la ligne des manifestants, ignorant leurs moqueries et leurs injures. Elle se présenta et demanda à travailler. Elle avait pris garde d'arriver très tôt, avant Micko, pour qu'il ne la voie pas. On lui proposa de rejoindre l'équipe de nuit.

Alors qu'à Dublin les tensions avaient explosé, à Ennismore, elles restaient sourdes, confinées sous un vernis feutré de raffinement poli. Un visiteur n'aurait rien détecté d'inhabituel : les hôtes étaient plaisants, les domestiques efficaces, l'ordre et les conventions étaient parfaitement respectés. Mais pour ceux qui vivaient sous ce toit, le parfum amer d'un avenir malheureux était bien présent.

Il enveloppait Victoria comme une couverture lourde et humide. Depuis son retour de Dublin, quelque chose n'allait pas. L'impression qu'elle avait eue avant le départ de Rosie, de ne pas être elle-même, revint de plus belle. L'image du visage affolée de son amie, quand lady Ennis l'avait découverte au bal, la hantait sans cesse. Sa mère s'était montrée si cruelle... Et comment Tante Marianne avait-elle pu ne pas voir que ses bonnes intentions pouvaient détruire Rosie ? Pour la première fois de sa vie, Victoria avait honte de sa famille et de sa classe. Pour elle, le rituel de la saison appartenait désormais au passé. Jamais elle ne pourrait retourner aux grands bals, aux goûters et aux voyages sur le continent sans penser à la cruauté sous-jacente qui les accompagnait.

Lady Ennis n'avait pas décoléré, à la fois contre Rosie et contre lady Marianne.

— Si je ne l'avais pas vu de mes yeux, je ne l'aurais pas cru, déclara-t-elle pendant le dîner, un soir de la fin août, sans se soucier de radoter.

La famille Bell était attablée dans la salle à manger où, malgré la température extérieure, le froid régnait. Un froid qui n'avait rien à voir avec les troubles agitant

Dublin. Victoria picorait sans appétit, tandis que lady Louisa bouillonnait en écoutant les critiques voilées que lui adressait sa sœur. Valentin lançait des regards noirs à sa mère, mais ne disait rien.

— Tout cela n'a pu arriver qu'à cause de votre décision de laisser cette fille étudier avec Victoria, Edward. Et Louisa ne lui a pas suffisamment rappelé sa place. Je suis sûre qu'elle pensait bien faire, mais…

Lady Ennis ne termina pas sa phrase.

Lord Ennis restait silencieux. Toute son attention était concentrée sur le poisson dressé sur un plat devant lui. Il ne posait sa fourchette que pour vider son verre de vin et faire signe qu'on le remplisse de nouveau. Sa nouvelle belle-fille avait refusé le plat principal et laissait refroidir son consommé.

— C'est tout ce que vous mangez, Sofia ? demanda Valentin. Il vous faut plus pour reprendre des forces après le bébé. J'espère que vous ne vous inquiétez pas pour votre silhouette.

Sofia lança à son mari un regard plein de dédain.

— Je mange ce que je veux, je vous remercie, Valentin. Et ma silhouette est mon affaire.

Valentin soupira et tourna la tête pour se concentrer sur la fenêtre.

— Le poisson est avarié, Burke, nota lady Ennis. Il sent mauvais !

Le majordome se précipita.

— Toutes mes excuses, Madame, mais on m'a assuré qu'il avait été pêché ce matin. De la première fraîcheur. C'est peut-être une épice dans la sauce blanche qui ne vous plaît pas. Mais je vous en apporte un autre immédiatement.

Lady Ennis fit un geste impatient.

— Non, non, Burke. Apportez le dessert.

— Le poisson est très bon, Thea, dit lord Ennis. Vous cherchez simplement une raison de vous plaindre, maintenant que vous avez fini de me réprimander.

Lady Ennis se raidit visiblement.

— Et pourquoi ne devrais-je pas vous réprimander, Edward ? Après tout, c'est votre sœur qui a causé ce scandale.

Victoria ne pouvait plus se retenir.

— Maman, je pense que vous exagérez. Personnellement, j'ai de la peine pour Rosie. Elle ne mérite pas ce que tante Marianne lui a fait subir, et vous n'avez fait qu'empirer les choses en faisant un esclandre.

— Je suis d'accord avec Victoria, renchérit Valentin. Vous avez attiré l'attention plus qu'il n'était nécessaire. Pourquoi n'avez-vous pas attendu que la soirée soit terminée avant de faire face à tante Marianne ? Au lieu de cela, vous avez humilié cette pauvre Rosie devant tout le monde au bal. Pas étonnant qu'elle se soit enfuie.

— Bon débarras, marmonna lady Louisa.

— Et votre sœur n'a pas fini de nous embarrasser, Edward, poursuivit lady Ennis. Elle dit qu'elle se sent coupable de ce qui s'est passé et a juré d'aider cette fille. Vous imaginez ? Se sentir coupable pour une domestique ? C'est incompréhensible.

— Rosie avait tout d'une lady, vous devez bien l'admettre, maman. Le plan de tante Marianne aurait très bien pu marcher si vous n'étiez pas intervenue, dit Victoria.

— Cela n'aurait marché que jusqu'à ce que son prétendant découvre qu'elle n'était qu'une paysanne, répondit lady Ennis avec mépris. Aucun gentleman ne l'aurait épousée.

Valentin rougit et baissa la tête.

Dans le silence qui s'installa, les petits bruits semblaient amplifiés : le frottement de l'argenterie sur la porcelaine, le souffle de l'éventail de lady Louisa, le bruit de ferraille du monte-plats descendant à la cuisine, et, dehors, les sabots des chevaux qui rentraient à l'écurie. Une brise soudaine souffla toutes les bougies, laissant flotter une odeur de cire chaude.

Sofia se leva brusquement.

— Excusez-moi, je crois entendre Julian pleurer.

— Je n'ai rien entendu, dit Valentin.

Sofia lui lança un long regard entendu.

— Non, Valentin, je suis sûre que vous ne l'avez pas entendu. Vous semblez être ailleurs.

Il ouvrit la bouche pour répondre, mais se ravisa.

— Valentin, veux-tu te joindre à moi dans la bibliothèque ? proposa lord Ennis.

Comme les hommes quittaient la salle à manger, lady Louisa déclara qu'elle avait la migraine et montait s'allonger. Victoria saisit sa chance. Elle ne voulait surtout pas se retrouver seule avec sa mère et ses lamentations.

— J'ai besoin de prendre l'air, maman. Je crois que je vais aller me promener dans le jardin. Il fait si bon, ce soir…

Lady Ennis haussa les épaules et se leva très dignement.

— Je serai dans le salon si quelqu'un souhaite se joindre à moi. Burke, apportez-moi du thé.

Dans la bibliothèque, lord Ennis versa deux verres de brandy et en tendit un à Valentin.

— Cette fichue situation à Dublin est en train de déraper. Vingt mille travailleurs ont quitté leur poste et maintenant, ils quémandent de la nourriture sur les docks. Ce socialiste, Larkin, devrait être pendu !

— Vous devriez voir dans quelles conditions ces gens vivent, papa. C'est inconcevable. Je suis allé dans le quartier où Rosie habite avec sa sœur. Vous n'imaginez pas la saleté et la misère. Cet immeuble semblait sur le point de s'écrouler.

— L'avez-vous trouvée ?

Valentin sursauta au son de la voix de Sofia et se retourna vivement.

— Je suis juste venue chercher un livre, dit-elle sèchement. Vous pouvez reprendre votre conversation.

Il attendit qu'elle soit partie pour reprendre, comme s'il se parlait à lui-même.

— Oui, je l'ai trouvée. Nous avons parlé. Je doute de la revoir un jour. Et je suis certain qu'elle ne le souhaite pas !

Lord Ennis observait son fils avec curiosité.

— Est-ce que tout va bien, Valentin ? Je ne veux pas être indiscret, mais j'ai l'impression que Sofia est malheureuse ces derniers temps. Au début, je pensais que New York devait lui manquer, mais je me demande s'il n'y a pas autre chose.

Valentin haussa les épaules.

— Je pense qu'elle est juste un peu fatiguée et irritable à la suite de l'accouchement, papa. J'ai cru comprendre que beaucoup de femmes souffraient ainsi. Cela lui passera.

— Tout à fait, mon cher fils. Ta mère, si je me souviens bien, était toujours indisposée après vos naissances respectives, répondit son père en ricanant.

Quoique cela n'explique en rien sa mauvaise humeur actuelle !

— Non mais regardez-moi toute cette nourriture qui nous revient ! Et moi qui me suis donné tant de mal pour leur cuisiner un dîner décent ! Foutus ingrats ! s'exclama Mrs. O'Leary en s'essuyant le front avec un torchon.

— Ça suffit, Mrs. O'Leary, la reprit Mr. Burke. Je comprends votre déception, mais on ne parle pas comme ça de ses supérieurs.

— Supérieurs, mon cul, marmonna Brendan.

— Imaginez combien de gens crèvent de faim à Dublin, je parie qu'ils feraient honneur à un si bon dîner, dit Anthony Walshe en allumant sa pipe. Ça me rappelle la famine, quand les proprios avaient tant à manger qu'ils ne savaient qu'en faire alors que les gens crevaient de faim et n'avaient même pas une croûte de pain !

— Assez parlé ainsi, lança sèchement Mr. Burke. Vraiment, Mr. Walshe, vous me surprenez.

— Oui, moi aussi, renchérit Brendan. C'est pas vous qui passez votre temps à me dire que ce genre de conversation est réservé au pub ?

Anthony prit une longue bouffée de sa pipe.

— Oui, Brendan, c'est bien moi. Mais c'était avant toutes les difficultés qu'on fait aux pauvres grévistes de Dublin. Je ne vois pas quel Irlandais pourrait entendre ça sans se soulever contre l'oppresseur. L'enfer de la famine n'est jamais loin dans nos mémoires.

Mrs. O'Leary se laissa tomber sur une chaise.

— Je me demande comment va notre Bridie. J'espère qu'elle a suffisamment à manger. Sa mère se fait un sang d'encre pour elle. Et maintenant, il y a Rosie aussi. Je dis une prière pour chacune tous les soirs.

— À votre place, je me ferais pas trop de souci pour la Rosie, renchérit Sadie qui venait d'entrer dans la cuisine. Lady Louisa vient juste de me raconter toute l'histoire. Vous n'allez jamais le croire.

Immelda Fox lui lança un regard noir.

— C'est pas vos oignons. Vous n'avez pas à raconter ça.

— J'imagine que Madame vous a tout raconté aussi, Immelda, vu que vous étiez avec elle à Dublin. À mon avis, si vous gardez ça pour vous, c'est pas seulement pour protéger Madame. Je parie qu'il y a une autre raison.

Immelda rougit.

— Je ne vois pas ce que vous insinuez, Sadie Canavan.

— Bon allez, Sadie, abrège ! lança Mrs. O'Leary.

Des soupirs et des exclamations résonnèrent tandis que Sadie expliquait que lady Marianne avait voulu faire passer Rosie pour une lady et comment lady Ennis les avait attrapées au grand bal de l'hôtel Métropole. Thelma en laissa tomber une casserole dans l'évier où elle faisait la vaisselle.

— Il y a eu un sacré grabuge, dit Sadie, enjolivant l'histoire pour son public. Apparemment, la robe qu'elle portait coûtait plus de mille livres et elle a dansé avec tous les jeunes lords sans aucun souci, et puis boum ! Madame la reconnaît et la voilà démasquée.

Sadie fit une pause pour reprendre son souffle.

— En fait, c'est Monsieur Valentin qui l'a reconnue, se reprit-elle. Il est allé l'inviter à danser et elle a eu l'audace d'accepter. Quel toupet !

— Jésus, Marie, Joseph ! s'exclama Mrs. O'Leary en se signant.

Mrs. Murphy, arrivée au début du récit de Sadie, poussa un petit cri de surprise.

— Mais qu'est-ce qui lui a pris ? Elle ne se doutait donc pas qu'elle se ferait attraper ?

— Elle aurait réussi si Madame n'en avait pas fait toute une histoire, remarqua amèrement Immelda. Ça montre bien qu'on peut faire de la farine avec un sac de son. Si une fille est née dans la pauvreté, ça ne veut pas dire qu'elle est moins bien que les autres.

Mrs. O'Leary souriait d'un air rêveur.

— Je parie que notre Rosie était très belle. Quelle fille charmante ! Elle l'a toujours été.

Sadie semblait furieuse.

— Tu es jalouse, Sadie, nota Brendan. T'aurais voulu que ce soit toi à ce bal dans cette belle robe.

— Oh, la ferme, Brendan, occupe-toi de tes affaires !

— Avez-vous eu des nouvelles de Bridie ? demanda Mrs. Murphy.

Sadie haussa les épaules.

— Non. Immelda a peut-être entendu quelque chose.

— Pas un mot, répondit l'intéressée en secouant la tête.

16

Plus le temps passait, plus la colère de Victoria à l'encontre de sa famille grandissait. Au début, ses révoltes étaient minimes : arriver en retard au dîner, ignorer ses prétendants masculins quitte à se montrer ouvertement impolie, contredire sa mère devant des invités. Elle alla jusqu'à couper ses cheveux au carré, au grand dam de sa mère, et refusa de porter un corset. Valentin l'observait, amusé, et Sofia souriait pour la première fois depuis des mois. Lord Ennis trouvait toujours plus d'excuses pour s'absenter d'Ennismore. Lady Louisa accueillait cette attitude avec un mélange de jubilation et de mépris.

— Étant donné qu'il n'y aura plus de saisons pour vous, ma chère, et si cette horrible guerre dont on parle commence, je vous conseille de vous habituer à la vie de vieille fille financièrement dépendante de sa famille.

Victoria avait remarqué avec quel plaisir vengeur sa tante avait prononcé ces paroles.

— Je peux vous dire que ce n'est pas une vie facile. Elle nécessite patience et force de caractère. La société est particulièrement dure envers les femmes célibataires comme nous. Le pire est la pitié dans le regard des autres.

Au début, le fait d'appartenir à la même catégorie que sa tante avait donné des sueurs froides à Victoria, mais en y réfléchissant, elle comprit que lady Louisa avait raison. À presque vingt et un ans, elle approchait dangereusement de l'âge auquel les filles restées célibataires étaient mises au ban de la société. Elle avait souvent identifié la même panique dans l'attitude de filles plus âgées qui couraient désespérément les bals car c'était leur dernière chance de trouver un mari. Victoria allait se retrouver à la merci d'hommes comme le révérend Watson, lequel avait décidé de mettre fin à sa période de deuil et cherchait désormais activement une nouvelle épouse. Elle avait tout fait pour repousser ses avances, le jugeant aussi repoussant que lorsqu'elle l'avait rencontré, à l'âge de treize ans. Sans compter que les attentions que lui prodiguait le révérend, ignorant totalement lady Louisa, n'avaient fait qu'aggraver le ressentiment de sa tante. Celle-ci lui inspirait en effet de la pitié...

Victoria n'aurait su dire si c'était à cause de sa solitude ou des sombres prédictions de lady Louisa, mais avec le temps, une étrange obsession s'empara d'elle. Elle se mit à penser de plus en plus à Brendan Lynch. La nuit, dans son lit, elle se représentait son visage. Il n'était pas vraiment beau – le teint foncé, la bouche boudeuse –, mais ses yeux la fascinaient. Quand il jouait du violon, ses traits s'adoucissaient, une expression de passion pure éclairait son visage. Plus le temps passait, plus il l'intriguait. Et sa curiosité ne fit qu'augmenter quand elle l'entendit chanter, d'une belle voix claire qui contrastait avec son tempérament colérique. Elle en vint à imaginer qu'ils étaient amants, mais chassa vite cette pensée honteuse.

Peu à peu, elle s'arrangea pour descendre à l'office de préférence à l'heure où les domestiques prenaient un peu de bon temps avant d'aller se coucher. C'était peut-être risqué, mais l'excitation de l'interdit s'était emparée d'elle, elle ne pouvait pas lutter. Elle n'avait pas vraiment pensé à ce qu'elle ferait quand elle tomberait sur Brendan, ce qui était inévitable.

La veille du Nouvel An 1913, elle alla se joindre aux célébrations annuelles du personnel. Elle avait conscience qu'elle n'avait rien à faire là, qu'elle empiétait sur un moment privé, mais elle voulait voir Brendan jouer du violon et l'écouter chanter. Elle partirait tout de suite après. Elle annonça joyeusement qu'elle souhaitait accompagner les musiciens au piano.

— Cela fait si longtemps que je n'ai pas joué, dit-elle, et j'aimerais beaucoup apprendre vos chansons irlandaises.

Ils n'avaient pas d'autre choix que d'accepter sa présence. Mr. Burke fit signe à tout le monde de continuer comme d'habitude, mais la tension était palpable, même si personne n'exprimait son irritation. Immelda lança un sourire ironique à Brendan, qui hocha la tête, prit son violon et commença à jouer et chanter.

Assise au piano, subjuguée, Victoria gardait ses doigts immobiles sur les touches. Elle était suspendue à ses moindres mouvements, ses épaules carrées, la courbe de son coude, les longs doigts fins qui caressaient l'archet. Les lignes dures du visage de Brendan fondaient et dans ses yeux sombres une flamme puissante brillait. Quand il eut terminé et posé son instrument, elle demeura incapable de bouger. Il la fixait et elle soutenait son regard sans ciller. Si Anthony Walshe n'avait pas crié : « Bien joué, Brendan ! », elle aurait pu rester ainsi Dieu savait combien de temps. Elle se reprit, les joues rouges, marmonna une excuse puis s'enfuit.

— Ta chanson semble lui avoir donné la nausée, Brendan ! lança Anthony en riant pour briser la tension.

— Ah, la musique peut faire des drôles de choses à l'âme, répondit Brendan avec un sourire.

Dehors, Victoria attendait, tremblante, le cœur tambourinant dans sa poitrine. À quoi pensait-elle ? Sa famille serait horrifiée de la savoir là. Mais au fond d'elle, dans la partie rebelle qui s'était éveillée depuis son dernier séjour à Dublin, elle savait qu'elle ne pourrait pas lutter contre cette étrange folie.

— Est-ce que vous vous sentez bien, lady Victoria ?

La voix de Brendan transperça l'obscurité. Victoria se retourna en sursaut.

— Très bien.

— Puis-je vous raccompagner jusqu'à la maison ? Il fait drôlement noir pour être seule dehors.

Sans attendre sa réponse, Brendan la prit par le coude et la guida vers la maison.

Plus tard dans la soirée, Immelda Fox quitta discrètement la cuisine et se dirigea vers l'écurie, derrière la grande maison. Elle entendait encore les voix de Mrs. O'Leary qui se plaignait d'une nouvelle bêtise de Thelma, de Sadie qui jasait à propos de lady Louisa, de Mr. Burke qui tentait de faire respecter l'ordre. Le visage de la lune était caché derrière les nuages comme elle traversait la cour. Les hennissements des chevaux l'accueillirent et elle plissa le nez.

— Comment supportes-tu l'odeur du fumier ? demanda-t-elle à Brendan, qui fumait, assis sur un tonneau retourné.

— Ça sent meilleur que l'aristocratie.
— Donne-moi une cigarette.
— Bon sang, Immelda, tu ne peux pas t'en acheter ? Toi aussi, tu as un salaire.
— Donne-m'en une, répéta-t-elle sèchement.

Brendan haussa les épaules et lui passa une cigarette avec une boîte d'allumettes. Immelda l'alluma et prit une longue bouffée.

— J'ai une de ces migraines à cause de Madame ! Cette femme passe son temps à se plaindre. Si ce n'est pas de la Victoria, alors c'est de tous les autres, qui se fichent de cette histoire avec lady Marianne.

Brendan grogna.

— Franchement, j'aurais presque pitié de Monsieur, ajouta-t-elle. Imagine, être marié à une femme comme elle ! Pas étonnant qu'il soit toujours absent.
— À ta place, j'aurais pas trop pitié de lui. Il doit avoir une maîtresse à Londres.
— Comment le sais-tu ? demanda vivement Immelda.

Brendan haussa les épaules.

— Non, j'en sais rien, mais c'est ce qu'ils font tous, non ? Les gens comme lui pensent que le monde leur appartient, qu'ils ont le droit de prendre ce qu'ils veulent, ou qui ils veulent. Pourquoi il serait différent ?
— Que Dieu me pardonne. Je les hais tous.
— C'est pas beau d'entendre une nonne parler comme ça.
— J'ai jamais été nonne.
— Tu es drôlement pieuse, pourtant.
— Et toi, Brendan Lynch, tu n'es pas un saint. Je vois bien comment tu la regardes, la Victoria.
— Ah, mais putain, Immelda, tu racontes n'importe quoi !

— Non, je vois bien que tu ne la lâches pas des yeux.
— C'est pas parce que je l'admire en tout cas.
Immelda écrasa son mégot du bout de sa chaussure.
— Elle, si. Elle arrête pas de venir traîner en bas, et c'est pas après nous qu'elle en a, je peux te le dire. Les femmes remarquent ce genre de choses. Sadie aussi l'a vu.
Brendan termina sa cigarette et descendit du tonneau, un grand sourire aux lèvres.
— Tu dois bien admettre que je suis beau garçon. Pourquoi est-ce qu'elle n'aurait pas le béguin pour moi ?
— Aucune raison, Brendan. C'est évident qu'elle cherche quelque chose que la famille Bell ne peut pas lui donner, argent ou pas. Elle est peut-être prête pour un peu d'amour vache.

Après sa rencontre avec Brendan le soir du Nouvel An, Victoria s'enhardit. Au cours des premiers mois de 1914, elle s'arrangea pour le retrouver, parfois à l'écurie, parfois dans le jardin, parfois vers les grilles du domaine, mais toujours tard le soir et dans l'obscurité. Au début, il se montra sarcastique et impudent.
— Qu'attendez-vous de moi, miss ? C'est un nouveau jouet que vous voulez ? Un gars avec des mains rugueuses et un accent de la campagne, c'est ça qui vous excite ?
Étrangement, sa vulgarité le rendait encore plus fascinant. Elle s'attendait presque à ce qu'il lui saute dessus à tout moment et se sentait déçue que cela n'arrive pas. Brendan, en revanche, semblait se satisfaire de leurs discussions.

« Pourquoi êtes-vous toujours si en colère, Brendan ? avait-elle voulu savoir. Pourquoi en voulez-vous tant à ma famille ? Rosie m'a expliqué comment l'aristocratie avait pris leurs terres aux Irlandais, mais c'était il y a très longtemps. Et les autres domestiques n'ont pas l'air de nous détester autant que vous. »

Brendan avait haussé les épaules.

« Ils savent juste mieux cacher leurs sentiments.

— Je ne pense pas que ce soit cela. Je pense qu'il y a autre chose. »

Petit à petit, Victoria lui fit tout raconter, comme on déroulait une pelote de fil. Au début, il s'en tenait à des généralités. L'Anglais Oliver Cromwell et ses hommes avaient chassé les Irlandais de leurs terres. Le code pénal leur déniait le droit d'être propriétaires, de voter ou de recevoir une éducation. De plus, les propriétaires affamaient la population. Dans le comté de Mayo, celui qui avait le plus souffert, près d'un million de personnes étaient mortes. Beaucoup de ceux qui n'étaient pas morts au bord d'une route avaient succombé sur les bateaux-cercueils en chemin pour l'Amérique. Après les années de famine, la population irlandaise avait diminué de moitié.

Brendan racontait ces tragédies sur un ton distant. Dans l'obscurité, Victoria imaginait son visage s'adoucir et la lumière dans ses yeux s'allumer, comme quand il jouait du violon.

— J'ai entendu ces histoires, dit-elle à voix basse. Et je les crois. Certains dans notre société disent qu'elles sont exagérées, mais j'ai été témoin de leur cruauté. J'ai vu comment ils traitaient Rosie à Dublin. Mais je pense toujours qu'il y a autre chose.

Ce ne fut qu'au début du mois d'avril 1914, au deuxième anniversaire du naufrage du *Titanic* et de la mort de Thomas, Sean et tant d'autres, que Brendan finit par révéler l'« autre chose » dont Victoria avait deviné l'existence. Elle s'était éclipsée après le dîner, plus tôt que d'habitude, pour le retrouver. Ils étaient assis sur le banc dans le petit jardin victorien où elle aimait venir discuter avec Rosie quand elles étaient petites. À cette période de l'année, il faisait jour plus tard. Elle prenait le risque d'être vue, mais s'en fichait. Cela faisait si longtemps qu'elle rêvait de voir le visage de Brendan quand ils parlaient, et ce soir, elle le pouvait.

— Ma mère s'est noyée, dit-il soudain, sans prévenir.

Sa voix était rauque, comme s'il était enroué, et même s'il avait tourné la tête vers elle, ses yeux étaient perdus dans le vague.

— Elle n'avait que trente ans. Elle a abandonné son mari, et cinq enfants. Mon père s'est mis à boire et m'a laissé élever mes frères et sœurs. C'était moi l'aîné.

Il resta silencieux et Victoria retint son souffle. Elle n'avait pas de mots. Elle savait qu'il n'attendait pas de réponse. Sans réfléchir, elle prit sa main dans les siennes. Elle était rugueuse et ce contact lui fit monter les larmes aux yeux tant elle était émue. Elle attendit.

— Sa mère aussi avait fait la même chose. Alors peut-être que la folie est de famille.

Il déglutit bruyamment et agrippa les mains de Victoria.

— Mes grands-parents ont connu la famine. Ils mouraient de faim, comme tout le monde, et quand ma grand-mère est tombée enceinte, mon grand-père a escaladé le mur de la grande maison du village pour voler quelques légumes. C'était juste un chou et quelques oignons. Ça leur aurait pas manqué. Mais le maître, qu'il brûle en enfer, l'a attrapé et lui a tiré dessus. Il est mort sur le coup.

Victoria, choquée, resta bouche bée, le souffle coupé.

Brendan ne sembla pas remarquer sa réaction. Il avait détourné ses yeux mouillés de larmes.

— Après ça, Granny n'a plus jamais été pareille. Elle a survécu, et ma mère aussi, mais elle ne s'en est jamais remise. Elle s'est noyée dans le lac. Ma mère n'avait que dix ans, dit-il avec un rire amer. C'est drôle, j'avais le même âge quand ma mère est morte. On dit que l'histoire se répète.

— Où votre grand-père a-t-il été tué ? demanda Victoria.

Elle priait pour que ce ne soit pas à Ennismore.

Brendan leva la tête en sursaut, comme s'il avait oublié qu'elle était là.

— Quoi ? Oh ! C'était à Killalla.

Au bout d'un long silence, Victoria prit le visage de Brendan entre ses mains et embrassa doucement ses lèvres.

— Je suis désolée, murmura-t-elle. Vraiment désolée.

Immelda Fox accosta Brendan comme il entrait dans la cuisine.

— Tu nous as manqué au dîner. Mr. Burke demandait où tu étais.

— J'avais pas faim, répondit Brendan en haussant les épaules.

Immelda s'approcha jusqu'à presque le toucher.

— Moi, je dirais que c'était pas de nourriture que t'avais envie.

Brendan essaya de forcer le passage, en vain.

— Je vous ai vus depuis la fenêtre de Madame, en train de vous embrasser dans le jardin comme deux amoureux. Je t'avais dit que cette traînée en avait après toi.

Elle partit d'un grand rire moqueur.

— Ce n'est pas une traînée !

— Ah non ? Et il est où, le gars qui voulait la mettre dans son lit ? Le gars qui voulait lui faire goûter un peu d'amour brutal ?

Brendan rougit.

— Et comment tu sais que je l'ai pas fait ?

— Oh, je le saurais, t'inquiète pas. Tu l'aurais crié sur tous les toits.

— Ça te regarde pas !

Il la poussa et entra dans la cuisine, mais Immelda le suivit jusqu'au couloir qui menait à la chambre des valets de pied.

— Qu'est-ce que tu veux, à la fin ?

— La vérité. Je veux entendre que tu l'as remise un peu à sa place. Je veux entendre que tu as causé sa perte, que plus personne ne voudra d'elle, dit-elle d'un ton mauvais en lui donnant des petits coups sur le torse. Je pensais que tu te ferais un plaisir de te dévouer. Toi qui dis tout le temps que tu les détestes. Mais en fait, t'es un lâche, comme tous les hommes du monde.

— T'as un problème dans la tête, Immelda. Écarte-toi avant de prendre une claque.

Immelda recula et cracha aux pieds de Brendan.

— Pff ! T'es comme tous les autres. Il suffit qu'une jolie fille claque des doigts et toutes tes belles paroles s'envolent. Ne me dis pas que tu t'es laissé prendre à son petit jeu, Brendan Lynch ! Le rebelle irlandais qui se laisse embobiner par une fille de la haute ! T'es si bête ? Elle se fiche de toi. Elle s'amuse, c'est tout. À la seconde où un type de sa classe sociale s'intéressera à elle, elle fera comme si elle ne t'avait jamais connu.

— C'est pas vrai, protesta Brendan. Elle est différente...

Mais Immelda avait déjà tourné les talons. Brendan lâcha une série de jurons dans son sillage.

17

Le lendemain soir, la famille Bell, à l'exception de Valentin qui s'était absenté pour les affaires du domaine, était réunie dans la bibliothèque après le dîner. Malgré la chaleur étouffante, lady Ennis avait interdit à Mr. Burke d'ouvrir les fenêtres.

« Je ne veux pas que des oreilles indiscrètes puissent écouter notre conversation », avait-elle dit.

Victoria se tenait bien droite sur un fauteuil en cuir, à côté de la table de jeu. Elle avait les mains moites et sentait des gouttes de sueur couler dans son dos. Elle n'osait pas penser à ce qui était sur le point d'arriver. Un mauvais pressentiment lui était venu pendant le dîner. Brendan n'était pas là. C'était Sadie Canavan qui avait aidé Mr. Burke à faire le service et son sourire narquois n'avait pas échappé à Victoria. L'ambiance au dîner avait été morose, silencieuse. Sa mère et sa tante avaient évité son regard, et son père, bu encore plus que d'habitude. Sofia semblait se demander ce qu'il se passait, mais elle n'avait rien dit non plus et s'était concentrée sur son assiette. Une fois débarrassé le dernier plat, lord Ennis s'était levé, l'air sombre, et avait demandé à tout le monde de le suivre dans la bibliothèque. Mr. Burke avait servi le brandy et le sherry puis s'était éclipsé.

Lord Ennis se tenait devant la cheminée et observait la compagnie. Victoria retenait son souffle.

— Je ne sais pas par où commencer, dit-il, tant la nouvelle qui est arrivée à mes oreilles est déroutante.

Sa femme poussa un soupir qu'il ignora. Il fixa son regard sur sa fille.

— Un père s'attend à être déçu par ses fils de temps en temps. Cela fait partie de la vie d'un homme : ils doivent grandir et s'affirmer. Ils ont besoin de transgresser les règles. Dieu sait que Valentin l'a fait assez souvent. Mais que son unique fille se conduise si mal, bien pire encore que ses frères, c'est une surprise. Tu ne m'as pas seulement déçu, Victoria, tu m'as profondément blessé.

Victoria avait l'impression de se recroqueviller de l'intérieur. Elle savait parfaitement de quoi il parlait, mais elle continuait quand même d'espérer se tromper.

— Qu'ai-je fait, papa ?

Lady Ennis ne put se contrôler plus longtemps.

— Tu le sais parfaitement, Victoria. Voilà des mois que je ferme les yeux sur ton attitude rebelle, tes tenues scandaleuses, ton impolitesse envers moi et nos invités, ta morosité. Je pensais que tu étais malheureuse de ne pas avoir trouvé de mari, que tu te sentais seule sans amis de ton âge, déclara-t-elle avec un soupir théâtral. J'ai tenté de me mettre à ta place et de me montrer patiente avec toi. Mais ce... ce... Je n'arrive même pas à le dire.

Victoria sentait sa frustration grandir. Elle voulait embarrasser sa mère en la forçant à exprimer clairement ses accusations.

— Dites-le-moi, maman. Dites-moi ce que j'ai fait.

Mais ce fut lady Louisa qui intervint.

— Pour l'amour du ciel, Victoria, cesse donc de jouer l'innocente. Tu as fricoté avec un valet devant tout le monde. Tu n'as même pas eu la décence d'agir discrètement. Tu as été vue dans les quartiers des domestiques et dans l'écurie, à le suivre partout comme une chatte en chaleur. Et hier soir, on t'a vue l'embrasser dans le jardin, en plein jour ! Où que vous ayez été ensemble et quoi que tu aies fait avec lui, cela dépasse tout entendement.

Maintenant furieuse, Victoria céda au besoin de se défendre, et de défendre Brendan. Elle se leva.

— Comment osez-vous m'accuser d'une telle conduite ? Brendan Lynch et moi sommes amis, rien de plus.

Lady Ennis posa une main sur sa poitrine.

— Amis ? Avec un valet ?

Victoria l'ignora.

— Qui vous a raconté de tels mensonges ?

— La femme de chambre de ta mère, Fox, vous a vus ensemble à de nombreuses occasions, répondit lord Ennis.

— Immelda Fox ? Ne la croyez pas. Elle me déteste !

— Mr. Burke me l'a confirmé. D'ailleurs, il a parlé à l'homme en question cet après-midi et obtenu ses aveux. Il a été renvoyé.

— Oh non, papa, ne le renvoyez pas ! Ce n'était pas sa faute. Très bien, je reconnais tout. C'est moi qui lui ai couru après. Il n'a rien fait de mal, répéta-t-elle tandis que les larmes commençaient à couler. Ne voyez-vous pas comme je suis malheureuse ici ? Je me sens prisonnière. Je n'ai personne à qui parler.

Vous êtes si pris par vos propres vies que personne n'a de temps pour moi. Je n'ai pas d'argent à moi, sinon cela fait longtemps que je me serais enfuie.

Lord Ennis s'approcha de sa fille, un peu radouci.

— Victoria, si tu étais si malheureuse, tu aurais dû venir me parler.

— Vous n'êtes jamais là, papa. Vous n'aimez pas être ici, dans cette maison lugubre, et je ne peux pas vous en vouloir. Je vous comprends parfaitement, et j'espérais que vous me comprendriez.

Contrairement à son mari, lady Ennis restait de glace.

— L'ennui ou le malheur ne te donnent pas le droit de te déshonorer, et ta famille avec. Que penserait la société si cela se savait ?

— Il n'y a que cela qui compte pour vous, maman. Que va penser la société ? Eh bien, je m'en fiche ! Brendan est un homme bon, sous sa colère. Et il a tous les droits d'être en colère après ce que sa famille a vécu. Mais vous ne le considérez même pas comme une personne. Pour vous, les domestiques ne sont pas des personnes. Ils ne sont pas nos égaux, ils ne comptent pas comme des âmes vivantes, avec des sentiments et des espoirs, des déceptions et des bonheurs, comme le reste du genre humain. Ils n'existent pas. Les seuls moments où vous les remarquez, c'est quand ils échouent à vous servir, d'une manière ou d'une autre. C'est vous qui devriez avoir honte, pas moi. J'ai plutôt honte d'être l'une de vous.

Lady Ennis se tourna vers son mari.

— Tout cela a commencé avec cette paysanne, Edward. Vous voyez maintenant quelles horreurs elle a mises dans la tête de notre fille et dans nos vies ?

— Rosie n'a rien à voir avec tout ça, protesta Victoria. J'étais comme toutes les autres filles de mon âge, prise dans cette vie de bals, de voyages en Europe, en étant servie par des domestiques. Il a fallu que je voie comment vous l'avez traitée à Dublin pour bien mesurer votre cruauté – la nôtre à tous – envers les gens comme elle. Et je refuse de continuer comme ça.

L'expression de lady Ennis se durcit.

— Ce qui importe maintenant, c'est de sauver ta réputation, ou ce qu'il en reste. Tu ne t'en rends peut-être pas compte, mais si cette « aventure » arrivait au grand jour, tu serais mise au ban de la société.

— Personne ne voudrait de toi, renchérit lady Louisa.

— Lorsque tu retrouveras la raison, Victoria, et cela arrivera, tu verras que j'ai raison. Ton père et moi avons parlé, et nous pensons qu'il vaut mieux t'envoyer ailleurs pour un moment.

— Très bien. Je pars ce soir.

— Ne sois pas si impétueuse, la pria lord Ennis. Nous avons réfléchi à ce qui serait le mieux pour toi. Beaucoup de jeunes femmes de qualité deviennent infirmières, d'après ce qu'on m'a dit. En préparation de la guerre qui semble inévitable. On les forme pour soigner les soldats qui reviendront du front. Par conséquent, ce genre d'occupation est considéré comme convenable.

Victoria attendit. Un faible espoir grandissait en elle.

— J'ai un bon ami à Dublin, le docteur Cullen, un excellent médecin. Il gère une petite clinique d'élite. Je lui ai parlé au téléphone aujourd'hui et il a accepté de te prendre pour te former. Ma sœur, lady Marianne, est d'accord pour t'accueillir chez elle.

Lady Ennis commença à protester, mais son mari lui fit signe de se taire.

— C'est déjà réglé, Thea. Cela attirera moins l'attention si Victoria va chez sa tante. Vous savez comment sont les femmes de la bonne société dès qu'elles soupçonnent un scandale. Cette affaire doit rester dans la famille, conclut-il avant de se tourner vers Victoria. Tu pars pour Dublin avec moi samedi prochain. Je m'assurerai que tu t'installes bien chez ta tante et le docteur Cullen avant de me rendre au Parlement à Londres.

Victoria hocha la tête.

— Très bien. Puis-je être excusée à présent ?

— Eh bien, maintenant que la jeune miss est partie elle aussi, il ne reste que le petit Julian pour animer un peu cette maison !

Mrs. O'Leary s'installa sur une chaise de cuisine. Une tempête imprévue de fin de printemps avait fait enfler ses jambes et l'avait mise dans une humeur massacrante. Elle grondait la jeune Thelma si souvent que la cuisinière avait menacé de partir au couvent. Les autres domestiques étaient moroses aussi. Sadie, en particulier.

— J'imagine qu'ils ne vont pas embaucher un autre valet pour remplacer Brendan. On dirait que je vais devoir faire son boulot en plus du mien, sans toucher un penny de plus évidemment.

Mr. Burke apparut derrière elle.

— Vous devriez être honorée de faire votre part pour le roi et le pays, miss Canavan. Comme vous le savez, il n'y aura plus un seul jeune homme disponible quand la guerre éclatera. Toutes les grandes maisons devront fonctionner avec moins de personnel.

Sadie lui lança un regard noir, mais Mrs. O'Leary, elle, éclata de rire.

— Ha ! Vous entendez ça ? Depuis toutes ces années, on trime dans une grande maison sans le savoir !

Mr. Burke se redressa de toute sa hauteur.

— Ennismore n'est peut-être pas un domaine aussi imposant que Westport House, par exemple, mais les Bell sont l'une des plus grandes familles aristocratiques de Grande-Bretagne.

— Vous oubliez que nous sommes en Irlande, pas en Grande-Bretagne, intervint Anthony Walshe qui venait d'entrer dans la cuisine.

Soudain, Mr. Burke abattit son poing sur la table. Il était rouge de colère et ses yeux lançaient des éclairs. Cet homme avait atteint les limites de sa patience.

— J'en ai assez de votre désobéissance constante, à vous tous ! cria-t-il. Dieu sait que vous avez toujours été turbulents. Je n'ai réussi à maintenir l'ordre qu'en exerçant mon autorité. Mais ces derniers temps… ces derniers temps, votre attitude est au bord de l'insubordination. Je ne veux pas de rébellion dans cette maison !

Les domestiques l'observaient dans un silence choqué. Même Anthony, pour une fois, n'avait pas de trait d'esprit à lui renvoyer. Puis le majordome sembla se dégonfler comme un ballon de baudruche. Son effort pour se contrôler avait eu raison de lui. Mrs. Murphy vint lui prendre le bras.

— Allons, allons, Mr. Burke. J'ai besoin de vous consulter sur des questions domestiques.

Elle l'entraîna dans son bureau.

Sadie poussa un long soupir.

— Franchement, si je ne l'avais pas vu de mes yeux, je n'y aurais pas cru.

Anthony s'installa à sa place favorite, à côté de la cuisinière, et alluma sa pipe.

— Ah, cette foutue guerre nous met tous de mauvais poil. Tout le monde s'inquiète, même les aristos. Monsieur et Madame ont déjà perdu un fils et ils pourraient bien en perdre un autre à cause de la guerre. Dans tout le pays, on ne parle que de rébellion et de guerre civile.

Immelda, qui était restée silencieuse et inexpressive, se fit soudain entendre.

— Eh bien, moi, je n'ai aucune compassion pour l'aristocratie. Regardez ce qu'ils ont fait à ce pauvre Brendan, le jeter à la rue sans un sou à cause des mensonges qu'elle a racontés sur lui.

— Ah, tu as tort, Immelda, répondit Sadie. Moi, je dirais que la faute est partagée. Brendan n'avait pas à la fréquenter, et elle n'avait pas à lui faire les yeux doux.

— C'est vrai, dit Immelda, mais qui a reçu la punition ? Brendan, pas elle. Elle part s'amuser et vivre la belle vie à Dublin, alors qu'il va se retrouver à la rue comme un mendiant. Il ne trouvera jamais un autre poste de valet.

Anthony tassa le tabac dans sa pipe.

— Il n'était pas fait pour le service de toute façon. Il détestait la noblesse.

— À l'exception de miss Victoria, conclut Sadie.

— Peut-être, répondit Anthony, mais je pense que Brendan est en bonne voie pour rejoindre les volontaires irlandais. Il ne parlait que de révolution. Après ce qui s'est passé, il a encore plus de raisons de la vouloir.

Mrs. O'Leary secoua la tête.

— J'avoue que je n'aimais pas Brendan, mais je suis d'accord avec Immelda. C'est lui qui a subi les conséquences cette fois-ci. Et la même chose pourrait arriver à n'importe lequel d'entre nous. Les riches se serreront toujours les coudes en cas de problème et c'est nous qui devrons payer. Ils ne nous laisseront jamais oublier quelle est notre place.

Un silence de plomb tomba sur la cuisine. Si le reste de la maison était souvent calme, la cuisine et l'office restaient toujours pleins de vie et de bruit. Mais, en cette soirée du printemps 1914, on aurait dit que le cœur d'Ennismore avait cessé de battre.

18

Les grèves de Dublin se terminèrent et Micko reprit son travail à la boulangerie Boland's. Rosie fut renvoyée. Tout ce temps, Micko n'avait pas su qu'elle y travaillait. Puisqu'elle avait des horaires de nuit, il en avait déduit qu'elle avait enfin suivi ses conseils et se prostituait sur Sackville Street. Elle avait préféré ne pas le détromper et endurer ses remarques vulgaires pour avoir la paix. Elle avait beaucoup minci, car elle donnait une part de sa ration de nourriture à Bridie et Kate, mais elle n'avait pu se défaire de son allure de jeune femme de bonne famille bien éduquée. Les autres employés de la boulangerie la considéraient comme une étrangère et se montraient méfiants. Elle faisait de son mieux pour ne pas écouter leurs moqueries. Tout cela pour Bridie. Mais ces mois de travail lui avaient fait du bien, elle s'était sentie utile.

À Dublin, on ne parlait que de la guerre. De nombreux jeunes hommes avaient l'intention de s'engager dans l'armée britannique, et pas tous par sentiment patriotique. Une période dans l'armée promettait un salaire régulier et une possibilité d'aventure dans des contrées étrangères. Micko, lui, n'était pas intéressé.

« J'vais pas m'engager pour prendre l'argent du roi et je maudis ceux qui le feront. »

Rosie se demandait si Valentin allait s'engager, le moment venu. Il avait toujours parlé de son sentiment de devoir. Mais il avait maintenant une femme et un fils, et il était le seul fils Bell. De toute façon, cela ne la concernait plus. Elle devait penser à elle, surtout maintenant qu'elle se retrouvait sans travail. Elle manquait cruellement de perspectives. Elle n'avait jamais répondu aux multiples invitations de lady Marianne, qui déclarait vouloir l'aider. Après l'humiliation du bal, comment lui faire confiance ?

Un soir de la fin du mois d'avril, après une longue journée passée à chercher du travail, Rosie rentra à Foley Court, gravit l'escalier, épuisée, et se figea à peine la porte ouverte. Là, au milieu de la pièce, se tenaient Victoria et la femme de chambre de lady Marianne, Céline. À la surprise et au choc de Victoria répondirent ceux de Rosie. Étaient-ils dus à son épuisement, à sa honte ou à la ressemblance étonnante entre Victoria et Valentin ? Peu importait. Rosie sentit une bouffée de colère s'emparer d'elle.

— Qu'est-ce que tu veux ?

Elle avait conscience de l'état déplorable de sa robe, de son visage émacié et du désespoir qui se dégageait d'elle, mais elle leva le menton.

— Je t'ai demandé ce que tu voulais.

— Je suis venue te voir, Rosie. Pouvons-nous aller quelque part pour parler ?

— Tu peux dire ce que tu veux devant Bridie, rétorqua Rosie, de plus en plus obstinée.

Bridie se tenait dans un coin, Kate dans ses bras. Heureusement, Micko n'était pas rentré. Victoria était visiblement mal à l'aise, ce qui faisait quand même plaisir à Rosie. Céline n'avait aucune expression, mais elle était déjà venue à Foley Court. Victoria chercha des yeux un endroit où s'asseoir et Bridie s'empressa de passer un coup de chiffon sur l'unique chaise. Victoria s'assit avec précaution. Rosie ferma la porte derrière elle et s'y appuya.

— Si tu es venue à la demande de ta tante, tu perds ton temps. Je lui ai déjà dit que je ne voulais pas de son aide.

Victoria pâlit.

— Je... Je suis venue t'annoncer une bonne nouvelle, Rosie. Je m'installe à Dublin pour de bon. Je vais devenir infirmière, dit-elle en baissant la tête. J'espérais que tu serais contente de me voir.

La sincérité de Victoria apaisa un peu la colère de Rosie.

— Pourquoi es-tu venue à Dublin ? Était-ce ton idée ?

Victoria rougit légèrement.

— Pas exactement, mais j'étais contente de partir. Te souviens-tu de Brendan Lynch ?

— Le valet ? Oui.

— Eh bien, nous sommes devenus amis, lui et moi. Papa et maman l'ont appris et ont insisté pour que je quitte Ennismore et que je vienne à Dublin.

Rosie avait le sentiment que son amie cachait quelque chose.

— Amis ? Que veux-tu dire ?

Victoria rougit de nouveau.

— Plus qu'amis... Je me suis attachée à lui. Et lui à moi, je crois. Et puis cette fichue Immelda Fox nous a vus nous embrasser dans le jardin et...

— Qu'est-il arrivé à Brendan ?

— Ils l'ont renvoyé, murmura Victoria.

Il y eut quelques instants de silence, puis la fureur de Rosie éclata comme un coup de tonnerre.

— Pour l'amour du ciel, qu'est-ce qui ne va pas chez vous ? Vous ne voyez donc pas que les gens comme Brendan et moi sont de véritables personnes, et pas des choses ou des jouets à votre disposition que vous pouvez jeter aux oubliettes quand vous en avez assez ? Sors d'ici tout de suite ! Je ne veux plus entendre parler de la famille Bell. Je ne ferai plus jamais confiance à l'un d'entre vous.

Tremblante de rage, Rosie alla ouvrir la porte.

— S'il te plaît, Rosie ! Pitié, ne me rejette pas. Je n'ai rien fait de mal. Je l'aimais.

— Tout comme Valentin m'aimait ?

Victoria lançait des regards désespérés autour d'elle.

— Pitié, Rosie, répéta-t-elle. J'ai besoin de ton amitié. J'ai même pris le risque de venir *ici* pour te retrouver.

Victoria n'aurait pas pu s'enliser plus. Alarmée, Bridie intervint pour retenir sa sœur.

— Elle ne voulait pas dire ça. Laisse-la partir.

Rosie la regarda, puis Victoria, puis toute la pièce, et vit soudain la scène par les yeux de sa vieille amie. Évidemment, Victoria était dégoûtée, tout comme Rosie elle-même à son arrivée à Foley Court. Mais ces mots ne faisaient que renforcer la certitude qu'elles vivaient dans deux mondes très différents et que cela ne changerait jamais. Rosie ravala les méchancetés qui lui venaient en tête. Elle ne pouvait pas en vouloir à Victoria d'être honnête, après tout.

Elle tendit le bras en direction du couloir.

— Partez, dit-elle. Toutes les deux.

Mais Victoria ne fit pas ce à quoi Rosie s'attendait après un tel échange. Au lieu de s'excuser piteusement en sortant, la tête basse, elle se campa sur ses pieds avec un air de défi que Rosie ne lui connaissait pas.

— Bon sang, Rosie, tu ne peux pas laisser tomber ? Arrête de m'en vouloir pour ce que ma famille et la société t'ont fait subir. Je ne suis pas ma mère, ou mon frère, ou ma tante, qui eux, t'ont tout à fait mal traitée, j'en conviens. Je suis Victoria et je suis ta seule amie. Et j'en ai assez de m'excuser.

Rosie ouvrit la bouche pour protester, mais Victoria lui intima le silence d'un geste.

— Nous ne sommes plus des enfants et nous devons accepter nos vies telles qu'elles sont. Oui, tu as souffert, mais moi aussi, d'une manière que tu ne pourras jamais comprendre. Nous avons toutes les deux été prisonnières de notre classe sociale. Mais à quoi sert de ressasser le passé ? Nous avons le pouvoir de changer notre avenir. Si tu passes ton temps à ruminer ce qu'on t'a fait, tu ne réussiras qu'à détruire toute possibilité pour notre amitié de survivre. C'est toi qui décides, Rosie.

Sur ces mots, Victoria quitta la pièce, Céline derrière elle.

Après leur départ, Rosie s'affala sur la chaise. Bridie l'observait sans rien dire. Une heure passa et Rosie sentait les murs se refermer sur elle. Elle commença à transpirer et affronta une vague de nausée. Elle devait sortir. Brusquement, sans un mot, elle partit en courant. Elle dévala les marches deux à deux et laissa les femmes regroupées au pied de l'immeuble crier derrière elle. Elle courut jusqu'à Sackville Street puis, sans penser à sa destination, jusqu'à la Liffey.

Devant O'Connell Bridge, elle s'autorisa enfin à ralentir. À bout de souffle, elle alla s'asseoir sur le banc le plus proche. Elle sentait son essence – la Rosie qu'elle avait été – disparaître, comme si toutes les émotions qui la définissaient avaient été aplaties, à l'image de la pâte à pain que sa mère frappait de toutes ses forces pour en chasser tout l'air.

Les passants la dévisageaient comme si elle était l'une des mendiantes qui faisaient la manche sur le pont. Elle resta là sans bouger, inconsciente du temps qui passait, perdue dans les images de son passé : la salle de classe d'Ennismore, l'adieu à Victoria pour son premier départ à Dublin, le dernier baiser de Valentin au réveillon du Nouvel An. Puis des souvenirs plus récents refirent surface : son humiliation au bal du Métropole, sa dernière rencontre avec Valentin, et sa dispute avec Victoria. Le dernier lien avec les Bell avait été rompu. Elle n'était plus suspendue entre deux mondes. Comme si tous ces souvenirs étaient soudain effacés, elle revenait dans le monde qu'elle avait quitté à l'âge de huit ans.

Un parfum bon marché lui fit soudain lever la tête. Deux femmes étaient penchées sur elle, leurs visages maquillés si proches qu'elle sentait leur haleine fétide. L'une lui attrapa violemment le bras, enfonçant ses ongles dans sa manche, jusqu'à la chair.

— Barre-toi de là, sale putain, siffla-t-elle. Qui t'a permis de t'asseoir ici ?

L'autre se dressait, mains sur les hanches et l'air mauvais. À l'évidence, c'étaient des prostituées et Rosie avait choisi leur banc. Les journées passées à arpenter la ville lui avaient appris qu'elles établissaient leur territoire et le défendaient âprement contre les nouvelles venues. Elle était trop fatiguée pour lutter. Elle se leva, mais les deux femmes se jetèrent sur elle et se mirent à la frapper en l'insultant.

— Allons, allons, mesdames, lança alors une voix grave. Ce n'est pas beau de se comporter ainsi.

Les femmes se retournèrent. Rosie, sonnée, discernait mal l'homme qui avait parlé. Il était grand, avec des épaules larges, un visage anguleux et des cheveux bruns mi-longs. Il portait un long manteau sombre qu'il n'avait pas boutonné. Il devait avoir environ quarante ans.

— Il doit bien y avoir de la place pour chacune d'entre vous à Dublin. Pas la peine de vous battre. Allez, filez !

Sur un regard furibond à Rosie, les deux femmes s'éloignèrent, bras dessus, bras dessous. Rosie se redressa, prête à s'en aller elle aussi, quand l'homme lui attrapa le bras.

— Allons, ma belle, rien ne presse. Il n'est pas si tard.

Il avait l'accent du comté de Mayo.

— Rassieds-toi, ma belle. J'aimerais bien un peu de compagnie. On se sent seul ici parfois, même si les rues sont bondées de monde.

— Je ne suis pas une traînée, si c'est ce que vous pensez, se récria Rosie, offusquée. Mais vous en trouverez plein sur Sackville Street. Vous n'avez qu'à suivre les deux que vous venez de chasser.

L'homme éclata de rire en rejetant la tête en arrière.

— Ah, voilà une femme du comté de Mayo, si je ne me trompe pas. Et bien jolie, en plus.

Rosie était un peu surprise qu'il ait reconnu son accent aussi rapidement. Apparemment, les leçons de lady Louisa et lady Marianne n'avaient pas suffi à l'éradiquer totalement.

— Cathal O'Malley, à votre service, se présenta l'homme avec une révérence. Arrivé récemment de la ville de Westport, comté de Mayo, sur les côtes de l'océan Atlantique. Vous ne voulez pas vous asseoir et discuter un petit moment avec un pèlerin comme vous ?

Rosie hésita. Quelque chose en lui, son accent doux peut-être, la charmait, et elle n'était pas pressée de retourner à Foley Court. Soudain consciente de son apparence, elle arrangea sa jupe et glissa ses mèches folles sous son chapeau. Elle n'était peut-être pas belle, mais au moins, elle avait l'air respectable. Cependant, si Rosie s'était vue dans les yeux de quelqu'un d'autre, elle n'aurait pas douté de sa beauté.

Elle se rassit donc et lui tendit la main.

— Róisín Killeen, du village d'Ennis.

— Enchanté de faire votre connaissance, Róisín Dubh.

Rosie sursauta.

— C'est le surnom que me donne mon père, dit-elle sans réfléchir.

Il s'adossa au banc, ses grandes jambes allongées devant lui, chevilles croisées. Il portait des bottes en cuir. Rosie remarqua ses mains, élégantes et soignées, contrastant avec son apparence robuste.

— Ennis ? répéta-t-il. Je connais bien. Et la grande maison qui s'appelle Ennismore. Vous devez connaître.

— Oui, répondit Rosie en tressaillant.

— Et qu'est-ce qui vous amène à Dublin ?

— Ma sœur a des problèmes de santé, bredouilla-t-elle. Je suis venue l'aider.

— A-t-elle vu un médecin ?
— Seulement l'hôpital public.
— Ah, l'Union. Je connais bien.

Il s'arrêta là et Rosie, sa curiosité piquée, lui retourna la question :

— Et vous ? Pourquoi Dublin ?

Il sembla revenir de pensées très lointaines.

— Ah, c'est une longue histoire. Trop longue pour être racontée sur un banc dans le froid.

— Je vous l'ai déjà dit, Mr. O'Malley, reprit Rosie, de nouveau méfiante. Je ne suis pas le genre de femme qui tient compagnie aux hommes le soir.

Il éclata de rire.

— Ah oui, j'ai bien compris, Róisín Dubh. Et je n'ai aucunement l'intention de vous inviter à passer une soirée scandaleuse avec moi. Loin de moi l'idée de corrompre une jolie fille pure du comté de Mayo !

— Je suis heureuse de l'entendre, répondit Rosie en se levant. Bonsoir, Mr. O'Malley.

Il se leva à son tour et s'inclina, un sourire aux lèvres. Lorsqu'il lui tendit sa main, Rosie fut de nouveau surprise par la douceur de sa peau.

— Bonsoir, Rosie Killeen. Nos chemins se recroiseront peut-être.

— J'en doute.

Cette rencontre occupa les pensées de Rosie tout au long du chemin vers Foley Court. Il était certain que ce Cathal O'Malley l'avait prise pour une prostituée, mais il s'était montré affable quand elle avait protesté. Tout en la taquinant gentiment. Peut-être avait-elle éprouvé de la curiosité parce qu'il venait de Mayo. Elle ne s'était pas rendu compte à quel point son village lui manquait.

Tandis qu'elle marchait, sa détermination lui revenait. Peu importaient les circonstances, elle savait qu'elle ne tomberait jamais aussi bas. Elle ne laisserait plus jamais personne l'utiliser. Victoria avait raison : elle avait désormais la chance de forger son avenir. Elle ne serait plus une victime. Elle ne laisserait plus l'aristocratie lui faire des cadeaux pour les lui retirer. Elle allait prendre sa vie en main et, quoi qu'il lui en coûte, ne se soumettrait plus jamais à de telles humiliations. La jeune campagnarde avec des rêves plein la tête avait bel et bien disparu.

QUATRIÈME PARTIE

La rébellion
1914-1916

19

Victoria dit au revoir à son père devant le 6, Fitzwilliam Square.

— Merci, papa, pour tout ce que vous avez fait.

Lord Ennis sourit.

— Tu me remercieras en faisant de ton mieux, en t'appliquant à ta formation avec le docteur Cullen. C'est très généreux à lui de te prendre.

— Je sais, papa. Je vous promets de travailler dur.

Lord Ennis l'embrassa sur la joue. Elle remarqua qu'il avait les yeux humides et le serra fort contre elle. Il s'écarta, l'air un peu gêné.

— Allons, allons. Je dois y aller. N'oublie pas d'écrire à ta mère.

Il fit signe à son cocher et monta dans la calèche que Victoria regarda s'éloigner dans Sackville Street, démodée et presque incongrue entre les tramways électriques. *C'est bien papa de s'accrocher aux vieilles habitudes.*

Elle attendit jusqu'à ce que la calèche ait disparu et soudain, sans prévenir, la peur s'empara d'elle. Elle fit de son mieux pour l'étouffer, mais sans la promesse de la compagnie de Rosie, elle se sentait complètement et lamentablement seule. Avant d'arriver à Dublin, elle s'était réjouie à l'idée de faire renaître leur amitié, mais cet espoir avait été anéanti. Elle ne voyait pas comment arranger les choses.

Le seul souvenir de sa visite à Foley Court, les odeurs et ce qu'elle y avait vu, la rendait malade. Céline l'avait prévenue que Bridie vivait dans un taudis des bas quartiers de Dublin, mais elle n'était pas préparée à cette misère et à cette saleté. L'euphorie d'avoir réussi à tenir tête à Rosie s'était dissipée. Et même si la colère de celle-ci était avant tout motivée par la honte, Victoria restait blessée par ce qu'elle avait entendu.

Un instant, elle se prit à regretter la sécurité d'Ennismore, loin des dures réalités du monde. Paradoxalement, le sentiment de protection qui lui manquait l'avait étouffée peu auparavant. Elle doutait presque de sa capacité à survivre dans le monde réel, hors de cette douce prison où elle avait grandi. Avec un soupir, elle rentra chez sa tante et ferma la grande porte derrière elle.

Cette nuit-là, elle rêva d'Ennismore. Elle jouait dans le jardin avec Rosie sous un beau soleil d'été. Valentin n'était pas loin, il riait. Puis elle était dans sa chambre, tournoyant sur elle-même, montrant ses nouvelles robes à Rosie, excitée par la perspective de sa première saison. Mais Rosie pleurait. Elle la prenait dans ses bras pour la réconforter, mais Rosie la repoussait et partait en courant. Elle courait en l'appelant, mais Rosie refusait de se retourner.

Elle se réveilla avant l'aube, épuisée, les yeux rouges, et sans savoir pendant quelques instants où elle était. Puis elle se souvint et s'assit dans son lit. C'était à l'avenir qu'il fallait penser. Dans quelques heures, elle commencerait à travailler à la clinique du docteur Cullen en tant qu'élève infirmière bénévole. Elle ignorait quel genre d'infirmière elle serait, mais elle était bien décidée à faire de son mieux. Pourvu que la vue du sang et de la douleur n'affaiblisse pas sa détermination !

Étrangement, elle espérait que ce serait difficile, comme pour se punir de sa conduite envers Brendan. Elle était responsable de son renvoi et se sentait toujours aussi coupable. En quelque sorte, elle espérait par ce travail expier ses fautes.

Victoria s'appliqua donc avec zèle à ses nouvelles responsabilités. L'infirmière qui la formait était stricte, mais gentille, et la douceur du tempérament de Victoria l'aida à gagner les faveurs des patients. Elle avait envie d'apprendre autant qu'elle pouvait, mais s'ennuya rapidement. La clientèle du docteur Cullen était composée majoritairement de grandes dames de la bonne société et de leurs filles, qui se plaignaient d'affections délicates diverses et variées : troubles nerveux ou digestifs et fatigue, dans la plupart des cas.

C'était une déception : même en ayant quitté Ennismore, elle restait piégée dans les mêmes cercles. Sa seule liberté était son trajet jusque chez lady Marianne, sans chaperon, ce pour quoi elle avait dû insister.

« Je ne suis plus une enfant, tante Marianne. Je suis venue à Dublin pour gagner mon indépendance et apprendre un métier qui, un jour, me permettra de gagner ma vie. J'espérais que vous le comprendriez.

— Mais oui, ma chère. Bien sûr que je le comprends. Je suis tout à fait pour l'indépendance des jeunes femmes. Mais je suis responsable de vous. Vous n'avez pas conscience de tous les périls auxquels une ville comme Dublin expose. Si quelque chose vous arrivait…

— Je suis responsable de ma sécurité. »
Tante Marianne s'était résignée.
« *D'accord**, Victoria. Je vois que vous avez l'intention de faire ce que vous voulez. Je n'interférerai pas. »

20

L'été passa sans incident à Ennismore, mais les événements lointains y provoquaient des tensions sous-jacentes. Les conflits qui grondaient sur le continent européen s'accentuèrent et, comme lord Ennis l'avait prédit, lorsque l'Allemagne déclara la guerre à la petite Belgique, le Premier ministre Asquith délivra un ultimatum à l'Allemagne : n'entrez pas en Belgique ou nous vous déclarerons la guerre. L'ultimatum resta sans réponse et, le 4 août 1914, la Grande-Bretagne entra en guerre.

Valentin Bell décida de s'engager.

— Hors de question ! tempêta lord Ennis. Nous avons déjà perdu un héritier, nous n'en perdrons pas un second !

— L'avenir du domaine est assuré avec Julian, répondit calmement Valentin.

Lord Ennis s'approcha, l'air furieux.

— Julian n'est qu'un bébé. Qui gérera le domaine si tu ne reviens pas ? Je ne serai pas en état de m'en occuper pendant les vingt prochaines années. Je ne te comprends pas, Valentin. Je croyais que tu avais changé, mais je vois maintenant que tu es toujours aussi immature.

— Désolé, papa, mais je sens que c'est mon devoir.
— Ton devoir est ici ! Ton devoir, c'est ta famille et ce domaine. Et Sofia et Julian ? Qu'adviendra-t-il d'eux ? Et ta mère ? N'a-t-elle pas assez souffert avec Thomas ?

Ils étaient dans la bibliothèque, comme tous les soirs après le dîner, à l'heure de parler des affaires du domaine et de l'actualité. Valentin alla jusqu'à la fenêtre et observa le lac Conn au loin.

— Je ne serai pas parti longtemps. Tout le monde dit que la guerre s'achèvera avant Noël, ajouta Valentin avec un sourire triste. Je compte bien revenir sain et sauf.

Lord Ennis le regarda longuement.

— À moins que vous ne pensiez que j'échouerai en tant que soldat, comme j'ai échoué à tout le reste.

— Mais non, Valentin, bien sûr que non !

— Oh ! Mais je le crois, papa, dit Valentin à haute voix, avant de murmurer en lui tournant le dos : Et vous le savez.

Au sous-sol, l'annonce de la guerre avait entraîné disputes, excitation, inquiétude et prières.

— Il n'y aura pas grand monde pour se porter volontaire, déclara Anthony Walshe. Qui voudrait risquer sa vie pour un roi anglais ? En tout cas, si on me le demande, moi, je n'irai pas !

— À votre âge, personne ne vous demandera rien, répondit sèchement Mrs. O'Leary. Bien heureux, parce que je ne veux pas de lâches dans ma cuisine.

— Je ne suis pas si vieux que ça, je peux me battre comme tout le monde, s'indigna Anthony. Mais ce n'est pas la question. Pourquoi les jeunes Irlandais iraient-ils se battre pour l'Angleterre ? Qu'est-ce que l'Angleterre a fait pour eux ?

— Plus ça va, plus je croirais entendre Brendan Lynch. Je pensais en avoir fini avec ces sottises quand il est parti.

Mr. Burke, qui observait la scène depuis son bureau, apparut dans l'office.

— Personne n'a encore parlé de mobilisation pour l'Irlande, mais si cela arrive, j'espère que tous les hommes en état de se battre feront leur devoir.

— Bien dit, Mr. Burke ! approuva Mrs. Murphy.

— Ce sera toujours plus excitant que la vie monotone d'ici, renchérit un jeune garçon d'écurie.

— Te vendre au roi ? rétorqua Anthony, l'air furieux. Judas !

Immelda se signa.

— Anthony, pas de blasphème.

— Je n'arrive pas à croire que Monsieur Valentin y aille, dit Sadie. Lui qui vient juste de se marier et d'avoir un enfant. Je l'ai dit et je le répète, quelque chose ne va pas entre ces deux-là.

— Ça suffit, miss Canavan, la gronda Mr. Burke.

Finalement, Valentin resta sur ses positions et son père dut lui trouver une place de second lieutenant dans le tout nouveau second bataillon de la garde irlandaise. La famille et les domestiques se réunirent sur les marches d'Ennismore le jour de son départ. Il était resplendissant dans son uniforme composé d'une veste rouge avec deux insignes de trèfle sur le col. Lady Ennis lui donna un baiser froid sur la joue, lord Ennis lui serra formellement la main. Sofia resta impassible, le petit Julian dans ses bras, tandis que lady Louisa observait la scène d'un air assez satisfait. Les domestiques rassemblés firent de grands signes à la calèche qui s'élançait dans l'allée de gravier.

— Eh bien ! En voilà un autre de parti, soupira Mrs. O'Leary, une main au-dessus des yeux pour regarder la voiture disparaître.

— Qu'est-ce qu'il était beau ! dit Sadie. J'en mourrais si c'était mon mari qui partait à la guerre, mais elle est restée plantée là comme une statue.

— Allons, reprit Mrs. O'Leary. Tout le monde ne montre pas ses émotions en public. Vous n'avez aucune idée de ce que ressent miss Sofia, Sadie Canavan.

— C'est peut-être parce qu'elle est américaine, renchérit Thelma.

— Ce ne sera plus pareil ici, sans Monsieur Valentin ou sa sœur, dit Anthony. S'il n'y avait pas le petit Julian, il n'y aurait plus de vie du tout dans cette maison.

21

Dublin avait recouvré un calme précaire après les accords mettant fin aux grèves des travailleurs du début d'année, calme bouleversé par la déclaration de guerre. Les jeunes hommes sans travail ni perspectives décidaient de s'engager : un salaire régulier et l'aventure, on ne pouvait pas rêver mieux. Les hommes plus âgés se montraient plus mesurés : prenez garde à ce genre de vœux, les jeunes ; l'aventure pourrait bien se résumer à mourir dans un fossé étranger, sans un prêtre pour prier pour votre âme.

Dans la communauté qui soutenait le mouvement nationaliste, le ton était différent. La loi d'autonomie interne votée à Westminster ne serait sûrement pas entérinée en pleine période de guerre, à l'heure où d'autres questions occupaient les politiciens. Beaucoup craignaient que le mouvement perde en intensité et meure, tout comme l'élan vers une Irlande qui aurait enfin un semblant de maîtrise sur ses propres affaires.

Rosie écoutait tout cela sans passion. Si elle avait été un homme, elle se serait probablement rangée du côté de ceux qui espéraient s'engager. Après tout, à cette période de sa vie, un emploi passait avant la loyauté envers l'Irlande. Mais elle gardait ces pensées pour elle. Elle commençait à désespérer de trouver un jour un travail permanent et correctement rémunéré, après une longue série de petits emplois. L'éventualité de devoir rester chez Bridie et Micko sapait le peu d'énergie et de détermination qu'il lui restait.

Alors, quand une énième invitation pour un thé chez lady Marianne arriva, Rosie ne la déchira pas tout de suite. Elle la lut et la relut, bataillant contre elle-même, incapable de décider quoi faire. Elle s'était juré de ne plus laisser la famille Bell et l'aristocratie se servir d'elle. Retourner dans ce monde l'exposerait de nouveau à la douleur et à la trahison qui l'avaient presque détruite. Elle n'oubliait pas sa résolution, mais celle-ci ne lui avait encore rien apporté, sinon qu'elle avait appris que les rêves devenaient inutiles quand on les confrontait à la dure réalité de la vie.

Elle se décida pendant la nuit : pourquoi ne pas inverser les rôles et utiliser l'aristocratie à son propre profit ? Ce ne serait que justice ! Tant qu'elle gardait les idées claires, elle pouvait bien laisser lady Marianne apaiser sa culpabilité en acceptant son aide. Rassérénée, elle plongea dans un sommeil profond.

La semaine suivante, Rosie se trouva une nouvelle fois dans le salon de lady Marianne à Fitzwilliam Square. La première fois, elle s'était totalement livrée à cette femme qu'elle ne connaissait pas. Désespérée et vulnérable, elle avait été prête à accepter n'importe quoi. À présent, elle était toujours désespérée, mais plus vulnérable. Cette année difficile avait rendu la nouvelle Rosie méfiante, raisonnable et plus sage.

Sa seule inquiétude résidait dans l'éventuelle présence de Victoria. Elle n'était pas encore prête à revoir son amie d'enfance. Lady Marianne la rassura immédiatement.

— Je suis désolée que Victoria ne soit pas là pour vous accueillir, ma chère. Elle est partie au petit matin pour s'occuper des malades. Son zèle m'impressionne : je crois qu'elle n'a pas manqué un seul jour.

Rosie hocha la tête, mais ne fit pas de commentaire. Elle scruta Céline qui venait servir le thé, mais la bonne garda les yeux baissés.

— Je ne sais pas si vous êtes au courant, mais Valentin s'est engagé dans l'armée, annonça lady Marianne. Contre la volonté de ses parents, apparemment, précisa-t-elle avant de marquer une pause pour observer Rosie, qui ne manifestait aucune réaction. Il est dans la garde irlandaise. J'imagine sans mal comme il doit être beau dans ce splendide uniforme rouge.

Rosie buvait son thé à petites gorgées. Elle sentait que lady Marianne attendait une réponse.

— Est-il déjà parti pour le continent ?

— Pas d'après ce que Victoria m'a dit. Il s'entraîne quelque part en Angleterre. Je suis sûre qu'il viendra nous rendre visite avant de partir en France. Je pourrai vous prévenir si vous le désirez. Je suis sûre que vous aimeriez lui souhaiter bonne chance.

— Bien sûr.

Rosie s'efforçait vainement de ne pas rougir. Lady Marianne testait sa réaction pour savoir quels étaient ses sentiments, mais Rosie était déterminée à ne rien laisser paraître. Ses joues écarlates prouvaient pourtant assez que, malgré tous ses efforts, elle n'avait pu chasser Valentin de ses pensées ou de son cœur.

La sonnette de la porte d'entrée fut une distraction bienvenue. Lady Marianne se leva en souriant.

— Voilà sûrement ces chères sœurs Butler ! Je les ai invitées à venir vous voir. Elles n'ont cessé de me demander de vos nouvelles depuis... depuis l'année dernière. Et je sais que vous les appréciez aussi.

Céline fit entrer Geraldine et Nora Butler.

— Rosie ! s'exclama Geraldine en se précipitant. Que c'est bon de vous revoir enfin. Nous nous sommes tant inquiétées pour vous.

Rosie leur sourit, contente de les retrouver. Elle n'avait pas oublié leur gentillesse, le soir du bal. Elle serra chaleureusement les mains de chacune entre les siennes.

— C'est une très bonne surprise, dit-elle. Je ne m'attendais pas à vous revoir un jour.

Nora retira son chapeau et s'assit.

— Nous non plus, Rosie. Nous pensions que Victoria nous donnerait de vos nouvelles ou nous conduirait jusqu'à vous, mais elle nous a confié que vous ne vous étiez vues qu'une fois. Cela m'a surprise, mais je comprends qu'elle passe tout son temps à la clinique.

Geraldine éclata de rire.

— Oui, elle s'occupe de la plomberie digestive de nos bonnes ladies. J'ai consulté le docteur Cullen avec maman récemment et Victoria m'a paru différente. Elle est aussi gentille que d'habitude, mais j'ai noté quelque chose de changé en elle que je ne saurais pas expliquer.

— Elle a trouvé une nouvelle passion, je crois, dit lady Marianne quand le thé fut servi à ses invitées. Mais assez parlé de Victoria, je vous ai fait venir pour vous soumettre une idée qui pourrait aider Rosie. En vérité, elle vient de ce cher Mr. Kearney, mais nous avons peaufiné les détails ensemble et le projet me semble vraiment intéressant à présent.

Rosie se sentit pâlir. Elle devait garder la tête froide, surtout devant une autre « idée » de lady Marianne. Au moins, celle-ci ne l'appelait plus Rosalind. Elle se redressa, prit une profonde inspiration et fit un beau sourire.

— Formidable, lady Marianne ! S'il vous plaît, dites-moi ce que vous avez en tête.

22

Pendant ce temps, malgré le sérieux avec lequel elle accomplissait son travail à la clinique du docteur Cullen, Victoria sentait apparaître des fissures de frustration. D'abord minime et facile à mettre sur le compte de la fatigue et du stress, sa déception grandissait, et bientôt elle menaça d'exploser en une rébellion ouverte. Elle aspirait à une tâche plus exigeante que de traiter les petites indispositions répétitives et routinières des riches Dublinoises qui fréquentaient la clinique. Chaque matin, elle partait déjà épuisée.

La guerre lui apparut comme un possible sursis. Soigner des soldats blessés lui donnerait forcément le sentiment d'être utile. Et les blessés arrivèrent bientôt du front, pas à la clinique, mais dans un petit hôpital privé où le docteur Cullen envoyait ses patients les plus critiques. Victoria obtint son transfert, dans l'espoir d'accomplir enfin quelque chose d'important.

Comme les autres patients du docteur Cullen, les soldats blessés venaient tous de familles aisées. Mais leur statut d'officiers ne les avait pas protégés des ravages de la guerre : membres amputés, traumatismes crâniens, infections, gangrène et troubles nerveux. Elle faisait tout son possible pour leur apporter un peu de réconfort. Souvent, elle s'asseyait à côté d'eux, leur tenait la main et écoutait leurs histoires, ou écrivait des lettres pour ceux qui ne pouvaient plus le faire eux-mêmes. Elle pensait à Valentin et espérait qu'une autre infirmière ferait la même chose pour lui s'il se trouvait un jour dans cette situation. Elle songeait aussi aux milliers d'autres malheureux qui, de retour en Irlande, seraient livrés à eux-mêmes dans d'horribles hôpitaux surchargés. L'idée que ceux-là avaient peut-être encore plus besoin d'elle ne la lâchait pas.

Elle aurait aimé pouvoir partager ses sentiments et, comme toujours, Rosie lui manquait. Elle avait depuis longtemps oublié sa colère et même envisagé de retourner à Foley Court, mais cet endroit la faisait frémir.

— C'est simplement que j'aimerais la revoir, dit-elle un soir à lady Marianne. Je suis allée chez sa sœur un jour. C'était un tel choc de découvrir leurs conditions de vie, et Rosie semblait si abattue ! J'ai vraiment peur que son désespoir ne la pousse vers une vie de...

Le mot était trop terrible pour être prononcé à haute voix.

— Rose a bien trop de cran et de caractère pour tomber si bas, assura lady Marianne en souriant. Sa force m'impressionne. Allons, ne te fais pas de souci pour elle. Elle trouvera sa voie. Il le faut. D'ailleurs, j'ai mis en place un plan pour elle et elle a accepté de se prêter au jeu.

— Mais, ma tante, vous ne pouvez pas vous mêler de nouveau de la vie de Rosie, pas après ce qui s'est passé l'année dernière ! protesta Victoria.

— Ne t'inquiète pas, ma chérie. Je ne suis que l'intermédiaire dans cette histoire. J'ai laissé Rose et

son avenir entre les mains bienveillantes des sœurs Butler.
— À quelles fins ?
— Je t'expliquerai les détails en temps voulu. Mais je suis optimiste, je crois que Rose va enfin trouver sa place.

Elle tourna la tête, indiquant que le sujet était clos.
— Parlons un peu de toi, ma chère. Tu dois aussi penser à ton avenir. Tu trouveras peut-être un bon parti parmi tous ces beaux officiers que tu soignes.
— J'en doute, répondit Victoria en haussant les épaules.

Elle garda pour elle l'attitude grossière de certains de ces hommes qui la prenaient pour une jeune infirmière issue de la classe ouvrière. Malades, ils se montraient corrects, mais dès qu'ils commençaient à se rétablir, leur véritable nature ressurgissait, comme chez ce major qui lui avait fait des avances très directes, ce capitaine de Wicklow qui lui pinçait les fesses à chaque fois qu'elle passait à côté de lui, ou les deux lieutenants qui discutaient de ses attributs physiques alors qu'elle était assez près pour les entendre. Une fois encore, Victoria avait honte de sa classe.

23

Un soir glacial de novembre 1914, Rosie gravit l'escalier sombre de la vaste demeure d'un juge du district de Dublin afin d'assister à une réunion de la Ligue gaélique. Elle avait cédé à la pression exercée par Geraldine Butler, qui lui écrivait sans cesse et avait fini par la menacer de venir la chercher à Foley Court en personne pour l'escorter à une réunion.

« Je sais que le poste de secrétaire que nous t'avons proposé n'est pas bien payé, avait dit Geraldine, mais tu rencontreras des gens très bien, et tu apprendras tout ce qui se passe à Dublin et dans toute l'Irlande. Tu verras, Rosie, c'est très excitant. Et j'espère que ces présentations t'ouvriront d'autres portes, il faut que tu puisses mettre tous tes talents à profit. »

Nora était d'accord avec sa sœur et lui avait expliqué par le menu l'histoire de la Ligue gaélique, une organisation à l'orientation nationaliste dont lady Marianne semblait penser grand bien.

Au tout début, le « plan » imaginé par cette dernière n'avait suscité chez Rosie qu'une nouvelle déception. Elle avait beau rester sur ses gardes, elle espérait au fond que la lady avait inventé un miracle qui la lancerait d'un coup sur la voie du succès. Un poste mal payé à la Ligue gaélique, dont elle n'avait jamais entendu parler, semblait très loin de sa définition d'un miracle.

« Mais je ne sais même pas me servir d'une machine à écrire ! avait-elle dit à lady Marianne. J'apprécie beaucoup tout ce que vous faites pour moi, mais je ne crois pas... »

Sur le coup, elle n'avait pas pu terminer sa phrase. Le doute s'insinuait déjà en elle. Avait-elle tort de rejeter sa proposition ? Mais la description enflammée que lui faisait Nora de la Ligue gaélique ne la convainquait pas totalement. Des riches qui jouaient aux révolutionnaires, voilà ce qu'elle en pensait. Ils ne savaient rien de la réalité des pauvres d'Irlande. C'étaient les mêmes qui l'avaient tournée en dérision au bal du Métropole et elle ne voulait rien avoir à faire avec eux. Rosie avait donc remercié lady Marianne et était partie.

En rentrant à Foley Court cet après-midi-là, le désespoir était revenu en force. Avait-elle laissé sa fierté prendre le pas sur sa raison ? Plus les jours passaient sans le moindre espoir d'emploi, plus Rosie mesurait son erreur. Heureusement, l'insistance de Geraldine lui avait épargné un retour humiliant vers lady Marianne.

En grimpant l'escalier, elle ignorait tout à fait ce qu'elle allait trouver. Dans les étages résonnaient des bribes de mélodies irlandaises, le brouhaha de discussions et de disputes, des pas de danse martelant le parquet. Avec grand soin, Rosie avait choisi sa robe et sa cape en laine les moins élimées, celles qui avaient été raccommodées à l'intérieur, où les points ne se voyaient pas. Elle entra la tête haute dans la pièce principale, au sommet de l'escalier. Un jeune homme à lunettes, très pâle, était assis à un bureau et notait les noms des personnes présentes.

— Róisín Killeen, s'annonça-t-elle. Miss Geraldine Butler m'a invitée. Est-elle arrivée ?

Le visage du jeune homme s'éclaira.

— Soyez la bienvenue parmi nous, dit-il.

Rosie l'identifia aussitôt comme un bourgeois. Son accent anglo-irlandais lui rappelait celui des jeunes hommes avec lesquels elle avait dansé au bal du Métropole. Elle serra les poings.

— Geraldine est occupée pour le moment, ajouta-t-il en souriant. Elle répète un tableau qui sera présenté tout à l'heure. Mais entrez, je vous en prie. Il y a du thé et des rafraîchissements, ou du sherry si vous préférez. Vous avez l'air gelée.

Rosie murmura un remerciement. Elle n'avait pas l'habitude de la foule, surtout quand elle ne connaissait personne. Tout autour d'elle, des discussions animées allaient bon train. Des jeunes femmes de son âge, pleines d'assurance, débattaient avec ardeur face à de jeunes hommes tout aussi passionnés. Les garçons avaient l'air d'étudiants, ils lui rappelaient ceux qui traînaient autour de Trinity College. Quant aux hommes plus âgés, leurs tenues et leur façon de s'exprimer signaient l'aristocratie, même si certains étaient peut-être professeurs, avocats ou journalistes. Elle avait rencontré beaucoup d'hommes comme eux au cours des années passées à Ennismore ou lors de soirées dublinoises avec lady Marianne. En revanche, pour ce qui concernait les femmes, Rosie n'en connaissait pas de pareilles. Elle n'avait côtoyé que des filles seulement intéressées par la mode ou les voyages, et par leurs chances de faire un bon mariage. Si les femmes présentes semblaient elles aussi issues de l'aristocratie, elles étaient d'une tout autre espèce.

Elle prit un petit verre de sherry et le sirota lentement, restant dans l'ombre à écouter les bribes de conversation qui lui parvenaient. On parlait d'une récente campagne pour « acheter irlandais » qui avait eu lieu à Noël à la Rotonde de Dublin, où l'on n'avait vendu que des produits fabriqués en Irlande. Il était aussi question de cours de langue, de débats et de futurs concerts. Une jeune femme distribuait des prospectus pour promouvoir un *ceili*, un festival de danse irlandaise qui devait se tenir dans une salle paroissiale. Rosie en lut un avec intérêt. Sponsorisé par la Ligue gaélique, le festival était gratuit et ouvert à tous.

D'après Nora, la Ligue gaélique était la plus grande des sociétés « celtiques » qui défendaient une renaissance gaélique. Ces sociétés soutenaient le retour à la langue et à la culture irlandaises en touchant à la poésie, au théâtre, à la danse et au sport. Ce faisant, elles espéraient aider les Irlandais à se sentir de nouveau fiers de leur culture et de leur patrimoine.

« Des siècles de domination anglaise nous ont enlevé cette fierté, avait dit Nora. Nous pensons qu'il est temps de la retrouver. »

Rosie n'avait jamais entendu parler d'un mouvement pareil. Il était impensable que la famille Bell ou ses voisins aient encouragé un retour à la culture irlandaise. D'après sa propre expérience, l'aristocratie rurale considérait les Irlandais de souche comme des paysans, des serviteurs bons à faire la cuisine ou le ménage, des ouvriers seulement capables d'entretenir leurs terrains et de s'occuper de leur bétail, des métayers destinés à labourer et cultiver leurs champs. Une fois de plus, elle était sceptique. Ces gens de la Ligue gaélique défendaient-ils réellement la cause irlandaise ou n'étaient-ils là que pour s'amuser ?

Geraldine et lady Marianne lui avaient également parlé de la mission politique de ces sociétés. La pléthore de journaux nationalistes irlandais, comme *The United Irishman*, regorgeaient de propagande anti-anglaise qui ne servait qu'à attiser la populace.

« Les Irlandais commencent à perdre patience, ils en ont assez d'attendre la mise en place de l'autonomie, avait expliqué Geraldine. Ils sont en train de s'organiser et de s'armer. On parle d'une rébellion imminente. »

Une femme d'un certain âge tapa dans ses mains et invita tout le monde à rejoindre la vaste pièce attenante où attendaient une petite scène et des chaises en bois. Un rideau cachait la scène. Un jeune homme très grand, avec de larges épaules et une voix douce et grave, commença à réciter un poème en gaélique irlandais que Rosie reconnut immédiatement. Il s'intitulait originellement « Róisín Dubh », « Rosaleen la Noire ». On pouvait croire au premier abord qu'il y était question d'amour pour une jeune fille, mais c'était en fait un poème sur l'Irlande et son histoire troublée. Le père de Rosie le lui avait souvent récité durant son enfance. En l'écoutant, elle essuya une larme.

Puis on ouvrit le rideau et quatre jeunes femmes, dont Geraldine, apparurent. Elles portaient des capes noir et rouge avec un blason représentant une rose, et exécutèrent une chorégraphie simple derrière le poète qui récitait.

— Elles symbolisent les quatre provinces de l'Irlande, murmura un jeune homme à côté de Rosie. C'est bien vu.

Elle applaudit aussi fort que le reste du public quand les danseuses et le poète firent la révérence. Elle voulut aller retrouver Geraldine, mais un mouvement de foule l'entraîna malgré elle vers une autre pièce, plus petite. Quelques jeunes hommes, plus frustes que ceux qu'elle avait vus jusqu'à présent, buvaient de la bière en riant. Certains portaient des vêtements civils ordinaires, tandis que d'autres semblaient avoir un uniforme. Un homme très grand, avec un long manteau, se leva et demanda du calme. Rosie ne le voyait que de dos, mais il lui disait quelque chose. Elle joua des coudes pour se rapprocher et le reconnut. Cathal O'Malley, l'homme qu'elle avait rencontré sur O'Connell Bridge le soir de sa dispute avec Victoria, se mit à parler avec son bel accent du comté de Mayo. Rosie fut troublée. Qu'allait-elle lui dire ? Elle chercha la sortie des yeux mais ne put atteindre l'escalier du fond : Geraldine la rejoignait.

— Rosie ! Tu es venue, c'est formidable !

— Oui, je te cherchais, répondit Rosie en souriant. Félicitations, tu as très bien dansé.

— Ce n'était qu'un petit tableau, dit modestement Geraldine. Mais tellement amusant ! Allez, viens, ajouta-t-elle en prenant la main de Rosie, je veux te présenter mes amis. Et puis, nous interrompons le discours de Mr. O'Malley.

Il avait dû entendre son nom, car il se retourna brusquement. Son regard trouva celui de Rosie et s'y plongea. Elle le soutint, incapable de se détourner. Un léger sourire se dessina sur les lèvres de l'orateur et il inclina la tête. Si Geraldine ne l'avait pas entraînée à sa suite, Rosie serait restée figée sur place.

Il ne fallut qu'un rien de temps pour que Geraldine Butler fasse embaucher Rosie comme secrétaire de la Ligue gaélique. On lui attribua un bureau dans un coin des locaux de *La Harpe*, le journal officiel de la Ligue, au rez-de-chaussée d'une grande maison de trois étages sur Moore Street, à l'angle de Henry Street, au nord de la ville. Dehors, la rue grouillait de chariots, de vélos et de piétons. Des commerçants, leurs chariots remplis de fruits, de légumes et de fleurs, vendaient leurs marchandises à la criée en rivalisant de blagues graveleuses. Le bruit filtrait dans les bureaux de la Ligue par la porte d'entrée battante qui s'ouvrait sans cesse et se fondait dans la cacophonie joyeuse des machines à écrire, des sonneries de téléphone et des éclats de voix.

Par la cloison en verre qui séparait son minuscule bureau de la pièce principale, Rosie observait, fascinée, le flux constant de gens qui passaient la porte chaque jour dans de grands courants d'air froid. Des journalistes, auteurs, poètes et illustrateurs se mêlaient aux femmes élégantes membres de la Ligue. Petits vendeurs et prostituées entraient se réchauffer un moment devant une tasse de thé, tandis que de jeunes garçons aux casquettes de tissu attendaient, dans l'espoir d'une mission qui leur rapporterait une petite pièce. Rosie avait l'impression de voir défiler tout Dublin par cette porte.

Parfois, elle se prenait pour Mr. Burke, le majordome d'Ennismore qui aimait observer les domestiques par la fenêtre donnant dans son bureau. Ce souvenir la faisait sourire. Son minuscule bureau était juste assez grand pour contenir une petite table, une chaise pour elle et une autre pour un visiteur. Tous les papiers dont elle avait besoin étaient rangés dans un carton à ses pieds. C'était là que les membres de la Ligue lui apportaient des affiches annonçant des événements, des tracts à composer, des dons, des cotisations et des dépenses à enregistrer. En l'absence de machine à écrire, Rosie se contentait d'encre et de papier pour ses notes et la tenue du grand registre où devait figurer tout ce qui avait trait aux finances de la Ligue. Avec le temps, elle s'autorisa des corrections grammaticales sur les affiches qu'on lui présentait et quelques suggestions d'améliorations pour la mise en page des tracts. Le soir, quand le calme revenait, elle restait tard pour s'entraîner à taper à la machine sur le bureau du rédacteur en chef, et progressait rapidement.

Un vendredi soir, elle s'exerçait seule, après que toute la rédaction fut partie fêter la fin du bouclage. La vieille presse d'imprimerie au sous-sol avait fonctionné toute la journée et le tout dernier numéro était désormais imprimé et emballé. Il n'attendait plus que les garçons, qui arriveraient le lendemain matin pour le distribuer dans toute la ville. Pour une fois, le bureau était silencieux.

Les deux étages du haut de la maison de Moore Street étaient occupés par des appartements. Rosie ne savait pas qui y vivait, mais il lui semblait que des réunions se tenaient régulièrement juste au-dessus d'elle. Des hommes sérieux de tous âges montaient et descendaient l'escalier si souvent qu'elle n'y faisait même plus attention. Elle avait entendu dire qu'il s'agissait de volontaires irlandais qui se retrouvaient pour parler politique et stratégie. Elle se demandait parfois si Cathal O'Malley en faisait partie. Elle ne l'avait plus revu depuis la première réunion et son travail l'occupait tant qu'elle n'avait plus eu le temps d'y penser.

Elle était sur le point de partir lorsqu'elle entendit des bruits de pas sur le parquet au-dessus, et la porte de l'appartement du premier étage s'ouvrir. Des voix et des pas dans l'escalier. Elle prit vite son manteau, espérant filer avant de croiser quelqu'un, mais ils étaient déjà descendus. Elle décida d'attendre leur départ. Elle serait sûre ainsi que la porte serait bien fermée. Les gens avaient tendance à ne pas s'en préoccuper. Elle enfilait son manteau quand un pas lourd résonna dans l'escalier. Il restait quelqu'un.

— Ma parole, si ce n'est pas miss Róisín Dubh du comté de Mayo en personne !

Rosie se retourna vivement.

— Mr. O'Malley !

Il s'inclina légèrement et vint vers elle.

— Lui-même.

Il était aussi beau que dans son souvenir – un visage puissant et tout en angles, de longs cheveux bruns – et elle découvrait des yeux vert émeraude où elle aurait facilement pu se perdre.

— Vous travaillez aussi pour le journal ? Je me disais bien que vous aviez l'air intelligente, la première fois que je vous ai vue.

Il approcha un peu plus et elle sentit l'odeur de son savon, l'amidon de ses vêtements et la laine humide de son long manteau. Dans son haleine subsistaient des traces de tabac à pipe et de whisky.

— Non, je m'entraîne, répondit-elle timidement. Je travaille comme secrétaire pour la Ligue gaélique. C'est mon bureau. Il est vraiment tout petit.

— Mais avec une reine comme vous à l'intérieur, c'est un vrai palace !

Il y entra et Rosie se sentit soudain mal à l'aise. Il tira une chaise et s'assit, si bien qu'elle se sentit obligée de l'imiter.

— Je vous ai vue à la réunion de la Ligue la semaine dernière, dit-il, mais vous avez détalé comme un lapin avant que j'aie eu le temps de venir vous parler.

— Je n'ai pas détalé ! Geraldine Butler voulait me présenter des gens. De toute façon, vous étiez en plein discours.

— Ah ! Oui, c'est vrai. Eh bien ! Nous pouvons discuter maintenant.

Il se renversa sur sa chaise, allongea les jambes et croisa les chevilles, comme s'il attendait qu'elle prenne la parole.

Rosie était un peu désarçonnée. Elle ne trouva rien à dire.

— Êtes-vous membre de la Ligue ? demanda-t-elle enfin.

Il éclata de rire.

— Oh ! non, rien de tel. Je suis responsable d'un escadron de volontaires, j'essaie d'apprendre à de jeunes types enthousiastes à devenir soldats.

— Ah ! Vous êtes soldat ?

— Non, pas officiellement. Mais j'ai bien plus d'expérience de l'armée que ces jeunes. Certains ne sont que des fermiers venus chercher l'aventure dans la grande ville. Ils veulent se battre pour l'Irlande. Moi, je leur dis : si tu veux te battre, engage-toi dans l'armée britannique et fais-toi payer. Mais non, c'est l'Irlande qu'ils veulent libérer. J'admire leur passion, mais je ne voudrais pas être celui qui les envoie à la mort, ce sont à peine plus que des bébés.

— Pensez-vous vraiment qu'on en vienne aux armes ? L'autonomie a déjà été votée.

— Oui, mais les gens commencent à perdre patience. Il ne se passera rien tant que la guerre continue.

— Tout le monde dit qu'elle sera finie avant Noël.

— Sottises, répondit-il en haussant les épaules. Elle durera des années.

Rosie pensa soudain à Valentin, mais le chassa immédiatement de son esprit. Elle se leva et commença à boutonner son manteau.

— Il faut que j'y aille. Il est tard.

— Oui, beaucoup trop tard pour une jeune femme seule dans les rues de cette ville. Je vous raccompagne.

— Ce n'est pas nécessaire, assura Rosie. Je peux très bien me débrouiller toute seule.

— Je me souviens que vous vous débrouilliez très bien la nuit où je vous ai rencontrée sur O'Connell Bridge, avec ces deux mégères qui vous attaquaient ! dit-il en riant.

Il était très impoli de sa part d'évoquer cet épisode, mais Rosie en percevait aussi le cocasse et elle rit à son tour.

— Vous n'avez pas tort, concéda-t-elle.

Il la suivit et elle lui permit de prendre son coude quand ils sortirent dans la rue.

— Assurez-vous que la porte est bien fermée, demanda-t-elle.

Un vent glacé soufflait comme ils avançaient dans l'obscurité. Elle le voyait à peine, mais sentait le rythme de ses pas. Elle serra son manteau et lui envia son pardessus. Il devait être bien plus chaud.

Pourtant, il ne l'avait même pas boutonné et les grands pans s'ouvraient, comme s'il ne sentait pas le froid. Ils se parlaient peu, mais Rosie trouvait sa présence réconfortante. Pour une fois, les ivrognes n'essayaient pas de l'attraper et les prostituées ne lui crachaient pas dessus. Elle se laissa envahir par ce sentiment de sécurité jusqu'à atteindre les abords de Foley Court. Là, elle pensa qu'il valait mieux le quitter à l'angle de la rue pour éviter qu'il voie où elle vivait. Après Valentin et Victoria, elle ne voulait le montrer à personne d'autre dont l'opinion lui importait. Elle refusait d'inspirer la pitié.

— Me voilà presque arrivée, dit-elle en s'écartant de lui.

Rosie s'était arrêtée mais il lui reprit le coude, la poussant doucement à se remettre en route. Elle n'avait pas le choix. Elle se mordit la lèvre et accéléra le pas. Ils étaient presque au numéro 6. C'était bientôt fini.

Cathal O'Malley leva la tête. Même dans le noir, l'immeuble évoquait un spectre sordide, comme pour annoncer toutes les horreurs qu'il abritait. Doucement, il la fit se tourner vers lui.

— Rien ne me choque, Róisín Dubh. Si c'est ce que vous pensiez, j'en suis désolé.

Il avait senti sa honte. Rosie eut soudain envie de fondre en larmes, mais la colère la sauva tout d'un coup.

— Dommage que la Ligue ne voie pas ça, dit-elle. Ils sont trop occupés à écrire sur la magnifique culture irlandaise, la musique, la poésie, le théâtre et la danse. Eh bien ! Cela aussi, c'est la culture irlandaise. Pourquoi n'écrivent-ils pas sur ça ?

Elle tremblait.

— Et vous, pourquoi n'écrivez-vous pas sur ça ? demanda-t-il.

Elle partit d'un pas rapide.

— Bonne nuit, Mr. O'Malley, répondit-elle sans se retourner.

— C'est Cathal ! lança-t-il.

24

1915 arriva et apporta à Rosie une bouffée d'optimisme. Elle se plaisait beaucoup à son poste de secrétaire et se réjouissait de voir bientôt sa signature dans un numéro de *La Harpe*. Elle avait pris au sérieux la suggestion de Cathal O'Malley et décidé d'écrire sur les pauvres de Dublin. Son premier article, signé « Róisín Dubh », traitait des conditions de vie des plus pauvres pendant la grande grève. Le rédacteur en chef le lisait et le relisait d'un air perplexe tandis qu'elle patientait fébrilement à côté de lui.

— C'est vous qui avez écrit ça ? demanda-t-il.

Rosie acquiesça.

— Vous en avez d'autres ?

— Non. Mais je pourrais écrire autre chose.

Le rédacteur la chargea de rédiger un article par mois et bientôt, fièrement, elle put se précipiter chez Bridie avec un numéro du journal. Sa sœur lut son premier article avec beaucoup d'émotion. Rosie aurait aimé pouvoir le montrer aussi à Valentin.

Cathal O'Malley vint la féliciter à son bureau.

— Bien joué, Róisín Dubh ! Je savais que vous en étiez capable.

Il se tenait dans l'embrasure de la porte et, la tête penchée à l'intérieur de la pièce minuscule, il évoquait un géant dans un conte de fées. Rosie rougit car sa voix forte avait attiré l'attention de tout le monde, et le rédacteur en chef lui fit un clin d'œil.

— Merci, Mr. O'Malley... euh, Cathal. C'est très gentil.

Elle fit mine d'être occupée, mais il ne bougea pas.

— Je dirais que ça mérite d'être dignement fêté. Venez avec moi au pub Toner's et je vous offre un verre.

— Mais c'est le milieu de l'après-midi, répondit Rosie.

Il éclata de rire.

— Vous pouvez prendre une tasse de thé si vous voulez, s'il est trop tôt pour vous.

— Non, je veux dire, je ne peux pas partir maintenant. Je travaille jusqu'à cinq heures.

Mais Cathal ne se laissa pas dissuader.

— Mettez votre manteau, dit-il en la tirant par le bras. Vous méritez bien quelques heures de répit.

Peu après, ils entraient au Toner's, sur Baggot Street. C'était un pub assez connu, fréquenté par de nombreux auteurs et journalistes. Rosie n'aurait jamais osé y entrer seule, mais Cathal O'Malley semblait être un habitué, à en juger par l'accueil chaleureux du barman. Le pub était petit et sombre, avec un sol en pierre, un long bar avec des robinets en cuivre, et une zone au bout qui tenait lieu d'épicerie. Le barman les installa dans une petite arrière-salle, le genre d'endroit où l'on venait avec une maîtresse ou pour parler politique en toute discrétion. Pensait-il qu'elle et Cathal étaient amants ? L'idée la fit sourire.

279

Cathal commanda une bière brune et un verre de sherry pour Rosie. En attendant leurs boissons, ils restèrent silencieux à se regarder de chaque côté de la table en bois. Encore une fois, Rosie se sentit rougir. Le barman la soulagea en venant les servir.

— *Slainte !* dit Cathal.

— À votre santé, répondit-elle.

Rosie repensa à l'époque où elle arrivait à peine à aligner trois mots devant Valentin. Mais ses quatorze ans étaient loin, elle était désormais une femme adulte. Elle prit donc son courage à deux mains.

— Alors, Cathal, parlez-moi un peu de vous. Je ne sais rien à votre sujet, à part que vous venez de Westport et que vous formez des volontaires irlandais.

— C'est à peu près tout ce qu'il y a à savoir, Róisín Dubh, répondit-il en souriant. Je n'ai pas grand-chose d'autre à raconter.

— À mon avis, c'est tout le contraire.

— Je pourrais dire la même chose de vous, miss Killeen.

— Ah, mais c'est moi qui vous ai posé la question.

Cathal vida son verre et en commanda un autre. Rosie sirotait lentement le sien. *Il cache bien son jeu, celui-là*, pensa-t-elle. *Il pense à quels secrets il va me révéler, et quels autres il gardera pour lui.*

— Je suis né à Westport, où mon père était médecin, commença-t-il. J'ai reçu une bonne éducation catholique. Quand j'étais jeune, mon mauvais caractère m'a attiré pas mal d'ennuis. Plusieurs écoles m'ont mis à la porte, alors on m'a envoyé dans l'armée. Pour finir, mon père m'a déshérité et je suis venu à Dublin. J'ai gagné un peu d'argent par-ci par-là, suffisamment pour acheter une maison sur Moore Street, à côté de votre bureau. Et voilà, c'est tout.

Rosie ne savait pas si elle devait se fâcher ou rire. Elle rit.

— J'ai rencontré des ânes qui parlaient plus que ça, dit-elle.

— C'est peut-être pas grand-chose, répondit-il, visiblement soulagé, mais tout est vrai.

Rosie secoua la tête, finit son verre et en accepta un autre. Il ne lui confierait rien de plus.

— Et vous alors ?

— C'est donnant-donnant, Mr. O'Malley. Plus vous m'en dites, plus je vous en dirai. Et vu que vous ne m'avez rien dit...

Il éclata de rire.

— Vous êtes dure en affaires, Róisín Dubh.

Comme ils finissaient leurs verres, Cathal devint plus sérieux.

— Il y a quelque chose dont j'avais envie de vous parler, Róisín.

Rosie attendit, curieuse. De nouveau, il hésita avant de parler.

— Ne le prenez pas mal, mais j'ai beaucoup réfléchi depuis que j'ai vu où vous viviez.

Rosie se tendit.

— Je sais ce que j'ai dit : pas besoin d'avoir honte, et je le pense sincèrement. Mais... c'est un endroit affreux, et trop risqué pour une fille comme vous.

— Je peux me débrouiller toute seule, se défendit Rosie. Je le fais depuis longtemps. Je ne suis pas une idiote de la campagne avec des étoiles plein les yeux.

Cathal posa la main sur son bras d'un geste rassurant et elle ne protesta pas.

— Et je n'ai jamais dit que j'en avais honte ! C'est là que vit ma famille et là qu'est ma place.

— Vous n'y êtes pas à votre place. J'ai une proposition à vous faire et je voudrais que vous m'écoutiez attentivement. Comme je vous l'ai dit, je possède une maison sur Moore Street. Je n'ai besoin que des deux premiers étages. Le troisième ne me sert pas. Vous pourriez y vivre gratuitement. Et je vous promets que ce serait en tout bien tout honneur. Je serai un vrai enfant de chœur, vous n'avez rien à craindre.

Tandis qu'il parlait, Rosie fut traversée d'abord par la honte, puis la colère, et enfin la fureur. Comment osait-il lui faire une telle proposition ? Pour quel genre de femme la prenait-il ? Elle ouvrit la bouche, mais aucun mot n'en sortit.

Il resserra sa main sur son bras.

— Je sais ce que vous pensez. Que si je vous respectais, je ne vous proposerais jamais une chose pareille. Mais c'est justement par respect pour vous que je le fais. Je sais bien que vous n'avez aucune raison de me croire, vous devez me voir comme un voyou qui essaie de profiter de vous. Mais je vous en prie, croyez-moi, mes intentions sont parfaitement honorables. Je vous donne ma parole.

Rosie le repoussa et se leva.

— Votre parole ? répéta-t-elle d'une voix forte. Je vous connais à peine. Quelle valeur dois-je accorder à votre parole ? Mr. O'Malley, je n'ai jamais été aussi insultée de toute ma vie. Je ne veux plus jamais que vous me parliez de ça. D'ailleurs, à partir d'aujourd'hui, je ne veux plus que vous m'adressiez la parole !

Elle enfila son manteau à la hâte et quitta l'arrière-salle, laissant Cathal seul.

Rosie aurait parfaitement pu ne jamais reparler à Cathal O'Malley, mais un incident se produisit au début du printemps 1915 – quelque chose qu'elle appréhendait depuis longtemps.

Il faisait exceptionnellement chaud pour un mois de mai. Pas un souffle d'air ne pénétrait l'humidité qui étouffait Dublin comme une main de fer, enfonçait ses longs doigts dans les lézardes des fenêtres des immeubles de la ville. Comme tout le monde, Rosie arrivait le matin en sueur aux bureaux de la Ligue, et repartait le soir dans le même état. Les femmes du 6, Foley Court n'avaient pas quitté leur poste, elles s'éventaient en partageant une bouteille de gin. Quand Rosie arriva, elles l'accueillirent avec les habituels regards mauvais, mais ne dirent rien. Rosie les salua de la tête et gravit les marches du perron.

La touffeur la frappa dès son entrée dans la fournaise, lui coupant le souffle. La nuit serait longue et désagréable et, une fois de plus, elle maudit le sort qui l'avait fait atterrir là. Comme chaque fois qu'elle rentrait à Foley Court, la proposition de Cathal O'Malley lui revenait et, comme chaque fois, elle l'écartait. C'était tout simplement hors de question. Elle espérait économiser le peu d'argent que lui rapportaient ses articles pour faire déménager Bridie et Kate, et quitter cette misère avec elles. D'ici là, elle prendrait son mal en patience.

La chambre était vide et sombre. Elle se demanda d'abord où était Bridie, puis se souvint que sa sœur avait dû conduire Kate à l'hôpital à cause d'une forte fièvre, comme elle en avait fréquemment. Fatiguée, elle alluma une bougie, enleva sa veste, puis descendit dans la cour pour remplir un seau d'eau. L'eau était tiède et sentait la rouille, mais elle avait l'habitude. Une fois remontée, à bout de fatigue, elle renonça finalement à laver ses cheveux. Elle posa le seau d'eau et alla se déshabiller derrière le paravent en bambou qu'elle avait acheté quand elle travaillait à la boulangerie. Un peu d'intimité dans un si petit espace n'était pas de trop. Elle avait également acheté un matelas et un oreiller fins, qu'elle avait placés par terre, dans un coin, derrière le paravent. Ces derniers temps, elle n'évoluait que dans des espaces minuscules : son bureau à la Ligue et ce petit coin de parquet derrière le paravent.

Elle s'allongea sur le matelas dans sa nuisette fine ; ils ne tardèrent pas à être trempés tous les deux. Elle était en train de s'endormir quand la porte s'ouvrit. Bridie devait rentrer avec la petite, pensa-t-elle, mais elle était trop fatiguée pour se lever. Le bruit d'une toux et une bordée de jurons lui apprirent que ce n'était pas Bridie, mais Micko. Tendue, Rosie s'efforça de rester parfaitement immobile. Il jura encore plus fort en constatant que Bridie n'était pas là. Rosie l'entendit s'asseoir et boire goulûment une bière, mais ensuite il ne se laissa pas tomber sur le matelas qu'il partageait avec Bridie. Rosie priait pour qu'il ne s'aperçoive pas de sa présence.

— Rosie, ma petite Rosie…

La voix l'avait fait sursauter. Elle avait dû s'endormir. Il lui fallut quelques secondes pour comprendre ce qui se passait. Micko était à genoux, penché sur elle. Son haleine fétide lui donnait la nausée. Elle ne bougea pas, espérant faire croire qu'elle dormait.

— Cette pute de Bridie n'est pas au lit, dit-il. Et aucun homme ne devrait avoir à dormir dans un lit froid. Mais elle m'a laissé sa jolie petite sœur, on dirait.

La panique l'envahit. Nuit après nuit, elle avait entendu Micko grogner et souffler comme il attaquait sa sœur après une nuit de beuverie. Bridie avait toujours été là, et il se servait d'elle pour satisfaire ses besoins. Mais ce soir-là, il n'y avait pas de Bridie.

Pitié, mon Dieu, faites qu'il ne me touche pas.

Elle savait pourtant très bien ce que Micko avait l'intention de faire, et qu'aucune prière ne l'en empêcherait. Quelques secondes plus tard, il était allongé sur elle et déchirait sa nuisette de ses mains rugueuses, en haletant. Il fourra la langue dans sa bouche, si profondément qu'elle faillit vomir. D'une main, il remonta la nuisette et de l'autre, déboutonna son pantalon. La colère la plus puissante que Rosie ait jamais ressentie déferla en elle, comme une flamme rouge qui envahissait son champ de vision. Elle perdit la raison, son instinct prit le dessus. Elle se mit à ruer, battit des genoux en visant l'entrejambe de Micko. Elle laboura de coups de poing sa tête et son dos mais il ne la lâchait pas, enfonçant au contraire ses ongles sales dans ses épaules. Elle réussit à écarter sa tête, puis elle cria aussi fort qu'elle le pouvait, sans cesser de lui donner des coups de pied. Son genou trouva enfin sa cible et Micko, sous le choc, perdit l'équilibre et roula sur le côté en l'insultant.

Rosie bondit, attrapa sa robe et sa veste suspendues au paravent, qu'elle envoya valser sur la tête de Micko. Elle réussit entre ses larmes à trouver ses chaussures et, les tenant à la main avec ses vêtements, courut jusqu'à la porte et dévala l'escalier. Elle entendit que Micko se relevait puis trébuchait sur le seau d'eau avant de retomber sur le parquet.

Une fois sur le perron, elle prit quelques secondes pour enfiler vêtements et chaussures, puis elle reprit sa course, d'abord Foley Court puis Montgomery Street. Il n'y avait pas grand monde dehors à cette heure-là, mais Rosie se fichait bien qu'on la voie de toute façon. Elle courait sans réfléchir. Lorsqu'elle s'arrêta enfin, pliée en deux et à bout de souffle, elle était à la porte de la maison de Cathal O'Malley sur Moore Street.

Rosie tambourina et dut attendre plusieurs minutes avant qu'il vienne lui ouvrir. Lorsqu'il se montra, elle s'était écroulée sur le pas de la porte.

— Mon Dieu, que s'est-il passé ?

Rosie leva la tête. Impossible de parler. Elle espérait qu'il n'exigerait pas d'explications. Il l'aida à se relever et la guida le long d'un couloir puis dans une pièce mal éclairée. Il la fit asseoir sur un fauteuil haut, près d'une cheminée.

— Restez là, dit-il d'une voix douce avant de disparaître dans une autre pièce.

Rosie se recroquevilla sur elle-même, à peine consciente de ce qui l'entourait. Elle remarqua néanmoins un verre de whiskey à moitié vide sur la table à côté du fauteuil, et un livre ouvert. Il revint avec de l'eau fraîche et du brandy, puis alla chercher une petite boîte qui contenait des bandages et des onguents, entre autres choses. Elle l'observait avec de grands yeux.

— Buvez le brandy, dit-il. Ça vous fera du bien. Laissez-moi regarder.

Rosie gémit et tenta de se dérober.

— Tout va bien, Róisín Dubh, murmura-t-il. Je ne te ferai pas mal. Laisse-moi regarder.

Elle le laissa retirer sa veste, mais quand il commença à déboutonner le devant de sa robe, la panique la reprit. Est-ce que ça allait recommencer ? Elle cria.

— Ça va, ne t'inquiète pas, ma belle. Tout va bien, mais tu saignes sous ta robe. J'essaie juste de voir tes blessures.

Du sang ? Elle n'avait rien senti. D'ailleurs, elle ne sentait rien. Il fit glisser sa robe sur ses épaules, détachant délicatement le tissu que la sueur et le sang collaient à la peau.

— Jésus, Marie, Joseph, murmura-t-il. Qui t'a fait ça ?

Elle secoua la tête et ne répondit pas.

— Ça va, ne t'inquiète pas. Tu n'as pas à parler pour le moment.

Dans la boîte, il prit du coton et une bouteille d'antiseptique, qu'il appliqua doucement sur ses coupures. Elle en avait dans le dos, sur les épaules et le haut des bras. Ses mains aussi étaient égratignées, tout comme ses mollets. Elle le laissa nettoyer ses blessures et y appliquer de la pommade. Ses gestes étaient doux. Elle avait vaguement conscience que la lueur du feu donnait à ses cheveux bruns des reflets cuivrés. Il était en bras de chemise. Elle ne l'avait jamais vu sans son grand pardessus.

Le brandy la détendait. Elle ferma les yeux et fut ramenée à son enfance, quand son père pansait ses genoux éraflés en faisant le pitre pour qu'elle cesse de pleurer. Puis il l'embrassait sur le front et lui disait qu'elle était réparée. Elle sentit le baiser de son père, si réel qu'elle ouvrit les yeux. Mais l'homme agenouillé devant elle était Cathal O'Malley.

25

L'année 1915 s'annonçait tristement décevante pour Victoria. Soigner les soldats blessés dans l'hôpital privé du docteur Cullen était loin de la combler. Certes, les officiers qui avaient besoin de ses soins ne manquaient pas, mais Victoria ne parvenait pas à se débarrasser de l'idée qu'elle aurait pu faire plus. Un jour, lady Marianne lui montra les articles de Rosie, fière des progrès de sa protégée. Et, malgré un petit pincement de jalousie, Victoria fut touchée par le désespoir décrit à chaque ligne.

Ces articles furent peut-être pour elle un catalyseur, car Victoria prit une résolution. Une semaine plus tôt, elle avait été réaffectée à la clinique. L'infirmière en chef de l'hôpital s'était plainte que la jeunesse et la beauté de Victoria représentaient une distraction malvenue pour les officiers convalescents. Retrouver les délicats problèmes de santé des bourgeoises de la ville ne fit évidemment que renforcer sa frustration. Aussi décida-t-elle, un beau matin, de ne pas prendre le chemin de la clinique. Au lieu de cela, elle alla se présenter à l'hôpital de l'Union, au sud de Dublin, et proposa ses services d'infirmière bénévole.

Sur James Street, l'hôpital faisait partie d'un ensemble de bâtiments qui abritaient un hospice pour les pauvres et une infirmerie. Le South Dublin (Poor Law) Union avait été officiellement établi en 1839, mais l'hospice et l'hôpital des enfants abandonnés dataient déjà de plus de cent ans. Lorsque Victoria s'y présenta, il était devenu une ressource essentielle pour les pauvres de la ville, qui y étaient soignés gratuitement. En plus des infirmières et de femmes de différents ordres religieux, il comptait également de nombreux médecins bénévoles, dont certains très renommés.

Le contraste avec la clinique privée du docteur Cullen était saisissant. Le bâtiment en granit sombre dans lequel Victoria pénétrait chaque jour par une grande arche était à l'opposé de la discrète maison de ville georgienne. L'hôpital était sale, bruyant et malodorant, et il débordait de patients. Pour la première fois depuis son arrivée à Dublin, Victoria se levait chaque matin avec un enthousiasme inexplicable. Dès le départ, ses compétences d'infirmière furent mises à l'épreuve. Ses nouveaux patients souffraient de maladies bien réelles, dont la plupart étaient dues à la malnutrition, à des conditions de vie déplorables et au désespoir. Victoria avait le sentiment de faire une véritable différence dans leurs vies. Au cours de la seule première semaine, elle traita des furoncles, des cas de scorbut et des morsures de rongeurs, mais aussi des coqueluches, des fièvres et des infections respiratoires. Elle était choquée de voir autant de femmes, de tous âges, arriver avec des contusions et des membres fracturés en prétextant une « mauvaise chute ».

Ses journées à l'hôpital étaient longues et épuisantes, si bien qu'elle dormait toutes les nuits d'un sommeil profond, ce qui lui permettait de moins penser à Rosie et à sa tristesse pour leur amitié perdue. Pendant la journée, en revanche, elle y songeait très souvent et s'attendait même parfois à voir son amie apparaître au milieu de la foule de la salle d'attente, avec Bridie ou son bébé. Elle prenait peu à peu conscience de la réalité de la pauvreté dans la ville, et elle comprenait pourquoi Rosie écrivait ce genre d'articles.

Un matin du mois de mai, un événement inattendu vint troubler sa nouvelle routine. L'Union grouillait comme jamais et à dix heures, la salle d'attente débordait déjà. Le flot de gens en quête de soins et de compassion semblait infini. Elle nouait un bandage au bras d'un petit garçon lorsqu'elle sentit qu'on l'observait. Elle se retourna vivement. Un homme brun la regardait par une fenêtre. Quelque chose en lui paraissait familier. Soudain, elle lâcha le bras du garçon.

— Hé, madame ! protesta-t-il. Faites un peu gaffe à ce que vous faites.

Mais Victoria n'entendait rien. Ses oreilles bourdonnaient, une sueur chaude coulait dans sa nuque et ses mains étaient moites. Non, ça ne pouvait pas être lui, pensa-t-elle, paniquée. Il appartenait à un autre monde, l'ancien, celui qu'elle avait abandonné. Il n'avait rien à faire dans celui-ci. Il n'avait pas le droit de venir le perturber. Figée, elle le vit ouvrir la porte et entrer.

— Eh bien, miss Bell. Vous êtes tombée bien bas, à ce que je vois.

— Brendan ? Que faites-vous ici ?

Brendan Lynch haussa les épaules et montra un mouchoir taché de sang enroulé autour de ses doigts.

— Je cherche une infirmière, comme tout le monde. J'ai eu un petit accident avec un couteau.

Instinctivement, Victoria lui prit la main, mais il la retira vivement.

— Je vais attendre mon tour.

Ils s'observèrent en silence, ignorant le jeune garçon entre eux.

— Je suis désolée, Brendan, je regrette ce qui est arrivé, dit soudain Victoria. Je ne voulais pas vous faire perdre votre emploi. J'ai tenté de leur dire que tout était ma faute.

Elle chercha sur son visage une trace d'hostilité. Il devait lui en vouloir, la détester même pour ce qu'elle avait fait. Mais il ne trahissait aucune émotion.

— C'est moi qui me suis comporté comme un idiot, répondit-il. J'aurais dû me méfier des gens comme vous. De toute façon, c'était le coup de pied aux fesses dont j'avais besoin pour partir de là-bas. Et puis, ici, il y a bien plus de types comme moi, rien à voir avec les vieux lèche-culs d'Ennismore.

Victoria pensait comprendre ce qu'il voulait dire. Ses nouveaux amis étaient probablement des hommes qui partageaient son désir d'une Irlande libre, des nationalistes, des révolutionnaires. Dublin en était plein. Discrètement, on parlait d'une rébellion. La loi sur l'autonomie interne censée étouffer toute velléité de cette nature avait été votée, mais sa mise en application devrait attendre la fin de la guerre. Et personne ne savait quand ce serait.

Les nationalistes bouillonnaient. Certains comparaient Dublin à un baril de poudre sur le point d'exploser.

— Je me suis engagé avec les volontaires, dit Brendan.

Cette toute nouvelle milice voulait se battre pour une république d'Irlande libérée de l'oppression britannique.

Victoria hocha la tête, reconnaissant sa fierté.

— Je suis contente que vous ayez trouvé votre place, Brendan, répondit-elle en souriant. Tout le monde voyait bien que vous n'étiez pas fait pour être valet de pied.

— Oui, vous avez raison. Mais de toute façon, ça n'aurait fait aucune différence. Quand cette guerre sera terminée, il n'y aura plus de valets dans ce pays ni dans toute l'Angleterre. Tous les jeunes hommes sont partis découvrir le monde et se battent aux côtés de leurs soi-disant supérieurs, ils ne reprendront pas les vieilles habitudes de sitôt. Je dirais que la façon de vivre de la noblesse touche à sa fin. Et bon débarras.

Victoria n'avait rien à répondre. Elle pensait à son cher papa. Comment survivrait-il à ces inévitables changements ? Les Bell et leurs pairs réussiraient-ils à s'adapter ?

— Je vais y aller, sinon je ne retrouverai pas ma place dans la queue, dit Brendan.

— Oui, bien sûr, et j'ai un patient à soigner. Je suis contente de vous avoir vu, Brendan. Bonne chance.

Il eut un petit rire triste.

— À votre place, je ferais attention. La chance, pour moi, ce serait de faire exploser le château de Dublin et de vous renvoyer en Angleterre, vous et les vôtres. Et je ne crois pas que vous aimeriez ça !

Il s'en alla sur ces mots et Victoria reprit le bandage du garçon.

— Aïe, c'est trop serré !
— Pardon.

Elle repensa longuement à Brendan ce soir-là. Elle en voulait au destin de l'avoir remis sur son chemin. Il lui avait rappelé sa conduite stupide alors qu'elle était venue à Dublin pour laisser tout cela derrière elle. Et elle avait changé. Elle n'était plus la jeune fille boudeuse, rebelle et sans but qu'elle était encore un an plus tôt. Elle avait trouvé sa raison d'être. Plus les jours passaient, plus elle avait confiance en elle. Elle avait eu le courage de quitter la clinique du docteur Cullen, après tout. Elle accomplissait un travail important.

Pourtant, elle se sentait toujours responsable de la manière dont Brendan avait été traité. Mais leur rencontre à l'hôpital lui avait montré que ce changement, en dépit des circonstances qui l'avaient entraîné, avait été bénéfique pour lui. Brendan avait trouvé sa place dans le monde. Elle n'avait plus à se sentir coupable. En fin de compte, ce n'était peut-être pas si mal de l'avoir croisé.

Elle se souvint de sa dernière soirée avec lui dans le jardin clos d'Ennismore, de la tristesse dans ses yeux quand il lui avait raconté la mort de sa mère, de la caresse de ses longs doigts fins, de la douceur de ses lèvres. C'était alors un autre Brendan qu'elle avait découvert, sous l'apparence rebelle et fière qu'il choisissait de montrer. Les sentiments qu'il lui avait inspirés demeuraient un mystère et elle devait bien admettre qu'ils n'avaient pas complètement disparu, comme le murmure d'un souvenir. Aucune importance, pensa-t-elle, elle ne le reverrait jamais de toute façon.

Depuis qu'elle avait réussi à placer Rosie à la Ligue gaélique, lady Marianne Bellefleur avait développé un solide intérêt pour la cause nationaliste. Comme elle l'avait souvent fait remarquer durant ses visites à Ennismore, le mouvement nationaliste gagnait de l'ampleur au sein des Dublinois protestants.

La francophilie de lady Marianne, qui admirait la glorieuse Révolution française, et plus encore son désir d'être à l'avant-garde avaient naturellement fait d'elle une adepte de cette cause.

Avec son cher Mr. Kearney, elle assistait à la plupart des événements organisés par la Ligue : soirées de bienfaisance, discours, débats, soirées musicales et culturelles. Sa préférence, cependant, allait au théâtre de l'Abbaye. Elle connaissait bien ses fondateurs, lady Augusta Gregory, la dramaturge, et le poète William Butler Yeats, pour s'être souvent rendue chez lady Gregory, dans son domaine de Galway. L'affiche de l'Abbaye privilégiait les pièces nationalistes, particulièrement appréciées des membres de la Ligue.

Un soir de la fin mai, lady Marianne réussit à convaincre Victoria de les accompagner à la représentation d'une pièce de George Bernard Shaw, *Le Disciple du diable*, sur la révolution américaine. Épuisée, Victoria aurait préféré se reposer à la maison, mais lady Marianne n'avait rien voulu entendre.

« Tu dois retrouver une vie sociale, Victoria. Tu passes tout ton temps dans cet hôpital, à l'exclusion de tout le reste. Je te félicite pour le travail que tu fais là-bas, mais il te faut un peu de répit, ma chérie. Tu as l'air exténuée ces derniers temps. C'est déplaisant, crois-moi. »

Victoria se mêla donc à la foule des spectateurs, suivant sa tante et Mr. Kearney jusqu'à leurs places. Quand ils furent assis, elle observa la salle. L'Abbaye ressemblait plus à une salle des fêtes qu'à un véritable théâtre. Chacun y déambulait librement, quittait sa place pour aller discuter avec des amis et passait des sièges bon marché de la fosse à ceux, plus chics, de l'orchestre, en ignorant allègrement le cordon de séparation. L'ambiance était électrique, vivante. Elle reconnut de nombreuses patientes du docteur Cullen. Geraldine Butler était là aussi et se précipita vers elle dès qu'elle la vit.

— Très chère Victoria, c'est formidable de vous trouver ici ! La dernière fois que je vous ai vue, c'est quand j'ai accompagné maman à la clinique.

Victoria n'eut pas le temps de répondre que lady Marianne intervenait déjà.

— Victoria ne travaille plus à la clinique, ma chère. Elle est bénévole à l'hôpital des pauvres de l'Union. N'est-ce pas merveilleux, Geraldine ?

— Merveilleux, en effet, répondit Geraldine, les yeux écarquillés. Je suis ravie de l'apprendre. Mais j'ai entendu dire que cet endroit était effroyable.

Victoria tenta de changer de sujet. Elle en voulait à lady Marianne d'avoir annoncé publiquement son nouveau poste, alors qu'elle n'en avait même pas encore parlé à ses parents. Sa mère en serait mortifiée et débarquerait sans doute pour la convaincre de rentrer à Ennismore.

— Comment va Rosie ? demanda Victoria. J'ai lu ses articles dans *La Harpe*.

Geraldine battit des mains.

— Oh oui ! Elle écrit si bien ! Elle a beaucoup de lecteurs.

— J'imagine que sa sœur Bridie doit être fière d'elle.

— Sûrement. Mais Rosie ne vit plus avec Bridie. Vous ne le saviez pas ?

Victoria, sa tante et Mr. Kearney dressèrent tous trois l'oreille.

— Elle a emménagé avec Mr. Cathal O'Malley.

— Qui ?

— Tout ce que je sais de lui, répondit Geraldine en haussant les épaules, c'est qu'il est le fils d'un médecin catholique de Westport, et qu'il a une expérience militaire. Il forme les nouvelles recrues des volontaires irlandais.

Victoria pensa soudain à Brendan.

— Il est très séduisant, ajouta Geraldine. Vous allez le voir par vous-même. Il tient un petit rôle dans la pièce de ce soir, je crois qu'il joue un révolutionnaire qui se bat contre un soldat anglais. Ils ont recruté des soldats anglais de la garnison dublinoise pour jouer leurs propres rôles. Assez à propos, vous ne trouvez pas ?

À ces mots, Geraldine tourna les talons et partit rejoindre un groupe de jeunes femmes qui lui faisaient de grands signes à l'autre bout du théâtre. Mr. Kearney semblait amusé. Il murmura à l'oreille de lady Marianne :

— Notre petite Rosie cache bien son jeu, n'est-ce pas, ma chère ?

Les yeux de lady Marianne brillaient d'une lueur malicieuse.

Victoria tentait de reprendre ses esprits quand un jeune homme apparut à côté d'elle.

— Ce siège est-il pris ? demanda-t-il en désignant le fauteuil vide à côté du sien.

Victoria se sentit rougir de plaisir en reconnaissant Brendan.

— Non, bafouilla-t-elle.

Ce n'était pas vraiment convenable, mais cette apparition l'avait tellement surprise qu'elle n'avait pas eu le temps de réfléchir.

Il s'installa. Il portait son uniforme de volontaire et ses cheveux bruns coiffés en arrière brillaient à la lueur dorée des globes. Il sentait l'air frais et un peu le tabac. Victoria jeta un coup d'œil à son profil, son nez droit et sa mâchoire large et bien découpée.

— Je vois que vous appréciez soudain tout ce qui est irlandais, dit-il.

— Et pourquoi pas ? Je suis irlandaise.

— Ah, mais certains de votre famille vous diraient le contraire, répondit-il avec un petit rire.

— Cela fait plusieurs centaines d'années que ma famille vit dans ce pays. Ils sont irlandais, qu'ils le veuillent ou non. Et puis, ma tante est ici avec moi.

— Bien dit, miss Bell…

— Je m'appelle Victoria.

— Oui, c'est vrai, répondit-il avec un grand sourire.

Lady Marianne était en pleine conversation avec Mr. Kearney et n'avait pas remarqué la présence de Brendan.

— Je ne savais pas que vous aimiez le théâtre, murmura Victoria.

— Il y a plein de choses que vous ignorez sur moi. Un de mes amis a un petit rôle. Il joue un rebelle et se bat contre un soldat anglais, ce qui devrait lui plaire.

— J'en ai entendu parler, répondit-elle. Mr. Cathal O'Malley.

— Lui-même, acquiesça Brendan, l'air surpris.

— Il paraît qu'ils ont pris des soldats anglais de la garnison.

— Oui. Je pense que ce sera une très bonne répétition pour notre révolution.

On éteignit les lumières et la pièce commença. Victoria, distraite par la proximité de Brendan, peinait à se concentrer. Les souvenirs de leurs moments à Ennismore lui revenaient en mémoire, surtout leur dernière soirée dans le jardin. Elle se demandait s'il y pensait aussi.

— Le voilà, dit-il soudain. Cathal O'Malley. C'est lui, le grand avec le long manteau militaire.

Victoria l'observa. Cet homme lui rappelait quelqu'un, mais elle n'arrivait pas à savoir qui. Il était beau, en effet, et sa voix était à la fois douce et forte, avec un accent du comté de Mayo. Pas étonnant que Rosie soit tombée sous son charme. Il devait lui rappeler leur région. Mais vivre avec lui ? Elle se reprit immédiatement. Qui était-elle pour la juger ?

Après la pièce, il y eut un numéro musical. Des harpistes, des violonistes et des joueurs de cornemuse interprétèrent de vieux airs irlandais et le public participa en chantant les mélodies du poète Thomas Moore. Brendan tapait dans ses mains et chantait. Sans aucune trace de la gravité qu'il dégageait quand il jouait du violon à Ennismore.

Quand ce fut terminé, Victoria murmura pour sa tante :

— Ce jeune homme est un ami de l'hôpital. Je vais marcher un peu avec lui.

Préférant éviter les présentations, Victoria tira Brendan par la main et l'entraîna dehors au pas de course.

— Vous avez honte de moi ? demanda-t-il une fois dans la rue.

Elle lâcha sa main et se retourna vivement.

— Grand Dieu, non ! Je ne voulais pas qu'on se retrouve coincés avec ma tante. Elle aurait posé des centaines de questions.

Elle le vit sourire et, soulagée, l'imita. Elle lui reprit la main et ils se mirent en route. Il avait plu pendant la représentation et les lampadaires se reflétaient sur les trottoirs mouillés. La rue grouillait de monde, les gens sortaient des théâtres et des pubs, montaient dans des voitures à cheval ou couraient après les tramways. De la musique et des éclats de rire leur parvenaient quand la porte d'un pub s'ouvrait. Mais, malgré la foule, Victoria avait l'impression qu'ils étaient seuls au monde.

— Que pensez-vous de Dublin ? demanda-t-elle.

— C'est très différent d'Ennismore. Les gens de toutes les classes sociales se mélangent. J'aime bien que personne ne sache qui je suis ni d'où je viens, tout le monde s'en fiche.

— Oui, mais la pauvreté est terrible. Vous en avez eu un aperçu à l'hôpital.

Brendan serra sa main.

— L'Union, oui. Je ne m'attendais pas à vous trouver dans un endroit pareil.

— Ah, mais vous pensez à l'ancienne Victoria qui était trop gâtée, répondit-elle en souriant. La nouvelle est très différente.

— Oui, j'aimais bien l'ancienne, mais je dois dire que la nouvelle me plaît encore plus !

Elle balançait leurs mains entrelacées d'avant en arrière.

— Elle me plaît plus à moi aussi. J'avais l'impression d'étouffer à la clinique du docteur Cullen. Maintenant, au moins, j'aide vraiment les pauvres.

Elle était soudain extrêmement fière de ce qu'elle avait accompli. Brendan aussi devait être fier d'elle.

— Vous êtes sûre que ce n'est pas parce que vous vous sentez coupable ?

Blessée, elle lâcha sa main et continua à marcher, regardant droit devant elle.

— Vous avez raison, dit-elle enfin. Je me sentais coupable, et c'est ce qui m'a poussée à quitter la clinique pour devenir bénévole à l'hôpital. Mais ce n'est pas pour ça que j'y reste. Le travail est important, je tente de faire de mon mieux. Les autres infirmières pensent que je ne suis qu'une dilettante... vous savez, quelqu'un qui n'est pas sérieux...

— Je sais ce que ça veut dire, l'interrompit sèchement Brendan. Je ne suis pas ignorant, bon sang.

Ils marchèrent en silence, l'écart entre eux se creusant de plus en plus. Un tramway les dépassa à toute vitesse, éclaboussant la jupe de Victoria d'eau de pluie. Elle avait du mal à retenir ses larmes. Brendan voulut lui prendre la main, mais elle refusa.

— Pardon pour ce que j'ai dit sur votre culpabilité. Ce n'était pas juste. Je vois bien que ce travail compte vraiment pour vous. Pour la première fois de ma vie, moi aussi je suis fier de mon travail. J'avais honte de travailler pour ceux qui ont tué mon grand-père, les servir, me mettre à genoux devant eux.

— Brendan, ce n'est pas vrai. Ma famille n'a pas tué votre grand-père.

— Oui, mais dans ma tête, tous les nobles étaient pareils.

Victoria avait toutes les peines du monde à contrôler sa colère. Comment la conversation avait-elle pu prendre un tour aussi hostile ?

— Dans ce cas, pourquoi ne me haïssiez-vous pas aussi ? Pourquoi veniez-vous me retrouver dans le jardin ? Pourquoi m'avez-vous embrassée ?

Brendan s'arrêta et l'attira contre lui, ignorant ses protestations. Il plongea son regard dans le sien. Ils n'avaient pas conscience qu'autour d'eux, la foule s'écartait comme la mer.

— Parce que tu n'es pas comme eux. Tu ne l'as jamais été. Il y a de la compassion et de la gentillesse en toi, pas comme chez les autres. Ton cœur est beau, Victoria.

Avec un sourire, il fit un pas de côté, comme pour lui offrir une petite danse à la lueur des réverbères.

— Et je te rappelle que, même si j'en avais envie à chaque fois que tu descendais à la cuisine pour m'écouter jouer du violon, c'est toi qui m'as embrassé cette nuit-là dans le jardin !

Victoria lui donna un petit coup de poing dans l'épaule et, en riant, il l'attira de nouveau contre lui. Ils marchèrent ainsi enlacés, souriant à tous ceux qu'ils croisaient. La tempête de la colère s'était dissipée aussi vite qu'elle était apparue. Les rues se vidaient un peu comme ils arrivaient à O'Connell Bridge. On ne croisait presque plus que des mendiantes qui serraient contre elles des enfants squelettiques aux grands yeux tristes. Brendan sortit des pièces de la poche de son uniforme et les pressa dans les mains des enfants. Les lumières de la ville brillaient sur l'eau noire et le vent se leva, charriant la puanteur du poisson qui pourrissait sur les docks.

Plus loin, ils s'installèrent sur un banc, en riant parce que le chapeau de Victoria menaçait de s'envoler et d'atterrir dans l'eau en contrebas. Elle le posa sur ses genoux et appuya la tête sur l'épaule de Brendan. Elle aurait voulu que ce moment dure toujours, mais dans son for intérieur, une crainte impossible à ignorer fit surface. Elle se redressa et se tourna vers lui.

— J'ai peur que la révolution survienne et que tout change. J'ai peur de ce qui t'arrivera. Et à nous.

— Allons, ma belle, ne t'inquiète pas. On pourra tout traverser ensemble, non ? Et on sera toujours ensemble quand tout sera fini.

Il lui prit doucement le menton et embrassa ses lèvres. Elle lui rendit son baiser, très doux au début, puis passionné.

— Grand Dieu, tu es plus effrontée que je le pensais !

— C'est la nouvelle Victoria.

Le vent était froid et, à contrecœur, ils se remirent en route en silence vers la maison de lady Marianne. On entendait seulement leurs pas qui résonnaient. Victoria regardait les fenêtres éclairées, apercevant parfois une famille réunie au coin du feu. En général, elle pressait le pas, mais ce soir-là, elle s'autorisa à rêver d'elle, Brendan et leurs enfants dans une scène identique. Devant le perron de lady Marianne, ils restèrent longtemps enlacés, incapables de desserrer leur étreinte.

— Je suis heureux de t'avoir retrouvée, murmura Brendan, le souffle un peu court. Et je ne vais pas te laisser partir.

— Je ne vais nulle part, répondit-elle en l'embrassant de nouveau.

26

À l'automne 1915, Victoria rentra de l'hôpital un soir pour trouver son frère dans le salon.

— Valentin ! Valentin, je n'en crois pas mes yeux.

Émue, elle lui sauta au cou, puis s'écarta pour l'examiner.

— Tu n'es pas blessé, hein ? Dis-moi que ce n'est pas pour ça que tu es rentré.

— Non, chère sœur, je ne suis pas blessé, la rassura Valentin dans un rire. J'ai même honte d'admettre que je n'ai pas encore mis les pieds sur un champ de bataille. Mon régiment s'entraînait en Angleterre, mais nous devons partir en France dans deux semaines.

— Es-tu retourné à la maison ? Papa et maman savent-ils que tu es ici ? Et Sofia ? Et Julian ?

Valentin secoua la tête.

— Je voulais d'abord voir ma sœur préférée. Je pars pour Mayo demain. C'est bon de te retrouver, Victoria. Tu m'as manqué.

— Toi aussi, Valentin.

Il l'entraîna vers le sofa. Lady Marianne et Mr. Kearney étant partis sur la côte, ils avaient la maison pour eux. Céline leur servit du thé, tout sourire, et les laissa.

— Tu as l'air d'aller bien, Victoria. Fatiguée, mais bien. Comment te traitent-ils dans cette clinique ?

Bien sûr, son frère ne pouvait pas savoir où elle travaillait maintenant. Elle avait tu la nouvelle à ses parents et menti au docteur Cullen, qui la pensait rentrée à Ennismore.

— Je n'y travaille plus, répondit-elle fièrement. Je suis bénévole à l'hôpital de l'Union, au sud de Dublin. C'est un hôpital public où on soigne les pauvres et...

— J'en ai entendu parler, bien sûr. C'est formidable, Victoria ! Je ne savais pas que c'était ce que tu voulais.

— Moi non plus, sourit-elle.

Ils burent leur thé dans un silence agréable, jusqu'à ce que Valentin avoue d'un air grave :

— Il y a une autre raison à ma présence à Dublin. Je suis venu voir Rosie. Je dois lui dire quelque chose. Est-ce qu'elle vit toujours chez sa sœur ? Je veux y aller dès ce soir.

— Non ! s'écria-t-elle. Je veux dire, non, elle ne vit plus chez Bridie. À ma dernière visite, le mari de Bridie m'a dit qu'elle avait déménagé. Il n'a pas dit où.

— Je vois, répondit-il, surpris. Et savait-il où elle travaille ?

Victoria se sentit rougir. Elle n'aimait pas mentir à son frère.

— Je le lui ai demandé, mais il a répondu qu'il n'en avait aucune idée. Et Bridie n'était pas là.

— Est-elle retournée à Mayo ?

— Je ne crois pas. Je l'aurais appris.

Valentin se leva et se mit à faire les cent pas dans le salon.

— Tu n'es pas inquiète pour elle ? C'était ta meilleure amie. Tu ne peux quand même pas accepter qu'elle soit perdue quelque part dans Dublin ! Et si elle était malade ? Si elle avait des problèmes ? Nous devons la retrouver.

Il hésita, puis fit face à sa sœur.

— J'irai chez Bridie ce soir. Elle doit forcément savoir où est Rosie.

Victoria hésitait. Fallait-il raconter à Valentin ce qu'elle tenait de la bouche de Geraldine Butler à propos de Rosie et Cathal O'Malley ? Et s'il partait à sa recherche et découvrait qu'elle vivait avec un homme ?

— Est-ce que tu viens avec moi ou dois-je y aller seul ? demanda Valentin, déjà à la porte.

— Je ne viens pas et je pense que tu ne devrais pas y aller non plus, répondit-elle sévèrement. Assieds-toi. Il faut que je te parle.

Valentin fut tellement surpris qu'il s'assit immédiatement, le visage pâle.

— Rosie était amoureuse de toi, commença Victoria sans trop savoir ce qu'elle voulait dire. Elle l'a toujours été, je crois que tu le sais.

Valentin baissa la tête, penaud.

— Tu l'as blessée en épousant Sofia. Pourquoi penses-tu qu'elle a fui Ennismore sans rien dire à personne ? Elle essayait de t'oublier, de tous nous oublier. Et puis tu as eu l'audace de te présenter au Métropole et de l'inviter à danser. Comment as-tu pu être si cruel ?

La voix de Victoria montait dans les aigus. Toute sa colère envers sa famille qui avait si mal traité Rosie remonta d'un seul coup.

— Tu savais qu'elle t'aimait, et pourtant tu as joué avec elle. Tu lui as fait du mal, Valentin, je ne te laisserai pas recommencer. Ne t'approche pas d'elle. Cela ne te concerne plus.

Valentin l'observait, les yeux pleins de larmes.

— Je voulais seulement lui expliquer…, murmura-t-il.

— Lui expliquer quoi ? Il n'y a rien à dire. Tu es marié et père. Aucune explication ne pourra changer cela. Laisse-la tranquille, Valentin.

— Mais…

Le cœur de Victoria tambourinait contre ses côtes. *Pitié, Dieu, faites que j'aie réussi à le convaincre ! Ne laissez pas Rosie souffrir encore plus.* Elle imagina la tête que ferait son amie si Valentin débarquait à Moore Street et découvrait qu'elle vivait avec Cathal O'Malley.

— Tu as raison, Victoria, conclut Valentin comme s'il venait juste de retrouver la raison. J'étais égoïste.

Il tripotait son chapeau sans la regarder dans les yeux, comme un petit garçon pris en faute. Victoria eut soudain pitié de lui.

— Je voulais seulement qu'elle pense du bien de moi, dit-il. Je ne pensais pas que ma présence rouvrirait de vieilles blessures.

Il se leva et sortit une enveloppe de sa poche, qu'il lui tendit.

— Si… si je ne revenais pas de la guerre, pourrais-tu lui donner ceci ?

Elle resta bouche bée, regardant tour à tour l'enveloppe et son frère, puis, avec un petit sourire triste, elle répondit :

— Bien sûr que tu reviendras, Valentin.

— Assure-toi qu'elle l'ait, juste au cas où… Il y a des choses qu'elle doit savoir. Tu vois, je veux qu'elle pense du bien de moi même quand je serai mort.

Victoria vint l'enlacer.

— Tu ne vas pas mourir, Valentin. N'y pense pas.

Après son départ, Victoria retourna l'enveloppe entre ses mains, démangée par la curiosité. Que voulait-il dire à Rosie qu'elle ne savait pas déjà ? Peu importait, finalement. Elle n'aurait jamais besoin de remettre cette lettre. Valentin survivrait à la guerre. Elle ne s'autoriserait jamais à penser le contraire.

La visite imprévue de Valentin tira les résidents d'Ennismore de leur torpeur. En entendant sa voiture arriver, lord et lady Ennis se ruèrent à la porte, suivis de Sofia, portant Julian, et lady Louisa, qui fermait la marche. Une pluie battante arrosait l'allée. Mr. Burke se fraya un chemin entre les flaques et ouvrit un grand parapluie au-dessus de la porte de la voiture à cheval.

— Bienvenue, Monsieur ! lança-t-il d'une voix forte.

Valentin repoussa le parapluie. Heureux, il rejeta la tête en arrière et laissa la pluie tremper son uniforme.

— Merci, Burke. C'est bon d'être rentré. Cet endroit m'a manqué.

Il huma les riches odeurs de la terre mouillée et de l'herbe fraîchement coupée.

— Papa, papa !

Julian venait de se détacher de sa mère pour se précipiter en boitillant.

Valentin le prit dans ses bras et le fit voler dans les airs. Le petit Julian riait aux éclats, ses yeux sombres pétillaient.

— Regardez-moi ça, mon fils chéri ! Comme tu as grandi !

Quand ils rejoignirent la famille en haut du perron, Valentin donna un baiser sur la joue de sa mère et de sa tante, serra la main de son père et pressa Sofia contre lui. Elle lui rendit son baiser et prit Julian en riant.

— Mon Dieu, vous êtes trempés tous les deux ! Entrez avant d'attraper la mort.

Burke les suivit dans le hall, portant les sacs de Valentin.

— Posez tout cela, Burke. Où est le valet ?

— Nous n'avons plus de valet, répondit lady Louisa.

— Alors je les porterai moi-même, dit Valentin joyeusement, reprenant ses bagages des mains d'un Burke scandalisé.

— Allons, Burke, renchérit lord Ennis d'un air malicieux. Vous devriez garder vos forces pour votre futur mariage. Mr. Burke et Mrs. Murphy sont fiancés, Valentin. N'est-ce pas une excellente nouvelle ?

Burke avait rougi jusqu'aux oreilles.

— Absolument, papa ! Félicitations, Burke, et à vous aussi, Mrs. Murphy.

La gouvernante, qui était apparue dans le hall, rougit encore plus que Burke et lui adressa un remerciement silencieux.

Le dîner fut enjoué. Valentin était assailli de questions.

— Combien de temps restes-tu ?

— Quand pars-tu pour le front ?

— Que penses-tu du petit Julian ? N'a-t-il pas grandi ?

Et puis, l'inévitable question de lady Ennis :

— As-tu vu Victoria ?

— Oui, je suis passé chez tante Marianne hier. Elle semble en pleine forme.

— Je ne comprends pas pourquoi elle choisit de rester à Dublin, nota lady Ennis.

— Si je me souviens bien, très chère sœur, c'est vous qui l'avez envoyée là-bas, intervint lady Louisa.

— Je pensais qu'il ne lui faudrait que quelques semaines pour comprendre la leçon et supplier pour rentrer à la maison. Mais elle nous écrit à peine et ne parle pas de revenir.

— J'imagine qu'elle doit se plaire à la clinique du docteur Cullen, dit lord Ennis. Elle semblait enthousiaste à la perspective de sa formation quand je l'ai laissée à Dublin. Je pourrais contacter Cullen pour voir comment elle se débrouille.

— Je ne pense pas que ce soit nécessaire, papa, intervint rapidement Valentin. Victoria pourrait croire que vous tentez de lui soutirer des informations. De plus, elle m'a semblé très heureuse.

— Tu as raison. De toute façon, à Pâques, nous irons tous au Grand National irlandais sur le champ de courses de Fairyhouse à Dublin. Un de mes chevaux concourt. Ce sera le moment parfait pour une réunion de famille.

Valentin hocha la tête et se leva.

— Il ne pleut plus, Sofia. Si nous emmenions Julian faire une promenade avant qu'il soit l'heure de le coucher ? Nous pourrons lui montrer le bel arc-en-ciel sur le lac.

Tout le monde se retourna pour regarder par la fenêtre l'arc de toutes les couleurs qui descendait du ciel jusqu'à l'eau.

— Il paraît que c'est signe de chance, murmura lord Ennis. Dieu sait que nous en avons besoin.

Pendant que Sofia allait préparer Julian, Valentin suivit son père dans la bibliothèque pour prendre un brandy.

— Vous semblez abattu, papa. Est-ce que tout va bien ?

Lord Ennis leva vers son fils un regard inquiet.

— Non, Valentin, malheureusement tout ne va pas bien. Comme tu le sais, les prix du bétail et des récoltes baissent depuis un moment. Le domaine est de plus en plus endetté et les banques ne veulent plus prêter de l'argent comme avant. Cette maison a bien besoin de réparations. Les fuites dans la toiture se multiplient et la façade se lézarde dangereusement.

— Mais que pouvons-nous faire, papa ?

— Je pensais que nous pourrions vendre une partie des terres. Par un amendement de la loi Wyndham, le gouvernement incite les propriétaires terriens à vendre. John Killeen m'a proposé plusieurs fois d'acheter la ferme qu'il exploite. Il peut obtenir un prêt du gouvernement et m'offrir un bon prix. C'est un homme bien et…

— Non, papa, vous ne pouvez pas parler sérieusement ! Vous ne pouvez pas vendre le domaine d'Ennis ! Il doit y avoir une autre solution ! Je vais parler à Sofia… Elle ne voudrait pas voir l'héritage de Julian mis en pièces.

Lord Ennis avait l'air sombre.

— Tu n'en feras rien. Je refuse d'humilier ma famille en réclamant de l'argent américain. Si tu avais choisi de rester ici au lieu de t'engager dans l'armée, nous aurions peut-être trouvé un moyen de régler cela ensemble. Mais au vu de la situation, c'est à moi de gérer ce problème, seul.

Si Valentin avait été plus attentif, il aurait remarqué la lueur de désespoir dans les yeux de son père, et ses épaules légèrement voûtées par la fatigue. Mais le jeune homme se contenta de hausser les épaules, comme s'il avait déjà trop souvent entendu tout cela.

Ils vidèrent leurs verres. Valentin se força à sourire quand Julian et Sofia apparurent à la porte.

— Allons voir l'arc-en-ciel, Julian, dit-il. Cela porte chance quand on fait un vœu. Mais il faut y croire pour qu'il se réalise. Tu comprends ?

— Oui, papa, répondit le petit garçon joyeusement.

Au sous-sol, les domestiques admiraient l'arc-en-ciel par la porte ouverte.

— Un heureux présage, dit Mrs. O'Leary. Monsieur Valentin nous a apporté la chance.

— Espérons-le, dit Anthony Walshe en tirant sur sa pipe. On en a bien besoin, vu la situation.

— J'espérais qu'il était rentré pour annoncer la fin de la guerre, poursuivit Mrs. O'Leary. Mais on dirait qu'elle ne fait que commencer.

— Oui, et nous n'aurons plus d'aide ici, renchérit Sadie, morose. On ne trouvera aucun candidat au poste de valet, ils sont tous partis à Dublin pour s'engager dans l'armée, ou chez les volontaires irlandais, comme Brendan.

Immelda posa son ouvrage.

— Brendan et les autres sont des idiots s'ils pensent qu'ils pourront battre l'armée britannique. Des têtes brûlées, tous autant qu'ils sont.

— Je n'en suis pas si sûr, moi, rétorqua Anthony. J'ai entendu dire qu'ils avaient le soutien des riches protestants de Dublin, comme Mr. Yeats et lady Gregory de Galway.

— Pff ! Tous ces riches ne cherchent qu'à se divertir, dit Immelda avec une grimace. Quand il faudra choisir leur camp, ils prendront le parti des Britanniques, comme ils l'ont toujours fait. Regardez comment Victoria a traité notre Brendan. Pire, regardez comment ils ont crucifié Rosie quand ils ont compris qui elle était. Ils se serreront toujours les coudes. Et puis, de toute façon, je doute qu'un soulèvement fasse une différence dans nos vies. Nous serons toujours coincés ici, avec Ennismore qui tombera en ruine autour de nous.

Elle termina sa couture et coupa son fil avec ses dents. Chacun était perdu dans ses pensées, tandis que dehors, la pluie reprenait. Mrs. O'Leary finit sa tasse de thé au moment où retentit le carillon de l'horloge.

— Eh bien, voilà qui sonne le glas de l'arc-en-ciel, et de notre bonne fortune !

27

Valentin fit irruption dans le salon de lady Marianne, livide de colère.

— Comment papa a-t-il pu me faire ça ? s'écria-t-il. Comment a-t-il osé se mêler de ma carrière militaire ? Je ne suis plus un petit garçon. Je suis un homme.

Victoria et lady Marianne l'observaient, médusées.

— De quoi parles-tu, Valentin ? Qu'a-t-il fait ? demanda Victoria.

— Papa a cru bon d'user de son influence pour m'empêcher de rejoindre mon régiment au front. À la place, je dois rester ici, à la garnison de Dublin.

Victoria eut envie de sauter de joie pour saluer cette excellente nouvelle, car son frère serait bien plus en sécurité à Dublin qu'en France, mais elle n'osa pas bouger. Lady Marianne vint à sa rescousse.

— Allons, Valentin, est-ce si terrible ? Ton père veut seulement te protéger.

— Pas moi, tante Marianne. Il veut protéger le domaine et son avenir, répondit-il en se passant la main dans les cheveux. Quand je pense qu'il ne m'en a pas dit un mot lorsque j'étais à Ennismore.

— Il a bien dû y faire allusion, objecta Victoria.

— Mais non ! Il m'a tenu son discours habituel sur le fardeau que représente la gestion du domaine. Des arguments que j'ai entendus des centaines de fois. Mais il n'a jamais parlé de ça ! Vous n'imaginez pas à quel point c'était humiliant de me présenter à mon régiment et d'apprendre la nouvelle comme ça. Dieu sait ce qu'ils pensent de moi... Ils doivent me prendre pour un lâche !

— Bien sûr que non ! s'exclama Victoria. Ils te connaissent.

— Ils pensaient me connaître, mais maintenant je dois passer pour le fils gâté pourri qui se sert de l'argent de sa famille pour se protéger.

Victoria comprit qu'elle ne pourrait pas le faire changer d'avis. Cela lui brisait le cœur de le voir ainsi, en pleine tourmente. Elle se souvenait de l'expression de son père lorsqu'il lui avait dit au revoir à Dublin. Elle l'avait trouvé frêle. La gestion du domaine familial était peut-être effectivement un fardeau trop lourd pour lui seul. Mais leur père n'aurait jamais osé prendre cette initiative, sa fierté ne le lui aurait pas permis. Non, leur mère était derrière cette histoire, c'était certain. Le peu de respect que Victoria lui accordait encore diminua un peu plus. Bientôt, c'était à craindre, elle ne parviendrait même plus à lui parler poliment.

Après le départ de Valentin, Victoria retomba sur son fauteuil, tiraillée par des sentiments contradictoires. D'un côté, le soulagement et la joie de savoir que son frère n'irait pas au front mais resterait avec elle à Dublin. De l'autre, la tristesse de le voir si tourmenté par l'intervention de leur père. Soudain, une autre idée lui vint à l'esprit. Plus longtemps Valentin resterait à Dublin, plus il aurait de chances de découvrir où Rosie travaillait, et où elle vivait. S'inquiéter à ce propos ne servait à rien. Rosie vivait sa vie, Valentin la sienne. Elle ne pouvait rien y faire et leur relation ne la regardait pas. Elle décida de rendre à Valentin la lettre qu'il lui avait confiée la prochaine fois qu'elle le verrait.

Victoria arriva en retard à l'hôpital ce matin-là et s'excusa en invoquant une urgence familiale. Elle avait beau s'appliquer dans son travail, les autres infirmières la prenaient pour une dilettante car son accent et son attitude la différenciaient d'elles, tout comme le fait qu'elle travaillait gratuitement. Les autres l'auraient peut-être acceptée plus facilement si elle avait été mariée, une riche bourgeoise de plus qui voulait « faire le bien ». Mais personne ne savait que penser d'une jeune femme célibataire de bonne famille. Elle partait toujours la dernière, ne refusait jamais une tâche, même déplaisante, se montrait aussi respectueuse envers ses collègues qu'envers les patients, et pourtant on se méfiait d'elle.

Ce matin-là, elle obtint la même réaction que d'habitude. L'infirmière en chef pinça les lèvres et tourna les talons en la voyant. Victoria soupira et se mit au travail, contente de trouver une salle d'attente aussi bondée. Rester occupée l'empêcherait de s'inquiéter pour Valentin, ou de passer son temps à rêver de Brendan. Elle était en train de prendre la température d'une jeune mère fiévreuse aux yeux creusés quand l'infirmière en chef vint la chercher.

— Miss Bell, j'ai besoin que vous alliez aider au bloc opératoire. Tout de suite.

— Mais... je n'ai aucune expérience, ma sœur, bredouilla-t-elle. Je suis sûre qu'ils préféreraient quelqu'un de plus capable.

La femme la fit taire d'un regard autoritaire.

— Je vous ai demandé quelque chose, miss Bell. Nous ne sommes pas assez nombreuses et, de toutes les infirmières disponibles, vous êtes ma meilleure option. Allez-y. Ils vous attendent.

Victoria prit en hâte la direction du bloc opératoire, abasourdie. Une part d'elle-même se réjouissait de la confiance qu'on lui accordait, mais une autre était terrifiée. Elle poussa les portes et resta un instant aveuglée. Des lumières vives éclairaient le corps allongé d'un patient, entouré d'un groupe de médecins et d'infirmières qui portaient des masques. Elle alla tout de suite se laver les mains tandis qu'une autre infirmière lui enfilait un masque et une blouse. L'odeur du sang mêlé au désinfectant lui donnait la nausée, mais elle se contrôla. Tremblante, elle alla se tenir à côté de l'infirmière qui l'avait aidée à s'habiller. La jeune femme lui adressa un petit sourire.

— Ne vous inquiétez pas, dit-elle. Tout va bien se passer. Donnez-moi les instruments que je vous demanderai, c'est tout.

Victoria fit oui de la tête. Plus l'opération progressait, plus elle se détendait. Fascinée, elle observait le chirurgien inciser la chair du patient, examiner ses organes et exciser ce qui ressemblait à une petite tumeur. Puis il recousit adroitement la coupure et fit un signe de tête aux infirmières. Victoria était impressionnée à la fois par son évidente confiance en lui et par la douceur avec laquelle il traitait son patient. Il était grand et charismatique, et, même si elle ne voyait pas son visage derrière le masque, il avait l'air gentil. À la fin de l'opération, il vint lui parler.

— Beau travail, jeune femme, dit-il d'un ton chaleureux et sympathique.

— Merci, monsieur, répondit-elle en rougissant.
— Vous pouvez m'appeler Mr. O'Malley.

Surprise, Victoria leva de grands yeux vers lui. Elle reconnaissait son accent du comté de Mayo. Et son nom. S'agissait-il donc de Cathal O'Malley, l'homme qu'elle avait vu dans la pièce de l'Abbaye, l'homme avec lequel Rosie vivait ? C'était sûrement une coïncidence. Après tout, O'Malley était un nom de famille commun. Elle retira son masque et sa blouse, puis alla se laver les mains. Elle le retrouva dans le couloir, sans masque ni blouse, en pleine conversation avec une infirmière. C'était bien lui. Elle reconnut son visage, très beau, ses épaules larges et ses cheveux bruns. Instinctivement, elle baissa la tête et retourna vers la salle d'attente.

Pendant une semaine, elle ne cessa de penser à Cathal O'Malley. Au début, elle ne comprenait pas pourquoi il l'obsédait tant. C'était l'ami de Rosie, pas le sien. Elle aurait dû penser à Brendan, ou Valentin, pour qui elle s'inquiétait bien sûr, mais l'image de Cathal O'Malley finissait toujours par s'inviter dans ses pensées. Après réflexion, elle comprit qu'il représentait son unique lien avec Rosie, l'amie qui lui manquait terriblement. Victoria rêvait de la revoir, lui parler, partager ses secrets avec elle comme elle l'avait fait tant d'années auparavant. Elle décida donc d'avoir une conversation avec Cathal O'Malley et n'eut pas longtemps à attendre. Il apparut à côté d'elle un soir, à la sortie de l'hôpital.

— C'est bien vous qui avez assisté à l'opération, la semaine dernière ? demanda-t-il.

Victoria hocha la tête et poursuivit son chemin. Il lui emboîta le pas.

— On ne m'a jamais dit votre nom. J'aimerais pouvoir vous faire appeler, la prochaine fois qu'il nous faudra une infirmière supplémentaire. Vous avez été bien plus débrouillarde que la plupart des filles qu'on nous envoie.

— Victoria Bell, se présenta-t-elle.

Elle observa sa réaction, pour voir s'il reconnaissait son nom, mais il n'en eut aucune.

— Et d'où venez-vous, miss Bell ?
— Du comté de Mayo.

Il éclata de rire, rejetant la tête en arrière.

— Ah, bien sûr, j'aurais dû le deviner ! Les filles de Mayo sont les meilleures.

Il s'arrêta et lui tendit la main.

— Cathal O'Malley, du comté de Mayo aussi. À votre service, miss.

Victoria prit son courage à deux mains et se lança :

— Je crois que vous connaissez une de mes amies du comté de Mayo. Elle s'appelle Rosie Killeen. Róisín, en fait, mais je l'ai toujours appelée Rosie.

— Rosie ? répéta-t-il, visiblement surpris. Vous connaissez Rosie ? Mais je croyais qu'elle n'avait pas d'amis à Dublin, à part moi bien sûr, et sa sœur Bridie.

— Nous avons grandi ensemble, à Ennismore. Vous en avez peut-être entendu parler... Enfin, nous étions de grandes amies quand nous étions petites, mais... eh bien, nous nous sommes disputées et cela fait un an que je ne l'ai pas vue. J'ai entendu dire que vous viviez ensemble.

Victoria avait tenté de parler d'un air détaché, sans succès. Il lui prit le bras.

— Pourrions-nous nous asseoir quelque part pour en discuter ?

Ils s'installèrent sur un banc, dans la pénombre. Victoria pouvait néanmoins distinguer les traits de Cathal O'Malley et comprenait très bien que Rosie ait pu tomber sous son charme. Il voulut en savoir plus sur leur relation et elle lui livra quelques détails, omettant tout ce qui aurait pu embarrasser son amie.

— Lorsque je suis venue à Dublin, je suis allée chez Bridie, conclut-elle, mais elle ne voulait pas me voir. Nous nous sommes disputées et je ne l'ai jamais revue. J'espérais que vous accepteriez de lui transmettre un message de ma part. Dites-lui qu'elle me manque et que j'aimerais beaucoup la revoir.

Cathal O'Malley l'avait écoutée en silence. Il poussa un long soupir et alluma une cigarette. Il lui en proposa une, qu'elle refusa.

— Cette Róisín Dubh cache bien son jeu, dit-il, perplexe.

— S'il vous plaît, Mr. O'Malley, je ne voudrais pas qu'elle m'en veuille de vous avoir raconté tout ça. J'ignorais ce que vous saviez d'elle.

Il lui tapota le bras d'un geste rassurant.

— Ne vous en faites pas trop, miss Bell. J'ai le tact d'un diplomate, répondit-il en écrasant sa cigarette. Je suis content de vous avoir rencontrée, et content que Rosie ait une amie comme vous à Dublin. Je ferai de mon mieux pour la faire changer d'avis. Mais vous la connaissez aussi bien que moi, encore mieux même. Elle peut être très obstinée. Allez, bonsoir.

— Bonsoir, Mr. O'Malley, murmura-t-elle.

Elle resta sur le banc et le regarda disparaître dans l'obscurité. Eh bien, c'était fait. Elle venait de mettre l'avenir de son amitié avec Rosie entre les mains de Cathal O'Malley. Elle espérait qu'il se montrerait persuasif.

Mais il avait raison : Rosie pouvait être très obstinée. Inutile d'entretenir de faux espoirs.

Après avoir été agressée par Micko, Rosie n'était retournée à Foley Court que pour récupérer ses affaires. Elle y avait trouvé seulement Bridie et la petite Kate, et avait fourré ses vêtements et quelques effets dans un sac, en toute hâte. Elle avait dit à Bridie qu'elle devait partir et sa sœur avait seulement répondu : « Je sais. »

Rosie n'avait pas parlé du comportement de Micko, mais à l'évidence, Bridie avait compris. Sa pauvre sœur, maigre, les yeux creusés, privée de toute sa combativité par la misère et le malheur. Rosie se demandait tristement où était passée la femme forte et fougueuse qu'elle avait connue.

« Je t'ai noté l'adresse où je serai, au cas où, avait-elle annoncé d'une voix chevrotante. Et je t'enverrai de l'argent aussi souvent que je le pourrai. J'aimerais tant pouvoir vous emmener avec moi, toi et Kate, loin de cet enfer, mais…

— Allons ! Arrête avec ça, Rosie. Tu sais aussi bien que moi que Micko ne nous laissera jamais partir. Ou bien il nous retrouvera et nous ramènera ici. Maman avait raison : comme on fait son lit, on se couche. »

Rosie se surprenait à souhaiter la mort de Micko Delaney. Si elle avait été un homme, elle l'aurait étranglé de ses propres mains. Agenouillée devant la petite Kate, elle lui avait recommandé de bien se soigner et, avant que le regard de la fillette, si semblable à celui de Bridie, ne la fasse fondre en larmes, elle était partie.

À son retour chez Cathal O'Malley, une chambre l'attendait au troisième étage, avec un lit aux draps frais, des serviettes et une carafe d'eau. On avait nettoyé la pièce et laissé la fenêtre ouverte pour l'aérer. Sur une petite commode, il y avait un bouquet de fleurs dans un vase. Rosie s'était assise sur le lit et avait pleuré tout son soûl.

Au fil des semaines, O'Malley et elle avaient adopté un rythme qui leur convenait à tous les deux. En général, elle trouvait la maison vide quand elle se levait et quand elle rentrait le soir. Elle possédait la clé de la porte de sa chambre, et chaque soir, lorsqu'elle la verrouillait, elle avait l'impression d'être seule au monde. Pourtant, elle se surprenait à tendre l'oreille quand O'Malley ouvrait la porte d'entrée puis montait l'escalier. Elle ne parvenait à s'endormir qu'après. Parfois, il rentrait en compagnie d'autres hommes qu'elle entendait bavarder dans le salon, d'autres fois un rire féminin lui provenait depuis la chambre à l'étage du dessous. Bien sûr, cela ne la regardait pas, mais ces femmes l'intriguaient et, de temps en temps, elle devait bien admettre, à contrecœur, qu'elle en était jalouse.

Elle savait que dans les bureaux de *La Harpe* et au sein de la Ligue gaélique, des rumeurs circulaient qui auraient mortifié l'ancienne Rosie. Elle aurait rasé les murs, consciente que les conversations cessaient dès qu'elle approchait. Mais la nouvelle Rosie gardait la tête haute, souriait et parlait tout naturellement à chacun. Comme souvent lorsqu'elles ne sont pas alimentées, les rumeurs cessèrent. Rosie continua de travailler sérieusement et ses articles rencontraient un lectorat de plus en plus nombreux. Pour le moment, elle était satisfaite.

Avec le temps, elle apprit à connaître Cathal et se sentit plus à l'aise avec lui. Souvent, elle l'invitait à partager le repas qu'elle avait préparé et il arrivait toujours tôt, apparemment ravi et plein de compliments. La soirée se poursuivait au coin du feu, Cathal lui livrant ses inquiétudes au sujet du niveau de préparation des volontaires irlandais, de leur éventuelle intégration à l'armée des citoyens irlandais, le groupe de syndicalistes mené par James Connolly qui voulait se soulever contre les Anglais. Il lui racontait des anecdotes amusantes sur la célèbre comtesse Markievicz, cette militante irlandaise mariée à un comte polonais et fondatrice de *Fianna Éireann*, une organisation de boy-scouts entraînés pour assister les volontaires le moment venu.

Rosie avait rejoint le pendant féminin des volontaires, *Cumann na mBan*, avec deux des sœurs Butler et d'autres femmes de la Ligue gaélique. Elles y recevaient un entraînement basique, apprenaient à se servir d'un fusil, de façon à prendre part au futur soulèvement. Rosie était aussi investie que Cathal dans la cause nationaliste. Pour la première fois, elle aurait du pouvoir sur la noblesse qui l'avait tant humiliée.

« Nous avons des tas d'organisations, et quasiment pas d'armes, disait souvent Cathal. Sans armes, que pourrons-nous faire contre l'armée britannique ? »

Ils abordaient beaucoup de sujets ensemble, prenant soin de laisser de côté les questions personnelles. Rosie ne l'interrogeait jamais sur son passé ou ses activités du jour, et il s'en abstenait lui aussi. Il aurait continué ainsi sans cette rencontre avec Victoria à l'hôpital de l'Union. Le soir même, justement, Rosie avait préparé un ragoût et du pain et l'avait invité à dîner.

— J'ai rencontré une amie à vous, aujourd'hui, dit-il lorsqu'ils furent installés dans le salon.

Rosie s'alarma : il devait s'agir d'une des sœurs Butler ou d'une autre membre de la Ligue, mais son passé n'était jamais loin derrière elle.

— Ah oui ? Qui ? demanda-t-elle, l'air dégagé.

— Victoria Bell. Très gentille. Elle m'a demandé de vous dire que vous lui manquiez et qu'elle aimerait vous revoir.

Victoria ? Où avait-il bien pu la rencontrer ? Et qu'avait-elle pu raconter au sujet de son passé, de Valentin, de sa tentative de se faire passer pour quelqu'un de la haute société ? À chaque pensée, sa panique augmentait.

— Je l'ai rencontrée à l'hôpital de l'Union. Elle y travaille.

— Et que faisiez-vous là-bas ? demanda-t-elle en espérant dévier la conversation.

— Des affaires, rien de plus. C'est une fille très gentille. Éduquée à Ennismore.

Rosie hocha la tête, mais ne dit rien. Elle croisa les bras.

— Elle m'a appris que vous aviez grandi là-bas toutes les deux, ajouta-t-il en buvant une gorgée de whiskey.

— Nous prenions des leçons ensemble, c'est tout.

— Vu votre façon d'écrire et vos bonnes manières, je me disais bien que vous aviez reçu une bonne éducation. Je ne vous ai jamais vraiment prise pour une simple fille de fermier, dit-il en souriant.

— Et que vous a-t-elle raconté d'autre ?

— Pas grand-chose. Seulement que vous étiez de très bonnes amies.

— Oui, mais c'est du passé.

— Je ne suis que le messager, répondit Cathal en haussant les épaules.

Cette nuit-là, Rosie n'arriva pas à dormir. Ne pouvaient-ils pas la laisser tranquille ? La vie à Ennismore avec Victoria et Valentin était terminée. Elle en avait une nouvelle à Dublin. Si seulement on la laissait la vivre sans interférences… Mais c'était l'Irlande, pensa-t-elle, le passé n'était jamais très loin du présent.

28

Rosie regardait par la fenêtre Moore Street enneigée. C'était le lendemain de Noël, la fête de la Saint-Étienne, et la rue habituellement animée était pratiquement déserte. Les chariots des vendeurs de fleurs et de fruits disparaissaient sous des bâches couvertes de neige. Les cloches de l'église résonnaient dans la ville silencieuse, comme l'horloge du salon sonnait cinq coups. Elle se détourna. Elle était seule dans la maison silencieuse, baignant dans les lueurs du feu de cheminée et des bougies rouges qui dessinaient des ombres sur les murs. Le parfum des pommes de pin et du houx se mêlait à l'arôme de l'oie rôtie de la veille.

Rosie l'avait fait cuire et l'avait servie avec des légumes, ainsi qu'un pudding aux prunes et un diplomate au sherry. Cathal s'était régalé. Il avait invité Padraig Pearse, un enseignant et poète, leader des volontaires, et plusieurs jeunes recrues esseulées. Parmi eux, Rosie eut la surprise de reconnaître Brendan Lynch. Par une sorte d'accord tacite, ils ne parlèrent pas d'Ennismore.

Plus tard, Rosie emporta les restes et quelques cadeaux à Foley Court. Elle allait revoir Micko pour la première fois depuis la nuit de l'agression, mais ce n'était pas cela qui l'empêcherait d'offrir un Noël un peu plus joyeux à Bridie et à la petite Kate. Micko parla peu, se contentant de lui lancer des regards noirs. Il faisait si froid dans la chambre que les vitres étaient givrées. Rosie se félicita de leur avoir apporté des couvertures en laine en plus de la nourriture. Sur le chemin du retour vers Moore Street, elle ne put retenir ses larmes et décida plus tard que son prochain article s'intitulerait « Un pauvre Noël à Dublin ».

Elle repensa également à son village où, le jour de la Saint-Étienne, les jeunes hommes défilaient en costumes colorés, avec un mât orné de serpentins et un panier contenant l'effigie d'un roitelet mort. Ils frappaient aux portes et demandaient « un penny pour le roitelet ». Ma leur donnait des pommes rouges et des bonbons, et Rosie les regardait repartir en dansant, comme des oiseaux colorés dans la neige.

Perdue dans ses pensées, elle ne remarqua pas qu'une autre créature en costume coloré se dirigeait vers sa maison. Valentin Bell, dans son uniforme écarlate, traversait Moore Street d'un pas décidé. Lorsque la sonnette de la porte d'entrée retentit, forte et insistante, Rosie pensa que Cathal avait oublié sa clé. Elle sourit et courut au bas de l'escalier.

— J'arrive, Cathal ! Tu oublierais ta tête si elle n'était pas vissée sur ton cou ! lança-t-elle.

Avant de se figer en ouvrant la porte. Valentin se tenait là, l'air renfrogné.

— Je te croyais en France, dit-elle, s'efforçant de garder la tête froide.

— Tu vois bien que ce n'est pas le cas.

Il avait parlé sèchement, méchamment même. Qu'est-ce qui n'allait pas chez lui ? Elle ne l'avait jamais vu comme ça : en colère, impatient, arrogant. Elle avait du mal à le reconnaître.

— Que veux-tu ? demanda-t-elle tout aussi sèchement.

— Il faut que je te parle.

— Je te le répète : nous n'avons plus rien à nous dire. Va-t'en, s'il te plaît.

Mais Valentin passa un pied dans la porte pour l'empêcher de la refermer.

— Es-tu seule ? demanda-t-il.

Elle acquiesça de la tête, irritée.

— Laisse-moi entrer, s'il te plaît, Rosie. J'ai quelque chose à te dire.

Il ne portait pas de manteau par-dessus son uniforme et frissonnait. Quelques passants les observaient. Rosie comprit qu'elle ne pouvait pas laisser un soldat britannique sur le pas de sa porte et le fit entrer.

— Je te donne cinq minutes pour me dire ce que tu veux, mais tu dois me promettre de partir ensuite.

Une lueur de regret passa sur le visage de Valentin.

— Pourquoi n'es-tu pas en France ? demanda-t-elle comme il la suivait dans l'escalier.

— J'y serais si mon père n'était pas intervenu. Il voulait me mettre à l'abri pour que le domaine familial ne perde pas un autre héritier.

— Et comme toujours, tu as fait ton devoir, en bon fils, et tu lui as obéi, répondit Rosie, sarcastique.

Ils entrèrent dans le salon. Valentin observa la pièce, le feu de cheminée et la décoration. Rosie ne lui offrit pas de s'asseoir, ni rien à boire. Cela lui faisait mal au cœur de le traiter ainsi, mais elle le devait.

— Allez, je t'écoute. Fais vite.

Il se redressa, bomba le torse et commença :

— Depuis que je suis arrivé à Dublin, je m'inquiète beaucoup de tes conditions de vie.

Rosie ouvrit la bouche pour l'interrompre, mais il la fit taire d'un geste.

— Quoi que tu penses, Rosie, je tiens encore beaucoup à toi. Victoria a dit qu'elle ne savait pas où tu étais, alors je me suis renseigné. J'ai découvert que tu vivais ici avec un certain Cathal O'Malley.

— C'est vrai, et je n'ai pas l'intention de déménager. Alors tu peux partir.

— Tu changeras peut-être d'avis quand tu entendras ce que j'ai à dire. Je me suis renseigné à son sujet, et ce que j'ai découvert est très troublant. C'est un homme dangereux, Rosie, tu dois t'en éloigner immédiatement.

— Il est soldat, il entraîne les volontaires irlandais. Cela ne fait pas de lui un homme dangereux.

— Non, mais c'est un meurtrier.

Ces mots la frappèrent comme une explosion suivie d'un silence assourdissant. Il poursuivit, d'un ton sec et plein de reproche :

— Je sais de source sûre qu'il a tué une femme à Westport. Il était médecin et, après avoir perdu le droit d'exercer, il a commencé à prendre de la morphine. C'est un meurtrier et un drogué et tu devrais t'éloigner de lui. Je veux que tu prennes tes affaires et que tu viennes avec moi.

Sous le choc, Rosie l'observait, la bouche grande ouverte, quand quelqu'un toussa à la porte du salon. Elle se retourna vivement. C'était Cathal.

— Qui êtes-vous ? demanda-t-il à Valentin.

Sa voix trahissait une colère froide. Il entra dans la pièce, bras droit tendu en arrière et poing serré, comme s'il était prêt à attaquer le visiteur. Sentant le danger, Rosie se plaça devant Valentin.

— Second lieutenant Valentin Bell, des gardes irlandais. Je suis venu pour emmener Rosie en sécurité.

Cathal serra la mâchoire. Il plongea son regard dans les yeux de Rosie et, un instant, elle crut qu'il allait la pousser pour frapper Valentin. Il semblait d'ailleurs lutter avec lui-même, mais recula, le regard noir.

— Bell, hein ? D'Ennismore, j'imagine.

— Lui-même.

Rosie retrouva enfin sa voix.

— Cathal. Il a dit des choses terribles à ton sujet. C'est impossible, elles ne peuvent pas être vraies.

Cathal alla se servir un whiskey, prenant le temps de recouvrer son sang-froid, puis se tourna vers elle.

— Je n'ai pas l'habitude de me justifier auprès de soldats britanniques, mais pour toi, Rosie, je vais le faire.

Il prit une profonde inspiration avant de continuer.

— C'est vrai, j'ai tué une femme à Westport. Cette femme était mon épouse. Elle était en train d'accoucher de notre enfant, un accouchement très difficile. Elle avait besoin d'une césarienne. J'ai insisté pour m'en charger moi-même, même si je n'étais pas suffisamment qualifié pour le faire. Ils sont morts tous les deux sur la table d'opération, dit-il sans trahir la moindre émotion, comme s'il lisait un rapport. Je me suis senti responsable. J'ai commencé à prendre de la morphine, pour apaiser ma culpabilité et pour oublier. Et même si je n'ai pas perdu le droit d'exercer la médecine, j'ai décidé d'arrêter.

— Mais pourquoi ne me l'as-tu pas dit, Cathal ? murmura Rosie.

— Te le dire ? Mais je tentais justement d'oublier cette période de ma vie.

Valentin prit la parole, incapable de masquer le triomphe dans sa voix.

— Tu vois, Rosie ? Je disais la vérité.

— Oui, répondit Cathal. C'est la vérité. Et je ne t'en voudrais pas si tu choisissais de partir avec lui.

Rosie observa tour à tour les deux hommes. Elle ne savait pas à qui elle en voulait le plus : à Cathal de lui avoir caché tout cela, ou à Valentin de le lui avoir révélé.

— C'est pour cela que tu étais à l'hôpital ? Tu opérais quelqu'un ? demanda-t-elle.

— Oui. Ils n'ont pas assez de médecins. Il m'a fallu du temps pour retrouver le courage d'opérer, mais je n'ai tué personne jusqu'à présent, ajouta-t-il avec un petit rire ironique.

Une fureur soudaine envahit Rosie. Elle poussa violemment Valentin et roua son torse de coups de poing.

— Va-t'en d'ici tout de suite, Valentin Bell, et ne reviens jamais ! Tout ce que tu sais faire, c'est me gâcher la vie. Va-t'en !

L'arrogance de Valentin avait totalement disparu. Il s'inclina.

— Comme tu veux, Rosie.

Après son départ, Cathal et elle s'assirent au coin du feu en silence, en écoutant le tic-tac de l'horloge.

La nuit avait commencé à tomber quand Cathal parla enfin, à voix basse, comme pour lui-même.

— Elle s'appelait Emer.

Rosie se redressa, attentive.

— C'était la fille la plus charmante que j'avais jamais rencontrée. Elle avait un rire contagieux. J'étais un garçon très sérieux à l'époque, je ne riais pas beaucoup, mais avec elle, je ne pouvais pas m'en empêcher. Elle aimait raconter des blagues. Elle me jouait des tours, ça la faisait rire. Je l'entends encore… comme une cascade.

Il but une gorgée de whiskey.

— Elle avait un visage d'ange, mais elle pouvait être un vrai démon quand elle voulait. Bornée, intrépide et autoritaire. Elle se fichait bien de ce que les autres pensaient d'elle.

Il laissa passer un silence, comme s'il se souvenait d'un incident lointain. Rosie attendit.

— Je l'ai rencontrée à Londres quand je faisais mes études de médecine. Son père était l'un de mes professeurs. Mais elle était irlandaise, née à Dublin. Elle était comme une enfant quand elle est revenue en Irlande avec moi et qu'elle a vu l'Ouest pour la première fois. J'ai obtenu un poste dans une zone rurale à quelques kilomètres de Galway. Je craignais qu'elle s'y ennuie, mais tout lui plaisait : les montagnes, les marais, l'Atlantique sauvage. J'avais l'impression de tout voir sous un nouveau jour, par ses yeux.

Rosie sourit malgré elle en imaginant la jeune fille qui tombait amoureuse de l'ouest de l'Irlande.

— Nous étions déjà heureux ensemble, mais la nouvelle de sa grossesse nous a rendus fous de joie… Est-ce que je t'ai dit que malgré sa force, elle avait une peur irrationnelle des hôpitaux ? Bizarre, non ? Pour une fille et une femme de médecin…

Rosie hocha la tête dans l'obscurité.

— Quand le travail a commencé, nous avons fait venir une sage-femme et attendu. Mais il est vite devenu évident que quelque chose n'allait pas. Le travail a duré un jour et une nuit, mais le bébé n'arrivait pas. Je savais qu'elle avait besoin d'une césarienne, mais elle refusait que je l'emmène à l'hôpital de Galway. Alors j'ai décidé de pratiquer l'opération moi-même, avec la sage-femme pour m'assister.

Soudain, il poussa un cri qui fit sursauter Rosie.

— Ah ! Pourquoi ai-je eu cette idée ? Idiot, jeune et arrogant, j'aurais dû savoir… J'étais chirurgien, mais je n'avais jamais réalisé de césarienne. Pourquoi l'ai-je écoutée ? Pourquoi ne l'ai-je pas emmenée à l'hôpital ? Pourquoi ai-je attendu si longtemps ? J'aurais dû agir plus tôt. Le travail durait trop, j'aurais dû faire quelque chose.

Rosie l'écoutait, au bord des larmes. Son chagrin était manifeste et elle ne pouvait rien dire pour l'aider. Pourtant, le pire restait à venir.

— Le bébé était vivant quand je l'ai sorti, dit-il entre deux sanglots. Je l'ai posé sur sa poitrine et elle a souri, de son si beau sourire. Et puis c'était fini, elle était partie. Et… quelques minutes plus tard, le bébé aussi.

Rosie pleurait à chaudes larmes. Cathal ne parlait plus. Il n'avait pas à lui expliquer son addiction à la morphine. Comment il s'était perdu. Sa culpabilité l'étouffait. Elle aurait voulu lui dire que ce n'était pas sa faute, qu'il avait agi par amour pour Emer, mais cela n'aurait rien changé. Le pardon ne pouvait venir que de lui-même.

Et comment pardonner à Valentin d'avoir fait ressurgir cette douleur ?

29

Au début de l'année 1916, un observateur peu attentif n'aurait peut-être pas remarqué les tensions qui continuaient d'enfler sous la surface de la ville. La guerre, qui ne devait durer que six mois, s'éternisait, et chaque jour le nombre de morts augmentait. La loi d'autonomie interne, qui aurait donné à l'Irlande une certaine autodétermination, était suspendue. L'ardeur nationaliste prenait de l'ampleur à Dublin et dans tout le pays. De plus en plus de gens rejoignaient les organisations militaires, garçons de ferme des comtés ruraux, enseignants, poètes et descendants de lignées protestantes, réunis dans l'objectif de renverser la domination britannique.

Les Dublinois, éternels sceptiques, rejetaient cette idée. Comment un groupe hétéroclite, dont la plupart des membres étaient sans expérience militaire et généralement sans armes, parviendrait-il à vaincre l'armée britannique ? Ce n'étaient que des opportunistes ou des rêveurs romantiques. On tournait en dérision les volontaires qui marchaient au pas dans la ville, et encore plus les jeunes scouts de *Fianna Éireann* dans leurs uniformes conçus par la comtesse Markievicz.

Les Dublinois voyaient là un drôle de spectacle, sujet à blagues et conversations de pubs. Cela n'allait pas au-delà.

Victoria, qui entendait tout cela jour après jour à l'hôpital, était plutôt d'accord. Mais Brendan Lynch et ses camarades prenaient leur activité avec un grand sérieux. Tous les deux ne s'étaient plus quittés depuis leurs retrouvailles au théâtre de l'Abbaye, même si ni Brendan ni Victoria n'avaient encore osé inviter l'autre chez lui. Ils se rencontraient toujours dans des lieux publics, entourés d'inconnus, souvent des petits pubs ou des cafés sombres. Quand le temps s'améliora, ils allèrent se promener dans Phoenix Park ou prenaient le tramway jusqu'à la plage de Sandycove.

Ils vivaient dans un monde à eux, où leur différence de classe sociale n'avait pas d'importance, où être ensemble et amoureux était parfaitement naturel, et où aucun nuage ne venait assombrir l'avenir dont ils rêvaient. Même la nuit, seule dans son lit, Victoria refusait de douter. Pourquoi ne pourrait-elle pas être avec Brendan ? Soutenir la révolution prochaine avec le même enthousiasme que lui ? Et lorsque ce serait terminé, que l'Irlande serait indépendante, l'épouser ? Tout était possible dans le petit monde sûr qu'ils avaient créé.

Pourtant, plus la menace du soulèvement approchait, plus Victoria doutait. Si Brendan restait persuadé qu'elle partageait ses idées de révolution, il était loin d'imaginer que lorsqu'elle se retrouvait seule, elle s'inquiétait beaucoup pour sa famille. En cas de victoire des volontaires, il y aurait une flambée de violence dans le pays, et qu'adviendrait-il alors d'Ennismore ? Elle aimait toujours passionnément le domaine et ne supportait pas l'idée que le malheur s'abatte sur sa maison et sa famille.

Et puis, il y avait Valentin. Son frère appartenait maintenant à la garnison de Dublin, il serait donc pris dans le conflit. Son frère adoré et l'homme qu'elle aimait seraient ennemis. Comment pourrait-elle choisir entre eux deux ?

Il lui semblait pourtant difficile de faire comprendre à Brendan que si elle s'inquiétait, ce n'était pas parce qu'elle désirait retrouver un jour son mode de vie passé. Elle aimait sa liberté à Dublin, et elle aimait Brendan. Elle irait vivre n'importe où avec lui. Mais pour lui, amour rimait avec loyauté. Il ne comprendrait pas ses sentiments.

Pour la première fois, Victoria se trouvait prise entre deux mondes. Elle comprenait désormais ce que Rosie avait pu ressentir. Si seulement elle avait pu discuter avec elle… Mais Cathal O'Malley n'avait jamais plus évoqué Rosie, cela devait signifier que sa vieille amie ne souhaitait pas la voir.

Un soir qu'elle et Brendan étaient attablés dans l'arrière-salle privée du Toner's Pub, elle n'y tint plus et se confia à lui.

— Il faut que je te parle, commença-t-elle.

— On n'est pas en train de parler, ma belle ? répondit-il en souriant.

— C'est sérieux, Brendan.

Il prit l'air faussement effrayé et frappa contre le mur pour appeler le barman.

— Dans ce cas, je pense qu'il nous faut un autre verre.

— C'est sérieux. S'il te plaît.

Il se fit attentif, son regard sombre rappelant celui qu'il avait parfois à Ennismore. Méfiant, avec une lueur de colère.

— C'est à propos de la révolution.

Puis elle lâcha un flot de paroles qui disaient ses hantises, sa peur pour sa famille, Ennismore, Valentin.

— Je ne veux pas avoir à choisir entre vous tous. Je ne pourrais pas, conclut-elle.

Elle était au bord des larmes. Brendan resta silencieux. Le barman leur apporta deux bières blondes et disparut. Elle attendit, essayant de jauger la réaction de son impassible compagnon. Il but une longue gorgée sans la quitter des yeux. Elle ne parvenait pas à deviner ce qu'il pouvait ressentir. Lorsqu'il parla enfin, ce fut d'un ton glacial.

— Eh bien ! Chassez le naturel, il revient au galop. J'aurais dû m'en douter, mais je t'ai laissée me prendre pour un idiot, Victoria Bell, d'abord à Ennismore, et maintenant à Dublin.

Elle commença à protester, mais il la fit taire.

— Tu es une excellente menteuse, je dois le dire. Tu m'as vraiment fait croire que tu étais de mon côté, que tu avais renoncé à ta vie de noble, et que tu m'aimais.

Il déglutit bruyamment, comme s'il avait envie de pleurer, mais soudain il éclata de rire.

— Et comme un imbécile, je t'ai crue. J'ai cru que tu étais prête à vivre avec moi quand tout serait terminé. Mais pendant tout ce temps, tu te moquais de moi. Toutes ces belles paroles sur notre mariage… c'était n'importe quoi.

Il fixa un point derrière elle.

— Est-ce que je t'ai dit que j'avais vu Rosie chez Cathal O'Malley le jour de Noël ? Voilà une fille qui sait qui elle est et d'où elle vient, malgré tout ce que vous autres lui avez fait subir. Elle fait même partie du mouvement des femmes, *Cumann na mBan*. Elle est loyale, et elle n'aurait jamais menti comme tu l'as fait.

— Mais Brendan, je t'aime. Et j'ai vraiment renoncé à ma vie d'avant. Je ne mentais pas.

Il se leva soudain, repoussant sa chaise violemment.

— Bon Dieu, Victoria, ça suffit ! J'ai parfaitement compris. Je ne ferai jamais partie de ton monde, ni toi du mien. Et c'est tout ! Retourne auprès des tiens et laisse-moi tranquille !

Elle n'eut pas le temps de répondre que Brendan avait déjà lancé de l'argent sur la table et enfilé sa veste. Une seconde plus tard, la porte claquait derrière lui. Victoria resta pétrifiée tandis que le barman venait ramasser les pièces et les verres.

— Prenez votre temps, miss, lui dit-il avec un air compatissant. Rien ne presse.

Elle finit par quitter le pub et retourna à Fitzwilliam Square, hébétée, rejouant toute la scène dans son esprit. Elle avait espéré que Brendan accepterait son amour sans attendre qu'elle se montre loyale envers la révolution. Au fond d'elle-même, pourtant, elle savait la chose impossible. Brendan n'y avait vu qu'un refus de renoncer au mode de vie aristocratique. Elle serra les poings, soudain furieuse. Pourquoi était-il si obstiné ? Pourquoi devait-elle toujours faire ses preuves ?

La colère lui fit presser le pas. Mais quand elle arriva à la maison de sa tante Marianne, une lourde couverture noire l'avait enveloppée dans un cocon de désespoir dont elle n'émergerait pas de sitôt.

30

Rosie fut réveillée au milieu de la nuit par des bruits de sanglots provenant de la chambre du dessous. Elle se dit d'abord qu'elle avait dû rêver, se tourna et tira la couverture sur sa tête, mais le bruit ne cessa pas. Ce n'était pas un rêve, comprit-elle.

Les jours suivant la visite de Valentin, elle avait remarqué des changements dans l'attitude de Cathal. D'habitude si joyeux, il se montrait à peine poli. Il lui parlait comme à une étrangère. Les révélations de Valentin avaient élevé un mur entre eux. Cathal n'avait plus évoqué Emer depuis ce soir-là et il coupait court chaque fois que Rosie tentait d'aborder le sujet.

Désireuse de l'aider, elle songea qu'il serait peut-être plus enclin à se confier si elle-même lui racontait son histoire, aussi parla-t-elle de sa vie à Ennismore, de l'humiliation vécue auprès de lady Marianne, et de la trahison de Valentin. Cathal l'écouta avec attention mais ne lui rendit pas la pareille.

Dans les bureaux de *La Harpe*, les langues allaient bon train. Cathal semblait avoir perdu tout intérêt pour son travail auprès des volontaires. Il manquait des réunions et lorsqu'il était présent, il paraissait soit euphorique, soit extrêmement pessimiste. Personne ne comprenait cette attitude imprévisible et Rosie s'inquiétait. Certes, les accusations de Valentin avaient ravivé des souvenirs douloureux et replongé Cathal dans la mélancolie, mais elle sentait qu'il y avait autre chose.

Un soir, elle profita de son absence pour entrer dans sa chambre. Elle ne savait pas ce qu'elle cherchait, mais elle avait l'intention d'élucider le mystère de ce changement de comportement. Elle poussa la porte avec un intense sentiment de culpabilité : il était entendu que la chambre de chacun représentait sa sphère privée, elle brisait donc la confiance sur laquelle ils avaient bâti leur amitié.

Elle fut choquée par le lit défait, les vêtements sales empilés par terre et les verres de whiskey vides sur la table de chevet. La chambre sentait la sueur et l'alcool. Elle fut tentée d'ouvrir les fenêtres pour laisser entrer l'air frais, mais n'osa pas. Cette saleté ne correspondait pas au Cathal qu'elle connaissait, qui aimait les draps et le linge propres et sentait le savon et le tabac. Dans un placard, elle trouva un assortiment désordonné de bouteilles, de bocaux et de fioles. Sûrement de vieux médicaments qui dataient du temps où il était médecin. Elle ne parvenait pas à déchiffrer les étiquettes en latin et s'apprêtait à refermer le placard quand une mention la frappa. Sans erreur possible, c'était de la morphine. Rosie se laissa lourdement tomber sur une chaise, la fiole dans ses mains tremblantes. Soudain, elle comprit tout. Elle ne pouvait qu'imaginer le désespoir qui l'avait poussé dans cet abîme.

— Oh ! Cathal, non, murmura-t-elle.

À partir de ce moment, elle l'observa attentivement, à la recherche de signes de son addiction. Ils étaient tous là : l'euphorie, la confusion, l'inattention, la fatigue. Comment avait-elle pu ne pas le voir ? Elle en voulait à Valentin, mais conclut rapidement que cela ne servait à rien. Elle passait ses nuits à chercher des moyens d'aider Cathal, ayant écarté tout de suite l'idée d'en appeler à Victoria. En tant qu'infirmière, son ancienne amie aurait su quoi faire, mais il n'était pas question de la solliciter. Demander de l'aide à quelqu'un d'autre reviendrait également à briser la confiance que Cathal lui avait faite. Elle était donc la seule à pouvoir l'aider.

Au journal et à la bibliothèque, elle lut tout ce qu'elle put trouver sur les effets de la morphine. Elle alla même consulter un médecin, sous un faux nom, pour lui demander conseil. Plus elle en apprenait sur cette addiction, plus elle en mesurait la puissance et le danger. Elle allait devoir affronter Cathal directement, et craignait beaucoup sa réaction.

— Pour l'amour du ciel, où as-tu pêché cette idée ? s'exclama-t-il d'abord quand elle se décida à lui en parler. Tu as beaucoup d'imagination.

— Ce n'est pas mon imagination. Je me suis renseignée, et tu présentes tous les signes.

— Et depuis quand es-tu médecin ?

— Je ne le suis pas, mais je sais ce que je vois.

Il frappa du poing sur la table.

— Ça suffit, Rosie !

— Cathal, s'il te plaît. Je veux t'aider.

— Personne ne peut m'aider.

Rosie le regarda s'en aller, le cœur brisé. Elle n'avait pas osé lui dire qu'elle avait trouvé la morphine. Puisqu'il ne voulait pas l'écouter, elle prendrait le taureau par les cornes et s'attaquerait au problème à sa source. Quand elle l'entendit sortir, elle descendit immédiatement dans sa chambre. Cette fois, elle trouva facilement la morphine et glissa les deux fioles dans sa poche. Plus tard dans la soirée, Cathal retourna sa chambre à grand bruit, puis redescendit et claqua la porte d'entrée derrière lui. Le lendemain matin, il ne lui fit aucune remarque, mais il devait bien savoir ce qu'elle avait fait. Elle ne voulait pas penser qu'il pourrait sûrement obtenir très facilement de la morphine à l'hôpital. *Peu importe*, pensa-t-elle, *je ne céderai pas si facilement*. Après quelques jours, elle fit une nouvelle intrusion et récupéra deux fioles supplémentaires. Puis elle trouva la porte verrouillée.

Rosie avait recommencé à prier. *Ironique... quand on n'a plus aucun espoir, on se tourne vers Dieu.* Ces dernières années, elle ne s'était adressée à Dieu que pour Le maudire, et voilà qu'elle Lui demandait Son pardon et Son aide pour guérir Cathal. Soir après soir, elle allumait des cierges à la cathédrale en pleurant et priait, mais les symptômes de Cathal empiraient. Il était pris de tremblements incontrôlables et de nausées accompagnées de suées ou de frissons. Elle ne pouvait pas vraiment en vouloir à Dieu de l'ignorer, après toutes les accusations qu'elle avait portées contre Lui. Mais lorsqu'elle comprit que ces nouveaux symptômes étaient les signes du manque, elle tomba à genoux pour Le remercier de ce miracle.

C'est au cours de cette période terrible que Rosie s'avoua enfin la force de ses sentiments pour cet homme. Elle avait eu tellement peur de le perdre ! Elle était tombée amoureuse et cela la stupéfiait. Elle pensait savoir ce qu'était l'amour avec Valentin, un désir doux et passionné. Or ses sentiments pour Cathal étaient bien différents. C'était un dévouement inébranlable, fondé sur le respect mutuel et la volonté de faire passer le bien-être de l'autre avant le sien. Jamais elle ne s'était imaginée capable d'un tel altruisme. La douleur de Cathal lui montrait que, même si sa propre vie avait parfois été difficile et douloureuse, elle n'avait jamais souffert ainsi.

À présent, allongée dans son lit, elle l'écoutait sangloter, tenaillée par l'envie irrésistible d'aller le consoler. Tant pis pour le respect de la vie privée de chacun ! Il avait besoin d'elle. Avant de changer d'avis, elle se leva et enfila sa robe de chambre. Elle descendit l'escalier pieds nus, jusqu'à la chambre dont la porte n'était pas fermée à clé. Elle entra sur la pointe des pieds et ferma doucement derrière elle. Il lui fallut quelques instants pour s'accommoder à l'obscurité, puis elle s'approcha de Cathal qui, manifestement, n'était pas conscient de sa présence. L'odeur répugnante de la sueur et son haleine fétide lui donnèrent un haut-le-cœur. Sans bruit, elle s'allongea à côté de lui et le prit dans ses bras.

Il murmurait des mots incohérents, tentant parfois de s'agripper faiblement à elle avant de la lâcher mollement. Rosie le serra plus fort. Elle avait assez de force pour tous les deux. Lorsqu'il réussissait à s'assoupir, entre deux cris de lutte contre des démons imaginaires, elle déposait de petits baisers sur son front. Elle se rendit compte alors qu'elle aussi trouvait du réconfort dans cette étreinte, et qu'elle s'était sentie très seule sans l'ancien Cathal. Ils restèrent ensemble toute cette nuit-là, puis d'autres.

Rosie quittait toujours sa chambre à l'aube. Elle commença à penser au lit de Cathal comme à un sanctuaire de guérison et de paix. Allongée à côté de lui, elle l'apaisait en murmurant tandis qu'il se cramponnait à elle, puis la repoussait, avant de l'agripper de nouveau. La journée, Cathal ne parlait jamais de ces visites nocturnes. Rosie devinait qu'il devait croire à un rêve. Mais au bout d'un certain temps, il eut la certitude que ce n'en était pas un. Il ne dit rien, mais cela paraissait évident à sa manière de la regarder, curieux, hésitant, passionné. Et quand il la touchait, ses mains s'attardaient plus que d'habitude.

Puis, une nuit, elle le trouva éveillé, à l'attendre. Il s'était rasé, avait pris un bain et mis des draps propres sur le lit. Il la prit aussitôt dans ses bras. Rosie ne lui résista pas, même si ce qui était sur le point d'arriver l'effrayait. De l'acte d'amour, elle n'avait qu'une idée générale, tirée de ses lectures ou des accouplements maladroits et sommaires de Bridie et Micko. Mais plus que cette ignorance, c'était l'idée que sa vie ne serait plus la même après qui lui faisait peur. Elle ne serait plus une fille, mais une femme.

Avant ce jour, elle ne s'était imaginée faisant l'amour qu'avec Valentin, dans le contexte idyllique de leur coin préféré du jardin, ou entre ses draps en soie d'Ennismore, ou dans la confortable cabine d'un bateau en route pour l'Amérique. Des fantasmes de petite fille, beaux et flous. Mais dans cette chambre, à cet instant, avec Cathal nu à côté d'elle, son souffle court et ses bras puissants qui la serraient contre lui, il ne s'agissait plus d'un fantasme. Elle chassa l'image de son vieux prêtre et de ses sermons sur la pureté. Elle allait quitter l'état de pureté. Le cadeau de sa virginité aurait dû être réservé à son mari, celui qu'elle avait pensé épouser un jour. Mais Valentin était le mari de quelqu'un d'autre, et elle était libre d'offrir son cadeau à la personne de son choix. Cette nuit-là, elle décida de le donner à Cathal.

Le cœur battant, elle le laissa la déshabiller, avec la même douceur que la nuit où il avait nettoyé les plaies infligées par Micko. Petit à petit, sa peur laissa place à une agréable chaleur. Elle s'aventura à le toucher, prenant conscience de toutes les fois où elle avait regardé ses larges épaules, ses bras musclés et ses longues jambes avec ce désir. Voilà que ses doigts couraient fébrilement sur ses épaules, son torse, ses hanches et ses cuisses. Cathal laissa soudain échapper un cri, comme un gémissement violent, et la serra si fort qu'elle pouvait à peine respirer.

Le désir qui submergea Rosie annihilait toute autre pensée – se condamnait-elle à l'enfer pour ce péché mortel ? Et si elle tombait enceinte ? Il ne resta plus que le brasier qui brûlait entre elle et Cathal. Elle était impuissante face à ce qui se passait dans son corps. L'esprit vide, elle laissa ses sens s'exprimer avec cet homme qu'elle aimait et en qui elle avait toute confiance. Ils poussèrent tous les deux un cri quand il la pénétra. Elle se colla à lui, comme pour le posséder autant qu'il la possédait, puis ils bougèrent en rythme, cramponnés l'un à l'autre.

Plus tard, dans ses bras, la tête posée sur son torse, elle écoutait les battements de son cœur. Souriante et heureuse. Elle avait donné à Cathal son cadeau le plus précieux, et elle l'avait fait avec plaisir.

Le dimanche de Pâques 1916, Rosie et Cathal se promenaient bras dessus, bras dessous dans Phoenix

Park, sous le soleil printanier. Rosie savourait cette intimité simple. Ils s'assirent sur un banc et elle leva la tête vers le ciel, ce qui fit rire Cathal.

— Tu me rappelles Emer, comme ça.

— Ah oui ?

— Elle n'aurait jamais utilisé une ombrelle, elle non plus. Elle aimait être dehors et se fichait bien des taches de rousseur. Les autres femmes les considéraient comme des imperfections, mais pas elle. « Je préfère ça à des diamants », disait-elle. Et elle avait raison.

Il embrassa Rosie sur le bout du nez.

— Ai-je d'autres points communs avec elle ? demanda Rosie, curieuse.

— Ah, par où commencer, Róisín Dubh ? Toi aussi, tu es courageuse, fougueuse, tu te fiches de ce que pensent les autres, tu es loyale, brave, belle…

— D'accord, ça suffit, répondit-elle en rougissant.

Il serra sa main dans la sienne avec un soupir.

— Un premier amour est unique, n'est-ce pas ?

Rosie acquiesça de la tête.

— Est-ce que je te rappelle ton Valentin ? demanda soudain Cathal en se tournant vers elle.

— Non, dit-elle, surprise. Pas du tout.

— Ah non ?

Rosie prit une profonde inspiration.

— Eh bien, vous êtes beaux tous les deux, c'est vrai, et loyaux, et assez rêveurs aussi. Et oui, il s'est perdu un peu, j'imagine. Il n'a jamais réussi, surtout dans ce que son père voulait qu'il fasse.

— Et que voulait-il, lui ? demanda Cathal. À part toi ?

Rosie ignora la dernière phrase.

— Il m'a dit un jour qu'il voulait rester à Mayo et gérer le domaine Ennis. Il n'aimait pas être enfermé dans un bureau. Au fond, ce qu'il voulait vraiment, c'était être fermier. Travailler la terre.

— Mais il en a eu l'occasion après la mort de son frère. Il n'avait pas besoin de s'engager dans l'armée.

— Je sais, répondit Rosie avec un soupir. J'ignore pourquoi il l'a fait.

— Je dirais qu'il fuyait quelque chose, ou qu'il voulait se rapprocher de quelque chose.

Ils restèrent silencieux. Les passants les regardaient et leur adressaient des saluts muets.

— Tu l'aimes toujours ? demanda soudain Cathal.

Rosie resta muette. Que répondre ? Elle ne connaissait même pas la vérité. Ou plutôt, elle la connaissait mais ne se l'était jamais avouée. Elle se tourna vers Cathal qui l'observait.

— Oui.

Voilà, elle l'avait enfin dit à haute voix. Elle se sentit soudain légère, comme le petit oiseau qui voletait autour du banc.

— J'ai tenté d'éteindre ce sentiment, mais il est toujours là, tout comme pour toi avec Emer.

— Mais Valentin est toujours vivant.

— Oui, et marié.

Ils retombèrent dans le silence.

Brusquement, Rosie eut envie de se jeter à son cou et de l'embrasser. Elle résista, mais lui prit la main et le regarda droit dans les yeux pour murmurer :

— Je t'aime, Cathal. Ce n'est peut-être pas la même chose que ce que je ressens pour Valentin, mais c'est de l'amour.

— Et je t'aime aussi, Róisín Dubh.

Rosie se radossa contre le banc et offrit son visage au soleil. Quel drôle de couple ils formaient, tous les deux captifs d'un premier amour si fort qu'il ne les quitterait jamais. Puis ils se levèrent et, souriante, elle lui saisit la main. Tandis qu'ils reprenaient leur chemin, Rosie se sentit heureuse pour la première fois depuis des années.

31

Pendant que Cathal O'Malley se remettait de sa rechute, les volontaires irlandais, tout comme l'armée des citoyens irlandais et le conseil militaire de la Confrérie républicaine irlandaise, décidaient que le temps de l'insurrection était venu. Des informations avaient fuité, et l'impact du soulèvement serait probablement moins important si la guerre se terminait avant qu'il ait eu lieu.

Le plus gros problème restait le manque d'armes, comme Cathal le répétait souvent. Au mieux, les volontaires ne disposaient que d'un millier d'armes à feu, trop peu pour soutenir une rébellion à Dublin, *a fortiori* dans le reste du pays. Les volontaires et les autres organisations comptaient beaucoup sur une livraison en provenance d'Allemagne, arrangée par sir Roger Casement, diplomate et nationaliste d'ascendance protestante irlandaise. Vingt mille armes devaient arriver par bateau sur la côte sud-ouest de l'Irlande au début du mois d'avril 1916. Hélas, la marine britannique avait été prévenue et attendait. Le capitaine allemand avait préféré saborder son bateau, et tout le chargement avait fini au fond de la mer.

Ce naufrage était une perte immense pour les nationalistes et de nombreux observateurs, dont l'armée britannique, pensaient qu'il marquerait la fin de la rébellion. C'est pourquoi de nombreux soldats britanniques passaient la journée au champ de courses quand, le lundi de Pâques 1916, l'insurrection commença.

Le Grand National irlandais était un temps fort de la saison des courses à Fairyhouse. Cette année-là encore, une foule compacte s'y pressait, lords et ladies côtoyant fermiers et ouvriers. Les femmes en chapeaux de fête et robes en soie, les hommes en queues-de-pie et vestes de laine rugueuse, les soldats anglais en uniforme et les jockeys dans des casaques chamarrées déambulaient sous les cris des bookmakers qui annonçaient les cotes. Les odeurs de terre et de la sueur des chevaux se mêlaient aux parfums enivrants des femmes. Et par-dessus tout cela, le soleil prodiguait une chaleur estivale.

Victoria traversait la foule en direction du box de sa famille. À n'importe quel autre moment, le spectacle l'aurait ravie, mais elle avait l'impression de flotter dans une brume de tristesse. Cela durait depuis le départ de Brendan. Elle passait ses journées dans l'hébétude, toutes ses émotions assourdies, comme les notes étouffées d'un piano. Tante Marianne tentait en vain de la faire sortir, essuyant des refus catégoriques. Ce n'était que pour voir sa famille, en particulier son cher papa, qu'elle avait accepté de venir au champ de courses.

— Victoria, ma chérie ! Que c'est bon de te voir ! Tu as l'air en forme.

Lord Ennis serra sa fille dans ses bras avec un enthousiasme qu'elle ne se rappelait pas lui avoir jamais vu.

— Je suis heureuse de vous voir aussi, papa. Vous m'avez manqué.

Elle remarqua, bouleversée, à quel point il avait changé. Il était plus mince, ses cheveux étaient plus gris, et ses rides plus marquées. Serait-il tombé malade ?

— Viens, ta maman nous attend.

Victoria suivit son père jusqu'au box privé au dernier étage du pavillon. Sa mère, tante Louisa et Sofia ressemblaient à une rangée d'oiseaux colorés avec leurs grands chapeaux à plumes et leurs robes de soie et brocart. Sofia se leva pour l'embrasser, mais sa mère et sa tante restèrent assises, si bien que Victoria dut se pencher pour leur donner une bise sur la joue. Sa mère tapota la chaise à côté d'elle.

— Assieds-toi, Victoria. Je veux que tu me racontes tout ce que tu as fait.

Victoria et Sofia échangèrent un regard en souriant. Lord Ennis annonça qu'il allait placer un pari.

— Un de nos chevaux dispute le Grand National, expliqua-t-il. Il s'appelle Julian, comme notre petit-fils, alors souhaitez-lui bonne chance. Il va courir contre un cheval appartenant à un Américain et, bien entendu, on ne peut pas laisser les Américains gagner ! Sans vouloir vous vexer, Sofia.

Une fois son père parti, Victoria se sentit bien seule. Elle chercha son frère du regard.

— Où est Valentin ?

Sofia, silencieuse, garda une expression neutre et laissa lady Ennis répondre.

— Quelque part avec son régiment, j'imagine. Mais je ne comprends pas qu'il ne vienne pas retrouver ses parents – et sa femme, bien sûr. Sans notre aide, ce garçon serait parti se battre dans un fossé boueux en France.

Victoria sentait déjà les vieilles rancœurs l'envahir. Elle dut prendre sur elle pour sourire.

— Alors, maman, donnez-moi des nouvelles d'Ennismore. Je meurs d'envie de tout savoir.

Au cours de l'heure qui suivit, la conversation alla bon train, des récits des bêtises du petit Julian aux commérages sur les voisins et amis, de la difficulté de trouver du personnel qualifié aux détails du prochain mariage de Mr. Burke et Mrs. Murphy. Victoria posait autant de questions que possible, dans l'espoir de retarder au maximum l'inévitable question de sa mère. Mais elle finit par arriver à court d'idées.

— Tu nous as menti, Victoria. Ton père et moi avons petit-déjeuné avec le docteur Cullen ce matin. Il nous a annoncé que tu ne travaillais plus à la clinique depuis presque un an. Tu imagines comme nous étions gênés de l'apprendre ainsi. Explique-toi.

— C'est vrai, maman, répondit Victoria avec appréhension. J'ai quitté la clinique pour travailler à l'hôpital de l'Union. Je trouve ce travail plus satisfaisant. Je voulais vous le dire, mais je craignais que cela vous contrarie. Je m'y plais beaucoup et j'apprends énormément sur le métier d'infirmière.

Elle se tut, espérant que sa mère serait satisfaite. Elle n'allait certainement pas lui dire que l'Union soignait les pauvres de Dublin, que les conditions de travail y étaient déplorables, et qu'elle était exposée tous les jours à de nombreuses maladies et infections.

Sa mère pinça les lèvres.

— Je ne comprends toujours pas pourquoi tu as voulu quitter la sécurité de la clinique du docteur Cullen où tu côtoyais des gens de ta classe, seulement pour apprendre le métier d'infirmière. Qu'est-ce que cela t'apportera ? Quand la guerre sera terminée, tu reviendras à Ennismore de toute façon. Ce n'est pas comme si tu avais prévu d'en faire une véritable carrière.

Victoria faillit dire qu'elle n'avait pas du tout l'intention de retourner à Ennismore, mais l'annonce du début du Grand National provoqua un immense brouhaha dans la foule. Elle préféra imiter Sofia, qui se levait pour encourager les chevaux. Ils avaient plusieurs kilomètres à parcourir et vingt-cinq obstacles à sauter. Le cheval de son père, Julian, se débrouillait bien, mais il était au coude à coude avec celui de l'Américain, Fifth Avenue. Julian battit Fifth Avenue, mais ce fut finalement un autre cheval, All Sorts, qui remporta la course.

Un peu plus tard, un groupe de soldats anglais enhardis par l'alcool vint s'installer à proximité. Victoria tendit le cou pour voir si Valentin en faisait partie et put entendre un peu de leur conversation.

— Onze heures ce matin, dit un soldat. Ils marchaient dans la ville, fiers comme des coqs, et ont envahi la Poste centrale. Pearse en est même sorti pour lire une proclamation déclarant l'Irlande libre, et puis ils ont descendu le drapeau britannique pour le remplacer par le drapeau irlandais. Je n'en reviens pas.

— Il paraît que les locaux se moquaient d'eux, dit un autre. Quelle bande d'idiots ! Ils n'auront aucun soutien des Dublinois, croyez-moi.

— Des emmerdeurs, oui, renchérit un troisième. Ils occupent aussi les Four Courts, l'Union et d'autres bâtiments. Ils ont tenté de prendre le château, mais on les a repoussés. En tout cas, ils ont causé suffisamment de problèmes pour qu'on nous fasse rentrer à la garnison. Je ne suis pas content du tout.

Les soldats continuèrent de se plaindre, mais Victoria cessa d'écouter. L'inquiétude perça soudain le voile de la tristesse. Si l'insurrection avait démarré, elle devait immédiatement retourner à Dublin et trouver Brendan. Elle se fichait bien qu'ils se soient séparés en si mauvais termes. Elle l'aimait et voulait être avec lui. Pourvu qu'il n'ait pas été blessé ! Elle se mit à regarder partout autour d'elle en se demandant comment elle allait rentrer. Où était Valentin ? Lady Ennis, Louisa et Sofia l'observaient.

— Enfin, Victoria, qu'est-ce qui ne va pas ? demanda sa mère. Tu ne te sens pas bien ?

— Non, maman, je ne me sens pas bien du tout. J'ai la tête qui tourne. Il faut que je rentre.

— Viens avec nous alors. Nous sommes prêts à partir. Tu pourras en profiter pour te reposer à la maison pendant quelques jours.

— Non ! s'écria Victoria. Non, pas à Ennismore. Je dois retourner à Dublin.

Elle ne parvenait pas à maîtriser le tremblement de sa voix.

— Mais pourquoi ? insista lady Ennis. Qu'y a-t-il d'urgent ?

— Il y a eu un soulèvement ! Vous n'avez pas entendu les soldats ?

Lady Ennis pâlit. Elle se leva brusquement.

— Un soulèvement ? Où est Edward ? Nous devons partir sur-le-champ. Toi aussi, Victoria.

Victoria était sur le point de protester quand Valentin apparut à côté d'elle. Il passa le bras autour de ses épaules et se tourna vers sa famille, l'allure raide.

— Mère, tante Louisa, j'espère que vous allez bien.

Sans attendre leur réponse, il prit la main de Sofia et déposa un baiser sur sa joue.

— Je suis heureux de te voir, Sofia. Comment va Julian ?

Apparemment sans voix, Sofia hocha la tête.

— Valentin, je suis contente de te voir ! s'exclama Victoria. S'il te plaît, il faut que tu m'aides à regagner Dublin immédiatement. Il y a eu un soulèvement et je dois retrouver… quelqu'un, je dois m'assurer qu'il va bien.

Blanc comme un linge, Valentin apprenait manifestement la nouvelle. Elle le supplia silencieusement pendant qu'il se remettait de sa surprise, observant tout à tour les membres de sa famille, et en particulier Sofia.

— Bien sûr, dit-il enfin. Viens avec moi. J'ai une voiture de l'armée et je peux te conduire jusqu'en ville, si nous parvenons à passer. Tu es prête ?

— Oui. Oh ! Merci Valentin.

Elle se tourna vers sa mère, sa tante et Sofia.

— Je suis désolée. Je vous expliquerai tout plus tard. Dites au revoir à papa de ma part.

Elle prit le bras de son frère et, ensemble, ils traversèrent la foule jusqu'à la limite du champ de courses où était garée la voiture. Il l'installa sur le siège passager et prit le volant.

— À Dublin, alors, dit-il.

À mesure qu'ils roulaient, l'inquiétude de Victoria grandissait. Où était Brendan ? Avait-il participé à l'insurrection ? Bien sûr, elle connaissait la réponse. Il était forcément en première ligne de cette pagaille. Victoria sentit monter la colère : lui et ses camarades ne comprenaient-ils pas que la chance n'était pas de leur côté ? Puis elle se remémora l'expression passionnée de Brendan quand il parlait de la révolution – « Une Irlande libre, tu imagines ce que cela voudrait dire ? » – et sa colère retomba. Ne s'inquiéter que des conséquences que cela aurait pour elle était une attitude égoïste. Il risquait sa vie. Cependant, si la révolution s'étendait, Ennismore serait peut-être détruit et ses parents en danger. Tremblante, elle se tourna vers son frère.

— Qu'allons-nous faire, Valentin ?

— Si ça a commencé, on ne pourra pas faire grand-chose.

Soudain, il frappa le volant et la fit sursauter.

— Je maudis papa pour ce qu'il a fait. Sans son intervention, je serais en France en train de combattre notre véritable ennemi, au lieu d'être ici et d'affronter mes compatriotes ! Dis-moi, pourquoi dois-je me battre contre d'autres Irlandais ?

Elle vit dans ses yeux des larmes de frustration.

— Parce qu'ils te tueront si tu ne le fais pas.

À l'extérieur de la ville, les rues étaient étrangement calmes. Ni soldats ni policiers. Horrifiée, Victoria vit un cheval mort sur le bord de la route.

— Un lancier, expliqua Valentin en faisant référence à la cavalerie britannique. Il a dû y avoir des combats tout à l'heure.

— Est-ce qu'on pourrait passer devant l'hôpital de l'Union ? demanda-t-elle. Je voudrais voir ce qui se passe là-bas. Il faut que j'aille travailler demain matin.

— Je te conseille de rester chez toi jusqu'à ce que tout soit terminé. Les rues seront trop dangereuses pour tout le monde.

— Peut-on juste passer devant, s'il te plaît ?

Le bâtiment principal semblait calme, tout comme les vieux bâtiments de l'hospice qui l'entouraient. La nuit commençait à tomber, mais Victoria apercevait quand même des visages masculins derrière les vitres sales. Brendan y était-il ? Au moins, il n'y avait pas de combats pour le moment, mais quand l'armée se regrouperait et commencerait à pilonner…

Dans le centre-ville, beaucoup de vitrines étaient brisées le long de Sackville Street. Les trottoirs étaient jonchés de verre cassé, de cartons, de vieux vêtements et de débris.

— Des pillards, commenta Valentin. Pas étonnant qu'ils aient profité de la situation, il n'y a pas de policiers dans les rues.

Quelques passants les observaient et une fille à l'air revêche, qui portait plusieurs manteaux, un très grand chapeau à plumes et deux sacs à main sur chaque bras, leur adressa un geste grossier.

— On ne peut pas leur en vouloir, ajouta-t-il. Ils n'ont presque rien.

Pensant à Bridie, Victoria hocha la tête.

Ils passèrent devant la poste, où l'insurrection avait commencé. Des sacs de sable étaient empilés derrière les fenêtres et un drapeau irlandais avait été hissé sur le toit, mais le calme régnait. Des copies de la déclaration proclamant une Irlande libre étaient collées sur tous les lampadaires et sur les murs.

À St. Stephen's Green, un groupe d'hommes, dont certains portaient une cartouchière sur leurs vêtements en guise d'uniforme, armaient leurs fusils. Parmi eux, Victoria aperçut une ou deux femmes. Elle reconnut même Nora Butler, la sœur de Geraldine, et se demanda si Rosie y était aussi. Soudain, deux rebelles sautèrent devant la voiture, agitant leurs armes pour les forcer à s'arrêter. Mais Valentin fit vrombir le moteur et les contourna.

— Ils veulent la voiture pour les barricades, dit-il en montrant le barrage de fortune dressé autour de St. Stephen's Green avec des voitures et des chariots.

Ces garçons qui les avaient menacés ne devaient pas avoir plus de quatorze ou quinze ans. Où était Brendan ?

Et où était l'armée ? À l'évidence, les soldats avaient été pris au dépourvu.

Comme s'il avait lu dans ses pensées, Valentin se tourna vers sa sœur, le visage grave.

— Tout est calme pour l'instant, mais ça ne va pas durer. L'armée a forcément appelé des renforts, et ils apporteront l'artillerie lourde. Ces pauvres bougres à la poste et ailleurs n'ont aucune chance.

— Pourquoi dis-tu cela ? s'écria Victoria, furieuse. Ils n'ont peut-être pas autant d'armes que les Anglais, mais ils ont du cœur, et ils ont raison ! Brendan Lynch le dit et je suis d'accord avec lui. Oh, mais où est-il ?

Ses paroles la surprirent tout autant que son frère. Valentin lui lança un regard étonné. Elle savait ce qu'il pensait. Elle était une Bell, comment pouvait-elle prendre le parti d'une rébellion ? Et pourquoi était-elle si inquiète pour Brendan Lynch ? Victoria était bien trop fatiguée et préoccupée pour le lui expliquer.

— J'ai vu Rosie à Noël, annonça-t-il soudain. Dans la maison qu'elle partage avec Cathal O'Malley. Tu le savais, hein ? Il paraît qu'il est médecin à l'Union.

Elle acquiesça de la tête.

— J'ai porté de terribles accusations contre Mr. O'Malley. J'ai essayé de la convaincre de le quitter, mais elle n'a pas voulu m'écouter, dit-il avec un soupir. J'essayais de la protéger, mais je crois que je n'ai fait qu'empirer notre relation. J'ai été bête et prétentieux.

Lorsqu'ils arrivèrent à Fitzwilliam Square, il aida sa sœur à descendre de voiture et elle eut du mal à lâcher son bras, et avec lui le réconfort de sa présence.

— Sois prudente, Victoria. Je vais attendre ici jusqu'à ce que tu sois rentrée et en sécurité. Ne sors pas, ferme toutes les portes à clé et barricade-toi à l'intérieur.

Victoria ne put s'empêcher de sourire. Il était de nouveau son grand frère, le galant protecteur de leur jeunesse.

— Fais bien attention à toi, Valentin, murmura-t-elle.

32

Victoria dormit très mal cette nuit-là et se leva avant l'aube. Elle attendrait que le jour se lève et filerait à l'Union. Elle devait retrouver Brendan. Lady Marianne et Mr. Kearney avaient quitté Dublin pour le week-end avant le début de l'insurrection, il ne restait que Céline dans la maison pour essayer de la retenir. Victoria la repoussa.

— Ils auront besoin de moi à l'hôpital, dit-elle fermement en ouvrant la porte. Il doit y avoir des blessés.

Les rues autour de Fitzwilliam Square étaient silencieuses. Le soleil était levé et une nouvelle journée chaude s'annonçait. Victoria gagna l'hôpital d'un pas déterminé, la tête haute, affichant une assurance qu'elle était loin d'éprouver. À l'extérieur du bâtiment, tout semblait aussi normal que la veille, mais dès qu'elle entra, une infirmière plus âgée se précipita vers elle et lui prit les mains.

— Oh ! Victoria, je suis si contente que vous soyez là ! Les rebelles ont envahi tous les bâtiments et beaucoup de filles ont peur de venir. Nous n'avons pratiquement aucun personnel infirmier, et seulement quelques médecins, car tous ceux qui avaient quitté Dublin pour le week-end sont bloqués aux portes de la ville, expliqua-t-elle en se signant. Je ne sais pas comment nous allons faire quand les blessés commenceront à arriver. Prions pour que tout cela se termine vite.

Victoria comprit qu'elle n'aurait pas la possibilité de se mettre en quête de Brendan. Insurrection ou pas, les pauvres avaient toujours besoin d'être soignés et affluaient comme d'habitude. Elle travailla toute la matinée sans prendre de pause et ne parvint que vers midi à sortir prendre l'air dans une petite cour. Un peu plus loin, du côté d'un des vieux bâtiments de l'hospice, un jeune homme allumait une cigarette. Un volontaire, devina Victoria en voyant le fusil à ses pieds. Lentement, elle approcha, les mains tendues devant elle pour ne pas l'inquiéter. Elle espérait que son uniforme d'infirmière aiderait aussi.

— Je cherche juste quelqu'un, annonça-t-elle comme il se baissait pour ramasser son arme. Brendan Lynch. Le connaissez-vous ?

— Vous lui voulez quoi ? demanda-t-il avec un accent de la campagne qui la fit presque sourire.

— C'est un ami. J'ai entendu dire que certains volontaires étaient en garnison ici. Je veux juste le voir. Pour m'assurer qu'il va bien.

Le garçon se méfiait, probablement à cause de son accent bourgeois.

— S'il vous plaît, insista-t-elle. J'ai besoin de savoir comment il va.

— Il était là hier, répondit-il enfin, mais ils en ont déplacé beaucoup ce matin. On avait besoin de renforts à St. Stephen's Green et ailleurs. Désolé, je ne sais pas où ils l'ont envoyé.

Le cœur de Victoria se serra.

— Si je le vois, poursuivit le garçon, vous voulez que je lui dise que vous le cherchez ?

— Oui, merci. Je m'appelle Victoria.

Tout au long de l'après-midi, elle écouta les conversations de la salle d'attente pour savoir ce qui se passait en ville. Il se disait que les troupes britanniques sillonnaient les rues et on avait entendu des échanges de tirs. Les rebelles réquisitionnaient des maisons et tiraient sur les soldats depuis les toits. La population se pressait pour faire le plein de provisions – du pain, du lait, de la viande – avant l'arrivée des renforts militaires. Parce que, ensuite, les combats commenceraient pour de bon. La ville était toujours la proie des pillards, et la police toujours absente. Il n'y avait qu'à voir les enfants qui arrivaient vêtus de manteaux trop grands, leurs mères portant des chaussures neuves trop petites, les bébés dans des poussettes flambant neuves. Victoria se demanda si Bridie et Micko avaient pris part à ces actions, même si elle n'arrivait pas à concevoir que Bridie pût voler quoi que ce soit, même dans les pires circonstances.

Quand le soir arriva, elle était épuisée. L'infirmière en chef lui ordonna de rentrer.

— Vous aurez besoin de toutes vos forces demain quand les premiers blessés arriveront.

Victoria obéit, quitta l'hôpital et s'arrêta sous la grande arche qui donnait sur la rue. Après l'incident de la veille, quand les rebelles avaient tenté de prendre la voiture de Valentin, aller à St. Stephen's Green ne la rassurait pas, mais il fallait retrouver Brendan.

— Miss Bell.

La voix la fit sursauter. Elle avait failli percuter Cathal O'Malley. Il était plus maigre que dans son souvenir, le visage creusé, le dos un peu voûté.

— Une fille comme vous devrait être chez elle, en sécurité.

Elle ne put s'empêcher de sourire.

— Je croirais entendre mon père.

— Peut-être, répondit-il en souriant aussi. Mais votre famille doit s'inquiéter pour vous. Je vous raccompagne.

— Je ne rentre pas chez moi. Je vais à St. Stephen's Green. Il y a quelqu'un que je dois retrouver.

— Quoi ? Pourquoi ?

Cathal l'observa d'un air perplexe, puis il parut soudain comprendre.

— Ah, je vois ! Ce garçon que vous cherchez, Brendan Lynch, il patrouille là-bas.

— Comment… Comment le savez-vous ? demanda Victoria, choquée.

— Je connais bien Brendan. Il m'a parlé de… eh bien ! de tout. Il en était malade, le pauvre, quand vous vous êtes séparés.

Il leva les mains pour faire taire les protestations de Victoria.

— Vos histoires ne me regardent pas, cela ne concerne que vous deux, mais vous seriez bien idiote d'aller le chercher maintenant.

Victoria fondit en larmes.

— Je n'y peux rien. Je l'aime toujours.

— Oui, l'amour a le don de nous faire agir comme des idiots, dit-il avec un petit sourire rassurant.

— Cathal, pourriez-vous m'aider à le voir ?

— Oui. Mais pas ce soir. Je dois passer la nuit à l'hôpital. Il n'y a quasiment aucun médecin. Je vous retrouverai ici demain. Mais laissez-moi déjà vous

raccompagner chez vous et promettez-moi que vous y resterez toute la nuit, la porte fermée à double tour.
— Je vous le promets.

Rosie était assise contre la cheminée, sur le toit de la maison de Moore Street, un fusil sur les genoux. L'arme appartenait à un jeune volontaire qui, une minute plus tôt, se tenait allongé au bord du toit et visait des soldats britanniques. Rosie était venue lui apporter des sandwichs et de l'eau et il lui avait confié son arme, le temps de prendre quelques instants de repos. Les rebelles occupaient les toits de Moore Street et, dans les étages, ils crevaient les cloisons entre les maisons mitoyennes afin d'ouvrir un chemin sécurisé d'un bout à l'autre de la rue.

Rosie tenait le fusil distraitement en regardant les gens qui circulaient rapidement ; certains tiraient des enfants derrière eux, d'autres portaient du pain ou des paniers de nourriture. Ils couraient d'une porte à l'autre, s'abritant sous les porches, traversant quand il fallait éviter un soldat et jetant des coups d'œil furtifs en direction des toits où les rebelles attendaient. Elle vit un soldat tomber et ses camarades se précipiter à son secours, le halant jusqu'à la porte la plus proche, à l'abri. Où était Valentin ? Pourrait-elle tirer sur lui ? Il n'y avait pas si longtemps, elle s'en serait sentie capable. Mais à présent, tous les soldats le lui rappelaient. Elle décida de ne se servir de son fusil que pour se défendre.

Toute la soirée, le fracas métallique des armes avait résonné. À l'extérieur, il semblait encore plus fort et plus urgent. Les sirènes des ambulances se mêlaient au grondement sourd des véhicules blindés de l'armée. Des briques tombaient du haut de vieilles cheminées. Une balle perdue fit exploser une vitre dans un immeuble voisin. Un homme âgé apparut dans l'ouverture et lança une pluie d'injures aux rebelles comme aux soldats. Rosie toussait. La fumée s'était logée dans sa gorge et l'air lourd et humide la faisait suffoquer. Ce temps-là lui rappelait toujours la nuit chaude et moite où Micko avait essayé de l'agresser à Foley Court. Elle frissonna.

Rendant son fusil au jeune homme, elle contourna la cheminée à quatre pattes, traversa prudemment le toit et descendit dans le grenier. Il faisait une chaleur étouffante dans la maison, qui grouillait de monde. Réunis au salon, il y avait les leaders des volontaires, de l'armée des citoyens et de la confrérie, des membres de la Ligue et des journalistes de *La Harpe*. Apparemment, les ordres de l'insurrection avaient été décommandés par l'un des leaders des volontaires, à cause d'un problème de communication, ce qui expliquait que peu d'hommes se soient présentés. La maison de Cathal était devenue une sorte de quartier général où s'échangeaient les informations.

Rosie coupait du pain pour préparer d'autres sandwichs quand Cathal apparut à côté d'elle. Il semblait épuisé et elle lâcha son couteau pour l'aider à s'asseoir.

— Reste là, attends que je te donne quelque chose à manger.

— Je ne peux pas rester longtemps, Rosie. Il faut que j'aille voir comment les gars tiennent le coup. Il y a beaucoup de combats dans la ville. C'est mon devoir.

— Oui, tout comme de sauver des vies, Cathal. Tu ne peux pas faire les deux. Tu n'en as pas la force.

Il sourit faiblement.

— Je ne vais pas affronter seul l'armée britannique, mais j'ai entraîné ces gamins et je dois m'assurer qu'ils vont bien. Je suis inquiet. Je ne peux pas les abandonner.

Il poussa un soupir et mordit dans le sandwich qu'elle avait posé devant lui.

— Personne ne s'attendait à une telle résistance de la part de l'armée, ajouta-t-il. Ne voient-ils donc pas qu'il ne s'agit que de jeunes garçons…

— Je comprends que tu te sentes responsable, vraiment. Mais tu es seul. Et médecin avant tout.

— Je l'étais, mais j'ai perdu le droit de l'être il y a longtemps, conclut-il en baissant la tête.

Rosie changea vite de sujet.

— Combien de blessés à l'Union ?

— Quoi ? Oh ! pas tant que ça pour le moment, mais ça ne fait que commencer, je le sens. L'armée a simplement pris position, mais ils sortiront l'artillerie lourde d'ici peu. De leur côté, Pearse et Connolly ne sont pas prêts à abandonner de sitôt. Ils ont pris un risque et ils doivent tenir jusqu'au bout. Ce sont tous des types courageux.

Rosie ne dit rien. Elle s'assit à côté de lui et but son thé. Elle ne savait plus quoi penser de cette situation. Ils s'étaient engagés avec trop peu de combattants et beaucoup de ces garçons seraient tués. Il y avait un monde entre affirmer qu'on était prêt à payer le prix et le voir payé en sang versé et en morts. On était forcé de se demander si la fin justifiait vraiment les moyens.

— J'ai vu la petite Victoria aujourd'hui, dit soudain Cathal. Elle était à l'hôpital en train de sauver des vies alors qu'elle aurait pu rester barricadée chez elle, dans cette belle maison de Fitzwilliam Square. Elle a du cran, cette fille, bien plus que je le croyais.

Rosie n'aurait jamais prononcé ces mots à haute voix, mais au fond d'elle, elle était fière de sa vieille amie.

— Elle veut que je l'aide à trouver Brendan Lynch. Elle dit qu'elle a besoin de le voir. Ils se sont disputés, mais elle l'aime toujours.

Rosie oublia soudain son élan de fierté, remplacé par le souvenir de leur dispute à propos de Brendan. Elle était alors convaincue que Victoria ne faisait qu'utiliser le jeune homme.

— Enfin ! Brendan ne se serait jamais laissé séduire par Victoria ! dit-elle tout fort.

Cathal éclata de rire.

— Je dirais qu'ils se sont séduits mutuellement. C'est un drôle de truc, l'amour, Rosie. Nous sommes bien placés pour le savoir. J'ai donc prévu d'aller le chercher demain soir pour l'emmener chez elle. La tante est partie avec son compagnon, d'après ce que j'ai compris.

— Non ! C'est trop dangereux ! Pour vous tous. Tu ne dois rien à Victoria Bell.

— Mais c'est ton amie.

— Je refuse qu'elle manipule encore quelqu'un pour obtenir ce qu'elle veut.

— Elle est déterminée à le retrouver de toute façon, avec ou sans mon aide. Je préfère être là pour les protéger. Ce n'est qu'une fille, Róisín Dubh, comme toi, sauf qu'elle n'est pas une rebelle.

Il s'était levé et avait pris le bras de Rosie. Elle était en colère, mais savait qu'il n'en ferait qu'à sa tête. Une idée cruelle et jalouse lui vint à l'esprit et, sans réfléchir, elle l'exprima tout haut.

— Tu aiderais son frère aussi, si elle te le demandait ? Accepterais-tu de protéger Valentin si la gentille petite Victoria te le demandait ? Franchement, tes priorités m'étonnent, Cathal.

Il l'observa d'un air triste.

— Allons, Rosie, c'est ta colère qui parle. L'amour devrait être ta priorité, c'est la seule chose sur laquelle on peut toujours compter.

Il lui prit la main et elle leva des yeux pleins de larmes.

— Ma priorité, c'est toi, Cathal O'Malley. C'est toi que j'aime.

— Je le sais bien. Et je t'aime aussi. Mais tu sais aussi bien que moi que ce n'est pas le même amour que tu éprouves pour Valentin, et ça ne le sera jamais.

Après son départ, Rosie se rassit à la table, perdue dans ses pensées, indifférente au brouhaha qui régnait autour d'elle. Elle avait été méchante, égoïste et cruelle et elle en avait honte. Son pire côté avait explosé devant Cathal et, pire encore, devant elle-même. Victoria avait sûrement raison : il était temps d'arrêter d'en vouloir à tout le monde pour ses problèmes. Rosie avait eu tort de la juger, tout comme elle n'aurait pas dû parler de Valentin à Cathal. Elle avait laissé sa mesquinerie détruire son amitié avec Victoria et, si elle ne faisait pas attention, elle pourrait détruire sa relation avec Cathal aussi. Il était temps de se débarrasser de ces sentiments nocifs.

Elle décida donc de préparer d'autres sandwichs pour les rebelles prêts à payer le prix fort pour des convictions et l'amour de leur pays.

Lorsque le soleil se leva le mercredi, les gens de Dublin allèrent regarder à la fenêtre. Certains furent rassurés, d'autres, effrayés. Les renforts militaires britanniques étaient arrivés. Un bataillon à l'air las, des soldats à peine sortis de l'adolescence, remontait Sackville Street sous la pluie de balles tirées depuis les toits. C'était le feu des rebelles contre les tirs de mitraillette. À midi, les coups de canon résonnaient du côté de la Liffey : une canonnière tirait des obus sur Liberty Hall, où les insurgés étaient retranchés. Les mitrailleuses canardaient depuis les fenêtres du grand Shelbourne Hotel les tranchées creusées par les rebelles dans le parc de St. Stephen's Green.

Pourtant, pour de nombreux Dublinois, cela ressemblait plus à un spectacle qu'à une scène de guerre. Les volontaires avaient eu beau recruter ouvertement pendant des semaines, la menace d'une insurrection n'était pas prise au sérieux. Un petit groupe disparate de poètes, d'instituteurs, d'ouvriers et de fermiers qui allaient se changer en citoyens soldats capables de tenir tête à l'armée britannique ? C'était au mieux idéaliste, au pire fatal. Certains Dublinois observaient donc tout cela depuis leur perron ou leur jardin, comme à la parade de Noël. Relativement libres de leurs mouvements dans les deux journées précédentes, ils gardaient l'illusion d'être en sécurité et les quelques cadavres de malchanceux dans les rues ne suffirent pas à provoquer une prise de conscience.

Le mercredi soir, cependant, l'ambiance avait totalement changé. Des incendies se déclaraient aux quatre coins de la ville. Les ambulances déplaçant les blessés hurlaient dans les rues. Le bruit des mitrailleuses et des tirs d'obus britanniques allait crescendo, jusqu'à devenir assourdissant. La nourriture commençait à manquer et on voyait des passants courir discrètement à la recherche de pain et de lait, tentant d'éviter les tirs croisés. Nombre d'entre eux étaient repoussés par les soldats qui tentaient d'imposer un couvre-feu. Les rebelles retranchés dans la Poste centrale tenaient leur position et continuaient de répondre aux tirs ennemis.

Tout cela, Victoria put l'observer en rentrant à Fitzwilliam Square au pas de course, au bras de Cathal. La journée avait été particulièrement agitée à l'hôpital. Les ambulances amenaient toujours plus de blessés, soldats ou rebelles, mais la plupart civils, et tous gravement touchés. Les quelques médecins présents devaient prendre des décisions difficiles, ils ne pouvaient simplement pas opérer tout le monde. Ils travaillaient fébrilement sous des lumières qui vacillaient à chaque coup de canon. Malgré son manque d'expérience, Victoria avait passé la journée au bloc opératoire. Avec si peu de personnel, il n'y avait pas le choix. Il lui fallut d'abord affronter la nausée provoquée par tout ce sang, mais elle recouvra vite son calme et son application. Les opérations s'enchaînaient sans répit. Ils sauvèrent trois patients, mais perdirent le dernier. Elle ne savait pas s'il s'agissait d'un soldat, d'un rebelle ou d'un civil, mais cela n'avait pas d'importance.

Il faisait déjà nuit quand Victoria quitta l'hôpital, hébétée, et put enfin respirer l'air chaud. Elle avait à peine eu le temps de penser à Brendan ou Valentin, hormis lors de son examen rapide des visages des blessés. À présent, l'inquiétude la reprenait. Brendan accepterait-il de la voir ? Comme en réponse à sa question, Cathal apparut à ses côtés.

— Désolé de venir si tard, s'excusa-t-il, j'ai eu toutes les peines du monde à extirper Brendan de St. Stephen's Green. L'armée s'est retranchée au Shelbourne Hotel et tire sur les gars sans s'arrêter.

Victoria, paniquée, lui agrippa le bras, mais il repoussa sa main.

— Tout va bien, mais nous n'avons pas beaucoup de temps. Votre Brendan vous attend à Fitzwilliam Square, la bonne l'a laissé entrer. Allons-y.

— Dieu merci, murmura-t-elle, soulagée.

Le fracas assourdissant des mitrailleuses augmentait à mesure qu'ils approchaient de St. Stephen's Green. Le Shelbourne Hotel, situé en face du parc, étincelait du feu des balles. De temps à autre, l'une d'elles trouvait sa cible et un cri retentissait dans l'obscurité. Victoria sursautait et agrippait Cathal un peu plus fort. Il lui fit contourner le périmètre où les voitures et les chariots étaient entassés et prit vers Fitzwilliam Square. Les rues sombres étaient silencieuses, mais l'atmosphère pas moins menaçante. Cathal laissa Victoria devant sa porte puis disparut dans la nuit.

— Dieu merci, tu es toujours en vie, murmura-t-elle en découvrant Brendan dans l'entrée.

— Oui, pour l'instant.

Ils passèrent un long moment à se regarder. Brendan lui en voulait encore, mais semblait lutter contre sa colère. Une lueur plus douce apparut bientôt dans son regard, la même qu'à chaque fois qu'il prenait son violon. Victoria soupira et s'approcha.

— Je suis désolée pour ce que j'ai dit à propos du soulèvement…

Il posa un doigt sur ses lèvres.

— Ça suffit, ma chérie, tu ne disais que la vérité. Sur le moment, je l'ai pris comme une trahison, mais j'ai compris ensuite. Tu t'inquiètes pour ton frère, ta famille et ta maison. Si j'étais à ta place, je suis sûr que je ressentirais la même chose. Je t'aime toujours, et tant que tu m'aimes aussi, c'est tout ce qui compte.

— Oui, je t'aime, Brendan. Je t'aime aussi.

Son étreinte était douce et elle se fichait bien qu'il sente la sueur et la saleté. Il embrassa ses cheveux, puis son front, sa joue, et enfin sa bouche, avec une passion croissante, une urgence presque effrayante et, surtout, impossible à ignorer.

— Viens, dit-elle en se détachant pour lui prendre la main.

Lorsqu'ils furent dans sa chambre, Brendan la prit par les épaules et l'embrassa avec une telle force qu'elle dut le repousser pour reprendre son souffle. Elle avait pleinement conscience, tout comme lui sans doute, que c'était la première fois qu'ils se trouvaient ainsi. Elle s'assit sur le lit et lui fit signe de la rejoindre.

Brendan retira la veste de son uniforme, ouvrit le col de sa chemise et remonta ses manches jusqu'au coude. Ils s'allongèrent côte à côte, enlacés.

— Je dois me battre, Victoria, tu comprends ? Ce n'est pas tant pour moi que pour ma famille, mon grand-père, ma mère, et tous les autres comme eux. Nous avons besoin d'un pays libre où tous les gens seront égaux. Nous devons pouvoir décider de nos propres lois pour que tout le monde, même les plus pauvres, puisse avoir une chance égale de vivre décemment. C'est injuste que des familles comme la tienne possèdent toute la richesse. Ils ont pris nos terres puis ils ont fait des lois pour nous interdire l'éducation, la propriété et…

— Mais les choses s'arrangent, Brendan, tu le vois bien.

— Oui, bien sûr, répondit-il avec un soupir. Mais devons-nous attendre encore huit cents ans ?

— L'autonomie sera forcément mise en place dès la fin de la guerre.

— Le gouvernement britannique nous a menti si souvent qu'on ne peut plus le croire.

Victoria lui caressait le bras. Il n'y avait plus de colère dans la voix de Brendan, seulement de la tristesse.

— Mais vous avez si peu de combattants, dit-elle doucement, si peu d'armes et de munitions. Pensez-vous vraiment pouvoir vaincre l'armée britannique ?

— Le propre des rebelles, répondit-il en souriant, c'est d'écouter l'espoir et pas la raison. Au fond, je pense que nous savons bien que nous ne gagnerons pas, mais nous allons nous battre avec le même courage. Et la passion et la juste cause finiront un jour par vaincre n'importe quelle armée.

Il la fixa un instant avant de poursuivre.

— Nous ne gagnerons peut-être pas ce coup-ci, mais c'est un début. D'autres gars nous suivront et un jour, tous les Irlandais seront derrière nous. L'Irlande sera libre.

— Quand tout sera fini, nous serons ensemble. Je ne retournerai jamais à Ennismore. Je ne veux plus de cette vie. C'est avec toi que je veux être.

Ils se laissèrent alors aller à leur désir. Victoria soupirait tandis que les mains de Brendan la caressaient, aussi calleuses que la première fois qu'elle les avait touchées, mais douces sur sa peau. Il accompagnait ses caresses et ses baisers de mots en gaélique tout en la déshabillant lentement. Lorsqu'ils furent tous les deux nus, Victoria réalisa enfin le fantasme qui l'avait hantée à Ennismore : elle le supplia de lui faire l'amour. Au rythme de leurs va-et-vient, des sentiments doux-amers l'envahissaient, entre l'extase et la tristesse. Le nuage du danger qui planait sur eux attisait l'urgence de leur union, mais quand ce fut fini, il resta en Victoria une profonde tristesse.

Cette nuit-là, ils dormirent côte à côte, perdus dans les rêves du lendemain.

33

Durant les deux jours suivants, Dublin brûla. L'armée britannique incendiait les refuges des rebelles et les ruelles s'emplissaient de fumée tandis que les flammes léchaient les façades. Les pompiers préféraient rester dans leurs casernes plutôt que de risquer leur vie sous le feu des tirs. Les flammes se répandaient donc sans frein d'un immeuble à l'autre, d'une rue à l'autre. Bientôt, la quasi-totalité de Sackville Street fut engloutie, craquant et grinçant sous la colère du feu. On pouvait seulement s'abriter et observer le terrifiant spectacle.

Le samedi, le pire était passé. Les carcasses métalliques tordues pendaient comme des squelettes au-dessus des débris de briques et de plâtre. L'hôtel Métropole, qui avait accueilli tant de grands bals, n'avait pas été épargné. Les rebelles avaient réussi à garder debout la Poste centrale, d'où l'insurrection avait démarré, arrosant le toit sans relâche. Mais le soir venu, les flammes vinrent à bout de leurs efforts et le bâtiment fut lui aussi englouti, avec le drapeau républicain irlandais.

Rosie avait observé tout cela du toit de la maison de Moore Street. Cathal était sorti tous les soirs, pour rentrer épuisé. Ils parlaient très peu, les flammes et la fumée des incendies en disaient assez long. Geraldine et Nora Butler passaient parfois et, dans la grande cuisine, elles dressaient la liste des morts et des blessés. Les rebelles payaient un prix terrible, mais il y avait aussi beaucoup de soldats blessés ou morts. Pour maintenir un peu d'optimisme, on se disait que la défaite n'était pas écrasante. Rosie pensait toujours plus souvent à Valentin. Où était-il ? Que faisait-il ? Elle n'avait reçu aucune nouvelle, mais cela n'avait rien d'anormal et elle n'allait sûrement pas questionner Cathal.

Ce dernier lui avait recommandé de ne pas sortir mais, le samedi après-midi, elle se risqua tout de même dans la rue. Lorsqu'elle arriva devant le Métropole, elle se retrouva paralysée sur le trottoir. Elle aurait pu s'attendre à une pointe de triomphe devant la ruine du décor de la pire humiliation de sa vie, plus qu'au sentiment de contempler le cadavre d'un vieil ennemi. Aucun triomphe, rien qu'un terrible néant, une totale apathie. Elle remonta Sackville Street, évitant les tas d'ordures qui pourrissaient devant les maisons calcinées, les éclats de verre et l'eau sale qui débordait des caniveaux. Il y avait du sang aussi, sur les trottoirs et sur les murs, témoignage muet de la violence qui avait fait rage dans la ville. Elle espérait de tout son cœur que Bridie et Kate étaient indemnes. Foley Court était suffisamment loin du centre-ville pour qu'elles aient évité le pire.

En redescendant Sackville Street ce soir-là, elle croisa une colonne de rebelles désarmés et vaincus, leur leader portant le drapeau blanc de la reddition, escortés par les soldats jusqu'au château de Dublin, où ils seraient arrêtés. Une femme soupira à côté d'elle.

— Que c'est triste, dit-elle. Bien sûr, je n'étais pas pour eux au début, mais ces pauvres diables se sont battus avec tant de courage…

Rosie hocha la tête. Elle en reconnaissait quelques-uns pour les avoir nourris sur son toit.

Un attroupement s'était formé devant la maison de Cathal et, sans réfléchir, Rosie se mit à courir. Il se passait quelque chose de terrible, elle en avait la certitude. Les passants regroupés s'écartèrent pour la laisser passer et elle découvrit Valentin, sa veste rouge tachée de sang brun, son visage tordu de douleur. À ses pieds gisait Cathal, la poitrine ensanglantée. Rosie s'agenouilla et constata qu'il respirait à peine. Une voix qui n'était pas la sienne cria :

— Aidez-moi à l'emmener à l'intérieur. Pour l'amour du ciel ! Allez-vous laisser cet homme mourir dans la rue, juste devant chez lui ?

On souleva donc Cathal pour le porter jusqu'au salon, à l'étage, où on l'allongea sur le divan. Puis l'on attendit dans un silence gêné les instructions de Rosie. Elle leur cria à tous de sortir, et seul Valentin resta, silencieux et bouleversé. Un instant surprise par sa présence, Rosie lui ordonna d'aller chercher de l'eau et des bandages, mais il ne put pas bouger. Il était en état de choc. Elle courut jusqu'à l'armoire à pharmacie et, tandis qu'elle essayait de soigner ses blessures, se souvint de la nuit où il avait fait la même chose pour elle, après l'attaque de Micko. Sa douceur et sa tendresse. Le contact de ses doigts sur sa peau.

— Pourquoi lui as-tu tiré dessus ? cria-t-elle. Bon sang, Valentin, pourquoi as-tu fait ça ?

Il secoua la tête, comme s'il sortait d'un rêve.

— Ce n'est pas moi, Rosie. Crois-moi. L'un de mes camarades l'a attrapé à la sortie de la poste. J'ai tenté de l'arrêter. Il ne devait pas tirer puisque les rebelles s'étaient rendus. J'ai voulu trouver une ambulance, mais Cathal voulait seulement rentrer chez lui. Je suis désolé, Rosie. Je suis désolé.

Elle n'avait écouté qu'à moitié. Cathal se mit à gémir.

— Il devrait être à l'hôpital ! Pourquoi l'as-tu amené ici ?

— Je te l'ai dit. Il refusait.

— Il lui faut un médecin. Je n'y connais rien, moi. Il a besoin d'un médecin.

— Je vais tenter d'en trouver un. Mais je vais chercher Victoria d'abord. Elle saura quoi faire.

Sur ces mots, il disparut. Rosie alla prendre le brandy pour en passer sur les lèvres de Cathal, qui ouvrit des yeux fixes. Il était d'une pâleur mortelle. Il gémit douloureusement et Rosie se rappela soudain la morphine qu'il avait cachée dans sa chambre. Elle courut à l'étage, redescendit avec la fiole et lui en donna une goutte, puis elle s'agenouilla à côté de lui et prit sa tête dans ses bras.

— Cathal, s'il te plaît, ne me quitte pas, murmura-t-elle en le berçant.

Il faisait noir quand une main sur son épaule fit sursauter Rosie. Elle avait dû s'assoupir et mit quelques secondes pour voir son visage clairement.

— Victoria ? Aide-moi.

Victoria hocha la tête, poussa doucement Rosie et commença à examiner la blessure de Cathal. Puis elle la nettoya et changea le bandage.

— Il faut maintenir une pression, dit-elle à Rosie. Il doit aller à l'hôpital. Valentin cherchait un médecin, mais je lui ai dit de trouver une ambulance. Cathal doit être opéré le plus vite possible.

Une fois qu'elle eut fait ce qu'elle pouvait, elle alla s'asseoir dans un fauteuil près du feu éteint. Elle alluma deux lampes, mais la pièce restait sombre. Elle ne dit rien et Rosie reprit la tête de Cathal sur ses genoux, tout en appuyant fort sur sa blessure. Au bout d'un moment, la sirène de l'ambulance résonna en bas et des pas rapides montèrent l'escalier. Cathal n'avait plus la force de résister quand on l'installa sur le brancard.

— Attendez, dit-il alors qu'on le soulevait.

Il chercha Rosie du regard et elle se pencha vers lui.

— On s'est bien battus, hein, Róisín Dubh ?

— Oui, Cathal, répondit-elle en pleurant.

— Oublie ta colère, ma chérie, dit-il avec plus de difficulté. Ça ne te servira à rien. Suis ton cœur. Promets-le-moi.

Rosie hocha la tête.

— Je t'aime, Róisín Dubh.

Victoria resta toute la nuit aux côtés de Rosie. Elles s'assoupissaient parfois, mais le sommeil était impossible. Elles n'échangèrent pas un seul mot, comme de vieux amis se réconfortent sans avoir besoin de parler. À l'aube, la maison commença à se remplir. Nora et Geraldine Butler préparèrent du thé, tandis que d'autres apportaient des nouvelles des prisonniers. On avait emmené à Kilmainham Gaol quinze leaders, dont Padraic Pearse et James Connolly, des volontaires de l'armée des citoyens irlandais. Les autres se trouvaient au château de Dublin, en attente d'un transfert en Angleterre et au pays de Galles. Un homme ricanait en racontant que Constance Markievicz, la comtesse militante de Sligo, avait embrassé son revolver avant de le donner à un officier britannique. Elle était l'une des deux cents femmes qui avaient pris part au conflit armé.

Les comptes rendus sur les victimes affluaient et, même si les chiffres restaient incertains, les civils avaient été les plus lourdement touchés – deux cent cinquante morts et plus de deux mille blessés –, la plupart en raison des tirs aveugles des mitrailleuses et des obus de l'armée. D'autres rapports faisaient état de soixante-quatre morts parmi les rebelles et cent seize au sein de l'armée, avec un nombre de blessés inconnu. Rosie ne prêtait aucune attention à ces chiffres. La seule victime qui comptait pour elle était Cathal.

Très tôt, Victoria était partie pour l'hôpital où on l'avait emmené. Elle était revenue assez vite, avec une expression qui ne laissait aucun doute. Cathal était parti. Rosie avait commencé à trembler et Victoria l'avait enveloppée dans un châle et lui avait fait boire du thé chaud. Les autres visiteurs passaient à côté d'elle sur la pointe des pieds, sa chaise formant comme un îlot au milieu de la pièce.

— Si ce pauvre gars n'avait pas pris une balle, murmura un homme, il serait en train d'attendre son exécution à Kilmainham avec tous les autres.

— C'était un homme bien, ah ça oui ! dit un autre.

Vers midi, Victoria rentra à Fitzwilliam Square pour se changer. Elle prenait son service à une heure. Chez Rosie, elle avait questionné tout le monde pour avoir des informations sur les victimes. Brendan avait-il survécu ? Si oui, où était-il ? À la dernière minute, elle décida d'aller trouver Valentin à la garnison de Dublin.

La première question qu'il lui posa concernait Cathal, et Victoria secoua la tête.

— Pauvre Rosie, murmura-t-il.

— J'ai fait ce que j'ai pu pour lui, mais quand l'ambulance est arrivée, je savais qu'il était déjà trop tard. Seul un miracle aurait pu le sauver.

— C'est ma faute, dit Valentin. Si seulement j'avais agi plus rapidement pour empêcher mon camarade de lui tirer dessus. Si j'avais insisté pour l'emmener à l'hôpital…

— Ne t'en veux pas. Je sais que Rosie ne t'en veut pas.

— Comment le sais-tu ?

Elle ne pouvait pas avouer qu'elle n'était sûre de rien à propos de ce que Rosie pouvait penser.

— Valentin, peux-tu obtenir une liste des prisonniers du château ?

— Oui, je pense, répondit-il d'un air surpris. Pourquoi ?

— J'ai besoin de savoir si Brendan y figure.

— Ah ! Bien sûr. Excuse-moi, j'aurais dû me douter que tu serais inquiète pour lui, mais avec tout ce qui se passe…

— S'il te plaît, Valentin. Il faut que je sache.

Valentin disparut derrière une porte et elle attendit. Une part d'elle voulait entendre qu'il était détenu, toujours vivant. Mais cela n'aurait rien eu d'une consolation.

Valentin revint rapidement, il souriait.

— Bonne nouvelle, il est détenu au château. Il va être déclaré coupable de haute trahison, bien sûr, ajouta-t-il plus gravement, mais je doute qu'ils l'exécutent. Il sera envoyé en prison, sûrement au pays de Galles.

— Ai-je une chance de le voir ?
— Non, malheureusement je ne suis pas en mesure d'organiser cela. Mais je te promets de découvrir où tu pourras lui écrire.
— Merci.
Valentin alla déposer un baiser sur sa joue.
— J'aimerais pouvoir faire plus, je suis désolé. Je sais à quel point il compte pour toi.
— Je l'aime, Valentin.
— Je suis sûr qu'il le sait.
Comme elle se préparait à partir, Valentin la retint et lui annonça :
— Il se passe certaines choses ici dont je dois te parler. Je ne peux pas encore prédire comment cela se terminera, mais j'aimerais pouvoir compter sur ton soutien, le moment venu. Tu es la seule de notre famille à avoir vécu l'insurrection… et vu ce qui s'est vraiment passé…
Il baissa la tête.
— Valentin, qu'y a-t-il ?
Il semblait ne pas réussir à se décider. Lorsqu'il leva la tête, il souriait.
— Ce n'est rien. Je n'aurais pas dû aborder le sujet. Tu as déjà suffisamment de soucis cette semaine. Ma nouvelle attendra.
Victoria quitta son frère et marcha jusqu'à l'hôpital. Toutes ses pensées étaient chamboulées. L'attitude mystérieuse de son frère avait attisé sa curiosité, mais elle revenait sans cesse à Brendan. Elle aurait dû se réjouir qu'il ait été épargné. Mais la prison ? Il y passerait peut-être des années, peut-être une vie entière. Que ferait-elle sans lui ?

34

Au début du mois de mai, les quinze leaders de l'insurrection furent exécutés à la prison de Kilmainham, et des centaines de prisonniers transférés vers l'Angleterre et le pays de Galles. Le défilé des cercueils dans les rues de Dublin contribua à modifier, presque imperceptiblement, l'opinion publique : la colère remplaçait les railleries du début. Par sa rapidité et sa dureté, la punition infligée par le gouvernement anglais changeait en martyrs les jeunes rêveurs et poètes du lundi de Pâques.

Victoria travaillait, mais dans un état proche de l'hébétude. Lady Marianne insistait pour qu'elle se repose enfin à la maison, en vain. Pour unique concession, Victoria acceptait que Céline l'accompagne jusqu'à l'hôpital et vienne l'y chercher le soir, des trajets silencieux mais où Victoria trouvait quand même un peu de réconfort, grâce à la main de Céline qui soutenait son coude. Elle faisait tout machinalement – bander une blessure ou mesurer une température –, ses mains travaillant toutes seules. Quant à son esprit, il était enfermé au loin, dans une cellule du pays de Galles auprès de Brendan Lynch.

Bientôt, de plus en plus de patients se présentèrent avec de fortes fièvres et des nausées : un nouveau virus se propageait dans les quartiers pauvres de Dublin, à une vitesse que les médecins jugeaient inquiétante. Même les premiers morts ne touchèrent pas Victoria, capable de couvrir le visage d'une mère ou d'un bébé avec un drap blanc sans rien ressentir.

C'est ainsi qu'au premier abord, elle ne reconnut pas Bridie et sa fille parmi les autres femmes décharnées qui serraient contre elles des enfants malades dans la salle d'attente de l'hôpital. Ce n'est que lorsqu'elle vint mesurer sa température que quelque chose dans le regard de la jeune femme lui parut familier.

— Bridie ? C'est vous ?

La femme hocha la tête, sans reconnaître Victoria.

— Occupez-vous de mon enfant, miss, dit-elle. Ne vous inquiétez pas pour moi.

Toutes les deux étaient touchées et auraient dû être admises, malheureusement on manquait de lits dans tous les services. Mais c'était la sœur de Rosie. Cette pensée sembla percer le brouillard dans l'esprit de Victoria. *Je dois les aider. Je ne peux pas laisser mourir la sœur de Rosie.*

Les efforts des médecins ne parvinrent pas à sauver Bridie. On dut retirer l'enfant de ses bras pour la recouvrir elle aussi d'un drap, puis on envoya quelqu'un prévenir son mari à Foley Court, mais il était introuvable. L'enfant resta à l'hôpital.

Ce soir-là, Victoria alla rendre visite à Rosie à Moore Street. Elle trouva la porte d'entrée ouverte et pénétra dans la maison. Rosie était seule, assise sur un fauteuil dans le salon, les yeux dans le vague. Elle ne bougea pas quand Victoria s'installa en face d'elle.

Le silence les enveloppa. Victoria se remémora les événements des dernières semaines : Cathal blessé dans cette pièce ; son enterrement quelques jours plus tard au cimetière de Glasnevin, dans un carré réservé aux rebelles ; Rosie, stoïque et très pâle, qui jetait un lys blanc sur le cercueil. Elle attendit que son amie prenne conscience de sa présence.

— Victoria ? Je ne t'ai pas entendue entrer.

La voix de Rosie n'était guère plus qu'un murmure. Victoria sourit.

— Je ne voulais pas te déranger. Tu semblais perdue dans tes pensées.

— C'est là que je passe le plus clair de mon temps ces jours-ci. Dans mes souvenirs.

— Je sais.

— Je vais te préparer du thé, déclara Rosie en se levant.

— Non, laisse-moi faire.

Tous les prétextes étaient bons pour retarder l'annonce... Victoria s'affaira dans la cuisine, traînant autant qu'elle le pouvait. Les joues de Rosie reprirent quelques couleurs lorsqu'elle but le thé, qui sembla la réveiller.

— Je suis contente que tu sois venue, dit-elle. J'ai eu tant de visiteurs. Cathal avait beaucoup d'amis, mais c'est agréable d'avoir un de mes amis – ma meilleure amie.

À n'importe quel autre moment, Victoria aurait accueilli ces mots avec une grande joie. Mais elle ne pouvait oublier la raison de sa présence. Elle posa sa tasse et s'agenouilla auprès de son amie, prenant ses deux mains dans les siennes.

— Rosie, j'aurais donné n'importe quoi pour ne pas devoir t'apporter cette nouvelle. Et pourtant, je sais qu'elle ne doit venir de personne d'autre que moi. La pauvre Bridie est morte. Elle a attrapé la fièvre qui ravage la ville. Nous avons tout tenté pour la sauver, mais elle n'avait pas la force de lutter.

Elle sentit les mains de Rosie se raidir.

— La petite Kate a survécu, ajouta Victoria. Ils la gardent à l'hôpital. Micko est introuvable.

Il n'y avait rien d'autre à dire. Elle attendit la réponse de Rosie, qui se leva et gagna la fenêtre.

— Cathal m'a laissé cette maison, dit-elle au bout d'un moment. J'avais prévu d'aller chercher Bridie et Kate demain pour qu'elles viennent vivre ici avec moi. Je n'aurais pas laissé Micko les en empêcher… Où est-elle ? demanda Rosie après un nouveau silence.

— Kate ? Elle est toujours à l'hôpital.

— Non, Bridie.

— À l'hôpital aussi.

— Il faut la ramener à la maison.

— Oui, bien sûr. Ma tante a proposé de la faire ramener en train à Mayo.

— Oui. Elle voudrait être enterrée là-bas.

Deux jours plus tard, Victoria dut rentrer à la maison au milieu de la journée, raccompagnée par une jeune infirmière. Elle s'était effondrée, épuisée.

Lady Marianne téléphona à sa belle-sœur à Ennismore.

— Thea, il faut la faire rentrer immédiatement. Je ne peux pas être responsable d'elle. Elle est très malade.

Victoria, allongée sur le divan du salon, tenait la main de Céline.

— Je ne peux pas retourner là-bas, murmura-t-elle à la servante. J'ai promis à Brendan. Et puis je veux rester auprès de Rosie. Elle a besoin de moi.

— Bien sûr, répondit Céline en lui tapotant la main.

Dès le lendemain matin, une automobile s'arrêtait devant la maison de Fitzwilliam Square. Sa mère était-elle déjà arrivée ? Victoria rassembla toutes ses forces, prête à résister. Mais elle entendit une voix d'homme parler à sa tante, puis Céline vint dans sa chambre.

— *D'accord**. Votre tante a fait en sorte qu'une voiture vous raccompagne chez vous. Je dois vite réunir quelques affaires. Je vous accompagne.

— Je vous ai dit que je ne pouvais pas. S'il vous plaît, Céline…

La femme de chambre ouvrit la commode et l'armoire et fourra des vêtements dans une valise. Puis elle alla prendre les mains de Victoria qui pleurait à chaudes larmes.

— *Mademoiselle**, ne comprenez-vous donc pas à quel point vous êtes malade ? Vous devez aller là où on s'occupera bien de vous. Et quand vous serez guérie, vous reviendrez si vous le voulez. S'il vous plaît, venez !

Elle se redressa et aida Victoria à se lever, puis à descendre l'escalier. Lady Marianne attendait devant la porte du salon. Elle serra sa nièce contre elle, les yeux humides.

— Je te souhaite un bon retour.

Victoria oublia de protester.

— Au revoir, tante Marianne. Merci pour tout.

Céline la soutint jusqu'à la voiture qui les attendait. Pendant que le chauffeur rangeait les valises dans le coffre, Victoria s'aperçut qu'il y avait déjà quelqu'un sur le siège avant. Rosie ouvrit la portière et tendit sa petite nièce à Céline, puis elle s'approcha de Victoria, les bras grands ouverts, souriante. Sans un mot, Victoria se blottit contre elle.

— Nous rentrons à Ennismore, Rosie, murmura-t-elle.

— Oui, nous rentrons à la maison.

CINQUIÈME PARTIE

Retour à Ennismore

35

Rosie regardait par la vitre pendant que Victoria dormait à côté d'elle. À mesure que le bruit et la crasse de Dublin s'éloignaient, ses mauvais souvenirs des trois dernières années s'estompèrent, remplacés par des images anciennes et plus douces. À chaque kilomètre, le paysage changeait et Rosie observait tout comme un vagabond assoiffé. Chaque image l'emplissait de joie, le jaune des ajoncs dans les champs et les collines, les bourgeons fuchsia qui préparaient des haies écarlates, les délicats ornithogales blancs dans les marécages.

Plus à l'ouest, des fermiers rangeaient leurs charrettes sur le bas-côté pour les laisser passer, abaissant leur casquette en souriant. Rosie pensait à son père, le cœur serré. Tous deux appartenaient à ce lieu, ces gens. C'était chez eux. Cet endroit qu'Oliver Cromwell avait appelé un enfer sur terre, où la terre était si pauvre que les fermiers y épandaient des algues en guise de fertilisant, où l'on avait souffert plus que partout ailleurs durant la famine. Rosie se sentait triste d'avoir abandonné sa région et sa famille.

Victoria gémit doucement dans son sommeil et appuya la tête contre l'épaule de Rosie, qui remit en place la couverture autour de son amie. Dans le silence qui régnait depuis Dublin, Rosie observa un instant Céline, à l'avant, avec la petite Kate endormie sur ses genoux, et le chauffeur dont les cheveux bruns lui rappelaient Cathal. Elle le revoyait, la première fois, sur O'Connell Bridge, lorsqu'il avait chassé les deux prostituées. Dès le premier instant, elle avait su qu'il tiendrait une place importante dans sa vie.

Mais il ne fallait pas penser à lui, c'était trop douloureux. L'image de son regard s'imposait tout de même, insistante. Elle songea à la nuit où elle l'avait tenu dans ses bras pendant qu'il sanglotait, au lendemain matin, quand ils avaient su tous les deux qu'un lien inaltérable les unissait désormais. Cathal avait des défauts, bien sûr, mais elle l'avait aimé sans le juger. Elle ne s'était jamais pensée capable d'une telle loyauté. Ç'avait été bien différent avec Valentin, qu'elle avait jugé durement à chaque fois, raillant sa loyauté envers sa famille, son devoir et ses traditions. Cathal lui avait appris qu'on ne choisissait pas toujours de quel côté on était. Pour lui, c'était l'insurrection et les téméraires volontaires qui sacrifiaient leur vie par loyauté à leur cause. La vie, les gens et elle-même étaient bien plus compliqués qu'elle ne le pensait auparavant.

Ils arrivèrent à Ennismore dans la soirée, sans avoir pu prévenir de leur arrivée, aussi personne ne les attendait sur les marches du perron. Les souvenirs de Rosie affluèrent. De cette demeure qui lui paraissait autrefois grandiose, elle voyait les pierres qui s'effritaient et la pelouse jaunie. Ennismore ressemblait à une vieille femme, triste et négligée, qui aurait perdu toute sa beauté.

Alerté par le bruit du moteur, Mr. Burke ouvrit la porte, curieux. Le chauffeur vint aider Céline à sortir de la voiture, prenant le bébé dans ses bras. Lorsqu'il vit Victoria chanceler, retenue par Rosie, Burke se précipita. Il passa un bras autour de sa taille et la guida jusqu'en haut du perron, tandis que Mrs. Murphy apparaissait, l'air confuse.

— Ah, Mrs. Murphy, dit Rosie, voici Céline, la femme de chambre de Victoria, elle est venue avec elle de Dublin. Victoria est très malade, elle a fait un malaise hier à cause de la fièvre, et sa tante m'a demandé de la ramener chez elle.

Mrs. Murphy observait Céline et le bébé avec curiosité.

— C'est la fille de Bridie, ajouta Rosie. Je l'emmène chez ma mère.

Rosie ne pouvait pas lui dire ce qui était arrivé à Bridie. Ils le sauraient tous rapidement, de toute façon. Elle préféra ne pas s'attarder et remonta en voiture avec Kate.

Devant la grille de la ferme des Killeen, Rosie prit une grande inspiration puis remercia le chauffeur qui lui tendait sa valise. La petite dans les bras, elle se dirigea vers le cottage et, la gorge serrée, vit le vieux chien Rory qui clopinait vers elle, et sa mère qui attendait à la porte, un profond chagrin sur le visage. Sans un mot, Rosie lui tendit Kate. Ma serra la petite dans ses bras, puis se retourna et entra dans le cottage. Sur la porte, on avait accroché une couronne mortuaire noire, le cercueil de Bridie était déjà dans la maison. Ravalant ses larmes, Rosie suivit sa mère à l'intérieur.

Le jour de l'enterrement de Bridie, le ciel était bleu et dégagé, et le vent frais. Pendant la nuit, la pluie avait nettoyé le paysage et les prés d'un vert brillant étaient couverts de fleurs sauvages, profusion étincelante de couleurs. Six hommes, le père de Rosie, ses trois frères vêtus de costumes tout neufs et deux oncles rougeauds portèrent le cercueil depuis le cottage. Une petite procession les suivait sur la route principale en direction de l'église de Crossmolina. Le long de la route, les gens s'arrêtaient et baissaient la tête, faisant le signe de croix au passage du cortège. Ma donnait la main à la petite Kate, et Rosie tenait le bras de sa mère, inquiète de sa minceur et de sa fragilité.

L'église Sainte-Brigide était pleine. Rosie reconnut les fermiers et les commerçants du coin, des filles et des garçons avec qui elle avait joué petite, et un groupe de vieilles femmes âgées portant des châles noirs qu'elle avait toujours vues à la messe. Mrs. O'Leary sanglotait silencieusement, aux côtés de Mrs. Murphy et du reste du personnel d'Ennismore. Rosie jeta un œil au banc devant eux, certaine d'y trouver une partie de la famille Bell, mais il n'y avait que Sofia, en pleine prière, la tête dans les mains.

La fin de la messe fut un soulagement. Les hommes reprirent le cercueil au son de l'orgue et descendirent l'allée centrale. Elle les suivit, le regard fixé droit devant elle, agrippée au bras de sa mère. Dans cette église, elle avait été baptisée, avait fait sa première communion et sa confirmation, assisté à des baptêmes, des mariages et des enterrements, ainsi qu'à la messe du dimanche et des jours saints. Mais à présent, elle s'y sentait comme une étrangère. Elle pleurait la fille innocente qu'elle ne serait plus jamais.

Le cimetière de l'église Sainte-Brigide baignait dans l'ombre d'une colline verdoyante sur laquelle les vaches paissaient en liberté. Une statue de la plus célèbre sainte d'Irlande se dressait en son centre, à côté d'un puits sacré où les pèlerins venaient prier pour une guérison miraculeuse. Une petite aubépine, que les gens du coin appelaient l'arbre de mai, poussait à côté, couverte de rubans colorés, de plumes d'oiseau et de fleurs séchées – des offrandes à la sainte. Rosie se souvenait d'avoir vu sa mère y attacher un ruban en velours rouge lorsqu'elle priait pour sa fille aînée, Nora, qui souffrait de pneumonie et en était morte. Bridie reposerait dans la même tombe que sa sœur.

Le prêtre lut des prières, les pages de son missel claquant dans la brise, puis il lança une première pelletée de terre sur le cercueil. Guidée par sa grand-mère, la petite Kate y laissa tomber une rose rouge, geste simple qui fit pleurer toute l'assemblée. Puis chacun vint jeter des fleurs, tandis qu'une cornemuse jouait. Un par un, les domestiques d'Ennismore vinrent présenter leurs condoléances à la famille Killeen. Mr. Burke fit une révérence solennelle, Mrs. Murphy, éplorée, marmonna quelques mots sur l'amitié qu'elle portait à Bridie. Anthony Walshe serra la main du père de Rosie. Thelma rougit sans rien dire, et Immelda se frappa la poitrine. Sadie se contenta d'un signe de tête, avec un regard noir à Céline qui enlaçait Ma et embrassait la petite Kate en murmurant quelques mots en français.

Les obsèques furent suivies d'une collation au cottage des Killeen, comme le voulait la tradition. Tandis que tout le monde quittait le cimetière, Rosie confia le bras de sa mère à son père et resta en retrait derrière eux.

— Excusez-moi, Rosie ?

Elle se retourna vivement. Sofia lui tendait la main.

— Je voulais vous présenter mes condoléances, dit-elle sur un ton très formel. Je suis désolée d'être la seule représentante de la famille Bell, mais ils sont tellement inquiets de l'état de santé de Victoria qu'ils ne voulaient pas la laisser.

— Je comprends, répondit Rosie. Comment va-t-elle ?

— Il n'y a pas de changement. Le médecin vient la voir tous les jours. Nous ne pouvons rien faire d'autre que suivre ses instructions et la surveiller. Céline ne l'a pas quittée, sauf pour venir ici. Elle lui semble extrêmement dévouée.

Les deux femmes se regardèrent comme si elles avaient encore beaucoup à se dire, mais qu'aucune des deux ne voulait se décider.

— Merci beaucoup d'être venue, dit Rosie, mal à l'aise. C'est très gentil de votre part. Voulez-vous passer au cottage pour la collation ?

Au grand soulagement de Rosie, Sofia secoua la tête.

— C'est gentil, mais je dois rentrer. Mon fils Julian doit me chercher. Nous déjeunons toujours ensemble.

— Bien sûr.

Un silence gêné s'installa de nouveau, puis Sofia s'en alla d'un pas rapide. Rosie attendit qu'elle soit suffisamment loin pour se mettre en route.

Plus tard dans la soirée, le personnel d'Ennismore se réunit à l'office.

— Remplis la bouilloire et fais-nous un thé, Thelma, s'il te plaît.

Mrs. O'Leary boitilla jusqu'à une chaise, s'y laissa tomber puis retira son chapeau et massa ses pieds minuscules.

— Enterrer des vieux comme nous, c'est l'ordre naturel des choses, mais une jeune femme comme notre Bridie...

Chacun s'attabla à sa place habituelle, perdu dans ses pensées.

— Et cette petite Kate, quand elle a lancé sa rose sur le cercueil, quelle tristesse !

Thelma vint servir le thé. De nature corpulente, elle avait encore pris du poids récemment, si bien que ses doigts ressemblaient désormais à des petites saucisses autour de la poignée de la théière. Lorsqu'elle eut fini de servir, elle s'assit à son tour, ses yeux bovins larges et rêveurs.

— Les frères de Rosie étaient beaux, si bien habillés.

— Ah, tais-toi avec tes bêtises, Thelma, gronda Mrs. O'Leary. On était là pour présenter nos condoléances à la famille de Bridie, pas pour s'extasier devant de beaux jeunes hommes.

— Je les ai remarqués, c'est tout, rétorqua Thelma. J'ai vu que Sadie les regardait aussi.

— Pas du tout, répondit Sadie en lançant ses boucles rousses en arrière. Je n'y ai pas fait attention. J'étais plus intéressée par la Française que Victoria a ramenée. Je ne sais pas pour qui elle se prend ! Franchement, insister pour prendre ses repas avec Victoria plutôt que de nous rejoindre en bas… Les choses ont bien changé ici. J'aurais dû partir en Amérique avec mes cousins quand j'en avais l'occasion. Je pourrais vivre dans le luxe à cette heure-ci.

— Ou être noyée au fond de l'océan, rétorqua sèchement Mrs. O'Leary.

Anthony Walshe alluma sa pipe et prit de longues bouffées.

— Ah ça, c'est sûr que ça a beaucoup changé ici ces dernières années. Monsieur Thomas mort et enterré, Monsieur Valentin dans l'armée et miss Victoria a été envoyée à Dublin seulement pour y attraper la fièvre. Et puis cette pauvre Bridie partie et Brendan en prison... Sans parler de l'insurrection à Dublin.

— Rien ne reste jamais pareil, Mr. Walshe, dit Mrs. Murphy.

— Et les choses vont encore empirer, croyez-moi, lança Immelda. L'insurrection de Pâques n'était qu'un début. Il va y avoir des troubles dans tout le pays et les gens comme les Bell seront expulsés et renvoyés en Angleterre, la queue entre les jambes.

Un silence choqué tomba.

— Je dirais qu'Immelda a raison, dit enfin Anthony. Le vent a tourné contre les Anglais depuis qu'ils ont exécuté les leaders du soulèvement. Maintenant que les Irlandais ordinaires ont goûté à la révolution, ils ne voudront pas revenir en arrière.

Les regards se tournèrent vers Mr. Burke, attendant sa réprimande, mais il ne dit rien. Mrs. O'Leary alla chercher un tablier propre dans le placard.

— Révolution ou pas, dit-elle, ils voudront leur dîner.

Chacun finit son thé et se leva.

— Vous avez vu l'allure de la Rosie ? demanda Sadie. Je dirais que la vie lui a été agréable à Dublin. Et sa robe ? Sa mère disait qu'elle écrivait des articles pour un journal là-bas, mais elle a dû faire autre chose aussi. J'ai entendu dire qu'elle vivait avec un homme.

— Assez de commérages, Sadie, rétorqua Mrs. Murphy.

— Je suppose que tu voudrais la voir frotter le sol à quatre pattes ici, dit Immelda, furieuse. Mais pourquoi une fille pauvre de la campagne ne pourrait pas faire quelque chose de sa vie ? Elle a mieux réussi que la Victoria, qui rapplique quand elle est malade.

J'ai toujours dit que la famille Bell était faible. Et elle le prouve.

— Ça suffit ! s'exclama Mrs. Murphy.

Mais Immelda n'avait pas terminé.

— Juste parce que vous n'avez pas le cran d'aller chercher une vie meilleure, vous en voulez à tous ceux qui le font. Eh bien, comme le dit Anthony, les choses changent, et quand la noblesse aura quitté ce pays, qu'est-ce que vous ferez, hein ? Tout ce que vous savez faire, c'est vous mettre à genoux et lécher les bottes de ceux que vous pensez être mieux que vous.

— J'ai dit, ça suffit, miss Fox ! répéta Mrs. Murphy. Comment osez-vous nous insulter ainsi ? Excusez-vous tout de suite.

— Ah ! Je dirais qu'elle est empoisonnée par la jalousie, intervint Sadie. Elle aimerait être de la haute, elle aussi. Pourquoi croyez-vous qu'elle les déteste tant ?

— Brendan les déteste aussi ! répondit Immelda, écarlate.

— Pas tous, rétorqua Sadie. Il en pinçait franchement pour la Victoria. Si ça se trouve, ils se sont remis ensemble à Dublin.

— Allez, taisez-vous. On a du travail, lança Mrs. O'Leary, les mains sur les hanches. Personnellement, je n'ai pas honte de mon travail pour la famille Bell, et vous autres ne devriez pas avoir honte non plus. Il y a de la dignité dans une journée de dur labeur, peu importe ce que c'est.

Puis elle se tourna vers Immelda, le regard noir.

— Quant à vous, vous devriez vous méfier. Si lady Ennis vous entendait, elle vous renverrait séance tenante. Et qu'est-ce que vous feriez, hein ? Je doute qu'ils vous reprennent au couvent, sauf peut-être comme boniche.

Mr. Burke finit enfin par se lever.

— Bien dit, Mrs. O'Leary. Je vais tenter d'oublier vos paroles, miss Fox. Nous sommes tous sur les nerfs après ce si triste événement. Mais une critique de plus sur la famille Bell en ma présence et je vous assure que vous serez renvoyée sans préavis et sans salaire. Est-ce compris ?

Immelda, furieuse, répondit par un minuscule hochement de tête et sortit son chapelet de sa poche.

— Bonne ambiance, murmura Sadie à Thelma comme tous les domestiques suivaient Mrs. O'Leary dans la cuisine.

36

À la fin du mois de juin, la fièvre de Victoria cessa et le médecin lui permit enfin de se lever et sortir dans le jardin deux heures par jour. Elle reprit vite l'habitude de passer avec Rosie d'agréables après-midi au soleil.

— Comme au bon vieux temps, hein ? dit-elle en s'installant sur leur banc préféré.

— Oui, on a tant de souvenirs ici. Mais j'ai l'impression que c'était il y a une éternité.

Malgré les fleurs colorées, le jardin semblait aussi négligé que la demeure et les pelouses laissées à l'abandon à l'avant de la maison. Les parterres, autrefois tirés au cordeau avec autant de précision qu'un diagramme dans un livre de géométrie, débordaient maintenant de tous côtés. Les haies de buis avaient aussi perdu leur allure, sans compter les mauvaises herbes qui grimpaient librement le long des murs de pierre autour du jardin et étouffaient les rosiers.

— C'est à cause de la guerre, dit Victoria. Presque tous les jardiniers sont partis se battre.

— Oui. La guerre a tout changé.

Victoria se représentait le Brendan qui l'avait embrassée le dernier soir à Dublin assis dans ce jardin à côté d'elle, s'accrochant à cette image pour chasser celle d'une cellule sombre et froide.

— Je suis désolée pour ce qui arrive à Brendan, dit soudain Rosie, comme si elle avait lu dans ses pensées.

— Il s'est battu pour ce en quoi il croyait, répondit Victoria.

Elle observait le mont Nephin au loin, surplombant le lac.

— Je sais que tu ne l'appréciais pas beaucoup. Ma famille et les autres membres du personnel non plus d'ailleurs, mais vous ne le connaissiez pas comme moi. Sa rudesse cache une âme douce.

Ses yeux s'emplirent de larmes et Rosie lui caressa doucement la main.

— Tu l'aimes toujours ?

Victoria hocha la tête.

— Cathal m'a dit un jour que c'est notre cœur et pas notre tête qui décide qui on aime, on ne peut rien y faire.

Un minuscule roitelet qui sautillait sur le bord d'une vasque en pierre leur offrit une joyeuse distraction. Souriante, Victoria jeta un coup d'œil en coin à son amie. Elles n'avaient jamais reparlé de la terrible semaine de l'insurrection, mais tout ce qui importait pour le moment, c'était d'être de nouveau ensemble à Ennismore. Lorsque Céline vint la chercher, Victoria se leva péniblement, embrassa Rosie et retourna vers la maison en s'appuyant sur la femme de chambre. Même si sa fièvre était tombée, elle n'avait aucune énergie et avait besoin d'aide pour tout. Le médecin, après avoir entendu le récit de ses journées et de ses nuits de travail à l'hôpital, particulièrement au cours de la semaine de Pâques, avait jugé normal cet état d'extrême fatigue.

Quand juillet arriva, Victoria avait recouvré des forces mais elle commençait à penser que quelque chose d'autre n'allait pas. Elle était malade presque tous les matins et ne mangeait quasiment rien, l'odeur même de la nourriture lui donnant des nausées terribles. Elle implora Céline de ne rien dire à sa famille.

— Mais si vous êtes malade, *Mademoiselle**, nous devons appeler le docteur *tout de suite**.

— Je suis certaine qu'il n'y a aucune raison de s'inquiéter, Céline. Cela passera.

À mesure que les jours d'été défilaient, cependant, Victoria finit par s'avouer que sa fièvre n'avait rien à voir avec son état actuel. Elle était enceinte. Elle ressentait un mélange de joie et de panique et ne cessait de ressasser les mêmes questions. Et si la fièvre avait nui sérieusement à son bébé ? Comment sa famille allait-elle réagir ? Qu'adviendrait-il d'elle ? Vers qui pourrait-elle se tourner ? À d'autres moments, elle était ravie d'avoir une partie de Brendan à cajoler et aimer, s'imaginant un tout petit visage qui lui ressemblerait.

Céline tint parole et ne révéla rien, malgré les fréquents interrogatoires de Sadie.

— Miss Victoria est-elle malade ? Elle n'a pas touché à son petit déjeuner ce matin. Et lorsque j'ai apporté le poisson ce midi, elle est partie en courant, comme si elle avait le diable aux trousses. Elle est revenue aussi pâle qu'un cadavre.

Céline se contentait de hausser les épaules et faisait semblant de ne pas comprendre.

Malheureusement, Sadie Canavan était moins discrète et peu encline à passer sous silence un événement aussi choquant. Un soir, à la fin du dîner des domestiques, elle lança :

— Miss Victoria attend un heureux événement.

Et obtint, satisfaite, les réactions qu'elle attendait. Thelma ouvrit de grands yeux, sa grosse main en suspension au-dessus du pichet d'eau. Mrs. Murphy plaqua une main sur sa bouche et Mr. Burke s'étrangla avec sa gorgée de vin. Mrs. O'Leary devint écarlate et Anthony Walshe laissa tomber sa pipe. Seule Immelda Fox sourit.

— Que Dieu te pardonne, dit enfin Mrs. O'Leary quand elle eut retrouvé sa voix. Tu en as raconté de bonnes sur cette famille dans ta vie, Sadie Canavan, mais je ne peux pas croire que tu puisses proférer de tels mensonges. De la part d'Immelda, cela m'aurait moins étonnée, vu le mépris qu'elle porte à miss Victoria, mais toi... toi...

— Ne me mêlez pas à cette histoire, rétorqua Immelda.

— Comment le sais-tu, Sadie ? demanda Thelma. Je croyais que les filles enceintes avaient de gros ventres, et miss Victoria est maigre comme un clou.

— Ça se verra bientôt, crois-moi, répondit Sadie avec un sourire mauvais. Et pas la peine de m'accuser, je vous dis seulement ce que j'ai constaté. Cela fait des semaines qu'elle n'a pas touché à son petit déjeuner et elle passe son temps à quitter la table en courant pour aller vomir. Je suis surprise que sa mère ou lady Louisa n'aient rien remarqué. J'ai essayé d'en parler à la Française, mais elle fait comme si elle ne comprenait pas.

— Où est le mari ? demanda Thelma.

Sadie secoua la tête, d'un air faussement exaspéré.

— Enfin, ta mère ne t'a donc rien appris ? Une fille n'a pas besoin d'un mari pour tomber enceinte. N'importe quel homme peut faire l'affaire.

Thelma poussa un gémissement sonore et rougit jusqu'aux oreilles.

— Mais ce... ce serait un péché mortel !

— Pas difficile de deviner qui est le père, dit Immelda.

— Garde tes devinettes pour toi, Immelda, rétorqua Mrs. O'Leary. Je ne vois pas à quoi cela nous avancerait. Si Sadie a raison, et je ne dis pas que c'est le cas, miss Victoria est la seule à le savoir. Et cela ne nous regarde pas.

Mr. Burke se leva enfin, les épaules voûtées.

— Je ne sais pas par où commencer, dit-il. Je ne pensais pas voir un jour une telle impertinence de la part des domestiques de cette maison. J'ai honte de votre comportement, ajouta-t-il en regardant Sadie, Thelma et Immelda. S'il était plus facile de trouver du personnel qualifié, je vous renverrais sur-le-champ. Mais comme ce n'est pas le cas, je vous implore de garder cette conversation pour vous.

Il fit un signe de tête à Mrs. Murphy et, ensemble, ils quittèrent l'office, sous le regard attentif d'Anthony.

— Vous avez ôté toutes ses forces à ce pauvre homme. Vous devriez avoir honte.

Thelma rougit et alla se cacher dans la cuisine, mais Sadie fit la grimace et se dirigea vers l'escalier du fond. Mrs. O'Leary gagna elle aussi la cuisine, laissant Anthony et Immelda en tête à tête.

— Eh bien, ma petite, dit-il, ton souhait est exaucé, il me semble. Tu as toujours voulu que miss Victoria ait ce qu'elle mérite, et on dirait que ce moment est arrivé.

Immelda pinça les lèvres.

— Je ne vois pas du tout ce que tu veux dire, Anthony.

Victoria savait qu'il lui restait peu de temps avant que son secret ne devienne évident pour tout le monde. Son ventre ne s'était pas encore arrondi, et elle espérait pouvoir masquer son état pour encore deux ou trois mois. Quand elle trouverait le courage de l'annoncer à Rosie, elles élaboreraient un plan pour son avenir. Cette pensée la rassurait un peu. Mais les choses n'évoluèrent pas comme elle l'avait prévu.

Sa mère et lady Louisa vinrent la trouver un après-midi alors qu'elle était seule dans le jardin. Leur expression sévère suffit à renseigner Victoria, qui rassembla son courage en attendant l'offensive. Elles vinrent l'encadrer, chacune sous son ombrelle colorée.

— Marchons un peu, ordonna sa mère. Pour les domestiques qui nous observent très certainement, je te demande de sourire, comme si nous avions une conversation agréable.

Victoria ne tenta même pas de protester. C'était parfaitement inutile. Elle ne pouvait pas nier qu'elle était enceinte. Elle aurait dû se souvenir que les secrets ne restaient pas cachés très longtemps à Ennismore.

— Fox m'a appris une nouvelle extrêmement perturbante, commença lady Ennis en enfonçant ses ongles dans le bras de Victoria. Je lui ai répondu que ses accusations étaient ridicules, mais voilà que la femme de chambre de Louisa prétend la même chose. Peuvent-elles avoir tort toutes les deux, Victoria ? Nie-le tout de suite et nous pourrons oublier toutes ces sottises.

Victoria sentit le sang lui monter aux joues. Quel dommage que Rosie ait choisi d'accompagner sa mère pour faire une course à Crossmolina… Elle avait forcément entendu les rumeurs, comme tous les autres résidents d'Ennismore. Mais Victoria refusait d'avoir honte. Non, elle ne laisserait pas la honte marquer ce que Brendan et elle avaient créé. Ils avaient conçu un enfant par amour, un enfant qu'elle devait à présent protéger et défendre. Elle releva la tête.

— C'est vrai, dit-elle.

Lady Louisa poussa un petit cri de surprise et lady Ennis resserra un peu plus son étreinte sur le bras de Victoria.

— Dis-moi que j'ai mal entendu, dit-elle d'une voix tremblante.

— J'ai dit que c'était vrai, maman. Je suis enceinte.

Lady Ennis lâcha le bras de sa fille et se laissa tomber sur le banc le plus proche, s'éventant furieusement. Elle se tourna vers sa sœur.

— Va me chercher un verre d'eau, Louisa. Je crois que je vais m'évanouir.

Mais lady Louisa s'assit à côté de sa sœur avec un grognement.

— Je ne partirai pas tant que nous n'aurons pas eu le fin mot de l'histoire.

Victoria les observa. Elle ne voyait que deux créatures pathétiques, s'accrochant désespérément à un mode de vie en voie de disparition. Un instant, elle éprouva de la pitié, puis elle se reprit pour affronter ce qui allait suivre.

— Et le père ? demanda sa mère d'une voix aiguë, presque hystérique.

— Brendan Lynch.

Lady Ennis était bouche bée. S'était-elle attendue à des dénégations, à un improbable mensonge qui impliquerait un mystérieux officier britannique épousé en secret et tué au cours du soulèvement ? Parce que, en effet, dans ses instants de panique, Victoria avait bien inventé un scénario de ce genre à raconter le moment venu. Elle s'était dit que le mensonge protégerait sa famille, et elle-même. Mais à présent, elle comprenait que cela reviendrait à une trahison, non seulement envers Brendan, mais aussi envers elle-même et l'enfant qu'elle portait.

Lady Louisa ne cachait pas sa fureur, tout simulacre destiné à tromper les domestiques apparemment oublié.

— Sale traînée ! lança-t-elle. Tu ne vaux pas mieux qu'une prostituée de bas étage. Je t'avais bien dit qu'elle finirait mal, Thea. Qui sait ce qu'elle faisait à Dublin avec cette paysanne ?

Lady Ennis se tamponnait les yeux avec son mouchoir.

— Cette Killeen… toujours cette Killeen. Nous sommes maudits depuis le jour où elle a mis les pieds à Ennismore !

— Rosie n'a rien à voir avec tout ça, répondit Victoria, gagnée par la colère. Je ne l'ai quasiment pas vue à Dublin. Elle ne savait rien à propos de Brendan et moi.

— Un valet ! Comment as-tu pu tomber si bas, Victoria ? Et comment as-tu pu nous humilier de la sorte ?

— Où est-il ? demanda lady Louisa. A-t-il prévu de faire de toi une femme honnête ?

— Il est en prison. Il a été arrêté après l'insurrection.

— Dieu merci, dit lady Ennis. Il y passera sans aucun doute la fin de ses jours. Au moins, il ne reviendra pas réclamer sa progéniture.

— Non.

— Dans ce cas, nous avons le temps d'élaborer un plan, une histoire qui nous épargnera cette humiliation, poursuivit lady Ennis, comme soulagée. Nous ne serions pas les premiers. Mais il faut faire vite. Cette nouvelle ne va pas rester entre les murs d'Ennismore très longtemps.

— Tu ne penses quand même pas à la laisser rester ici, Althea ? s'écria lady Louisa en se levant soudain.

— Et que proposes-tu ? Nous pourrions l'envoyer sur le continent, mais ce serait beaucoup trop évident. Non, je pense que l'histoire d'une jeune veuve qui aurait perdu dans cette horrible guerre son mari officier serait tout à fait plausible.

Lady Louisa, rouge de colère, éleva la voix.

— Et moi, Althea ? Devrai-je rester ici et devenir la gouvernante du petit Julian et du bâtard de celle-là ? Eh bien, c'est non ! Je refuse.

Comme elle tournait les talons, lady Ennis éclata d'un rire moqueur.

— Pauvre Louisa, dit-elle. Que peut-elle faire d'autre ?

Victoria regarda sa mère rassembler son ombrelle et son éventail, sur le point de quitter le jardin. À chaque fois, elle était choquée par son égoïsme. Elle aurait sacrifié sa propre famille pour sauver sa réputation dans la bonne société. Elle représentait tout ce que Victoria avait appris à détester dans la bourgeoisie.

N'y tenant plus, elle lui attrapa le bras et la força à se retourner.

— Comment osez-vous, maman ? Comment osez-vous me demander de mentir à propos de mon enfant et de son père ? Je refuse d'inventer une histoire ridicule juste pour que vous puissiez sauver les apparences.

Je n'ai pas honte de ce que j'ai fait et je ne prétendrai pas que c'est le cas.

— Mais c'est pour sauver ta réputation, pas la mienne, sale petite ingrate ! s'exclama sa mère.

Victoria secoua la tête.

— Non, maman. Vous n'agissez que dans votre propre intérêt. Vous vous fichez bien de qui vous blesserez ou humilierez, tant que vous arrivez à vos fins, j'ai observé cela trop souvent. Mais pas cette fois.

Victoria soutenait le regard de sa mère. Ce qu'elle y vit n'était pas de la colère, mais de la peur, une peur panique, comme celle d'un lapin pris dans un piège.

— Mais que diront les gens ? Comment pourrai-je leur faire face ?

— Je m'en fiche complètement, maman.

Plus tard dans la soirée, Victoria resta un long moment devant la fenêtre de sa chambre à écouter les cris des mouettes au-dessus du lac. Ce soir, ils avaient quelque chose de plaintif. Comment allait-elle réussir à supporter l'interminable succession des longues soirées d'été à venir ?

37

À la fin de l'été, la grossesse de Victoria ne fit plus de doute. Cela n'avait aucune importance, bien sûr, puisque tout le monde dans un rayon de quinze kilomètres était au courant. Elle n'aurait pas été étonnée que la nouvelle soit parvenue à Dublin. Il régnait une atmosphère glaciale dans la maison, sa mère et sa tante lui adressant à peine la parole tant le silence suffisait à exprimer leur désapprobation. Les domestiques aussi l'évitaient de leur mieux, même si elle avait surpris quelques regards compatissants de la part de Mrs. O'Leary.

C'était la réaction de son père qui lui faisait le plus de mal. Il refusait non seulement de la regarder, mais également de lui adresser la parole depuis que sa mère lui avait annoncé la nouvelle. Comme si elle était devenue invisible. Victoria avait conscience de l'ampleur de sa déception et, même si elle ne regrettait pas ce qu'elle avait fait, elle se désolait de le voir souffrir ainsi.

Avec le mois de septembre, les journées fraîchirent et les soirées raccourcirent. Bientôt, elle ne pourrait plus aller se réfugier dans le jardin, comme elle l'avait fait tout l'été. Rosie ne serait plus jamais la bienvenue à Ennismore. Valentin n'avait pas donné de nouvelles depuis des mois et même si Sofia était gentille, elle se préoccupait uniquement de son jeune fils. Sa seule consolation était la présence de Céline, qui d'ailleurs appréciait de vivre dans cette campagne qui lui rappelait sa région.

Un après-midi que Victoria profitait des derniers rayons du soleil estival pour lire dans le jardin, elle fut surprise par une bourrasque de vent et de pluie mêlés qui vint fouetter les arbres, disséminant des feuilles partout. Elle ferma son livre, releva sa jupe et se leva. Mais plutôt que d'obéir à son premier réflexe et de courir se réfugier dans la maison, elle resta là, le visage levé vers le ciel. Le souvenir des danses folles sous la pluie avec Rosie la fit éclater de rire et elle fut prise d'une irrésistible envie de danser. Seule l'idée des regards indiscrets des domestiques la retint.

Elle revint dans sa chambre trempée, l'eau dégoulinant de ses vêtements et formant de petites flaques sur le tapis.

— Céline ? appela-t-elle. Pouvez-vous aller me chercher des serviettes ?

Elle entendit du bruit dans la petite pièce attenante et s'approcha.

— Céline, pourriez-vous...

Mais la suprise la figea.

— Miss Fox, que faites-vous ?

Immelda Fox avait passé une de ses robes et se contemplait dans le miroir. À la hâte, elle défit le crochet dans le dos et retira la robe. Puis, sans regarder Victoria, elle commença à lisser le vêtement du plat de la main. Elle tremblait.

— Que faites-vous ? répéta Victoria.

Immelda lui lança un regard plein de défi.

— Je regardais juste si je pouvais l'agrandir, répondit-elle en indiquant du menton le ventre de Victoria. C'est votre mère qui l'a suggéré. Elle sait que je suis bonne couturière.

Victoria remarqua qu'une pile de robes était posée sur le divan.

— N'importe quoi ! Ma mère n'a rien suggéré de tel. Et puis ce sont mes robes d'été, je ne les porterai plus durant ma grossesse. Ce n'est pas la peine de les reprendre… Où est Céline ?

— La Française ? En bas dans la cuisine à boire un thé, comme d'habitude. Bonne à rien d'étrangère.

Il n'en fallait pas plus pour que Victoria perde son calme.

— Comment osez-vous parler de Céline ainsi ? Excusez-vous immédiatement !

Immelda marmonna quelque chose et voulut sortir, mais Victoria la retint.

— Restez ici et expliquez-vous.

Elle verrouilla la porte de sa chambre.

— Vous ne sortirez pas d'ici sans vous être expliquée. Asseyez-vous !

Immelda obéit, choquée par ce soudain accès de colère. Elle sortit son chapelet de sa poche et commença à réciter une prière en faisant glisser les perles entre ses longs doigts.

— Arrêtez ! cria Victoria. Votre petit numéro ne marche pas avec moi, miss Fox. Vous arrivez peut-être à duper ma mère et les autres, mais je vois clair dans votre jeu. Je sais que vous êtes pleine de haine. Brendan m'a dit que vous nous détestiez tous, et moi surtout.

Je ne vois rien de chrétien dans votre attitude, vous semez la discorde dans la maison avec vos commérages.

Cela faisait longtemps qu'elle se méfiait de la femme de chambre de sa mère. Elle sentait sa haine dès qu'elle croisait son regard. Mais pour la première fois, en observant cette femme aux yeux sombres et furieux, son visage pâle et émacié, ses doigts tremblants qui ne cessaient de tripoter le chapelet, elle prit conscience qu'elle avait beaucoup vieilli. Immelda devait avoir dépassé les trente ans.

Un coup de tonnerre soudain les fit sursauter et elles se tournèrent toutes les deux vers la fenêtre. De gros nuages noirs assombrissaient le ciel, comme si l'après-midi avait laissé place à la nuit. Immelda se signa.

— C'est le jugement de Dieu, murmura-t-elle.

— Pourquoi me haïssez-vous tant, Immelda ? demanda Victoria, un peu calmée.

L'autre ne répondit pas et reprit sa prière.

— Pas besoin de le nier. Je veux simplement savoir ce que je vous ai fait.

Immelda restait silencieuse.

— Si ce sont mes robes que vous voulez, prenez-les, je vous les donne. Je doute de porter de si belles tenues à l'avenir. Il était inutile d'essayer de les voler, vous n'aviez qu'à me les demander.

— Ce n'est pas...

— Si, Immelda. Ne mentez pas.

— Je les essayais juste pour voir comment elles m'allaient, avoua finalement Immelda en rougissant. Elles devraient me revenir de droit. Tout ce que vous avez, je devrais avoir droit à la même chose. Je suis aussi bien que vous.

— Je suis sûre que vous l'êtes, répondit gentiment Victoria, mais Dieu nous a fait naître dans des milieux très différents.

— Laissez Dieu en dehors de tout ça !

— Je comprends que ce n'est pas juste. Nous ne devrions pas être jugés en fonction de la famille dans laquelle nous naissons. Mais c'est ainsi que marche le monde, Immelda. Et nous ne réparerons pas cette injustice en laissant les pauvres voler les riches.

— Les riches volent les pauvres tous les jours.

— Oui, et ceux-là ont tort. Mais ce n'est pas une excuse. Rosie aussi est née pauvre, mais elle ne m'a jamais rien volé, et elle ne m'a jamais enviée.

C'était faux et Victoria le savait, mais elle n'allait certainement pas l'admettre devant Immelda.

— Brendan avait toutes les raisons du monde de nous détester, de me détester moi, et pourtant il m'aimait. Je doute que vous ayez de meilleures raisons que lui pour expliquer votre hostilité.

Soudain, les fines épaules d'Immelda furent secouées de sanglots et un élan de compassion submergea Victoria. Lorsqu'elle s'approcha et posa une main sur son épaule, Immelda eut un mouvement de recul.

— Tout va bien, Immelda. Je comprends que vous ayez envie de porter de jolies robes. Je veux bien vous donner celles que vous voulez. La rose et la bleue vous iraient particulièrement bien. Et cela restera entre nous. Personne ne le saura.

Immelda leva de grands yeux vers elle et poussa un profond soupir.

— Ce n'est pas à cause des robes, dit-elle. Je m'en fiche.

— Alors qu'est-ce que c'est, Immelda ?

— C'était de vous voir grandir choyée et gâtée par votre famille, surtout votre père. Vous étiez la prunelle de ses yeux. Sa seule fille.

Elle maltraitait son chapelet, manifestement en proie à une cruelle hésitation. Victoria attendit.

— Mais vous n'êtes pas sa seule fille. Vous ne voyez pas ? Moi aussi, je suis sa fille.

Victoria n'eut pas le temps de répondre qu'Immelda poursuivait rapidement.

— Il a abusé de ma mère quand elle travaillait ici. Puis il l'a renvoyée sans lui donner un sou. Elle pensait que tout était sa faute à elle. Elle a passé le restant de sa vie à se punir, et moi aussi, pour ses péchés. Mais elle n'était pas la seule à avoir péché, lui aussi.

— Quoi ? demanda Victoria en se laissant tomber sur le lit. Arrêtez de mentir, Immelda. Je vous ai donné ce que vous vouliez.

— Seul votre père peut me donner ce que je veux, répondit Immelda, beaucoup plus calmement. Il peut admettre que je suis sa fille. C'est la seule chose que j'aie toujours voulue.

Victoria ne ferma pas l'œil de la nuit. Elle se répétait que ce mensonge n'était destiné qu'à lui faire du mal, cela paraissait tout à fait plausible de la part d'Immelda. Mais au fond d'elle-même, elle était convaincue que la servante disait la vérité. Elle essaya de se représenter le plus fidèlement possible son visage : ressemblait-elle à son père ? Elle ne le pensait pas et, quelque part, en était presque déçue. Enfant, elle avait si souvent souhaité avoir une sœur… Plus tard, Rosie avait rempli ce rôle et bien plus encore, mais c'était différent.

Ces pensées raisonnables finirent par laisser place au choc initial provoqué par la révélation d'Immelda. Son père... Les hommes comme lui profitaient souvent des jeunes domestiques et prenaient des maîtresses, Victoria n'était pas naïve au point de le nier. Mais faire travailler sa fille illégitime dans sa propre maison, sous le nez de sa famille... Comment avait-il pu ? Elle fouilla dans sa mémoire à la recherche de moments qui auraient pu laisser deviner une relation secrète entre son père et Immelda, mais aucun indice ne lui revint. Son père traitait Immelda comme le reste du personnel – comme si elle était invisible. Se pouvait-il qu'il ne l'ait même pas reconnue ? Si Victoria avait été à la place d'Immelda, aurait-elle été ignorée de la même façon ?

Le petit matin trouva Victoria dans un état de fureur que la réaction de son père à l'annonce de sa grossesse ne pouvait que renforcer. L'idée d'une relation entre sa fille et Brendan lui avait inspiré un dégoût palpable et maintenant, il refusait même de lui parler. Quel hypocrite ! C'était le même homme qui avait humilié Valentin en lui faisant croire qu'il n'arriverait jamais à rien, qui s'était servi de Rosie en l'arrachant à son monde puis s'était débarrassé d'elle. En descendant pour le petit déjeuner, Victoria avait hâte de l'affronter. Mais sa mère attaqua la première, dès que la jeune femme eut posé le pied dans la salle à manger.

— Immelda Fox me dit que tu l'as accusée de vol. Cette femme travaille pour moi depuis des années et j'ai toute confiance en elle. Elle est plus proche d'une sainte que n'importe qui dans cette maison.

Victoria en resta bouche bée de surprise.

— Cette pauvre femme est bouleversée, continua sa mère. Elle craint même d'être renvoyée. C'est inadmissible, Victoria. Je veux que tu lui présentes tes excuses immédiatement.

Victoria ne bougea pas. Elle considéra sa mère, puis son père, comme d'habitude caché derrière son journal. Lady Louisa la regardait avec mépris tandis que Sofia mangeait comme si de rien n'était. Les nausées matinales s'étaient estompées mais l'odeur du bacon et du hareng fumé écœurait encore Victoria. Au lieu de s'asseoir, elle se tourna vers Sadie Canavan, qui disposait les plats sur le buffet.

— Laissez-nous, miss Canavan, et fermez la porte derrière vous. Ne revenez pas tant que je ne vous aurai pas appelée.

Sadie la regarda sans comprendre.

— Tout de suite, miss Canavan !

La domestique lâcha une assiette de scones sur le buffet et quitta la pièce.

— Pour l'amour du ciel, Victoria…, s'exclama sa mère.

— L'histoire des robes n'a aucune importance, maman. Hier soir, Immelda m'a dit quelque chose qui m'a choquée. Au début, je ne l'ai pas crue mais, tout bien réfléchi, je suis convaincue qu'elle disait la vérité.

Elle se tourna vers son père et le regarda droit dans les yeux.

— Elle m'a dit que vous aviez séduit sa mère, qui était femme de chambre ici. Elle dit que vous, papa, êtes son père et qu'elle et moi sommes sœurs.

Ce fut comme si la pièce se figeait en un tableau. Les membres de la famille étaient aussi immobiles que des statues de cire, fourchette en l'air, agrippant leur tasse de thé, la bouche grande ouverte. Seule la jeune femme blonde au milieu montrait des signes de vie, avec son front transpirant, son souffle saccadé et les poings serrés sur ses hanches.

Lady Ennis fut la première à se ressaisir. Elle se leva si violemment que toute la vaisselle vacilla sur la table.

— C'est absurde, Victoria ! Ton état te fait perdre la tête. D'abord, tu accuses Fox de vol et maintenant... Comment oses-tu ? Retire ce que tu viens de dire !

— Je suis peut-être enceinte, maman, mais je vous assure que j'ai toute ma tête. Je sais ce que j'ai entendu.

Lady Louisa se tourna vers lord Ennis.

— Dans ce cas, écoutons la principale intéressée. Fais appeler Fox, Althea.

Victoria et son père se dévisageaient avec une hostilité évidente. Il semblait être à deux doigts de la frapper, elle ne l'avait jamais vu ainsi. Si Victoria avait encore eu le moindre doute, son expression l'aurait immédiatement dissipé. Cette nouvelle ferait souffrir sa famille et la détruirait peut-être, mais elle ne pouvait pas la garder pour elle. Ils devaient savoir.

Immelda Fox entra dans la pièce et s'inclina devant lady Ennis.

— Vous vouliez me voir, Milady ? demanda-t-elle, le visage parfaitement neutre.

Lady Ennis fit un effort pour se contrôler.

— Ma fille nous a parlé d'une conversation que vous avez eue ensemble hier, Fox.

— À propos des robes, Milady ? demanda Immelda d'un air innocent, mais elle lança un regard en coin à Victoria.

— Non, pas à propos des robes ! Il semble que vous ayez accusé lord Ennis d'être votre père. D'avoir eu une liaison avec votre mère alors qu'elle travaillait ici. Oh ! Je ne peux pas... C'est trop éprouvant.

Lady Ennis se rassit tandis qu'Immelda se signait.

— Que Dieu vous pardonne, miss Victoria, de dire de si horribles mensonges ! Je ne suis qu'une fille pauvre qui a passé le plus clair de sa vie dans un couvent. Mon père est mort avant ma naissance. S'il vous plaît, Milady, ne me renvoyez pas pour ces mensonges.

Immelda essuya une larme. Victoria, elle, observait son père. Il regardait la femme de chambre comme si c'était la première fois qu'il la voyait.

Lorsque Immelda sortit, Victoria se tourna vers sa mère.

— Elle ment, maman. Je sais ce qu'elle m'a dit.

Lord Ennis se mit à hurler :

— Sors d'ici tout de suite ! Tu n'as pas causé suffisamment de chagrin et de honte à cette famille ? Le plus ironique, Victoria, c'est qu'à cet instant, si on me disait que tu n'es pas ma fille, je le croirais !

Une veine battait sur sa tempe.

Victoria s'enfuit en courant, Sofia sur ses talons.

— Mais qu'ai-je fait de mal, Louisa ? demanda lady Ennis. Comment ma gentille fille obéissante a-t-elle pu devenir un monstre pareil ? Pourquoi me punit-elle ainsi ? Si je croyais à ces sornettes irlandaises, je dirais qu'un démon a pris possession d'elle.

— Peut-être que Victoria ne ment pas, rétorqua lady Louisa en fixant son beau-frère. D'où lui viendrait une idée pareille ? Tu sais ce qu'on dit, Thea : il n'y a pas de fumée sans feu.

Sur ces mots, elle préféra s'éclipser. Lord Ennis attendit d'être seul avec sa femme pour exiger :

— Renvoie cette femme immédiatement. Les autres domestiques entendront bientôt ces accusations, ils semblent toujours être au courant de tout. Je ne tolérerai pas d'être l'objet de leurs infâmes commérages. Plus vite elle partira, plus vite tout cela sera oublié. Je ne veux pas de discussion, Althea.

Anthony Walshe entra dans la cuisine, se versa une tasse de thé qu'il emporta à table, puis annonça :
— Eh bien ! La voilà partie.
Mrs. O'Leary referma le four et s'essuya les mains sur son tablier.
— Comment était-elle ? A-t-elle dit quelque chose ?
Anthony fit non de la tête.
— Pas un mot. Elle était assise dans la carriole à côté de moi, immobile comme une statue. Elle m'a juste demandé de la déposer sur la place de Crossmolina.
— Mais où allait-elle ?
— Je ne sais pas. Elle ne m'a rien dit de plus. Je ne voulais pas la laisser seule, comme un mouton perdu. Mais elle m'a fait signe de partir. Que pouvais-je faire ?
— Oh ! Pauvre Immelda... J'ai de la peine pour elle, malgré tout. D'après ce que je sais, elle n'a pas de famille. Ce couvent la reprendra peut-être.
— Ou pas. Elle se retrouvera peut-être à l'hospice, qui sait ?
— Je ne le souhaiterais pas à mon pire ennemi, répondit Mrs. O'Leary. C'est vrai que je n'ai jamais apprécié cette fille, mais je ne lui souhaite pas de tomber si bas. Ah, pourvu que son expérience et ses talents de couturière l'aident à trouver du travail quelque part.

— Sans lettre de recommandation, ça me paraît difficile, et je serais bien étonné que Monsieur lui en ait donné une.

— Je ne dirais jamais cela devant Sadie, déclara Mrs. O'Leary en se penchant vers Anthony, sinon tout le village le saurait, mais hier soir, quand j'étais couchée, je réfléchissais, et je crois me souvenir de la mère d'Immelda.

Anthony ouvrit de grands yeux curieux.

— Oui, il y avait une femme ici qui s'appelait Mary Fox. Ça doit bien faire trente ans au moins. Une très jolie fille. Je me souviens qu'elle avait été renvoyée au bout de quelques mois seulement. Quand Immelda s'est présentée, je n'ai pas fait très attention, Fox est un nom si commun dans cette région.

— C'est vrai, approuva Anthony.

— Mais si cette fille était sa mère, pourquoi Monsieur aurait-il accepté d'engager Immelda ?

Anthony alluma sa pipe.

— Je n'y vois aucun mystère, Mrs. O. Il ne devait même pas connaître le nom de la mère. Vous savez bien comment ils sont : une fois qu'ils ont eu ce qu'ils voulaient, ils passent à la suivante.

— Vous avez raison, Anthony. Que Dieu nous pardonne. Mary Fox ne serait pas la première renvoyée à cause du maître de maison, ni la dernière. Et ce sont les bébés innocents qui en souffrent. Ah, pauvre Immelda ! J'aurais dû me montrer plus gentille avec elle.

Mrs. O'Leary finit son thé et se leva.

— Je ferais bien de m'occuper du dîner. Même si, avec miss Victoria enceinte, et maintenant cette horrible histoire avec Immelda, je me demande bien comment il leur reste de l'appétit.

— Vous savez ce qu'on dit, ces choses viennent par trois. Ma main à couper que d'autres problèmes vont nous tomber dessus !

— Que Dieu nous vienne en aide, Anthony, répondit Mrs. O'Leary en soupirant.

38

Les graines de la discorde semées durant l'été mûrirent et se répandirent aux quatre coins d'Ennismore. Les soupçons, la colère et la rancœur imprégnaient toutes les conversations. La nourriture et le lait tournaient à une vitesse effrayante. Même les oiseaux semblaient avoir arrêté de chanter. Et malgré une météo clémente, le froid avait pénétré dans la maison. Lady Ennis verrouillait sa chambre et laissait son mari dormir dans son bureau, quand il n'avait pas trouvé une excuse pour séjourner à Londres. Lady Louisa avait repris ses visites fréquentes au presbytère, menant une campagne éhontée pour enfin appâter le révérend Watson. Sofia passait le plus clair de son temps dans la nursery avec le petit Julian, tandis que Victoria restait seule dans sa chambre, demandant à Céline de lui apporter ses repas pour éviter sa famille. Très vite, on renonça à maintenir une illusion de normalité.

Ce fut cette atmosphère que trouva Valentin lorsqu'il débarqua innocemment par une fin d'après-midi de septembre. Il avait préféré passer par l'arrière de la maison et Mr. Burke, en le découvrant sur le seuil de la cuisine, bondit aussitôt.

— Lord Valentin, pardonnez-moi ! Je n'ai pas entendu la sonnette.

— Inutile de vous excuser, Mr. Burke, répondit Valentin en haussant les épaules. Je ne voulais pas déranger, alors je suis passé par la cuisine.

Mrs. O'Leary et les autres domestiques s'attroupèrent autour de lui, cherchant tous à voir où il avait été blessé. C'était la raison la plus évidente de ce retour inopiné, puisque la guerre n'était pas finie. Mais où était son uniforme ?

— Êtes-vous en permission, Monsieur Valentin ? demanda Mrs. O'Leary. Quelle bonne surprise cela sera pour votre famille. Cela va bien leur remonter le moral.

Valentin secoua la tête.

— Pas en permission, Mrs. O'Leary. Je suis rentré définitivement.

Sans autre explication, Valentin ramassa son paquetage.

— C'est bon de tous vous revoir, dit-il vivement. Je dois aller trouver papa.

— Lord Ennis est absent, lui apprit Mr. Burke qui recouvrait ses esprits. Il doit rentrer dans quelques jours. Votre mère se repose dans sa chambre, miss Victoria aussi, et lady Louisa est sortie.

Valentin se gratta la tête, comme s'il avait oublié quelque chose.

— Et ma femme et mon fils ? demanda-t-il.

— Oh oui, bien sûr, répondit Burke, rouge de honte. Ils sont allés se promener.

Le majordome tourna les talons et partit d'un pas vif dans le couloir.

— Nous ne vous attendions pas, lança-t-il. J'ai peur que votre chambre soit un peu humide. Je vais demander à miss Canavan d'allumer un feu. Puis-je vous apporter quelque chose à manger ?

— Non merci, Burke. J'aurais dû prévenir de mon retour. Je pense que je vais aller voir ma sœur.

— Elle se repose, Monsieur, répondit Mr. Burke, soudain paniqué. Je ne pense pas que ce soit une bonne idée d'aller la déranger.

— Sottises ! dit Valentin en montant les marches deux par deux.

Victoria se leva d'un bond en voyant son frère. Il était entré dans sa chambre sans frapper et elle n'avait pas eu le temps d'enfiler sa robe de chambre. Elle se tenait donc dans sa robe, consciente de son ventre rond.

— Valentin ! Mon Dieu, Valentin ! Que fais-tu ici ? Nous ne t'attendions pas.

Valentin écarquillait les yeux. Victoria peinait à mettre de l'ordre dans ses pensées. Jusque-là, elle avait été certaine que son enfant naîtrait longtemps avant le retour de son frère. Elle s'avança pour l'embrasser, mais une lueur de méfiance dans son regard l'arrêta.

— Assieds-toi, Valentin, dit-elle doucement. Je vais tout t'expliquer.

— Pas la peine. Il est de Brendan ?

Elle acquiesça de la tête, soulagée.

— Tu imagines sans mal que cette nouvelle a choqué la famille.

Valentin se laissa tomber dans le fauteuil à côté de la fenêtre et soupira.

— J'ai bien peur qu'ils reçoivent un autre choc.

Que voulait-il dire ? Victoria n'en avait pas la moindre idée mais elle respecta le long silence de son frère. Puis enfin, celui-ci prit la parole.

— Est-ce que tu te souviens de la dernière fois que nous nous sommes vus à Dublin ? Je t'ai prévenue que j'aurais peut-être besoin de ton soutien, puisque tu avais vécu l'insurrection toi aussi.

Il laissa passer un nouveau silence, plein de gravité.

— J'ai été exclu de l'armée pour indignité. Voilà, je l'ai dit.

Il la fixa comme pour la mettre au défi de dire quoi que ce soit.

— Mon Dieu, Valentin ! Pourquoi ?

La tension dans ses épaules sembla se relâcher un peu et Victoria mesura combien cet aveu lui avait coûté, et combien il avait craint sa réaction. Pauvre Valentin. Ne savait-il pas à quel point elle l'aimait ?

— Raconte-moi tout, murmura-t-elle.

Il se prit la tête dans les mains et parla si bas qu'elle dut tendre l'oreille pour l'entendre.

— Je ne voulais pas être à Dublin, dit-il. Je voulais partir au front pour me battre contre les vrais ennemis de l'Angleterre, pas ici contre mes compatriotes. J'ai fait de mon mieux pour obéir aux ordres, Victoria. Crois-moi, j'ai vraiment essayé. Mais je ne pouvais simplement pas tirer sur ces jeunes volontaires avec leurs vieux fusils rouillés et leurs uniformes élimés. Ce n'étaient que des jeunes garçons, face à une armée bien entraînée. Ils n'avaient aucune chance et pourtant... ils étaient si courageux. Je me suis toujours efforcé de viser à côté en espérant qu'on me prendrait juste pour un très mauvais tireur.

Il partit d'un petit rire triste.

— Mais apparemment, j'ai éveillé les soupçons. Quelqu'un m'a vu entrer chez Cathal O'Malley le lendemain de Noël. Je t'ai parlé de cette horrible visite, non ? Je voulais voir Rosie et je me suis comporté comme un idiot arrogant. Elle m'a remis à ma place, évidemment, mais le soldat qui m'a vu savait que cette maison appartenait au même O'Malley qui entraînait les volontaires. J'ai été surveillé à partir de ce moment.

Victoria retint son souffle. Dehors, le ciel commençait à s'obscurcir, mais elle n'osait pas se lever pour aller allumer une lampe. Bientôt, Valentin ne fut plus qu'une ombre sans visage, mais sa voix trahissait toutes ses émotions.

— Le pire est arrivé le jour où les rebelles se sont rendus. Quand leurs leaders ont donné le signal, ils ont quitté leurs retranchements avec des drapeaux blancs et remonté Sackville Street jusqu'au château de Dublin. Il était clair pour tout le monde que l'insurrection était terminée. Nous devions déposer les armes. Je patrouillais avec mon officier supérieur, un capitaine au caractère exécrable, devant la Poste centrale où les derniers rebelles étaient piégés par l'incendie, quand un homme est passé devant nous en courant. J'ai reconnu Cathal. Nous lui avons crié de s'arrêter et il a obéi, levant les mains en l'air avant de se tourner vers nous. Mais alors, le capitaine l'a mis en joue. J'ai compris tout de suite ce qu'il allait faire et je lui ai attrapé le bras, mais trop tard. Il avait déjà tiré et Cathal était tombé. Le capitaine allait tirer une deuxième fois quand je lui ai sauté dessus. Je lui ai arraché son arme et je l'ai frappé de toutes mes forces. Il est tombé en m'insultant et j'ai emmené Cathal.

Il reprit son souffle et mobilisa toute son énergie pour finir son récit.

— Après ça, une enquête a été ouverte et on m'a interdit de quitter la caserne. La reddition des rebelles et l'arrestation de nombreux civils a beaucoup ralenti la procédure et je n'ai eu de nouvelles qu'à la fin de l'été. On m'a déclaré coupable d'agression sur un officier supérieur, d'insubordination et – papa va adorer celle-là – de lâcheté face à l'ennemi. J'ai eu de la chance d'échapper à la prison, j'imagine. C'est peut-être le rang de papa qui m'a sauvé, mais je ne crois pas qu'il soit au courant, dit-il avec un soupir. De toute façon, il le saura bientôt.

Victoria se leva pour allumer les lampes.

— Que vas-tu faire maintenant ?

Valentin se passa la main dans les cheveux et lui lança un sourire ironique.

— Qui sait ? En tout cas, je ne compte pas sur une fête de bienvenue.

Deux jours après le retour de Valentin, lady Ennis sortit de son isolement pour se joindre au dîner familial. Elle pouvait à peine contenir son excitation à l'idée de voir la tête que ferait son mari à l'annonce de cette dernière terrible nouvelle. Elle était au courant grâce à Sadie Canavan, qui avait écouté à la porte de la chambre de Victoria et s'était empressée de tout rapporter à lady Louisa, qui à son tour avait informé sa sœur sans dissimuler sa jubilation. Lady Ennis éprouvait certes de la honte pour le comportement de son fils, mais elle savait que les conséquences seraient proprement calamiteuses pour son lord de mari.

Sa rancœur n'avait cessé d'enfler depuis la révélation d'Immelda. Dire qu'il avait osé l'humilier en employant sa fille bâtarde dans sa propre maison ! Elle tressaillait en pensant à tous les secrets qu'elle avait partagés avec cette femme... Cette traînée avait dû bien rire dans son dos. Combien de ces conversations avait-elle répétées aux autres domestiques ? Oui, Edward méritait bien sa disgrâce.

Toute la famille venait de s'attabler quand, sans prévenir comme à leur habitude, lady Marianne Bellefleur et Mr. Shane Kearney les rejoignirent, apportant avec eux un courant d'air froid. Lady Marianne était habillée à la dernière mode, avec un ensemble bleu roi bordé de fourrure, et Mr. Kearney arborait un costume trois-pièces criard à rayures dorées et grises, avec son col de chemise relevé et une cravate en soie dorée. Lady Ennis les accueillit avec un regard mauvais. Ces deux-là avaient vraiment le don de débarquer au pire moment ! Ils allaient donc être au courant de la nouvelle de Valentin. *Peu importe*, pensa lady Ennis, *leur présence ne fera qu'ajouter à l'humiliation d'Edward*.

Les lampes à gaz baignaient la pièce d'une lueur dorée.

— Mon cher Edward, vous devez avoir la seule maison d'Irlande sans électricité ! s'exclama lady Marianne.

Mr. Kearney sourit en l'escortant jusqu'à sa chaise.

— Je trouve que le gaz est assez pittoresque, ma chère, dit-il.

Ignorant les remarques de sa sœur, lord Ennis se tourna vers son fils.

— Pour quelle raison es-tu rentré de Dublin, Valentin ? Burke dit qu'il ne s'agit pas d'une permission, il assure que tu es rentré pour de bon.

Sa question resta suspendue dans l'air, comme tout le monde se taisait. Victoria serra sous la table la main de son frère, qui fixait leur père.

— Je pense que nous devrions manger avant, papa, je vous dirai tout ensuite.

— Très bien, répondit lord Ennis.

Il avait parlé d'un ton neutre, mais son regard trahissait la méfiance. Mr. Burke et Mrs. Murphy se hâtèrent de servir le plat principal, un rôti de bœuf en sauce accompagné d'une variété de légumes d'hiver du jardin, enrobés de la sauce crémeuse au fromage de Mrs. O'Leary. Mr. Burke servit le vin et les bavardages commencèrent, masquant la tension sous-jacente.

Lady Marianne se tourna vers Victoria.

— Je dois dire que tu es radieuse, ma chère. La grossesse te réussit, n'est-ce pas, Thea ?

Lady Ennis pinça les lèvres et ne répondit pas.

— Je la croyais à l'article de la mort lorsqu'elle a quitté Dublin. Je dois dire que j'ai appris avec un immense soulagement la cause réelle de sa maladie. Pas très convenable, peut-être, mais pas mortelle.

Sofia intervint pour dévier la conversation.

— Lady Marianne, quelle est la situation à Dublin ? Victoria m'a raconté la terrible semaine de l'insurrection. J'espère que les choses se sont calmées.

Mr. Kearney leva son verre, exhibant des mains parfaitement manucurées ornées de grosses bagues.

— Oui, c'était vraiment terrible. Heureusement, lady Marianne et moi n'y avons pas assisté. Cette semaine-là, nous étions partis rendre visite à des amis sur la côte. Je doute que vous les connaissiez. Saviez-vous que certains de notre propre classe ont pris part à la rébellion ?

Lady Ennis lui lança un regard plein de mépris.

— De votre classe, peut-être, Mr. Kearney, mais je ne connais personne de la nôtre qui y ait participé.

Lady Marianne tapota le bras de Mr. Kearney.

— Il a parfaitement raison, Thea. Les filles de notre bon ami, le docteur Butler, étaient très impliquées. La cadette, Nora, était fiancée à l'un des rebelles, mais le pauvre garçon a été tué.

— Vous imaginez quelle disgrâce leur union aurait apportée à cette famille ? s'exclama lady Ennis en lançant un regard appuyé à Victoria.

Elle se tourna vers Valentin, qui ne mangeait quasiment rien et ne regardait personne. Cette horrible insurrection avait presque détruit sa famille. Eh bien, elle ne voulait plus en entendre parler. Elle se redressa et s'adressa à sa belle-sœur.

— Je pense que nous avons assez entendu parler de ce déplorable épisode, Marianne. C'était une tentative pathétique de la populace pour détruire notre mode de vie et prendre le contrôle du pays. Imaginez un peu ce qu'il serait advenu de nous tous s'ils l'avaient emporté. L'anarchie, rien d'autre. Dieu merci, l'armée les a écrasés comme des fourmis.

Elle s'interrompit pour regarder directement Valentin, puis reprit :

— Notre classe a triomphé, ils peuvent tous retourner dans leurs tanières pour panser leurs blessures. Ils ne nous chasseront jamais !

Valentin décida de lui répondre.

— Je n'en serais pas si sûr, à votre place. L'armée l'a certes emporté à Dublin, mais ce n'est pas terminé. Le gouvernement britannique a commis une erreur en exécutant les leaders. Ces méthodes brutales ne peuvent qu'attiser la colère des Irlandais natifs. À présent, tout le pays soutient les volontaires et leur cause. Il y a même des unités qui s'entraînent ici, dans l'Ouest.

— Ça suffit, Valentin, intervint lord Ennis. Inutile de contrarier ta mère. Et puis, ici à Ennismore, nous n'avons aucun souci à nous faire. Ce genre de choses n'arrive qu'en ville.

Mais Valentin n'avait pas terminé.

— Vous vous trompez, papa. Une demeure comme celle-ci a été incendiée dans le comté de Cork. Nous représentons tout ce que les rebelles méprisent. Vous et vos voisins propriétaires terriens feriez bien de vous tenir sur vos gardes !

— Balivernes ! rétorqua lady Ennis. Nous n'avons pas d'ennemis ici. J'en veux pour preuve la loyauté de nos domestiques, qui montre combien ils nous respectent. N'est-ce pas, Mr. Burke ?

— Tout à fait, Milady, murmura l'intéressé, la tête basse.

— Ces événements répugnants à Dublin ont failli retourner nos enfants contre nous, poursuivit-elle. Mais Dieu merci, ils ont choisi de rentrer auprès de nous, chez eux. Ils finiront bien par se rendre compte que notre mode de vie est la bonne voie et qu'il est parfaitement inutile de lutter contre cette idée.

Plus personne ne touchait à son assiette et tous les bons soins de Mr. Burke et Mrs. Murphy échouaient à briser la tension qui pesait désormais.

— C'est votre opinion, maman, répondit Valentin, et je suis sûr que vous croyez chaque mot que vous venez de prononcer. Mais vous n'étiez pas à Dublin durant l'insurrection, vous n'avez aucune idée de ce qui s'est passé là-bas. Victoria n'a certainement pas « choisi » de rentrer. Elle est restée et a soigné les victimes jusqu'à tomber d'épuisement. N'importe quelle mère serait fière d'elle, mais pas vous.

Vous étiez contrariée qu'elle n'ait pas accouru à Ennismore au premier signe de danger.

— Elle n'aurait pas dû rentrer du tout, grogna lord Ennis. Elle a jeté la honte sur nous tous avec sa conduite répugnante.

Soudain, Valentin bondit et souleva son père de sa chaise. Il y eut des cris autour de la table tandis que les deux hommes restaient campés face à face.

— Présentez vos excuses à Victoria immédiatement ! exigea Valentin.

Son père restait totalement incrédule, sous le regard sidéré des autres convives. Sofia se leva pour essayer de calmer Valentin, mais il n'en avait pas terminé.

— J'ai dit, excusez-vous ! Comment osez-vous parler ainsi à votre propre fille ? Vous n'êtes qu'un hypocrite ! Victoria m'a dit que vous aviez fait venir votre fille illégitime dans cette maison.

Lord Ennis tenta de reprendre le contrôle de la situation.

— Ça suffit, Valentin !

— Non, papa, ça ne suffit pas ! Voulez-vous savoir pourquoi je suis rentré ? J'ai été renvoyé de l'armée pour conduite déshonorante. L'armée m'a déclaré coupable de lâcheté, déclara-t-il avec un rire méprisant. Vous m'avez toujours considéré comme un lâche, n'est-ce pas ? Eh bien ! Ce n'était pas de la lâcheté. J'ai refusé de tuer mes compatriotes. J'ai trouvé le courage de mes convictions et je refuse que vous me traitiez comme une pâle imitation de mon frère Thomas !

Valentin réussit à bloquer le poing de son père avant d'être touché. Il répliqua aussitôt, envoyant lord Ennis valser en arrière. Celui-ci parvint à empoigner une chaise juste à temps pour ne pas tomber. Valentin lui lança un dernier regard furibond puis tourna les talons et claqua la porte derrière lui, laissant sa famille muette de surprise.

De longues secondes passèrent sans que personne ne bouge un cil, puis lord Ennis finit par se laisser retomber sur son siège en se frottant la mâchoire. Comme si elles avaient attendu ce signal, Sofia et Victoria se précipitèrent pour rejoindre Valentin, tandis que les domestiques s'affairaient autour de la table pour débarrasser en toute hâte. Lady Marianne apporta un verre de brandy à son frère, qui le but d'un trait.

— Venez, Mr. Kearney, dit-elle en versant deux autres verres pour elle et son compagnon. Il est l'heure de nous retirer, même si je doute de pouvoir fermer l'œil après toute cette excitation.

Lady Louisa, secouant la tête d'un air dégoûté, les suivit à l'étage, laissant lord et lady Ennis se dévisager en chiens de faïence.

Plus tard, lady Ennis ne put repenser aux événements de la soirée sans une certaine amertume. L'humiliation d'Edward aurait dû être le point d'orgue du dîner mais elle n'avait certes pas prévu que son mari et son fils en viennent aux mains devant les domestiques. Et sa belle-sœur et son compagnon répugnant qui avaient assisté à tout ce spectacle… Au moins, Edward avait eu ce qu'il méritait.

39

Dans la cuisine du cottage, où les pitreries de Kate faisaient rire toute la famille, Rosie se tenait un peu à l'écart. Ses trois frères, tous grands et bien bâtis, profitaient d'un de ces rares moments où ils étaient réunis à la maison, riant et blaguant sous l'œil joyeux de leurs parents qui paraissaient maintenant petits et frêles à côté d'eux. Le feu de tourbe brûlait gaiement dans l'âtre, réchauffant cette soirée froide.

Malgré l'ambiance tranquille, familière et sûre, Rosie sentait une étrange distance entre elle et les autres. Elle aurait voulu reprendre sa vie d'avant, mais c'était impossible. Il s'était passé trop de choses depuis la dernière fois qu'elle s'était sentie bien ici. Elle avait parlé de Cathal à ses parents, sans rien omettre, même si elle savait qu'ils n'apprécieraient pas qu'elle ait vécu avec lui en dehors du mariage. Ils ne lui avaient pas fait le moindre reproche, cependant, ils la considéraient un peu différemment. En y pensant mieux, Rosie avait compris que ce sentiment de ne pas être à sa place était né bien avant son départ pour Dublin. La première fois qu'elle l'avait ressenti, c'était le jour où elle était allée à la grande maison pour suivre sa première leçon avec Victoria.

Soudain, des coups forts frappés à la porte du cottage la tirèrent de ses pensées. Ma alla ouvrir et Rosie n'y prêta aucune attention. Il n'était pas rare que des voisins ou des amis passent dans la soirée pour boire un thé, ou quelque chose de plus fort. Mais Ma revint et lui dit :

— On te demande à la porte, ma chérie.
— Qui est-ce ?
— Va voir.

Rosie alla jusqu'à la porte. Personne. Elle sortit et scruta la pénombre. Malgré le clair de lune et les lumières du cottage, elle ne distinguait toujours personne. Elle fit quelques pas.

— Qui est là ? appela-t-elle.

Et elle le vit. Il lui tournait le dos, mais elle l'aurait reconnu n'importe où. Son cœur se serra et plusieurs sentiments se bousculèrent en elle, la surprise, l'allégresse et la peur. Elle se tourna vers le cottage, prête à foncer s'y réfugier, mais Ma avait déjà fermé la porte derrière elle. Lentement, elle prit une profonde inspiration pour se calmer.

— Valentin ? C'est toi ?

Il se retourna, mais garda la tête basse. Rosie ne voyait pas son visage, mais elle sentait bien que quelque chose n'allait pas. Elle attendit qu'il parle.

— Oui, Rosie, c'est moi. Veux-tu bien faire un tour avec moi ? J'ai des choses à te dire.

La dernière fois qu'il lui avait demandé cela, c'était lors d'une soirée de réveillon, dans une autre vie. Il l'avait trouvée accroupie contre un mur de la grande maison, l'avait emmenée dans le jardin, il l'avait embrassée et lui avait déclaré son amour. Rosie était certaine que leur promenade de ce soir ne finirait pas de la même façon.

Ils se mirent en route en silence. Elle trébucha une fois ou deux sur une pierre, mais le repoussa quand il tenta de la rattraper. Elle devait garder ses distances, des souvenirs et de vieilles blessures réapparaissaient et la rendaient méfiante. Lorsqu'ils arrivèrent à la limite de la ferme, Valentin s'arrêta, appuyé contre la grille. La lune illuminait son visage et ce qu'elle y vit l'effraya. Un mélange de colère et de désespoir. Que se passait-il ?

— J'ai été renvoyé de l'armée, dit-il enfin.

Rosie savait qu'il valait mieux ne pas lui poser de questions. Quand il eut compris qu'elle n'allait pas le condamner immédiatement, il lui raconta toute l'histoire. Elle ne l'interrompit que lorsqu'il en vint à la mort de Cathal.

— Si tu essaies de me dire que tu as voulu sauver Cathal pour me faire plaisir, et que je suis donc responsable de ta situation, je ne veux pas l'entendre, affirma-t-elle avec colère.

Valentin secoua vivement la tête.

— Non ! Tu ne comprends pas. Comment peux-tu croire une chose pareille ?

Il avait les yeux pleins de larmes et lui rappelait un petit garçon injustement accusé d'une bêtise.

— J'aurais fait la même chose pour n'importe qui, reprit-il, mais c'était Cathal... Et je suis content qu'il ne soit pas mort là, cela vous a permis de vous dire au revoir. Je m'en réjouis, Rosie.

Elle se mit à pleurer et Valentin l'attira contre lui pour la serrer dans ses bras. Ils restèrent ainsi un moment avant de repartir, et cette fois elle ne repoussa pas le bras qu'il appuyait sur son épaule.

— Qu'a dit ta famille ? demanda-t-elle.

— Mon père et moi en sommes venus aux mains, répondit-il amèrement. Il a fait une remarque inexcusable à propos de Victoria et tout ce que je gardais en moi a explosé. Je n'ai pas supporté son hypocrisie, surtout après cette histoire avec Immelda... Tu dois être au courant, j'imagine ?

En effet, Victoria lui avait tout raconté.

— J'ai perdu mon sang-froid et je l'ai frappé. Après cela, lui apprendre mon renvoi de l'armée était presque décevant. Je ne suis pas fier de mon comportement. Personne ne devrait lever la main sur son père.

Il s'arrêta et fit face à Rosie.

— Tout le monde me regardait, mais je ne pensais qu'à toi. Je ne peux pas l'expliquer, mais je savais que tu étais la seule personne dans ce monde qui soit capable de m'aider à comprendre tout cela. Alors j'ai couru jusqu'ici.

Rosie serra sa main dans la sienne. Bizarrement, elle comprenait parfaitement ce qu'il voulait dire. Elle ressentait la même chose, mais le garda pour elle. Ils longèrent la grille principale d'Ennismore et poursuivirent par la route qui faisait le tour de la propriété. Après un long moment de silence, Valentin laissa échapper un torrent de mots, comme si une digue venait de céder en lui.

— Je voulais te redire que je t'aime, Rosie. J'ai peur de ne pas pouvoir rester à Ennismore, j'ai peur de ne jamais te revoir. Il faut que tu connaisses la vérité.

Rosie voulut le calmer et lui prit le bras, mais il l'écarta.

— Non, il faut que tu l'entendes. J'ai tenté de te le dire à de nombreuses reprises.

Rosie hocha la tête pour l'encourager et attendit.

— J'ai épousé Sofia par devoir, pas parce que j'étais amoureux d'elle – elle ne l'était pas plus de moi. Tu t'es souvent moquée de mon sens du devoir, et cela n'a peut-être pas beaucoup d'importance à tes yeux, mais dans mon monde, il n'y a rien de plus important.

Rosie ouvrit la bouche pour protester, mais il poursuivit.

— Sofia portait l'enfant de Thomas. Lorsqu'il s'est noyé, elle était complètement désemparée. Je ne pouvais pas la laisser seule dans de telles circonstances, tu comprends ? Je devais être là pour elle, pour son enfant, en l'honneur de mon frère.

— Et pour sauver la réputation de ta famille !

— Oui, peut-être aussi, concéda Valentin.

— Nous sommes pareils, toi et moi, répondit Rosie avec lassitude. Ton devoir envers Sofia passait avant ton amour pour moi, et mon devoir envers ma sœur passait avant mon amour pour toi. Tu as épousé Sofia, je suis restée à Dublin et j'ai emménagé chez Cathal. On a fait tous les deux ce qu'on devait faire.

Valentin l'attira contre lui.

— Cela peut changer, Rosie. J'ai enfin décidé de demander le divorce à Sofia. Ce mariage ne nous rend pas heureux, alors elle pourra commencer une nouvelle vie – et peut-être trouver l'amour.

Rosie avait rêvé d'entendre ces mots des années plus tôt, au bal du Métropole à Dublin, ou quand il était venu l'attendre sur les marches de Foley Court. Mais il s'était passé trop de choses depuis.

— Non ! dit-elle. Non, on ne peut pas construire une vie sur les ruines de celle de quelqu'un d'autre. Tu dois rester à Ennismore pour Sofia et Julian et honorer tes vœux de mariage.

— Mais...

Rosie le fit taire d'un doigt sur ses lèvres.

— Je t'aime, Valentin, et je sais que tu m'aimes aussi, mais ça n'ira jamais au-delà.

— Je suis désolé d'avoir gâché ta vie, Rosie.

— Tu n'as pas gâché ma vie, répondit-elle avec un sourire. Tu l'as peut-être même sauvée. Bien sûr, j'étais blessée quand je me suis enfuie, mais sans cela, je n'aurais jamais rencontré Cathal ni commencé à écrire, je ne serais jamais devenue cette femme pragmatique, je serais naïve. Finalement, c'est mieux ainsi.

Ils échangèrent un long baiser triste, tendre, passionné, et se dirent au revoir.

Comme Rosie rentrait, la lune se cacha derrière les nuages et l'obscurité l'enveloppa. D'abord, elle pleura pour elle et Valentin, pour le rêve de ce qu'ils ne vivraient pas ensemble. Mais elle sentait son cœur déborder d'amour pour lui, avec une intensité qu'elle n'aurait pas crue possible, et elle savait qu'il éprouvait la même chose. Leur amour avait changé parce qu'ils avaient changé. Il était devenu quelque chose de beau et de généreux, fait de respect mutuel et de compréhension. Il les avait libérés.

40

Cette année-là, les arbres d'Ennismore ne firent presque aucun effort pour arborer les couleurs de l'automne, et quand l'hiver arriva, il ne restait plus que des branches nues et sans vie. Même la lumière du jour restait lugubre et morne. Victoria regardait les nuages gris par la fenêtre de sa chambre et se demandait si le soleil reviendrait un jour. La nature semblait refléter la menace qui pesait sur Ennismore.

Elle prenait la plupart de ses repas seule dans sa chambre, mais l'ennui la poussait parfois vers la salle à manger familiale. Pourtant, elle ne pouvait pas y mettre le nez sans avoir l'impression que la tension allait la suffoquer. Les domestiques les servaient sur la pointe des pieds et, à leur façon de porter délicatement chaque assiette, on aurait pu croire qu'elles s'apprêtaient à tomber en poussière à tout moment.

Lord Ennis avait quitté Ennismore dès le lendemain de son affrontement avec Valentin et, lors de ses rares passages, lui et sa femme s'ignoraient complètement. Sofia et Valentin partageaient leurs repas chaque jour en silence. Sans l'enthousiasme enfantin de lady Louisa, Victoria n'aurait pas pu supporter d'être là. Sa tante avait enfin gagné les faveurs du révérend Watson et la perspective de son mariage la mettait dans tous ses états. Victoria l'écoutait avec plaisir discourir sur les préparatifs et les travaux qui devraient être réalisés au presbytère, et lui réclamait toujours plus de détails.

Pour ce qui était de l'atmosphère pesante et tendue, Ennismore et ses environs n'avaient pas le monopole. Un mauvais pressentiment planait sur toute l'Irlande, comme si une grosse bête dangereuse allait bientôt se réveiller d'un très long sommeil. L'insurrection de Pâques avait semé les graines de la révolution et, même s'il n'y avait pas eu d'autre rébellion ouverte, la rancœur et la rage suppuraient sous la surface. Loin d'avoir été écrasé, comme lady Ennis l'avait déclaré, le mouvement des volontaires irlandais gagnait de l'ampleur et s'étendait bien au-delà de Dublin.

— De plus en plus de garçons s'engagent, fit un jour remarquer Anthony Walshe. Je les ai vus s'entraîner au grand jour en plein milieu de Castlebar, pas plus tard que la semaine dernière.

— Ce sont de doux rêveurs, déclara Mrs. O'Leary, sceptique. Comme les gars de Dublin. Ils ne comprennent donc pas à qui ils ont affaire ? Faut-il encore d'autres morts ?

Anthony secoua la tête.

— Les rebelles de Dublin ont peut-être échoué, mais les Anglais ont fait d'eux des martyrs et c'est comme s'ils avaient réveillé un géant endormi. De nouveaux leaders viendront et retenteront le coup bientôt, croyez-moi.

— Pour l'instant, ce sont de jeunes idiots qui jouent aux soldats, dit Sadie Canavan en entrant dans la cuisine. Ils n'ont aucune discipline. Il paraît que, du côté de Cork, certains s'amusent à mettre le feu à de grandes maisons comme celle-ci pour faire sortir tout le monde en pyjama en plein milieu de la nuit.

— Ce ne sont que des rumeurs, Sadie, répondit Mrs. O'Leary. Ils n'oseraient jamais faire une chose pareille.

— Monsieur Valentin l'a dit lui-même, non ?

Thelma leva les yeux de sa casserole.

— Ils ne viendraient pas ici, n'est-ce pas, Anthony ?

— Qui sait ce qu'ils pourraient te faire, Thelma ! répondit-il. Tout peut arriver !

— Silence ! Anthony, le gronda Mrs. O'Leary. Ne lui faites pas peur !

— Eh bien, qu'ils viennent, je m'en fiche, déclara Sadie par-dessus son épaule. Moi, je ne serai plus là. Je vivrai à Castlebar avec Madame et le révérend. Je pense qu'on y sera en sécurité puisqu'ils ciblent les propriétaires. Et d'ailleurs, il est grand temps qu'ils paient pour leurs péchés durant la famine.

— On croirait entendre Immelda, dit Mrs. O'Leary. Au fait, quelqu'un a-t-il de ses nouvelles ?

Sadie et Thelma firent non de la tête.

— Anthony ?

— Elle travaille de nuit au salon de thé de Biddy Gillespie. Je l'ai vue par la fenêtre un soir, elle servait un groupe de jeunes gars qui sortaient du pub. Je dois dire qu'elle avait l'air aussi aigrie que d'habitude.

— Cet endroit horrible ? Vous parlez d'un salon de thé ! Je ne mettrais jamais les pieds là-bas, déclara Mrs. O'Leary.

— On n'a pas trop le choix quand on est désespéré, Mrs. O.

— Lui avez-vous parlé ?

— Certainement pas !
— Ah ! Elle a toujours été bizarre. Que Dieu lui vienne en aide. J'espère qu'elle a trouvé un peu de paix.

La famille n'avait prévu aucune célébration pour Noël cette année, ni ne préparait la traditionnelle visite à Westport. Le soir du réveillon, ils dînèrent ensemble dans un silence presque complet. Seul le petit Julian manifestait sa joie et son excitation à l'idée de découvrir le lendemain des paquets aux couleurs vives au pied du sapin dans la bibliothèque. Sans lui, pensa Victoria, personne n'aurait su que c'était Noël.

Le dîner s'acheva vite, à son grand soulagement. Sa mère et sa tante montèrent dans leurs chambres respectives tandis que Sofia et Valentin ramenaient un Julian réticent jusqu'à la nursery. Son père alla s'enfermer dans la bibliothèque, comme il le faisait tous les soirs lorsqu'il était à Ennismore. Au pied du grand escalier, Victoria marqua un temps d'arrêt puis se ravisa. Elle fit demi-tour et alla jusqu'à la porte de la bibliothèque. Elle imaginait son père assis seul face à la cheminée, un verre de brandy à la main. Le souvenir des Noëls passés, lorsque toute la famille se réunissait autour du sapin, son cher Thomas jouant au piano tandis que tout le monde chantait, lui serrait le cœur.

Elle s'appuya à la porte de la bibliothèque et laissa ses larmes couler. La famille qu'elle avait connue lors des années plus heureuses lui manquait, mais elle regrettait par-dessus tout l'affection de son père. Du plus loin qu'elle s'en souvenait, elle avait toujours occupé une place particulière dans son cœur. Elle se remémora le jour où elle l'avait supplié de laisser Rosie devenir son amie, la tendresse dans son regard et l'amour qu'elle y avait aussi lu lorsqu'il l'avait confiée au docteur Cullen à Dublin, et encore quand elle l'avait embrassé à la course hippique du lundi de Pâques. À présent, il la regardait à peine, et l'amour avait laissé place au vide.

Sans réfléchir, elle frappa à la porte et l'ouvrit. Son père ne semblait pas l'avoir entendue. Il était tel qu'elle l'avait imaginé, dans son vieux fauteuil en cuir devant le feu mourant. Elle s'approcha sur la pointe des pieds.

— Papa ? murmura-t-elle. Puis-je me joindre à vous ?

Il sursauta, comme s'il sortait d'une transe, et se tourna vivement vers elle. Un sourire se dessina sur son visage, mais la colère reprit vite ses droits. Il détourna la tête et lui répondit sèchement :

— Comme tu veux.

Elle prit une chandelle sur le manteau de la cheminée, la plongea dans les flammes et alla rallumer une bougie sur le sapin.

— J'ai toujours adoré cette période de l'année, dit-elle en admirant les décorations scintillantes.

Son père ne répondit pas.

Elle s'installa dans le fauteuil en face de lui et, pour la première fois depuis longtemps, osa le dévisager. Sa maigreur lui causa un choc. Il flottait dans sa chemise, son visage autrefois rougeaud avait pris une teinte pâle et grisâtre, même à la lueur du feu, et ses cheveux épais se clairsemaient. Victoria se pencha vers lui, les mains jointes.

— S'il vous plaît, papa, pouvons-nous mettre tout cela derrière nous ? Pouvons-nous repartir comme avant ?

— Tu ne peux t'en prendre qu'à toi-même, Victoria, répondit froidement lord Ennis. Tu as apporté la honte sur cette maison et as refusé de montrer le moindre remords. Tu n'as même pas admis t'être mal comportée.

Victoria serra les poings.

— C'est parce que je ne pense pas avoir mal agi, papa, répondit-elle aussi calmement qu'elle le pouvait. J'aime Brendan, et il m'aime aussi. Quand notre bébé sera né, j'ai l'intention de l'emmener rendre visite à son père en prison, et un jour, Brendan et moi nous marierons. Notre enfant grandira avec un père et une mère qui l'aiment. Je ne vois pas où est le mal.

Lord Ennis se redressa.

— Pour l'amour du ciel, Victoria, tu sais parfaitement où est le mal. Tu t'opposes à toute ton éducation.

— Vous voulez dire que je m'oppose à vos règles et à celles que notre société voudrait m'imposer ? Oui, dans ce cas, je plaide coupable. Mais préféreriez-vous que j'épouse quelqu'un de « convenable » que je n'aimerais pas et qui ne m'aimerait pas, et que nous vivions ensemble dans l'indifférence, comme vous et maman ?

Elle s'en voulut aussitôt pour ces paroles injustes. Elle allait s'excuser, mais son père était déjà rouge de colère.

— Comment oses-tu ? Si tu étais mon fils, je te frapperais.

Victoria n'eut soudain plus du tout envie de s'excuser. Elle n'avait certainement pas eu l'intention de se disputer avec son père, mais il était trop tard.

— Vous savez bien que c'est la vérité, papa. Vous vous aimiez peut-être au début, mais je n'en ai jamais vu la preuve en grandissant. Maman s'est peut-être détournée de vous quand vous avez commencé à la tromper avec des domestiques comme la mère d'Immelda. Combien y en a-t-il eu ?

— Tu parles comme si j'étais un débauché, répondit son père, indigné. Je t'assure que je n'étais pas aussi libertin que beaucoup de mes connaissances...

Victoria eut un rire méprisant.

— Pas aussi libertin ? Seigneur ! Ainsi, en d'autres termes, vous ne faisiez que suivre les règles de votre société. Il était parfaitement normal qu'un homme trompe sa femme. Dites-moi, papa, poursuivit-elle plus calmement, si Brendan appartenait à la même classe sociale que nous, s'il était officier dans l'armée ou l'héritier d'un propriétaire terrien, m'auriez-vous exclue comme vous le faites aujourd'hui ?

— Ce n'est pas la question, Victoria !

— C'est précisément la question. Vous m'accusez d'avoir mal agi parce que j'ai osé tomber amoureuse d'un homme qui n'appartient pas à notre classe.

Lord Ennis poussa un long soupir et se renfonça dans son fauteuil.

— Qu'attends-tu de moi, Victoria ?

Toute sa colère semblait s'être envolée. Victoria s'agenouilla maladroitement devant son père et prit ses mains dans les siennes.

— Je voudrais que vous soyez heureux pour moi. Je veux que vous soyez content d'avoir un autre petit-enfant. Papa, ne voyez-vous pas que votre vieille société, votre vieux mode de vie, est en train de mourir ? Si vous persistez à lutter contre tous ces changements, vous serez sans cesse déçu.

— Tu as sûrement raison, ma fille, répondit-il avec un sourire triste. Mais je suis un vieil homme, je n'ai pas la force de changer. Je vous en laisse le soin, à ton frère et à toi. Je ne comprends plus le monde dans lequel je vis. Peut-être que vous, les enfants, me protégerez de tous ces changements.

Victoria posa la tête sur ses genoux.

— Papa, ne savez-vous donc pas que nous vous aimons ? murmura-t-elle. Nous ne laisserons personne vous faire du mal.

Victoria crut sentir sa main planer au-dessus de sa tête. Allait-il caresser ses cheveux comme il le faisait quand elle était petite ? Elle retint son souffle, priant pour qu'il le fasse. Mais il laissa tomber sa main et le moment passa.

— Tu m'as déçu, ma fille, mais je n'ai jamais cessé de t'aimer.

— Je sais, papa.

Ils restèrent ainsi un long moment, sans bouger, tandis que les bougies du sapin de Noël répondaient au scintillement des braises dans l'âtre.

41

Une semaine plus tard, à la veille du Nouvel An, Victoria prit son courage à deux mains et poussa la porte du salon de thé de Biddy Gillespie, Rosie sur ses talons. La soirée était déjà bien avancée, mais les vieilles tables et chaises en bois branlantes sur le sol taché étaient vides. Cela ne se remplirait qu'à la fermeture des pubs, quand les hommes du village viendraient boire du thé et manger du pain et des frites grasses avant de rentrer chez eux.

Victoria se sentait mal à l'aise. Au mur, en hommage aux fêtes de fin d'année, une étagère supportait des branches de houx calées par deux chats en céramique blanche, aux têtes orange et aux yeux brillants. Autour d'eux, tout un bric-à-brac et de vieilles photos prenaient la poussière. Lorsqu'un vrai chat, plus gris que blanc, vint se frotter contre ses chevilles, Victoria fit un bond.

— Bienvenue, mesdames.

Une femme brune et corpulente aux joues fardées les étudiait avec attention. Victoria avait vu des femmes comme elle à Dublin, des tenancières qui savaient jauger un client au premier coup d'œil. La femme les conduisit vers une table qu'elle essuya du bord de son tablier.

— Qu'est-ce que je vous sers ?

— Deux thés, s'il vous plaît. Et j'aimerais parler à miss Fox. Est-elle ici ?

— Oui, elle est là, répondit Biddy Gillespie d'un air méfiant. Mais elle est occupée en cuisine. Je peux lui donner un message ?

— Non, je dois lui parler en personne, insista Victoria.

— Cinq minutes, alors, concéda Biddy en se penchant tout près d'elle. Je la paie pas pour rien faire.

Victoria ne put répondre, dégoûtée par l'odeur qui se dégageait de Biddy, un mélange de lait tourné, de graisse et de parfum bon marché. De la cuisine leur parvenaient des sifflements de bouilloire et des bruits de couteaux. Victoria espérait qu'on n'entendait pas son cœur tambouriner dans sa poitrine. Elle fit un petit sourire à Rosie, inclina la tête et attendit.

Cela faisait plusieurs jours qu'elle préparait cette sortie. Après s'être réconciliée avec son père, elle n'avait pu chasser de son esprit l'idée de sa demi-sœur, seule et sans famille pour la protéger. Malgré ses efforts, son cœur refusait de l'oublier. Elle avait donc interrogé Anthony et appris où travaillait Immelda, puis demandé à son père de signer une lettre de recommandation. Non seulement il avait accepté, mais il avait ajouté un peu d'argent en lui conseillant :

« Fais attention à elle, Victoria, assure-toi qu'elle s'en sorte bien. »

Victoria sursauta quand deux tasses de thé atterrirent violemment sur la table. Elle leva la tête et découvrit le visage renfrogné d'Immelda Fox.

— Qu'est-ce que vous voulez ? Vous n'en avez pas encore fini avec moi ? demanda-t-elle avec aigreur.

Victoria s'attendait à une réaction hostile, mais elle fut quand même blessée.

— S'il vous plaît, asseyez-vous, Immelda. Je veux vous parler.

Immelda lança un coup d'œil en direction de Biddy Gillespie qui les observait.

— Je vais rester debout. Je n'ai pas toute la nuit.

— Papa a admis que votre histoire était vraie et il vous demande pardon. Il n'est pas en très bonne santé et…

— Et alors ? demanda Immelda en haussant les épaules.

Victoria tenta de lui prendre la main, mais l'autre la retira.

— Je veux que vous sachiez que je vous accepte comme ma sœur…

Elle s'interrompit, cherchant ses mots, consciente de sa maladresse.

— Vous m'acceptez ? répéta Immelda avec un rire mauvais. Alors vous allez me ramener à Ennismore et me traiter comme un membre de la famille ? Vous allez demander aux domestiques de me servir et vous me présenterez à vos amis comme lady Immelda Bell ? Je vois déjà la scène : c'est ma sœur, Immelda, la bâtarde de mon père. Vous pensez vraiment que je vais croire à cette merde ?

Elle se tourna vers Rosie.

— Vous savez bien que j'ai raison ! Regardez comment ils vous ont traitée. On n'est pas si différentes.

Rosie rougit mais ne dit rien. Victoria reprit, elle voulait désespérément qu'Immelda la comprenne.

— Vous savez bien que ce que vous suggérez n'est pas possible. Mais je veux vous aider, dit-elle en sortant l'enveloppe de son sac et en la tendant à Immelda en tremblant. C'est une lettre de recommandation signée par papa. Vous devriez pouvoir trouver du travail dans une maison respectable. Et… il y a aussi de l'argent à l'intérieur. Ce n'est pas de la charité. Ce sont vos trois derniers mois de paye et la prime de Noël que vous auriez reçue si vous n'aviez pas été renvoyée.

Immelda observa l'enveloppe, mais ne bougea pas.

— Prenez-la, Immelda, dit Rosie. Ne laissez pas votre fierté vous mettre des bâtons dans les roues.

Immelda regarda les deux femmes tour à tour, puis arracha l'enveloppe des mains de Victoria et la fourra dans sa poche. Elles se regardèrent en silence, jusqu'à ce que Biddy Gillespie les interrompe.

— Tout va bien, mesdames ? J'ai besoin d'Immelda en cuisine, si vous avez terminé. Les clients ne vont pas tarder.

Elle se détourna et Victoria et Rosie se levèrent, mais Immelda ne bougea pas. Elle semblait en proie à un dilemme. Lorsqu'elle parla enfin, toute colère avait déserté sa voix.

— Vous feriez bien de retourner à Ennismore. Des garçons du coin ont prévu d'y mettre le feu cette nuit.

Elle avait parlé si bas que Victoria n'était pas sûre d'avoir bien entendu. Elle allait lui demander de répéter quand Rosie intervint.

— Comment le savez-vous, Immelda ?
— C'est moi qui les ai envoyés.
— Et pourquoi vous obéiraient-ils ?

Immelda leva les yeux au ciel.

— Ils n'ont pas été très difficiles à convaincre. Ils avaient entendu parler de gars à Cork qui brûlaient les grandes maisons des nobles et ils voulaient faire pareil ici. Alors je leur ai dit qu'ils avaient qu'à aller à Ennismore. Je n'ai eu qu'à leur raconter que j'avais été mise à la rue pour un mensonge, et que Brendan avait été viré parce que la fille de la famille l'avait séduit. Et puis, il y en a plein dans le coin qui en veulent à la famille Bell d'être aussi riche alors qu'eux n'ont pas un shilling en poche.

Rosie attrapa Immelda par les épaules et la secoua.

— Vous ne pouvez pas les arrêter ? cria-t-elle. Pour l'amour du ciel !

Immelda sourit, ses yeux brillaient d'une lueur fanatique.

— Si vous étiez venues plus tôt, j'aurais pu, mais c'est dans les mains de Dieu maintenant, dit-elle en se signant.

— Il faut les prévenir, Rosie, s'écria Victoria. Mon Dieu, pourvu qu'on arrive à temps !

Elle se précipita vers la porte et sortit, à contre-courant du groupe d'hommes qui venaient d'arriver et lui lançaient des remarques avinées. Rosie courut après elle.

Immelda sortit son chapelet de sa poche et commença d'égrener les perles tandis que Biddy Gillespie, furieuse, s'exclamait :

— Bon Dieu ! Elles sont parties sans payer. Putains de nobles ! Je te le retiens sur ta paye, je te préviens. Allez ! Retourne en cuisine.

Rosie courait derrière son amie en essayant de lui faire entendre raison.

— Il faut attendre qu'Anthony ramène la carriole et le poney ! Tu ne peux pas rentrer à pied dans ton état.

Mais Victoria était lancée sur la route obscure et ne ralentit que lorsque le souffle lui manqua. Elle sentit ses genoux ployer sous le poids de son ventre. Rosie la rattrapa de justesse et la fit asseoir sur une grosse pierre du bas-côté.

— Reste ici, dit-elle en retirant son manteau pour couvrir son amie. Je pars devant et je dirai à Anthony de venir te chercher.

Victoria voulut protester mais Rosie répliqua sèchement :

— Tu restes ici, j'ai dit ! À moins que tu veuilles prendre le risque de perdre ton enfant ?

Victoria baissa la tête et acquiesça.

Les paroles d'Immelda résonnaient dans la tête de Rosie tandis qu'elle courait vers Ennismore. Ces menaces étaient-elles le fantasme d'un esprit dérangé ? Celui d'Immelda l'était probablement, mais un violent désir de vengeance l'animait également. La bataille de Dublin était arrivée jusqu'à Ennismore et Rosie n'avait à présent plus aucune hésitation : elle devait sauver le domaine. Pour le meilleur ou pour le pire, les années qu'elle y avait passées avaient façonné sa vie, autant que le cottage des Killeen. Elle refusait d'assister à sa destruction.

Lorsqu'elle arriva à l'entrée de la propriété, tout semblait normal, à l'exception des grilles grandes ouvertes. Elle s'arrêta un instant pour recouvrer son souffle, pliée en deux, puis reprit son chemin, heureuse que la lune l'éclaire. Il y avait de la lumière à l'étage et dans la bibliothèque, mais ni fumée ni flammes.

Elle contourna la maison et entendit que, dans la cuisine, la fête du Nouvel An battait son plein. Elle sentait pourtant que quelque chose clochait.

Comme elle approchait de l'arche qui menait à la cuisine et à l'écurie, sur le côté de la maison, elle entendit autre chose et s'arrêta pour écouter. On aurait dit le bruit d'un moteur. Elle approcha à pas de loup. Oui, c'était cela – il y avait bien une automobile, tous feux éteints, avec un jeune homme au volant. Un fusil était posé à côté de lui et il semblait assoupi. Sans bruit, Rosie se pencha par la vitre et attrapa l'arme.

— Où sont-ils ? demanda-t-elle en mettant l'homme en joue.

L'autre cligna des yeux d'un air confus. C'était un ami de son plus jeune frère, un garçon nommé Paddy. À l'évidence, il avait bu. Il leva les mains.

— J'ai rien fait, Rosie... euh, miss Killeen...
— Pars tout de suite.
— Mais, et mes copains ?
— Je m'en occupe. Va-t'en tant que tu en as l'occasion, sinon...

Elle arma le fusil, pleine d'assurance. Le garçon ouvrit de grands yeux, manœuvra à toute vitesse et fonça en direction de la grille. Le bruit du moteur laissa place à la musique qui retentissait toujours dans la cuisine et Rosie reprit son inspection, longeant le mur de façade jusqu'à les voir dans le clair de lune. Ils étaient quatre, tous des jeunes hommes, qui fouillaient dans la terre d'une vasque, à côté de la porte arrière de la maison. Soudain, l'un d'entre eux brandit une clé.

— Je l'ai ! s'exclama-t-il en riant. J'ai bien cru qu'Immelda nous avait fait marcher.

Tapie dans l'ombre, Rosie sentit la flamme de la colère jaillir en elle. Des images de Cathal et Brendan lui revenaient, elle repensait aussi aux volontaires sur les toits de Moore Street, morts en affrontant l'armée britannique. Ces jeunes hommes du village n'étaient que des voyous et des profiteurs, des bons à rien qui ne cherchaient qu'à s'amuser, des excités encouragés par Immelda. Ils ne lui inspiraient que du mépris.

Le premier avait ouvert la porte et commencé à asperger le couloir de paraffine, tandis qu'un autre préparait une boîte d'allumettes. Rosie se redressa et sortit dans la lumière, le fusil braqué sur eux. À ce moment, elle ne pensait plus à se comporter comme une fille. Elle était Róisín Dubh, guerrière irlandaise défendant sa terre.

— Craque cette allumette, John Joe O'Hanlon, hurla-t-elle, et j'explose ta putain de tête !

L'homme se retourna, ébahi, tandis que le premier laissait tomber le bidon de paraffine pour s'enfuir.

— Tu ne bouges pas ! Ton copain Paddy est parti sans vous.

— Et merde...

— Je vous connais tous, dit Rosie. Bon Dieu ! Vous vous prenez pour des héros à brûler une maison avec des gens à l'intérieur ? Vous déshonorez la mémoire de tous les hommes et les femmes qui se sont battus dans l'insurrection.

— Mais Immelda a dit que nous serions des héros...

— Immelda ! Vous croyez à ce que raconte une folle ? Vous êtes encore plus bêtes que je le pensais.

Pendant ce temps, Anthony était sorti pour aller chercher Rosie et Victoria au salon de thé. Alerté par le grabuge, il se précipita vers eux en brandissant une pelle.

— Barrez-vous d'ici tout de suite, espèces d'idiots, avant que je vous explose la tête !

Rosie se retourna vers lui et John Joe O'Hanlon profita de la diversion pour gratter une allumette et la lancer dans le couloir. Un instant plus tard, les vandales s'étaient dispersés. Rosie poussa un juron et tira en l'air, mais ils avaient déjà disparu.

— Laisse tomber ! lui cria Anthony. On sait de qui il s'agit de toute façon. Réveille tout le monde, je vais chercher des renforts.

Anthony ferma la porte pour empêcher l'air d'attiser les flammes et courut vers la cuisine. Rosie lâcha son arme et courut vers l'avant de la maison. Elle était sur le point de frapper quand la grande porte s'ouvrit sur Valentin et lord Ennis.

— On a entendu un coup de feu. Que se…

— Ils ont mis le feu ! cria Rosie. Fais sortir tout le monde ! Anthony est allé chercher de l'aide.

Valentin tourna les talons et partit en trombe, montant l'escalier quatre à quatre tandis que son père restait figé, l'air hébété. La fumée commençait déjà à s'élever de l'arrière de la maison. Un par un, les membres de la famille émergèrent, confus, et sortirent en toussant. Lorsque tout le monde fut rassemblé sur la pelouse, la fumée avait envahi le hall d'entrée et l'escalier principal et s'immisçait sous les portes de la bibliothèque, de la salle à manger et du salon. Comme hypnotisée, Rosie regardait les flammes lécher les vieilles tentures, les tapis et les lambris du couloir du fond. Elle se secoua et courut jusque dans la bibliothèque enfumée pour arracher les rideaux. Elle en fit un tas dans le couloir qu'elle piétina pour tenter d'étouffer les flammes. Valentin accourut auprès d'elle et l'imita, arrachant les tapisseries et attrapant tout ce qu'il pouvait pour essayer d'éteindre le feu.

Mais les flammes ne cessaient de repartir. Sans réfléchir, elle se mit à les frapper à mains nues, sans même sentir la douleur. Elle poussa un cri en voyant les flammes enfler soudain et, comme au ralenti, former une sorte d'entonnoir qui fondait sur eux le long de l'étroit couloir. La terreur la paralysait, mais Valentin la tira par le bras et l'entraîna vers l'extérieur.

Tous les domestiques et garçons d'écurie arrivèrent avec des seaux d'eau. Rosie et Valentin se joignirent à eux comme ils attaquaient l'incendie de chaque côté de la demeure, par l'avant et l'arrière, formant une ligne pour se passer les seaux. Encore et encore, ils arrosèrent les flammes et, quand le feu mourut enfin, toutes les pièces du rez-de-chaussée avaient disparu sous la fumée et la suie.

Rosie regagna le jardin, hébétée et épuisée. Victoria était là, elle avait dû rentrer seule puisque, avec toute cette agitation, Rosie avait oublié d'envoyer quelqu'un la chercher. Elle courut jusqu'à son amie et la serra dans ses bras.

— Tout va bien. Tout le monde va bien.

Valentin les observait, souriant, les yeux pleins de larmes. Il vint vers elles en ouvrant les bras et Rosie remarqua ses mains noircies. Les siennes aussi portaient des traces de brûlure.

— Que tu as été courageuse, ma brave Róisín Dove ! Merci de nous avoir sauvés.

— Ma parole, elle nous a tous sauvés, renchérit Anthony. Sans elle, ces gars auraient vidé tout le bidon de paraffine dans la maison et le feu aurait été impossible à éteindre. C'est la fille la plus courageuse que j'aie jamais vue !

Rosie rougit et s'abandonna à l'étreinte de Valentin. Elle n'avait pas de mots. Blottie contre lui, elle vit Sofia approcher, mais ne le lâcha pas. Les deux femmes échangèrent un long regard, puis Sofia tourna les talons et disparut dans l'obscurité.

L'enterrement de lord Ennis eut lieu un matin glacial du mois de janvier 1917. Une couche de neige fraîche recouvrait les vieilles pierres du petit cimetière familial, apportant de la douceur au paysage, à la fois beau et macabre. Victoria sanglotait pendant que le révérend Watson jetait la dernière pelletée de terre sur le cercueil de son père. Le stress de l'incendie avait provoqué une crise cardiaque à laquelle il n'avait pas survécu. Heureusement, elle avait réussi à faire la paix avec lui, lui dire qu'elle l'aimait, et son père avait aussi vécu ses derniers jours en compagnie de Valentin. C'était malgré tout une consolation.

Victoria suivit des yeux sa mère et tante Louisa qui quittaient le cimetière cramponnées l'une à l'autre. Ces deux femmes, qui n'auraient pas été capables de la même compréhension que son père dans ses derniers jours, lui faisaient pitié. Elles avaient besoin de s'accrocher désespérément aux derniers vestiges de leurs anciennes vies et valeurs.

Les autres personnes présentes ressemblaient à des corbeaux noirs posés sur la colline enneigée. Lady Marianne était restée, avec Mr. Kearney, malgré la conduite abjecte de lady Ennis et lady Louisa lors de leur dernière visite. Valentin pleurait silencieusement auprès de Sofia, les yeux secs, près de Mr. Burke et Mrs. Murphy qui se donnaient le bras, le reste du personnel rassemblé autour d'eux. À quoi pouvaient-ils penser ? Victoria savait que son père leur avait inspiré du respect et qu'ils se désolaient de cette perte, mais elle avait aussi conscience que s'ouvrait pour eux tous une période d'incertitude.

Elle croisa le regard de Rosie et lui adressa un petit signe de tête. Celle-ci était venue accompagnée de sa famille et d'un certain nombre de métayers et de voisins, pour la plupart inconnus de Victoria. Un à un, ils s'étaient approchés de la tombe pour présenter leurs condoléances à la famille et dire quel grand gentleman on avait perdu. Pour eux aussi, l'avenir s'annonçait incertain. Toute l'Irlande paraissait inquiète.

Victoria posa une main sous son ventre pour se soulager un peu. Son enfant ne cessait de s'agiter, comme s'il était impatient de venir au monde. Il représentait l'avenir, non le passé. Victoria pensa à son cher Brendan, dans sa prison lointaine du pays de Galles. Elle avait hâte d'aller lui rendre visite et de lui présenter son fils. Elle n'avait jamais douté que ce serait un garçon et lui avait déjà choisi un prénom : Thomas Pearse. Thomas en hommage à son frère, et Pearse pour Padraig Pearse, le leader des volontaires que Brendan avait tant admiré.

À cette distance et sous sa couverture neigeuse, Ennismore semblait intacte. Victoria voulait garder cette image de la grande maison, aussi belle et magique que dans son enfance. En réalité, elle ne pleurait pas seulement la perte de son père, mais celle d'un mode de vie révolu.

Grâce à Rosie, Ennismore était encore debout, sa structure préservée. Le rez-de-chaussée, y compris la bibliothèque et la salle à manger, avait été très lourdement endommagé par la fumée et l'eau, mais le reste était relativement intact. Comme l'avait dit Anthony, si Rosie n'avait pas couru pour donner l'alerte et interrompu les incendiaires, la vengeance d'Immelda aurait pu détruire toute la maison.

Entre autres conséquences, l'incendie obligeait la famille à prendre désormais ses repas dans la cuisine. Une dernière indignité qui était peut-être la goutte d'eau qui avait fait déborder le vase pour lady Ennis : elle avait annoncé son intention de quitter Ennismore pour de bon et de retourner vivre dans la demeure de son père en Angleterre.

« Je ne veux plus jamais entendre l'accent irlandais ! Oliver Cromwell avait bien raison, vivre à Mayo, c'est comme vivre en enfer. Je refuse de passer un jour de plus dans la terreur, avec la menace constante d'un autre incendie. Je ne leur donnerai pas cette satisfaction. »

Victoria regarda sa mère partir sans regret. Elle savait à quel point lady Ennis avait été malheureuse ici ; la mort de son mari et le très prochain mariage de sa sœur l'auraient laissée complètement seule dans la maison. Elle avait proposé que Victoria la rejoigne en Angleterre après la naissance du bébé, mais ç'avait été à contrecœur et par simple sens du devoir. Elle savait parfaitement que sa fille n'accepterait jamais.

Un soir après le dîner, peu après le départ de lady Ennis, Sofia réclama à Valentin de l'accompagner pour une promenade.

— Mais il gèle dehors ! Tu vas attraper la mort.

— Bon sang, Valentin, je ne suis pas en porcelaine. J'ai survécu à plus froid que cela en grandissant à

New York. Et puis j'ai besoin de prendre l'air. Je n'arrive pas à réfléchir ici.

Ils traversèrent ensemble la pelouse couverte de givre et descendirent la longue allée qui menait à la grille principale du domaine. Là, Sofia dégagea son bras de celui de son mari et lui fit face. À point nommé, la lune sortit de derrière un nuage pour éclairer leurs visages. Sofia se lança :

— J'ai décidé d'emmener Julian à New York.

— Je vois, répondit Valentin. Je pense que c'est une bonne idée. Il va nous falloir un certain temps pour restaurer la maison. Et Julian pourra rencontrer son autre grand-père, maintenant qu'il a perdu papa.

— Non, Valentin, tu ne comprends pas. Je veux rentrer en Amérique pour de bon.

— Quoi ? Pourquoi ? Tu ne peux pas partir avec notre fils.

— C'est mon fils, Valentin.

— Mais nous étions d'accord, Sofia...

— Je sais, dit-elle en posant une main rassurante sur son bras. Et je veux que tu saches que je te serai éternellement reconnaissante pour tout ce que tu as fait pour moi, et pour Julian. Mais nous ne nous sommes jamais aimés, Valentin, et nous ne nous aimerons jamais. Je sais que tu aimes Julian, mais ça ne suffit pas. Nous sommes prisonniers l'un de l'autre. Il est temps de nous libérer tant que nous sommes encore jeunes et que nous pouvons refaire nos vies.

Elle détourna les yeux vers la lune.

— Après ta dispute avec ton père, c'est Rosie que tu es allé voir. Si jamais j'avais eu un doute quant à la force de l'amour que vous partagez, il se serait envolé cette nuit-là. Quand je vous ai vus ensemble la nuit de l'incendie, j'ai enfin accepté l'évidence : vous êtes faits l'un pour l'autre.

— Sofia...

Elle ne le laissa pas l'interrompre.

— Je t'accorde le divorce, Valentin, mais j'ai certaines conditions, dit-elle sans attendre sa réponse. Je veux que tu continues de protéger la vérité à propos du père de Julian, et que tu acceptes que ce soit lui, et aucun autre de tes fils, qui hérite du domaine Ennis le moment venu.

— S'il en reste quelque chose.

— Je suis sérieuse, Valentin. Je vais ouvrir un compte au nom de Julian et y transférer des fonds pour contribuer à la restauration de la maison. Bien sûr, la gestion du domaine restera entre tes mains. Vu le climat d'agitation qui règne dans ce pays, je comprends que personne ne puisse prédire l'avenir, mais je veux que tu me promettes de faire de ton mieux pour préserver l'héritage de Thomas, pour mon fils. Ce n'est que justice.

— Tu as raison, Sofia. Ennismore et son domaine lui reviennent de droit. Après tout, Thomas était l'aîné, et son fils doit hériter de son patrimoine. Je ne m'y opposerai jamais. Tout ce que je veux, c'est vivre ici en paix.

— Avec Rosie, ajouta doucement Sofia.

Il ne put s'empêcher de sourire.

— Oui, avec Rosie... si elle veut bien de moi.

Sofia lui prit le bras et ils se remirent en route vers la maison.

— Ne t'en fais pas pour ça, Valentin. Elle voudra de toi.

42

Un matin du mois de juin 1917, Rosie Killeen quitta pour la dernière fois le confort du cottage familial. Tout sourire, elle prit à travers champs jusqu'au chemin qui reliait la ferme des Killeen au domaine d'Ennis. Elle portait une robe simple de coton blanc bordée de dentelle et une couronne de fleurs sauvages sur ses cheveux bruns. Elle allait à son mariage.

Elle poussa la lourde grille de fer d'Ennismore en pensant à la petite fille de huit ans qui avait parcouru ce même trajet pour la première fois dix-sept ans plus tôt. Aujourd'hui, elle n'avait plus l'impression que des fantômes la guettaient derrière les arbres bordant l'allée. Aujourd'hui, elle n'avait plus peur et savourait le spectacle des pâturages verdoyants, des arbres au feuillage abondant, de la grande maison récemment chaulée de rose, étincelante dans le soleil.

L'herbe humide chatouillait ses pieds nus, le soleil lui chauffait agréablement le visage, les oiseaux chantaient comme en signe de bienvenue et elle entendait au loin les cris du gibier à plumes sur le lac Conn et les beuglements du troupeau dans un champ. Elle se félicitait d'avoir insisté pour faire le chemin toute seule.

Chaque instant la transportait du passé vers l'avenir, un millier de souvenirs se bousculant dans son esprit. Les leçons prises avec Victoria, sa honte quand elle avait dû récurer les marches du perron pour la première fois, le choc que lui avait infligé le mariage de Valentin et Sofia... Tout cela lui semblait loin désormais, comme des photos passées, et même si ces souvenirs feraient toujours partie d'elle, ils n'étaient rien comparés à ceux qui attendaient de naître.

La veille au soir, elle s'était mise à genoux pour confesser ses péchés au jeune curé récemment arrivé à Sainte-Brigide, sans omettre aucun détail de sa relation avec Cathal. À la fin, tandis qu'elle attendait le jugement de Dieu, ce fut Cathal qui lui donna l'absolution. Elle l'avait senti à ses côtés.

Lorsque Rosie arriva devant la grande maison, Kate dévalait déjà les marches du perron pour courir à sa rencontre. Elle serra contre elle la fille de Bridie jusqu'à ce que la petite se mette à gigoter dans ses bras.

— Granny dit que je ne dois pas froisser la robe, expliqua-t-elle.

Kate portait une robe identique à la sienne, toutes les deux confectionnées par Ma, et une couronne de marguerites. Comme Rosie, elle avait les cheveux bruns et bouclés, et les yeux noisette. Une autre Róisín Dubh. Rosie prit la main de la fillette et hésita un instant car elle entendait un air traditionnel enjoué résonner du côté du jardin, où la cérémonie devait avoir lieu. Mais Victoria sortit sur le perron, dans une robe bleu pâle qui ressemblait à celle qu'elle portait le jour de leur rencontre. Retenant la couronne de tournesols qui ornait ses cheveux blonds, elle courut à leur rencontre. Aussitôt, Kate tira sur sa jupe et lui dit :

— Rosie n'a pas mis ses chaussures !

Rosie enfila vite la paire de chaussons blancs qu'elle portait à la main et monta les marches avec Kate et Victoria. Son père l'attendait dans un costume gris tout neuf. Il lui tendit le bras en souriant et le cœur de Rosie se serra.

— Viens, ma fille, dit-il. Ton fiancé t'attend.

John Killeen guida sa fille jusque dans le jardin et ils laissèrent la petite Kate les précéder en lançant vigoureusement des pétales de rose sur son chemin. Victoria suivit, mince et majestueuse, le soleil faisant étinceler ses cheveux blonds. Les musiciens entamèrent « Donne-moi ta main », un air lent et envoûtant.

Au bras de son père, Rosie s'avança vers la grotte de rocaille au bout du jardin, la musique se mêlant aux murmures des invités assis sur des chaises de chaque côté de l'allée. Puis Rosie n'entendit plus rien : Valentin était là, dans le soleil. Quand leurs regards se rencontrèrent, le monde entier disparut. Le père de Rosie recula et Valentin lui tendit la main.

La réception fut joyeuse et animée. Anthony Walshe jouait de l'accordéon, accompagné par Mrs. Murphy à la flûte et le plus jeune frère de Rosie au violon. Un parquet avait été installé pour servir de piste de danse. Le déjeuner préparé par Mrs. O'Leary et Thelma fut servi sous forme de buffet, les invités déambulant librement d'une table à l'autre dans le jardin. Rosie sourit en pensant qu'un tel manque de formalisme aurait scandalisé lady Ennis.

Ni celle-ci, ni lady Louisa et son nouveau mari n'assistèrent au mariage, mais Rosie s'amusa de constater que Sadie Canavan avait quand même réussi à venir. Le révérend Watson avait refusé de conduire la cérémonie, mais lady Marianne Bellefleur avait trouvé un éminent juge pour prendre sa place. La bonne lady et son compagnon de toujours étaient arrivés, en fanfare, comme à leur habitude.

Mr. Burke et Mrs. Murphy firent bientôt une apparition remarquée dans le jardin, avec un gâteau de mariage à trois étages. C'était le cadeau de Mrs. O'Leary, qui accepta de bonne grâce les applaudissements des invités, un sourire jusqu'aux oreilles. Rosie finit par lâcher la main de Valentin pour aller remercier chacun de sa présence. Elle serra avec bonheur les mains noueuses, reçut avec émotion les vœux de bonheur, contempla le regard fier de sa mère. La petite Kate jouait avec Thomas Pearse, bébé enjoué et curieux, sous l'œil attendri de Victoria.

— Veux-tu aller faire un petit tour ? lui proposa Rosie.

Victoria accepta.

L'air fraîchissait à mesure qu'elles approchaient du lac.

— Te souviens-tu de notre première rencontre ici ? demanda Rosie.

— Je ne l'oublierai jamais ! répondit Victoria en riant. J'étais là, en larmes parce que j'avais perdu mon petit bateau, quand une petite sauvageonne brune est sortie de nulle part, a enlevé sa robe et plongé dans l'eau. J'étais fascinée.

— Oui. Bien des fois, depuis ce jour-là, j'ai regretté de ne pas avoir laissé couler ton bateau. Tu ne m'aurais pas traînée dans ta salle de classe avec ta tante Louisa.

— Ah, je suis sûre que tu ne le penses pas, Rosie. Si nous n'étions pas devenues amies, tu n'aurais jamais rencontré Valentin.

Rosie sourit.

— Oui, je suppose que ça en valait la peine.

Elles s'assirent sur une barque retournée au bord du lac, comme deux vieilles amies évoquant leurs souvenirs et leur avenir.

— As-tu l'intention de rester vivre à Dublin ? demanda Rosie.

— Oui. J'ai trouvé un poste d'infirmière dans un bon hôpital, cela me convient. Et je poursuivrai mon bénévolat à l'Union. J'aime bien aider les gens et me sentir utile. Sans compter que, grâce à toi, un appartement confortable m'attend dans la maison de Cathal. Cette chère Céline s'occupe de Thomas comme si c'était son propre fils. Je ne sais pas ce que je ferais sans elle.

— As-tu des amis, une vie sociale ?

— Bien sûr, Rosie. Je fréquente beaucoup la Ligue gaélique. Le mouvement nationaliste est plus actif que jamais, tu sais. L'insurrection de Pâques n'était qu'un début. Je ferai tout ce que je pourrai afin de gagner l'indépendance pour laquelle Brendan s'est battu.

Elle se tourna vers son amie et lui prit les deux mains.

— Et s'il te plaît, ne dis rien à personne, mais il y a une chance pour que les Britanniques libèrent bientôt les prisonniers du soulèvement. Brendan pourrait rentrer à la maison !

La joie de Victoria était si franche que Rosie en aurait pleuré.

Elles restèrent assises en silence un moment en regardant l'eau calme, chacune perdue dans ses pensées. Rosie finit par se lever.

— Je devrais y retourner. Mes invités vont se demander où est partie la mariée, et mon nouveau mari aussi.

Le mot « mari » lui fit un drôle d'effet et elle sourit.

— Une bonne maîtresse de maison ne connaît pas le repos, lady Ennis ! lança Victoria.

Rosie se sentit rougir.

— En ce qui me concerne, je ne suis qu'une fille de fermier qui a épousé un fermier du coin, rien d'inhabituel pour quelqu'un comme moi. Valentin est prévenu : je ne vais pas passer mon temps à me tourner les pouces et me faire servir. J'ai l'intention de travailler avec lui sur le domaine. Et je peux me préparer à manger moi-même, merci beaucoup. Mr. Burke et Mrs. Murphy doivent se marier le mois prochain. Ils resteront ici, ainsi que Thelma. Apparemment, elle n'a nulle part où aller. Anthony s'est proposé pour tous les petits travaux d'entretien du domaine. Mais nous n'avons pas besoin de plus de personnel.

Elles poursuivirent en marchant vers la maison.

— Tu devras peut-être donner des dîners formels, souligna Victoria. Puisque Valentin va prendre la place de papa à la Chambre des lords.

— Dans ce cas, il faudra que tu reviennes de Dublin pour me montrer comment faire.

— Tu peux toujours solliciter tante Marianne. Enfin, je crois qu'elle n'attendra pas que tu l'invites !

Après le départ des invités et du personnel – certains étaient partis continuer la fête au cottage des Killeen et les autres étaient rentrés chez eux –, Valentin et Rosie se retrouvèrent enfin seuls dans la maison. Valentin la souleva dans ses bras et la porta jusqu'à leur chambre.

— Je t'aime, Róisín Dove, dit-il en la reposant. Je t'aimerai toujours.

Cette nuit-là, Rosie se réveilla peu après minuit. La lune éclairait leur chambre, Valentin dormait tranquillement à côté d'elle. Elle se glissa hors du lit et alla à la fenêtre. En bas, les champs plongés dans l'obscurité descendaient jusqu'au lac qui scintillait au loin. Un sentiment de paix jusqu'alors inconnu l'envahit. Avec Valentin, à Ennismore, elle avait enfin trouvé sa place dans le monde. Elle était chez elle.

Remerciements

Je remercie mes agentes américaines, Denise Marcil et Anne-Marie O'Farrell, de l'agence Marcil-O'Farrell. Leur soutien, leurs conseils et leur foi inébranlable me touchent énormément. Je remercie aussi mon agente anglaise, Anna Carmichael, de l'agence Abner Stein à Londres, grâce à laquelle mon livre a trouvé sa place chez Corvus. Je remercie Louise Cullen chez Corvus, ainsi que Sarah O'Keefe, pour leur travail éditorial, sans oublier leur équipe pour le soin et l'attention qu'ils ont portés à ce livre.

Je voudrais également exprimer ma reconnaissance envers Susan Kellett et son fils, D.J., les propriétaires de Enniscoe House dans le comté de Mayo en Irlande, pour m'avoir ouvert les portes de leur magnifique maison et avoir répondu à mes nombreuses questions. Cela m'a considérablement aidée dans mes recherches. Mon séjour en Irlande a été d'autant plus agréable que j'ai pu compter sur le personnel du County Mayo Heritage Center et son café adjacent, sur Anthony Wash, raconteur du présent, et sur P.J. Lynn, une vieille connaissance de mon enfance, qui m'a régalée des histoires d'autrefois.

Je remercie ma tante Nan, qui vivait dans un petit cottage, juste en face de la « Grande Maison », où j'ai passé les étés de mon enfance, et ses filles Beatrice, Nancy et Rosie. Toutes ont travaillé dans la « Grande Maison » et leurs anecdotes m'ont été précieuses.

Et, comme toujours, je suis extrêmement reconnaissante du soutien et de l'amour de ma sœur, Connie Mathers, qui vit à Meigh dans le comté d'Armagh. Grâce à elle, je garde en moi un peu de l'esprit irlandais.

Pour finir, en ce centième anniversaire de l'insurrection de Pâques, je me permets de saluer le courage et l'esprit de sacrifice des hommes et des femmes qui se sont battus pour que l'Irlande soit libre.

*Cet ouvrage a été composé et mis en page
par FACOMPO, LISIEUX*

Imprimé en France par **CPI**
en mars 2020
N° d'impression : 3037434

S30022/01